Conrad de Buer

Belinda

und andere ungewöhnliche Erzählungen

Conrad de Buer

Belinda

und andere ungewöhnliche Erzählungen

Bibliografische Information der Deutschen Nationalbibliothek:
Die Deutsche Nationalbibliothek verzeichnet diese Publikation in der
Deutschen Nationalbibliografie; detaillierte bibliografische Daten sind
im Internet über http://dnb.dnb.de abrufbar.

Lektorat und Coverbild: Alma Hatram

Herstellung und Verlag: BoD – Books on Demand, Norderstedt

ISBN: 978-3-7543-7954-7

INHALT

* Die Erzählungen „Jenseits des Existenzminimums" und „Fliegenpizza" erschienen erstmalig 2020 als E-Book. Für diesen Sammelband wurde der Text stilistisch noch einmal überarbeitet.

EIN RUHIGER TAG

Stichling blickte der Frau nach. Kurzer, enger Rock; lange Beine, die sich nervös überholten. Ein heißes Fahrgestell, dachte er. Dann bog die Gestalt um die Ecke. Er hörte noch eine Weile das Klacken der Absätze auf den Steinfliesen der Passage.

Stichling sackte wieder in sich zusammen. Er betrachtete seine Hand. Eine kleine Fleischwunde, aber wohl nicht bedeutend. Es blutete leicht. Ihre hohen Absätze hatten ihn erwischt, als er nach dem Zehncentstück griff. Die erste Berührung durch eine Frau seit über drei Jahren. Er sollte sich also nicht beklagen.

Schade, dass er ihr Gesicht nicht gesehen hatte. Aber so war das: Beine bestimmten sein Leben. Mit Gesichtern konnte er nur wenig anfangen. Sie waren entrückt. Der erste Eindruck von einem Menschen war immer seine Schuhgröße. Die Haarfarbe stand am Ende jeder Musterung. Wenn es überhaupt so weit kam.

Stichling kramte in einem kleinen Rucksack, der neben ihm lag und holte ein schmutziges Taschentuch hervor. Er zögerte, dann wickelte er das Tuch um die Wunde am kleinen Finger. Es lohnt kaum noch, dachte er. Donnerwetter! Bei ihrem Temperament hätte sie ihn schlimmer erwischen können.

Nicht einmal umgedreht hatte sie sich. Sonst hätte er vielleicht auch ihr Gesicht gesehen. Bestimmt hatte sie gar nichts mitgekriegt von dem Vorfall. Stichling suchte nach einer Entschuldigung für die Gleichgültigkeit der Frau.

Mit Frauen ging er im Allgemeinen milder um, wenn sie ihn nicht richtig behandelten. Bei schönen Frauen fiel es ihm besonders schwer, sie zu tadeln. Nur, wie gesagt, ihre Schönheit konnte er am ehesten von den Beinen her beurteilen. Die Gesichter waren zu weit weg.

Stichling schielte nach der Uhr. Gerade elf. Die Umstände sprachen für einen ruhigen Tag. Seit einer Stunde war er bei der Arbeit. Es gab Tage, da waren die Schaufenster um diese Zeit dicht belagert. Das Publikum war dann nervös und ungeduldig. Man hastete von einer Auslage zur nächsten und auch wieder zurück. Die Menschen gingen rein ins Geschäft, kamen wieder heraus aus dem Geschäft und hatten dann meist eine Tragetüte in der Hand. Aber nervös war man immer noch. Nur anders. Nein, ein solcher Tag war heute nicht.

Jetzt war der Monat bald vorbei. Ganz sicher, es würde ein ruhiger Tag werden. Auch für ihn. Es gab Tage, da war der Job anstrengender. Genauso wie es Tage gab, an denen die Schaufenster dicht belagert waren. Das wechselte nun mal. Genauso wie das Wetter und überhaupt alles im Leben. Das wechselte auch. Er konnte ein Lied davon singen.

Vielleicht sollte er mal wieder die Position wechseln. In seinem Job hing viel von der Position ab. Er wurde nach seiner Position beurteilt. Er wurde nach seiner Position bezahlt. Das war nicht anders als in anderen Jobs. Mit dem Unterschied, dass er selbständig war und seine Position frei wählte.

Er sollte zudem den Eingang zur Passage besser im Auge behalten. Dort waren die meisten Beine in Bewegung. Sie mussten an ihm vorbei. So hatte er eine gewisse Kontrollfunktion. Wie damals in seiner alten Firma. So gut wie damals wurde er natürlich jetzt nicht bezahlt. Zudem hatte der Partner mehr geschäftlichen Erfolg.

Stichling schob das Wägelchen ein wenig nach hinten. Dann griff er in den Bettvorleger und zog ihn nach. Kaum war er in seiner neuen Stellung, da bauten sich zwei blanke Beine vor ihm auf. Eine etwas quäkende Stimme fiel herab und brachte eine Münze mit. „Das ist für den Hund. Kauf ihm was Leckeres. Und nicht alles selber verbraten!"

Die blanken Beine mischten sich wieder unter all die anderen hastenden Beine und entzogen sich schnell Stichlings Aufmerksamkeit. Wieder hatte er das Gesicht nicht gesehen. Diesmal lag es an dem Hut der quäkenden Dame. Und weil sie das Gesicht zur Seite gewendet hatte, als sollte der Kopf bloß nicht wissen, was die Hände taten.

Donnerwetter, ein halber Euro! Die hatte vor lauter Ekel bestimmt die Münzen verwechselt. „He Partner!", rief Stichling und hieb mit der Faust auf den Bettvorleger ein. „Du hast einen verdammt guten Tag. Bei mir ist es entschieden ruhiger."

In den Bettvorleger kam Bewegung. Er schlug auf einmal Wellen. Dann hob er sich und schüttelte seine Haare. Eine Schnauze wurde sichtbar. Am anderen Ende rollte sich der Schwanz aus. Schließlich stand das Tier und blickte Stichling mit Hundeaugen an.

„Du bist der Einzige, mit dem ich auf gleicher Augenhöhe verkehre", sagte Stichling zu dem Hund und lachte dabei. Die beiden sahen sich an. Der Hund bellte zweimal und wedelte mit dem Schwanz.

„Schon gut, schon gut, ich bin absolut ehrlich zu dir." Stichling griff nach dem Hut, der neben ihm mit der Öffnung nach oben lag. Er hielt ihn dem Hund unter die Nase. „Links ist deins, rechts meins, das heißt, von dir aus gesehen ist es genau anders."

Mit einem alten Blechstück war die Hutöffnung in zwei Kammern geteilt worden. In jeder lagen ein paar Geldmünzen. Zwei Schildchen, auf langen Nägeln aufgespießt und mit einem stabilen Sockel versehen, sorgten für Klarheit: HUND stand auf dem einen Schildchen, MENSCH auf dem anderen. Stichling zählte durch. „Fast zwei zu eins für dich. Hier! Hol dir dein Frühstück!" Er nahm einige Geldstücke, legte sie dem Hund auf die Zunge und gab ihm einen Klaps aufs Hinterteil. Das zottelige Tier trottete davon und verschwand um dieselbe Ecke wie die Frau mit dem aufregenden Fahrgestell.

Stichling sah dem Hund nach, bis er um die Ecke verschwunden war. Er war keineswegs mit sich und dem Tier im Reinen. Der Vierbeiner hatte den größeren wirtschaftlichen Erfolg. Das war nicht immer leicht zu verkraften im Hinblick auf das eigene Selbstwertgefühl. Und ob er davon materiell profitieren konnte, war zweifelhaft.

Sie waren nicht etwa eine Zugewinngemeinschaft. Jeder arbeitete auf eigene Rechnung. Er kalkulierte für sich einen Pauschalbetrag ein, gewissermaßen für tierische Rundumversorgung. Aber davon abgesehen kam die rechte Huthälfte voll dem Hund zugute. Ob sein eigener Geschäftsanteil ohne Partner profitabler wäre, war ungewiss. Er hatte damals noch nicht so genau bilanziert, bevor er den Partner ins Geschäft nahm.

Auf der anderen Seite war die emotionale Komponente. Sie hatten sich aneinander gewöhnt, waren aufeinander eingespielt, konnten sich aufeinander verlassen. Er war dem Hund, der Hund aber auch ihm verpflichtet. Schließlich war der Köter damals mittellos gewesen und vollkommen ohne Bleibe. Einen Kapitalanteil hatte er in das Geschäft nicht eingebracht, sondern nur eine Portion Unverfrorenheit. Einfach dableiben war eine Strategie, die durchaus etwas mit Nötigung zu tun hatte. Schwamm drüber. Es war, wie es war. Der Partner war korrekt und berechenbar. Dergleichen musste er unter seinesgleichen erst einmal finden.

Stichling hatte ein Herz für die Kreatur überhaupt. Hatte er immer gehabt. Auch bevor er sich mit seiner Ich-AG selbständig gemacht und den Sprung ins kalte Geschäftsleben gewagt hatte. Heute reichte es fürs Leben. Er war niemandem verpflichtet, brauchte für niemanden aufzukommen. Die Selbstversorgung funktionierte auf bescheidenem Niveau. Schließlich nicht zu vergessen: Er hatte einen eigenen Wagen, der das Fortkommen erleichterte. Deshalb konnte er auch die Position wechseln, wenn es ihm beliebte. Eine Straßenecke weiter liefen die Geschäfte vielleicht besser. Er sollte noch einmal darüber nachdenken.

Während Stichling etwas zerstreut auf die Rückkehr des Hundes wartete, hatten sich immer wieder Beinpaare bei ihm aufgestellt. Sie warteten jedes Mal ab, bis es in Stichlings Hut zu einem weichen Plopp gekommen war. Dann machten sie sich schneller davon, als sie sich herangewagt hatten.

Stichling tat so, als ginge ihn das, was sich zwischen seinem Hut und den Beinen abspielte, gar nichts an. Doch heimlich kontrollierte er jedes Plopp und war immer wieder enttäuscht. Seine Einnahmen waren ausnahmslos kupferfarben. Das eben ärgerte ihn, obwohl er es das Tier niemals fühlen lassen würde. In der Hundehälfte glänzte es goldgelb und silberfarben.

Dafür sah er viele blanke Beine. Blanke Beine in seiner Nachbarschaft waren in der Überzahl. Das war hinzuzurechnen. Dem

Hund bedeutete das nichts. Ihm eigentlich auch nicht. Er hatte zu wenig davon, außer Aufregung. Da war er noch nicht drüber weg. Würde vielleicht auch nie passieren, drüber weg zu kommen.

Es gab gelegentlich blanke Beine, die es auf ihn abgesehen hatten. Sie kamen so nahe heran, dass sie die Räder seines Wagens berührten. Sie bedrängten ihn, wollten vielleicht seinen Kommentar. Es war nicht zu vermeiden, dass er an ihnen hinaufsah. Immer höher, über die Knie hinweg, und noch längst war der Rocksaum nicht erreicht. Sie wichen nicht. Irgendwann fing sich sein Blick in einem weißen oder farbigen Höschen. Erst dann ließen die Beine von ihm ab. Vereinzelt war es auch schon vorgekommen, dass da aber kein Höschen war. Wenn dergleichen geschah, wurde er immer furchtbar verlegen.

Dem Hund machte das nichts aus. Das Tier verstand auch seine Aufregung nicht. So brachte eben jeder von ihnen beiden seine ganz verschiedenen Voraussetzungen ins Geschäftsleben ein. Wo der Partner bloß abblieb!

Stichling wurde erneut abgelenkt. Zwei Beinpaare standen auf einmal parallel vor ihm. Schuhgröße neununddreißig und Schuhgröße einundzwanzig. „Sei lieb und gib dem kleinen Onkel eins von deinen sauren Drops!" Das Plopp war diesmal kaum hörbar. Stichling wurde traurig. Er wartete ab, bis die Beine sich verlaufen hatten, dann entfernte er die klebrige Masse schnell aus seinem Hut. Er konnte saure Drops einfach nicht ausstehen. Aber das Kind vor den Kopf stoßen mochte er auch nicht. War schließlich gut gemeint.

Stichling hatte ein Herz für Kinder. Immer noch. Seine musste jetzt um die zwanzig herum sein. Mit dreizehn hatte er sie aus den Augen verloren. Erst danach hatte er sich selbständig gemacht. Ob sie immer noch bei der Mutter lebte oder schon auf eigenen Füßen stand? Sie hatte Schuhgröße vierunddreißig, als sie ihm Lebewohl sagte. Damals hatte er noch keine Ahnung gehabt, wie sehr ihm fremde Beine einmal zum Lebensmittelpunkt werden sollten. Er selbst hatte es bis zu Schuhgröße vierundvierzig gebracht. Weiter war er nicht gekommen. Aber selbst das war inzwischen Geschichte. Er sollte das Grübeln drangeben.

Der Hund half ihm dabei, als er an der Stelle, wo er verschwunden war, wieder auftauchte. Mit seinen Zähnen hielt er eine kleine Plastiktüte fest, die er vor Stichling abstellte. „Brav, Partner. Ist im Prinzip alles deins. Bis auf meinen Anteil. Lass uns mal nachschauen!"

Er leerte die Tüte ohne weitere Umstände neben sich aus. Eine Mettwurst kam zum Vorschein. Zwei Brötchen kullerten über das Pflaster. „Na, nimm die Wurst! Ich hab noch was von gestern."

Der Hund blickte abwechselnd auf Stichling und auf die Wurst. „Wufff", machte er. Als er merkte, dass sich Stichling nicht weiter um die Wurst kümmerte, nahm er sie zwischen die Zähne, blickte noch einmal auf Stichling und fing dann langsam an zu kauen.

Stichling hatte unterdessen eines der beiden Brötchen wieder in die Tüte zurückgelegt. In das andere biss er hinein. Aus seinem Rucksack kramte er einen winzigen Wurstrest hervor und hielt ihn dem Hund unter die Nase. „Das sind die Segnungen einer umsichtigen Vorratshaltung. Ich glaube, das ist das Einzige, was ich dir voraushabe."

Der Hund machte wieder „wufff", ließ sich aber nicht weiter von Stichlings Vortrag zur Lebensführung beeindrucken. Beide widmeten sich eine Weile schweigsam ihrer Mahlzeit. Endlich leckte sich der Hund die Schnauze, streckte sich neben Stichling aus und wurde wieder zum Bettvorleger.

Der hat während des Einkaufens was getrunken, dachte Stichling. Er starrte sinnend auf die Wasserflasche, die er dem Rucksack entnommen hatte und leerte den Rest von dem Inhalt in einem Zug. Er musste sich um Nachschub kümmern. Spätestens zu Mittag. Dann würde auch der Hund wieder wach sein. Außerdem sollte er mal wieder die Windel wechseln.

Der Partner hatte einen beneidenswerten Schlaf. Man musste das so sehen. Er schlief und verdiente, verdiente und schlief. Der

Partner hatte es im Blut. Das Geschäft lag ihm, ohne ihm die Ruhe zu rauben. Aber als Wachhund war er ungeeignet. Einseitige Begabung. Das gab es auch unter seinesgleichen. Er zum Beispiel. Bei ihm war es andersherum als beim Partner. Der neue Job forderte ihn. Er würde sich das zwar nicht anmerken lassen. Doch Illusionen waren nicht angebracht. Immer unter Menschen. Immer im Zentrum fremder Aufmerksamkeit. Das lag ihm einfach nicht. Dafür war er immerzu hellwach für das, was um ihn herum geschah. Und das war nicht wenig.

Doch manchmal würde er am liebsten davonlaufen und alles hinter sich lassen. Aber so einfach weglaufen, alles stehen und liegen lassen, das ging eben nicht. Nicht in seiner Position. Nicht in seiner Situation. Klar, er hatte sein Auskommen. Hatte er früher aber auch gehabt. Der Lebensstandard war sogar höher gewesen. Und der Job damals hatte ihn angeregt, nicht aufgeregt. Er hatte keine Veranlassung, bescheiden zu sein. Er hatte immer einen guten Job gemacht. Jedenfalls keinen schlechteren als heute. Das hielt er sich noch immer zugute.

Damals hatten drei davon gelebt. Er, die Frau und die Tochter. Jetzt brauchte er nur allein für sich zu sorgen. Da war jedenfalls Verantwortung von ihm abgefallen. Andererseits: Allein und selbständig war auch nicht immer einfach. Vom Job hing eben viel ab im Leben. Er konnte ein Lied davon singen.

Vormals, als Ingenieur, hatte er für den Job gelebt. Viel im Einsatz. Immer einsatzbereit. Das war gut bezahlt worden. Sie konnten sich eine Zeitlang eine Menge gönnen. Das täuschte darüber hinweg, wie fremd ihm die Frau nach und nach wurde. Andersherum wohl auch. Als die Firma dicht machte, vermisste er die Arbeit nicht sofort. Mit dem Geld lief das noch eine Weile. Er konnte sich Zeit lassen. Für einen guten Job war nichts zu überstürzen. Er hatte Ansprüche, als er mit den Bewerbungen anfing. Dann die Absagen. Sie überraschten ihn und setzten ihm schwer zu. Überqualifiziert. Er hatte eine Nische studiert, und gerade die war in die Krise gekommen. Dann wechselte die Begründung in den Absagen: Er sei zu lange draußen gewesen. Von dem

Zeitpunkt an wusste er um den Ernst der Lage. Unterdessen waren auch die Finanzen ins Trudeln geraten.

„Weichei", hatte die Frau gesagt, als er sich vermehrt ein Gläschen gönnte, obwohl sie sich das eigentlich nicht mehr leisten konnten. Weichei war hart. Dazu ihre Blicke. Und überhaupt, das lief nicht mehr rund zu Hause. Die Tochter kapselte sich völlig ab. War vielleicht gut so. Er hätte Schwierigkeiten gehabt, ihr in die Augen zu sehen. War ein feiner Zug von ihr gewesen, ihm Lebewohl zu sagen. Die Frau war wortlos gegangen, als klar wurde, dass das Haus nicht zu halten war. Da war zum Glück Sommer gewesen, und er hatte erst einmal darauf verzichtet, sich eine neue feste Bleibe zu suchen. Er brauchte Gelegenheit zum Nachdenken, weil ihm klar zu werden begann, dass er zwar ein guter Ingenieur war, aber mit dem übrigen Leben nicht zurechtkam, wenn es zu viele Ingenieure gab. Das war der Punkt gewesen. Um ihn geistig zu bewältigen, konnte viel Bewegung in frischer Luft nur hilfreich sein. Vom Wetter her hatten sie damals einen fabelhaften Sommer.

Bei der frischen Luft war es dann geblieben. Nur mit der Bewegung klappte das nicht mehr so gut wie früher.

Stichling wurde aus seinen Gedanken aufgeschreckt. Da war etwas auf ihn zugekommen, was er nicht rechtzeitig bemerkt hatte. So etwas passierte selten. Meist verliefen solche Begegnungen nicht harmonisch und profitabel. Sie erschwerten den Job. Machten ihn manchmal sogar schwer erträglich. Auch diesmal spürte er ein unangenehmes Kribbeln am Körper, sogar an den Stellen, die gar nicht da waren.

Es war aber nur ein Paar Stiefel. Das sollte den Stress in Grenzen halten. Dennoch hielt Stichling es nicht für ratsam aufzusehen. Er tat so, als bemerkte er nichts und musterte gleichgütig die Schuhgröße 45. Bei Stiefeln war das schwer zu schätzen. Die fielen meist größer aus. Wenn sie so getragen wurden wie diese da vor ihm, dann flößten sie ihm Furcht ein.

Stichling war vertraut mit allen gängigen Stiefeln der Damen. Die waren, so unterschiedlich in der Machart, meist von zierlicher Gestalt. Das ging nie über Größe 41 hinaus. Weit über die

Knöchel aufsteigend, schmiegten sie sich schlanken Waden an. Damenstiefel blieben eher selten bei ihm stehen. Gewöhnlich sah er sie in Bewegung. Was er dann sah, entschädigte ihn oft genug für das, was vielleicht zu erwarten gewesen wäre, wenn die Stiefel bei ihm verweilt hätten. Es mochte ein Vorurteil sein, aber ihm, Stichling, war es, als ermöglichten Stiefel den Damen einen aufregenderen Gang als gewöhnliche Straßenschuhe.

Die Größe 45 machte immer noch keine Anstalten, von ihm abzulassen. Eine der beiden Stiefelspitzen hatte Tuchfühlung zu seinem Wägelchen aufgenommen. Langsam schob sie es zurück, bis der Hut mit den Münzen aus Stichlings Reichweite gekommen war. Dann fiel ein Gegenstand auf das Straßenpflaster herab, genau in den Zwischenraum zwischen Hut und Wägelchen. Gleich darauf zischte es von oben herab und ein Auswurf landete zielsicher neben dem festen Gegenstand. Jetzt, als habe sich der Zweck der Begegnung erfüllt, entfernten sich die Stiefel. Noch lange hallte das Klacken der Absätze in Stichlings Ohr nach.

Er nahm das rechteckige Ding in die Hand und betrachtete es von allen Seiten; ein billiges Stück Seife. Stichling seufzte. Er führte das Wägelchen wieder an den Hut heran und wandte sich an den Hund, der von alledem nichts mitbekommen hatte.

„He, Partner! Du hast nur ein begrenztes Interesse an unseren geschäftlichen Rahmenbedingungen. Es ist besser, noch heute die Position zu wechseln. Ich weiß, dass du wenig davon hältst. Ich muss aber auch mal an mich denken."

Der Hund rührte sich nicht. Stichling gab ihm ärgerlich einen Klaps aufs Hinterteil und brummte:

„Na, ganz so eilig wird es wohl nicht sein."

Seine durch die Begegnung mit den Stiefeln ausgelöste Unruhe hielt nicht lange an. Stichling hatte sich über seine schweren Jahre hinweg ein leichtes Gemüt bewahrt. Langes Grübeln über kaum veränderbare Tatbestände war sein Ding nicht. Als er feststellte, dass der allgemeine Publikumsverkehr angeschwollen war und der Zahl der Plopps in seinem Hut spürbar zugutekam, hatte er die aufdringlichen Stiefel bald vergessen. Es gehörte zu seinen unbedingten Lebenserfahrungen, einen laufenden Mehrwert nicht abzuwürgen oder leichtfertig aufs Spiel zu setzen. Eine Serie profitabler Plopps hatte er nicht alle Tage. Insgesamt wunderte er sich über den augenblicklichen Segen, wo doch eben noch so wenig los gewesen war bei den Schaufenstern. Das Schicksal war eben unberechenbar. Auch davon konnte gerade er ein besonderes Lied singen.

Wäre damals der schöne Sommer nicht gewesen, dann ...

Oder wäre er in jener Nacht bei Alfons geblieben, anstatt das Grundstück aufzusuchen, dann ...

Oder überhaupt, hätte er seinen Job nicht verloren, dann ...

Auch als Ingenieur hatte er viel mit Wenn-dann-Beziehungen zu tun gehabt. Es war sein Job gewesen, sie zu berechnen, um gewünschte von ungewünschten Ergebnissen zu unterscheiden und die letzteren menschenmöglichst auszuschließen. Aber so eine Wenn-dann-Beziehung wie die, die ihn damals kleiner gemacht hatte, die war gar nicht zu berechnen. Und auch wenn er jetzt hierblieb, anstatt die Position zu wechseln, hatte er keinen Algorithmus verfügbar, der eine verlässliche Voraussage zuließ, was folgen konnte oder nicht.

Jetzt drohte er doch ins Grübeln zu kommen. Stichling suchte nach einer Rechtfertigung. Das war kein Grübeln, was er gerade anstellte, das war Kalkulieren auf einem hohen empirischen Niveau. Das ging sogar deutlich in Richtung Philosophieren. Warum auch nicht sollte er die Zeit zum Philosophieren nutzen, wenn die Geschäfte so gut liefen, dass er überhaupt nicht in sie eingreifen musste. Wie von unsichtbarer Hand gelenkt, vollzog sich Geschäftsabschluss auf Geschäftsabschluss und wurde mit einem Plopp im Hut immer gleichsam rechtskräftig besiegelt.

Stichling schielte zum Hut hin. Sicher, mancher Hosenknopf war dabei. Und der saure Drops blieb eine ernstzunehmende Währung gegenüber dem Euro. Aber unter dem Strich sah das gut aus. Obgleich – nun ja, der Partner war einfach nicht zu schlagen. Weder in guten noch in schlechten Geschäftslagen. Wieso eigentlich konnte der aus der Erwerbswirtschaft so viel mehr an Nektar saugen als er, Stichling?

Zugegeben, das Geschäftsprinzip war einfach und stellte keine höheren Qualifikationsanforderungen. Aber es beruhte auf Eigeninitiative, einem Hauptmerkmal jeglichen geschäftlichen Erwerbssinns. Präsent sein. Einen Anblick bieten. Die vom Anblick erzeugte Gemütsregung, so die zu Grunde liegende Kalkulation, löste bei einem potentiellen Geschäftspartner einen Impuls aus, der einen winzigen Teil der ihm zur Verfügung stehenden Kaufkraft in Stichlings Hut leitete. Umlenkung von Kaufkraft aus fremden Taschen in die eigene. Das war doch die Grundstruktur des Geschäftlichen überhaupt, in die sich sein Job nahtlos einfügte. Wo aber lag für den Hund bei dem speziellen Geschäftsmodell der Vorteil, den er so trefflich zu nutzen verstand?

Wie schon so oft war Stichling mit dieser Frage bei einem Problem angelangt, das er trotz Ingenieurstudiums nicht lösen konnte, weil er damals, vor seiner Verkürzung, noch nicht bilanziert hatte. Im Übrigen auch noch keinen Hund als Teilhaber hatte, so dass keine Vergleichbarkeit der Situationen gegeben war, die eindeutige Schlussfolgerungen zuließ. Bei aller unbefriedigenden Vorläufigkeit der Urteilsfindung führte somit kein Weg an der Anerkennung der Tatsache vorbei, dass der Anblick Hund ein deutlich stärkerer Impulsgeber für mildtätiges Handeln war als der Anblick Mensch. Dabei hatte er, Stichling, wenngleich unbeabsichtigt, alles getan, um seinen Anblick zum Vorteil der erwünschten Impulsgebung zu optimieren. Das war – und das durfte nicht unerwähnt bleiben – zunächst gar nicht so einfach gewesen, damit zu leben.

Das Grundstück war das entscheidende Kettenglied. Alles deutete darauf hin. Wenn er es schon darauf anlegte, die Ereignisse, das heißt ein ganz bestimmtes Ereignis in einer Kette von Ereignissen, zu bedauern, dann war die Konsequenz nicht zu übersehen: Er hätte das Grundstück nicht entdecken dürfen. Aber lass in deinem Leben mal bewusst etwas aus, was als unsäglich schön empfunden wird. Wo du eine tiefe Verwandtschaft zu entdeckst. Hinterher geht das. Da kannst du hemmungslos vom Prinzip her denken, alles ist schlecht, was schlecht endet. Aber damals!

Klein, versteckt, idyllisch gelegen und bei aller Verwahrlosung noch spürbar etwas von einstigem Glanz und sozialem Aroma verflossener Tage verströmend, war das Grundstück ihm, einmal entdeckt, einfach ans Herz gewachsen. Vielleicht erinnerte es ihn auch nur an sein eigenes Heim aus besseren Tagen. Ruine fand sich zu Ruine. Eine Liebe auf den ersten Blick. Das Haus war verfallen, sicher, aber vor schlechter Witterung konnte es jemanden ohne feste Bleibe ordentlich schützen. Doch wann gab es in jenem Sommer schon mal schlechte Witterung?

Er hatte es vorgezogen, im wild wuchernden Garten zu schlafen. In der Nähe des knorrigen Apfelbaums war eine Stelle, die vor jedem neugierigen Blick von außerhalb schützte und zugleich den eigenen Blick freiließ auf den nächtlichen Sternenhimmel, der ihm viel bedeutete. Die Kumpanen mieden das Gelände, das ihnen etwas unheimlich vorkam und wohl auch zu weit weg lag vom nächsten Kiosk. Deshalb hatte er sein Reich meist für sich allein gehabt. Auch in der Nacht, aber nicht an dem Morgen, der sein Leben veränderte, weil seine Person verkürzt wurde.

Jetzt hatte er das Grübeln doch in sich zugelassen. Das Bedürfnis saß noch tief. Und der verdammte Fusel! Nein, nicht heute. Damals. Auch er ein Faktor, mit dem sich eine tragfähige Wenn-dann-Beziehung aufbauen ließ. Sie hatten aus nichtigem Anlass bei Alfons gefeiert. Er hätte bei Alfons bleiben sollen. Alle waren bei Alfons geblieben. Weil man so viel intus hatte. Er natürlich auch. Aber nein, er musste in einem Anfall von Rührseligkeit torkelnd zu seinem Grundstück aufbrechen, um den herrlichen Nachthimmel betrachten zu können. Im besoffenen Kopf!

Im Garten war er an seiner gewohnten Stelle sofort eingeschlafen. Schilder, Hinweisschilder, Warnschilder – wer nimmt dergleichen schon zur Kenntnis, wenn er abgefüllt ist. Der Selbsterhaltungstrieb funktioniert nicht zuverlässig, wenn er über intellektuelle Denkleistung aktiviert werden muss. Sich zuzudecken bis über beide Ohren, weil es etwas frisch wurde in der Nacht, das funktionierte, weil es automatisch geschehen konnte. Funktionierte zu gut, aus heutiger Sicht.

Immer noch war ihm nicht vollständig klar, was ihn eigentlich geweckt hatte, der Schmerz oder der Lärm. Die Erinnerung sprach eher für den Schmerz. Einen erheblichen Teil des Lärms hatte er bereits verschlafen. In seinem Zustand hätten ihn vielleicht nicht einmal die Trompeten von Jericho wecken können. Und wenn schweres Gerät anrückt und hochtourig über holpriges Gelände bewegt wird, dann macht das einen gehörigen Sound. Das Schleifen der Ketten, das Aufheulen der Motoren, Scheppern, Rumpeln und Dröhnen; da war in Ober-, Unter- und Mitteltönen alles mit von der Partie, was eine gute Baustelle ausmacht. Er hatte in seiner Ausbildungszeit zeitweise auf einer Großbaustelle gearbeitet. Das blieb ihm unvergesslich. Natürlich hatte er sich damals nicht träumen lassen, dass er einen Bagger einmal von einer ganz anderen Seite betrachten würde.

Ja sicher, es war der Schmerz gewesen. Blieb ja auch nicht aus, wenn da tonnenschwere Schaufeln auf einen niedersausen. Es war frühmorgens gewesen. Da waren die Jungs gut drauf und gingen mit Schwung an die Arbeit. Die konnten doch nicht erst jeden Dreckhaufen durchwühlen, um zu prüfen, ob da wer drinsteckt. Erstaunlich, wie gut er sich verpackt hatte. Die waren bestimmt nicht wenig überrascht gewesen, dass einer der Dreckhaufen plötzlich angefangen hatte zu schreien. Ihm hatte der Schrei zweifellos das Leben gerettet. Zu sich gekommen war er erst im Krankenhaus. Da war er der Gesprächsstoff des Tages geworden.

Die erste Nachricht, die in sein Bewusstsein gelangte, war die, dass der Baggerführer sich zunächst übergeben und dann für den Rest des Tages frei genommen hatte. Die Beine hatte man zuerst gefunden. Weil sofort dem Verdacht nachgegangen worden war, dass da noch etwas zugehörte, konnte schnelle Hilfe geleistet werden. Stichling hatte nach seinem Erwachen eine ganze Weile gebraucht, um zu begreifen, was gemeint war, wenn sie davon sprachen, dass man seine Beine in die Hand genommen hatte. Oh weh! Das war zunächst sein einziger Kommentar gewesen. Die hübsche Krankenschwester hatte neben ihm gleichfalls geseufzt und die Augen niedergeschlagen.

„So ein Verlust! So ein entsetzlicher Verlust!" Die Kleine hatte eine mitfühlende Art, die Stichling bei der Bewältigung seiner ersten Eindrücke behilflich war. Später fühlte er sich eher genierlich. Das kam bei ihm schnell, wenn eine Frau ihn bemitleidete.

Der Chefarzt hatte um die ganze Sache weniger Aufhebens gemacht. Der mochte Seinesgleichen nicht. Gleich nach dem Erwachen aus der Narkose war er von ihm gefragt worden, ob er das behalten wolle, was ihm abhanden gekommen war. Ehrlich, er hatte schlucken müssen. Er hatte abgewunken und sich auf den Tonfall eingelassen. Was soll er damit? Wo soll er es aufbewahren? Zu lang. Zu schwer. Was für eine Plackerei. Außerdem, Eigentum verpflichtet. Er müsste sich drum kümmern, für Wartung und Pflege aufkommen. Wozu das alles, wenn es nicht mehr in der ursprünglichen Zweckmäßigkeit zu gebrauchen war. Denn wieder annähen? Ging nicht.

Der Chefarzt hatte sich nicht geschlagen gegeben und gleich noch eine andere Anregung gegeben. Stichling könnte schon mal eine Gruft anmieten. Wären die Beine erst einmal drin, könnte das andere, wann auch immer, später nachkommen. Stichling winkte erneut ab. Eine Gruft kam nicht in Frage. Da fielen schon zu seinen Lebzeiten Kosten an. Die wurden auch durch Ersparnisse an anderer Stelle nicht aufgehoben. Das hatte er dem Chefarzt ohne Zittern in der Stimme verklickert. Der war daraufhin wortlos abgezogen. Nach alter Gewohnheit war Stichling schnell ins Rechnen verfallen. 82 cm von ihm waren weg. Das machte 45% des Ganzen. An Länge. Auch vom Gewicht her war das eine ordentliche Portion, die nicht mehr da war. Das musste, die Überlegung war nicht von der Hand zu weisen, kalorienmäßig nicht mehr versorgt werden. Darin lag ein Vorteil unter all den vielen Nachteilen. Was für ein Wunder! Stichling verfiel immer wieder auf den Punkt. Da kommen dir 82 cm abhanden. Und es bleibt immer noch ein Mensch. Von der entgegengesetzten Seite der Person ginge das gar nicht. Da reichten 5 cm und alles wäre aus. Als Ingenieur hatte er immer wieder damit zu tun gehabt, dass alles entscheidend davon abhing, von welcher Seite her ein

Problem oder ein Ding angegangen wurde. Das galt selbstverständlich auch für die Arbeit eines Baggerführers.

Was er denn nun anstellen wolle, in dem neuen Zustand. Die hübsche Krankenschwester hatte ehrliche Anteilnahme gezeigt. Er konnte sich Zeit lassen mit seiner Entscheidung. Bis er völlig wiederhergestellt war, wenn auch ohne die gewohnten Beine, waren sie schon einen Sommer weiter. An Ingenieur war natürlich nicht mehr zu denken. Aber selbständig wollte er bleiben.

„Wo ist der Rest von dir?", hatten ihn die Kumpels verblüfft gefragt, als er das erste Mal wieder bei ihnen aufkreuzte. Er zuckte die Achseln. Aber das konnten die von oben nicht wirklich sehen. Zum ersten Mal war es Stichling bewusst geworden, wie entrückt er nun war. Eine Art Kleintier. An dessen Perspektive galt es sich zu gewöhnen.

Das Wägelchen hatte ihm Alfons liebevoll gezimmert. Klar, ein Rollstuhl über die Ämter wäre drin gewesen. Aber der Weg der Bürokratie! Ihm war schwindlig geworden. Und dann auf einmal der Alfons mit seiner genialen Idee. Unglaublich praktisch, das Gerät. Nach dem Ersten Weltkrieg hatte man diese Art häufig in der Öffentlichkeit gesehen. Zwei Bindungsvorrichtungen, ähnlich wie bei sehr alten Skiern; da passten die Stümpfe rein und fanden soliden Halt. Leichtgängige Räder. Im abschüssigen Gelände konnte er sich ordentlich Speed geben, musste sogar Obacht geben, von wegen dem Bremsen. Aber aufwärts war es doch eine gehörige Plackerei. Ohne Alfons wäre seine Selbständigkeit vielleicht schon bald gescheitert. Aber Alfons war von einem Flügelschlag des Glücks gestreift worden. Eine überraschende kleine Erbschaft. Mit Alfons als Rückhalt, so war das gegangen in den letzten Jahren. Erst ohne, dann mit dem Partner.

Stichling hatte ein Gespür dafür bekommen, wann ein Hype im Geschäftsablauf zu Ende war. Seit er mit dem Grübeln angefangen hatte, war eine Menge Zeit verstrichen. Die Serie der Plopps war längst abgeebbt. Seiner Meinung nach war für heute die Luft raus aus dem Geschäft. Die Einschätzung, dass es ein ruhiger Tag war, würde sich am Ende als richtig erweisen.

„Komm, Partner, Wir machen uns auf die Socken." Eine einge-
fleischte Redensart von ihm. Er mochte auch nicht auf sie verzichten, seit er keine Socken mehr brauchte. Die Dinge draußen
ändern sich, dachte Stichling, aber in deinem Kopf treiben sie
weiter ihr Unwesen. Auch wenn alte Begriffe auf neue Gegebenheiten nicht passen, du verwendest sie trotzdem. So war das übrigens auch mit Alfons. Er stellte sich ihn immer noch so vor, wie
er ihn damals, nach dem Besäufnis, verlassen hatte, um auf dem
Grundstück seine Beine zu verlieren. Alfons. Der Kumpel. Alfons, der Looser. Nichts mehr von da. Das heißt, vom Kumpel
schon. Er war nicht gerade ein feiner Herr geworden. Dafür war
die Erbschaft auch zu klein gewesen. Aber der hatte jetzt ein ordentliches Auskommen. Der Kiosk, den er sich zugelegt hatte,
warf was ab. Immer frisch rasiert, gar nicht so wie früher, das
flößte Vertrauen ein und belebte das Geschäft. Ja, der Alfons
hatte es geschafft. Aber dennoch, wenn er ihn sich vorstellte,
dann immer noch wie früher.

Der Alfons hatte ihm geholfen in seiner schwersten Zeit. Auf
den Alfons, egal ob auf den alten oder den neuen, würde er
nichts kommen lassen. Dass er heute noch selbständig war, hatte
er dem Alfons zu verdanken. Irgendwann einmal würde er sich
dafür erkenntlich zeigen.

„Also komm endlich, Partner!"

Stichling war lauter geworden und hieb ordentlich auf den trägen Hund an seiner Seite ein. Da traf ihn unvermittelt ein harter
Schlag auf den Kopf.

„Sie unverschämter Flegel, Sie! Das arme Hundchen so zu behandeln!"

Am bösen Unterton in der Stimme der erregten Dame erfasste
Stichling instinktiv, dass noch ein zweiter Schlag folgen würde.
Er parierte ihn mit seinen Armen, die er schnell über den Kopf
legte. Leicht hätte er der Dame das Corpus delicti, einen langen
Regenschirm, entreißen können. Doch wusste er aus Erfahrung,
dass entschlossene Gegenwehr seine Lage eher verschlimmern
konnte. Von dem Vorfall angelockt, waren einige der vorbeieil-
enden Passanten stehen geblieben und hatten sich wie eine

Traube um die ungleichen Kombattanten herum aufgestellt. Ein stämmiger Mann wandte sich geflissentlich an die resolute Dame, die vom Alter her irgendwo in den Sechzigern stecken mochte, und erkundigte sich, ob sie Hilfe brauche. Dabei strich er sich mit der linken Hand beinahe zärtlich über seine zur Faust geballte Rechte.

Die tierliebende Dame nahm aber kaum Notiz von dem Rummel um sich herum. Sie schien den Zweck ihrer Attacke als erreicht anzusehen.

„Braves Hundchen", murmelte sie noch, dann bahnte sie sich entschlossen einen Weg durch die kleine Menschenansammlung. Die Leute, um ihre Attraktion gebracht, verliefen sich bald.

„He, Partner", rief Stichling, noch immer überrascht, dem Hund zu, „du hast ja eine verdammt rabiate Lobby." Der Hund brauchte sich bestimmt nicht zu sorgen, wenn eine Kurve in seinem Leben ihn einmal aus der Bahn warf. Er selbst war verwundbarer. Das wusste Stichling. Das hatte er gerade erst erfahren. Trotzdem, er liebte seinen Job. Er mochte ihn nicht missen. Denn wo gab es das, dass einer, wenn er seinen Job machte, schon mal ganz ungezwungen von unten eine Kaffeebohne betrachten konnte. Und überhaupt. Mit einem Job zählte man mehr.

Das Tier hatte kein erkennbares Interesse an dem Vorfall gezeigt. Immerhin war es wach geworden und blickte Stichling erwartungsvoll an. „Wufff!", machte es, als Stichling seinen Arm ausstreckte. Dann drehte es sich um und trottete langsam in die gewiesene Richtung.

Die unerwarteten Schläge der älteren Dame hatten bei Stichling die Stiefel Größe 45 wieder in Erinnerung gebracht. Er wurde unruhig und entschloss sich, den Rest des Tages bei Alfons zu verbringen und dort gründlich darüber nachzudenken, wo er demnächst am besten seinen Job machen sollte. Deshalb hatte er dem Hund Zeichen gegeben. Der kannte die Richtung und wusste den Weg.

Sie begaben sich um die nächste Ecke bis zum Ende der Passage und folgten von da einem kleinen, wenig belebten Sträßchen.

Nicht weit war es zu Alfons seiner Wohnung. Auf den glatten Fliesen der Passage konnte Stichling mit dem Hund das Tempo halten. In solchem Gelände machte sich das Wägelchen gut. Dann allerdings wurde es beschwerlicher. An einer kurzen Steigung kam Stichling ins Schwitzen. Jetzt waren es aber auch nur noch wenige Meter, bis sie die Straße verlassen und eine Abkürzung über einen schmalen, asphaltierten Weg nehmen konnten. An dessen Ende wohnte Alfons.

Doch an seinem Beginn standen reglos die Stiefel, so, als hätten sie schon eine ganze Weile dort gestanden. Drei Paar waren es. Eine Größe 46 war dabei. Und die Größe 45 von vorhin. Stichling hatte sie sich genau eingeprägt. Als er sein Wägelchen vor ihnen anhalten musste, stellten sie sich exakt parallel nebeneinander auf und verfielen in eine Kippbewegung, indem sie unermüdlich von den Zehen zu den Hacken und wieder zurück abrollten. Stichling hätte die Arme ausstrecken und die weißen Schnürsenkel lösen können, so nah war er ihnen gekommen.

„Endstation!", befahl eine herrische Stimme. Für einen Augenblick riss Stichling seinen Kopf hoch und sah entrückt drei Köpfe, die alle gleich aussahen und keine Frisur hatten. Sofort sackte er in sich zusammen.

„He, Alter, weißt du, dass du ein Stück Dreck bist?"

Stichling zuckte ein wenig verächtlich mit den Mundwinkeln. Als wenn er das nicht selber wüsste! Doch er zog es vor zu schweigen.

„Gesprächig bist du nicht. Macht aber nichts. Zwischen uns ist ja alles gesagt. Oder hast du unsere Botschaft nicht verstanden?"

Stichling dachte an das Stück Seife. Bevor er etwas erwidern konnte, traf ihn eine Stiefelspitze in den Bauch. Er sackte stärker in sich zusammen. Der Hund machte aufgeregt „wufff".

„Weißt du, wo Dreck ist, kann man reinemachen. Mit Wasser und Seife. Wir hatten dir großzügig alles Nötige spendiert, um den Dreck wegzumachen."

Der zweite Tritt traf Stichling am Kopf. Er wurde etwas nachlässig ausgeführt. Stichling konnte mit Mühe sein Gleichgewicht halten. Er hörte ein mehrfaches aufgeregtes „Wufff" und sah, wie der Hund beherzt die drei Gestalten anbellte. Brav, Partner, dachte er benommen, du wirst hoffentlich unser kleines Geschäft retten.

„Gestern bekamst du das Wasser. Heute haben wir die Seife vorbeigebracht. Aber der Dreckhaufen ist immer noch da. Kannst du uns das erklären?"

Weil der nächste Tritt gegen den Kopf schneller war als Stichlings Antwort, kam nur ein gurgelnder Laut aus seiner Kehle. Diesmal verlor er sein Gleichgewicht und kippte seitwärts von seinem Wägelchen.

Die Gegend war nicht belebt. Vereinzelt gingen Passanten die Straße entlang, von der Stichling mit dem Hund abgebogen war. Sie warfen meist einen kurzen scheuen Blick auf die Geschehnisse, bevor sie ihren Schritt beschleunigten und den zu verrichtenden Dingen des Tages zueilten.

Ein verliebtes Pärchen, den Ereignissen am nächsten, fühlte sich sichtlich gestört und machte sich daran, den Standort zu verlassen. Sie zögerte ein wenig, als Stichling umkippte. Doch er zog sie mit sich fort und flüsterte der Unschlüssigen zu: „Wir sollten uns nicht in anderer Leute Angelegenheiten mischen. Bei derartigen Streitigkeiten ist zumeist auch schwer zu sagen, wer Recht hat oder wer angefangen hat."

Das schien sie sehr zu überzeugen. So kam es, dass Stichling, dem das Unter-den-Leuten-sein in seinem Job im Allgemeinen schwer fiel, seine letzte Stunde frei von neugieriger Beobachtung halten konnte. Nachdem er von seinem Wägelchen gestürzt war, wollten auch die anderen Stiefel an der Malträtierung des in seinem Leben gestrandeten Mannes teilhaben. Erst als ein feiner Blutstrom aus seinem Mund sickerte und der Körper sich längst nicht mehr regte, ließ das gegerbte Leder von ihm ab und trug die drei gleichen Köpfe ohne Frisur das wenig belebte Sträßchen hinunter der Einkaufspassage zu. Ein unschlüssiger zotteliger Hund lief, ununterbrochen „wufff" machend, noch eine ganze Weile mal den drei Gestalten hinterher, die allmählich verschwanden, mal zu dem leblosen Körper zurück, der einmal sein Partner gewesen war.

5. September 2013:   *Sorry, ein verpatzter Einstieg*

Es fällt mir schwer, mit etwas halbwegs Gescheitem in eine Unterhaltung einzusteigen. Das ist sogar dann der Fall, wenn ich, wie jetzt, gar keine Rückmeldung bekomme, ob und wie stark ich mich blamiere. Ein Grundproblem. Am geschicktesten ist es, ich tu so, als hätte es den Einstieg gar nicht gegeben und wir wären bereits mittendrin in der Unterhaltung. Der Trick funktioniert meistens erstaunlich gut.

Mit der Geselligkeit und ihren faden Kunststücken, so ist das nun einmal, verhält es sich ähnlich wie mit der Musikalität: Entweder man ist dafür veranlagt oder nicht. Gegen die Vorgaben der Natur wirst du bei Nichtbegabung weder in dem einen noch in dem anderen Fall groß herauskommen. Ich sehe nur den hilfreichen Unterschied, dass man sich in der einen Eigenschaft leichter als Talent tarnen kann als in der anderen.

Nun bin ich als Persönlichkeit alles andere als eine gesellige Natur. Deshalb ist es in meiner Lage nicht unbedingt hilfreich, allerlei Erwartungen zu hegen, die gewöhnlich an einen erfolgreichen mitmenschlichen Umgang gestellt werden. Dennoch hätte ich gern noch einmal in meinem Dasein erlebt, dass einer ausschert aus dem ewigen Konversationseinerlei und die dämliche Frage *Wie geht es dir?* tatsächlich passender und geschickter stellt.

Früher, als ich noch unter Menschen weilte, als ich mich schon rein beruflich mit ihnen einlassen musste, war ich häufig mit dieser Frage konfrontiert worden. Sie gehörte bei einer Begegnung nun mal dazu. Nur, was sollte ich darauf anders antworten als: *Gut. Gut geht es mir.* Instinktiv checkte ich mich durch: Innereien in Ordnung. Kondition stark. Nur mäßige Molesten mit dem Stützkorsett. Krebszellen haben sich noch nicht geoutet. Und Demenz wird sich vielleicht erst dann einstellen, wenn ich mein Leben ohnehin beinahe ausgedünstet habe. Alles in allem der Kerl also noch ein klasse Biotop.

Nun bin ich zwar keine gesellige, aber eine im Großen und Ganzen aufrichtige Natur. Und deshalb sagte ich damals von Mal zu Mal - und ich würde das jetzt noch genauso sagen, wenn eine mitmenschliche Begegnung tatsächlich eine Aussprache zu dem angemerkten Thema heraufbeschwören würde: *Gut. Gut geht es mir.* Dabei denke ich mir sogleich – auch das damals genauso wie ich das heute denken würde: Wenn der doch nur gefragt hätte: *Wie fühlst du dich?*

Das wäre nach meiner Auffassung sofort eine völlig andere Frage gewesen. Jedenfalls hätte ich sie in einem anderen Sinne aufgefasst. Die zweite Variante wäre zudem eine viel geschicktere Frage gewesen, die mir als dem Befragten weniger Ausflüchte erlaubte. Rhetorisch geschmeidig in die Enge getrieben, hätte ich womöglich erst einmal gestutzt und gezögert, hätte mich gesammelt und nervös überlegt, welche Strategie ich mit meiner Antwort denn überhaupt einschlagen sollte: Ehrlich? Unehrlich? Unentschlossen drum herumeiern?

Vielleicht hätte ich mich für ehrlich entschieden. Sicher, auf jeden Fall hätte ich mich für ehrlich entschieden. Das kann ich hier verlässlich sagen, wo ich weiß, dass ja doch keiner so fragt und wo ich zudem gar nicht mehr unter Menschen komme, die dergleichen fragen könnten. Allerdings, das betone ich ausdrücklich, spricht auch meine naturgegebene Aufrichtigkeit für eine ehrliche Haltung.

Nehmen wir also einmal an, es hätte tatsächlich jemand in der weitaus geschickteren Weise gefragt. Und ich hätte mich für eine ehrliche Antwort entschieden. Dann hätte diese meine ehrliche Antwort gelautet: *Sorry. Ich fühle mich wie in die Welt geschissen.*

Um Gottes Willen! Ich will jetzt bloß keine falschen Vorstellungen wecken. Der Eindruck richtet sich nicht gegen meine Mutter. Und er richtet sich auch nicht gegen den Geburtsvorgang. Der soll nämlich völlig normal gewesen sein. Das Gefühl hat sich im Grunde erst später, in deutlichem Abstand zu meiner Geburt bei mir eingenistet. Zu jenem späteren Zeitpunkt war eine mentale Begegnung mit der Welt beim besten Willen schon nicht mehr zu vermeiden gewesen. Zugleich hatte mir ungut zu schwanen begonnen, mit dem Existieren womöglich in eine Unternehmung einbezogen zu sein, die schwer zu überblicken war und nicht gut ausgehen konnte.

Wie alt ich da war? Kann ich nicht genau sagen. Später werde ich aber darauf zurückkommen. Ich halte das mit dem Alter übrigens nicht für besonders wichtig. Mir kommt es mit meiner Feststellung eher darauf an, glaubhaft zu machen, dass die geschilderte Empfindung damals tatsächlich mein allererster bewusster Eindruck vom Leben war. Und sie ist nachhaltig geblieben bis heute. Deshalb bin ich überhaupt erst darauf gekommen, darüber zu berichten, weil es andernfalls absolut nichts geben würde, was in irgendeiner Weise in meinem Dasein berichtenswert wäre.

Als ich diesen Plan fasste, darüber zu berichten, nahm ich mir fest vor, unbedingt ein passendes Beispiel zu finden, das mein Urempfinden wenigstens geistig ein wenig miterlebbar machen könnte. Das Ereignis meiner Geburt ist - wenn ich jetzt dieses Beispiel als Ergebnis meines Nachdenkens einmal einbringen darf - bei aller äußerlichen Schmerzfreiheit gut vergleichbar mit einem Sturz, bei dem ein Unglücklicher während eines Waldspaziergangs mit der Nase zuerst in einen frisch geschlagenen Holzstoß fällt und für eine Weile ganz benommen ist. Irgendwann später, wenn seine Nase längst verheilt ist, wird er immer wieder, wenn er in den Wald geht, einen Geruch von frischem Holz in seiner Witterung haben. Da kann er gar nichts gegen tun. So ähnlich scheint das mit mir und der Welt zu sein. Da hat der Geburtsvorgang einen traumatischen Wiedererinnerungsmechanismus ausgelöst, bei dem es nun aber gar nicht nach frischem Holz riecht, sondern eben nach … aber das deutete ich ja bereits an.

Diejenigen Mitexistierenden, die sich mit womöglich unangebrachten Erwartungen auf die Lektüre meines Berichtes eingelassen haben, werden ihn womöglich schon wieder kopfschüttelnd beiseitegelegt haben: Pure Negativität! Ätzend! Gar nicht aufbauend! Keine Weltsicht, die mir zusagt.

Stimmt. *Na und*? entgegne ich. Ich habe zweifellos Schwierigkeiten mit dem Existieren. Man konnte das heraushören. Man sollte das auch heraushören. Ich will den Eindruck überhaupt nicht leugnen. Doch ich habe, wie jeder andere Mitexistierende auch, ein Recht auf mein eigenes Weltempfinden. Und darin eingebettet, verströmt das Leben für mich auch bei nur oberflächlicher Teilhabe ein Aroma, das nicht auf meinen Geschmack ausgerichtet ist. Das Leben zeigt vielmehr Charakterzüge, die mir eindeutig missfallen. Das ganze anmaßende Prinzip des Lebens, so sehe ich das nun einmal, zwingt mir eine Existenz auf, in die ich freiwillig niemals eingetreten wäre.

Du musst dir selbst einmal, werter Mitexistierender, die absonderliche Story deines In-der-Welt-Seins unvoreingenommen vor Augen führen: Ein hinterhältiger Vorgang unter ausschließlich fremder Beteiligung löst eine biologische Gärung aus, die dich hervorbringt, bevor du nur den Ansatz einer Chance hattest, etwas dagegen einzuwenden (oder meinetwegen auch darin einzuwilligen). Du kannst nichts von dem ganzen Geschehen rückgängig machen. Du kannst nicht stornieren, was für dich auf deine Kosten bestellt wurde. Du kannst keinen Deut an den Voreinstellungen deines Persönlichkeitsprogramms verändern. Und dennoch, die meisten, sicherlich, halten ihr Leben für ein Geschenk. Sie sagen das. Sie denken das vielleicht auch. Dennoch habe ich meine Zweifel, dass sie sich wirklich mit dem Problem auseinandergesetzt haben.

Ich halte aus meinen Gründen also strikt dagegen. Ich halte das Leben für eine Bürde. Ich halte mein Leben für meine Bürde. Ich halte sogar, wenngleich ich keineswegs vorhabe, mich rechthaberisch in deine persönlichen Angelegenheiten einzumischen, dein Leben, werter Mitexistierender, für deine Bürde. Haftet dir nämlich die Existenz erst einmal an, dann wirst du sie so schnell und auf keinen Fall leicht wieder los. Zwar, irgendwann, lässt sie ganz von allein wieder von dir ab. Doch das kann dauern. Und über alle Stationen hinweg wirst du bis ins Ende unsanft mitgezerrt. Mit welchem Ergebnis? Zu welchem Zweck? Na, dass nach deinem Existieren dasselbe ist wie davor, nämlich NICHTS.

Ein gelehrter Mitexistierender, der seinerzeit viel nachgedacht hatte, obwohl er gar nicht sehr alt geworden ist, bezeichnete einmal das Existieren als einen *Hiatus zwischen zwei Nichtsen*. Du fällst, so lege ich mir den Spruch aus, in einen zufälligen, zeitlich bedeutungslosen Materiespalt des Nichts. Und wohl die meisten, die davon betroffen sind, denen es also genauso ergeht, dass sie plötzlich existieren müssen, komme, was da wolle, halten diesen Aufenthalt dann für ungeheuer bedeutsam, sehen ihn in ihrem Habitus der Wichtigtuerei für ein ALLES an, obwohl er doch nur eine Unterbrechung des Nichts, eine zufällige Pore im universalen Chaosgefüge darstellt.

Im Prinzip zwar steht jedem Existierenden gleichwertig und gleichberechtigt eine ganze Ewigkeit zur Verfügung. Doch nur dieser eine kleine Spalt, dieses lächerliche Etwas deiner an sich banalen Existenz hat es für dich wirklich in sich. Das gewaltig lange Davor und Danach lässt sich demgegenüber einfach und leicht verkraften. Nur die Lebenden, nicht die Toten machen bekanntlich ein Aufheben davon. Das sollte uns zu denken geben.

Niemand würde doch die komfortable Position im unbeschwerten Nichts bei vollem Bewusstsein freiwillig aufgeben. Nur deshalb hat die Natur - oder wer oder was immer hinter dem universellen Spektakel stecken mag, blieb der Natur vielleicht auch gar nichts anderes übrig - den hinterhältigen Vorgang eingeführt, ohne den die zwangsweise Existenzgründung als Massenphänomen und dauerhafte Einrichtung in der Populationsfolge nicht funktionieren könnte.

Da verabreden sich nach dem immer ähnlichen Tatmuster zwei also zur Spaßstunde, die am Ende dann oft genug für einen Akteur oder sogar für alle beide zur Enttäuschung wurde. Und plopp, ist dir die Existenz aufgepfropft. Plopp, ist deine Geburt bewerkstelligt. Und plopp, beginnt die mächtige Wucherung, die man gemeinhin das Leben nennt, ohne dass deiner Existenzmaschine ein Hebel beigegeben wäre, mit dem bei Bedarf die Funktion abzuschalten wäre.

Ich kann nichts dafür, und ich mag mich auch gar nicht dafür entschuldigen, aber so sehe ich das. Wenn jetzt auch noch die anderen Mitexistierenden meinen Bericht beiseitelegen wollen: Nur zu!

6. September: *Versöhnliches*

Ich bin übrigens Junggeselle und heiße Benjamin Nautilius, wenn ich das jetzt einmal einstreuen darf, um nach der zurückliegenden Urteilsschärfe meinerseits, die den einen oder anderen Mitexistierenden vielleicht befremdet hat, etwas Persönliches und Versöhnliches zu meiner Geschichte beizusteuern. Denn eine Geschichte ohne etwas ganz Persönliches, das geht nicht. Da lässt sich keiner drauf ein, die zu lesen. Persönliches – das ist wie Grießbrei mit Himbeersaft. Natürlich nur für denjenigen, der Grießbrei mit Himbeersaft gern mag. Die anderen können sich meinetwegen etwas anderes aussuchen, was sie gern mögen. Dann kommen auch sie auf ihre Kosten.

Ich als Junggeselle mag gern Fastfood. Wegen der Zeitersparnis bei der Nahrungsmittelzubereitung. Aber jung bin nicht mehr wirklich. Da führt das von mir gebrauchte Wort doch sehr in die Irre. Man sagte das früher meistens so, wenn jemand nicht verheiratet war: Der ist Junggeselle. *Single* klingt heute wesentlich moderner. Ist deshalb auch viel mehr verbreitet, das Single-Dasein, als früher das Junggesellendasein es war. Menschen schämen sich wohl nicht mehr so stark wie früher, wenn sie allein leben.

Vielleicht, so erkläre ich mir das Wort Junggeselle noch von einer anderen Seite, war man früher der Meinung, dass es den Mann jung erhält, wenn er eine Frau entbehren darf. Heutige Statistiken wollen bemerkenswerterweise einen entgegengesetzten Eindruck belegen. Angeblich leben Mann und Frau in der gegenseitigen Abhängigkeit einer ehelichen oder einer eheähnlichen Beziehung durchschnittlich länger als ihre freischwebenden Artgenossen. Ich als Junggeselle oder Single müsste demnach einen zeitlichen Abschlag auf das Existieren in Kauf nehmen. Nun, mir macht das nichts. Ich würde nicht einmal dann um einen Zuschlag nachsuchen, wenn das machbar wäre.

Wie auch immer man meinen Zustand nun deklarieren will: Ich lebe jedenfalls allein. Zwar habe ich eine hübsche Frau auf meinem Schreibtisch stehen. Aber die ist nicht aus Fleisch und Blut. Trotzdem ist sie sexy. Wenn wir beiden intim miteinander werden, was bisweilen geschieht, dann darf ich sicher sein, mich nicht an einem dieser hinterhältigen Vorgänge zu beteiligen, die letztendlich jemandem eine Existenz aufzwingen, die derjenige später einmal genauso beklagen mag wie ich die meinige in der Jetztzeit.

Eine solche Verantwortung könnte ich nicht ertragen. Zumindest würde sie mich dauerhaft belasten. Deshalb bin ich meiner attraktiven Susanne - so habe ich nach längerem Hin- und Her-Überlegen die Skulptur auf meinem Schreibtisch genannt - gefühlsmäßig sehr verbunden und eingestandenermaßen ein wenig dankbar für ihre vornehme Zurückhaltung, durch die ich nicht in Bedrängnis gebracht werde. Gewiss, Susanne schenkt mir nicht alles. Doch sie hält mich stets erfolgreich von dem alles entscheidenden Schritt zurück.

Existenzen zu zeugen, hat, meinen eigenen Vorbehalten zum Trotz, noch längst nichts an Faszination eingebüßt. In der Angelegenheit gebe ich mich keinen Illusionen hin. Ich persönlich habe ein gelegentliches Verlangen nach sexueller Triebbetätigung selbst im Bunde mit Susanne noch immer nicht vollkommen hinter mir gelassen. Nun hat aber der Fortschritt - man mag den Zustand beklagen oder nicht - es im Einzelfall ermöglicht, dem hinterhältigen Vorgang seine existenzbildende Spitze zu nehmen. Von dem, was sie *Verhütung* nennen, wird bekanntlich massenhaft Gebrauch gemacht und damit der Zeugungsimpetus unweigerlich hintertrieben.

Hinterhältig ist seither der Vorgang pikanterweise für die Evolution geworden, die damit einmal ganz andere Absichten als einen bloßen Spaßeffekt für die Evolutionsteilnehmer verfolgt hatte. Die Evolution mag daher enttäuscht sein, wenn sie von ihren eigenen Geschöpfen nun derart ausgetrickst wird.

Andererseits, wenn man sich die Maßstäbe nur einmal zurecht-rückt, ist für sie speziell das gezielte Zeugungsvermeidungshan-deln von Teilen der menschlichen Spezies ohne größere Wir-kung. In diesen Teilen der Welt meinetwegen, wo ich zufälliger-weise ins Dasein getreten bin, erfreut es sich großer Beliebtheit. Dafür wird in anderen Teilen der Welt umso kräftiger an der spontanen Fortpflanzung weitergearbeitet. Von einem drohen-den Mangel an immer neu hinzukommenden Existierenden kann unter dem Strich keine Rede sein.

Das Konzept zur ständigen Fabrizierung einer arteigenen Blau-pause bleibt also erfolgreich, ungeachtet des Image-Verlustes, den die Evolution durch das Hineinfummeln des Menschen in ihre Geschäfte erlitten hat. Ein anderes, vielleicht mehr von Selbstbestimmung geprägtes Konzept, ist auch gar nicht in Reichweite. Von einer Art demokratischer Beteiligung oder Wil-lensbildung, wenn es um den Einstieg in das persönliche Existie-ren geht, sind wir immer noch so weit entfernt wie Adam und Eva im Paradies das waren. Und diese beiden waren den Quellen zufolge schon etwas reiferen Alters, als der Herr sie dem Existie-ren preisgab. Sie waren nach heutigen Maßstäben mündig und volljährig und hätten problemlos zu der schwerwiegenden Sach-lage befragt und auf ihr unveräußerliches Widerrufsrecht hinge-wiesen werden können. Nichts dergleichen ist überliefert.

Um nicht wiederum falsche Vorstellungen aufkommen zu las-sen, stelle ich einmal klar: Ich glaube nicht an die Geschichte von Adam und Eva und ihre exklusive Erschaffung. Ich erwähne sie allein wegen ihrer Popularität. Ich glaube auch nicht an Gott. Dennoch unterhalte ich mich gelegentlich mit dem alten Herrn. Für mich in meiner Lage hat auch noch das einseitige Gespräch hin und wieder etwas Beruhigendes. Manchmal gestehe ich mir sogar ein, dass solche Gespräche noch viel beruhigender für je-manden sein müssen, der von der Anwesenheit seines Ge-sprächspartners tief überzeugt ist. Ich nehme meine Eingebung gern als Beweis dafür, wie groß im Allgemeinen das Bedürfnis für die Existierenden ist, ihrer Existenz einen inbrünstigen imaginären Sinn zu stiften, der über die Dürftigkeit des realen Existierens geschickt hinwegzutäuschen vermag.

Wie gesagt, ich entziehe mich, bis auf die eingestandenen gelegentlichen Gesprächsfetzen, allen sinnstiftenden Illusionen. Ich will, so habe ich mir das fest vorgenommen, das Sein ungeschminkt erleben; so, wie es ist und uns entgegentritt: Kalt. Erbarmungslos. Einsam und undurchdringlich. Und völlig leidenschaftslos. Realistisch sollte ich mich, so schwebt mir das vor, empfinden wie ein bloß zufällig in all das Dasein hereingeratener Fremdling in dem unwahrscheinlichen Geschehen, das wir einer unwahrscheinlichen Materieexistenz mit hoch komplexer Selbstorganisation zu verdanken haben.

Es erregt mich aufs Höchste, wenn ich in einem derartigen Gedankengang schließlich ein so ungeheuerliches Maß an Nichtigkeit gewinne und - auch das! - empfinde, dass ich augenblicklich zerbrechen sollte und zermalmt sein müsste, um auf diese Weise von der Existenz erlöst zu sein. Doch zerbreche ich nicht. Fatal. Ich werde nicht wunschgemäß zermalmt. Sehr misslich. Meine Existenz bleibt inmitten meiner exaltierten Stimmung ungerührt und unbeschädigt. Ich hingegen leide ohne großes Aufheben stoisch und unauffällig weiter am Existieren, wenn die Konvulsion im überstandenen Nichtigkeitsschauer erst einmal überwunden ist.

Allerdings, das will ich nun nicht verschweigen, mache ich mit der Zeit mehr und mehr auch die Erfahrung, mit passenden gedanklichen Verrenkungen des Verstandes dem Dasein meinerseits für eine kurze Zeit etwas unbefangener und vor allem beherzter entgegentreten zu können. Wenngleich das, zugegebenermaßen, nur in einem ganz beschränkten Rahmen funktioniert.

7. September: *Als Bittsteller in der Welt*

Heutzutage wird erregt darüber gestritten, zu welchem Zeitpunkt ein menschliches Leben genau beginnt und für schützenswert zu erachten ist. Reicht es, wie viele meinen, wenn vier Zellen beisammen sind? Oder sollte, wie andere befinden, das ethische Urteil besser abwarten, bis der Embryo deutlichere Konturen angenommen hat? Vielleicht ist aber auch erst der Austritt aus dem Mutterleib ein passables Datum, weil alles in allem die Daseinszustände vor der Geburt doch noch recht provisorisch sind. Eine solche Meinung wird nämlich auch vorgetragen.

Nun, die Diskussion gehört zum zivilisatorischen Prozess, auf den sich die Spezies Mensch nun einmal eingelassen hat. Darin versteckt sich, auch wenn ich mich mit dieser Bemerkung jetzt um ein weiteres Mal unbeliebt mache, eine gehörige Portion kollektiver Wichtigtuerei. Für mich persönlich haben die nach hierhin oder nach dorthin geneigten Ansichten ohnehin keinen Stellenwert.

Ob nun meine ersten vier Zellen, nach ihrer enthusiastischen Verschmelzung, sich wieder voneinander abgelöst hätten, weil sie doch nicht miteinander warm wurden; ob meinem wandlungsfähigen Vorläuferorganismus im Mutterleib etwas Tragisches zugestoßen wäre; ob ich bei der Geburt oder doch erst später mit einem Jahr, mit zwei oder gar mit drei Jahren aus dem Existieren vertrieben worden wäre, das hätte für mich als Existierenden im Erlebensfall eines dieser Szenarien jetzt überhaupt keine Bedeutung mehr, die zu beklagen ich imstande sein könnte.

Was aber schwerer wiegt: Niemals während der genannten, weit zurückliegenden Zeitabschnitte habe ich meine Existenz je spüren können. Sie mag meinetwegen da gewesen sein - wie eine zarte, unfertige Wetterwolke im atmosphärischen Gebräu. Sie mag mir angehaftet haben - wie eine mäßig verunreinigte Haut; die spürst du nicht, solange die Flöhe ausbleiben. Erst wenn dich deine Existenz überraschend angesprungen hat, wenn sie dir eindrucksvoll begegnet ist und du vor ihr erklärtermaßen erschrickst, dann wird es ernst. Von da an haftet sie dir aber auch nicht an wie eine Haut, sondern wie ein Nessushemd.

Ich bin mir unbedingt sicher, dass in einer ganz zudringlichen Weise zu einem bestimmten Zeitpunkt in respektvollem Abstand zum Geburtstermin meine Existenz über mich gekommen ist und von mir Besitz ergriffen hat. Die Begegnung traf mich damals unvorbereitet. Sie hatte sich nicht angekündigt. Sie inszenierte sich dafür aber so nachdrücklich und messerscharf, dass es mir unwillkürlich entfuhr: *Huch! Ich bin da!*

Von jenem Augenblick an träufelte sich die Existenz zäh und dickflüssig in mein Gemüt. Seither hänge ich an ihrem Tropf. Und erst dann, um damit einmal kühn den Blick in die Zukunft zu wagen, wird es aus sein mit mir, wenn ich sie nicht mehr spüre, weil sie aus dem Gemüt restlos verdampft ist. Bis dahin werde ich den unaufhörlichen Existenzfluss notgedrungen ertragen müssen.

Mittlerweile halte ich nach langem Nachdenken dafür, so um die acht Jahre alt gewesen zu sein und vor den Schaufenstern eines Spielwarengeschäftes gestanden zu haben, wo ich die Auslagen bestaunte. Gern hätte ich den Laden betreten, um mir einen schönen bunten Kreisel zu kaufen für ein wenig Geld, das ich gar nicht hatte. Just in jenem Moment widerfuhr mir meine Existenz, wie ich das vorhin etwas unbeholfen auszudrücken versuchte.

Das war damals, aus der Rückschau betrachtet, der Ausgangspunkt unserer immer noch andauernden Schicksalsgemeinschaft gewesen. Die Gelegenheit, bei der sich mein Eindruck tief festsetzte, war bestimmt zufällig. Es hätte statt vor einem Schaufenster auch beim Mittagessen oder auf der Schaukel passieren können. Die Zeit war offensichtlich reif geworden für meine folgenschwere innere Begegnung. Doch denke ich auch, dass ich es mit einer sehr günstigen Gelegenheit zu tun bekommen hatte, weil mich der nachhaltig gebliebene Eindruck vor dem Schaufenster eines Ladens tiefer ergreifen konnte als an jedem anderen Ort. Denn so war viel besser gewährleistet, dass das spätere Grundempfindens meines In-der-Welt-Seins ganz praktisch etwas von der Haltung eines Kunden annahm, der sich enttäuscht darüber im Klaren ist, dass sein Einkaufsbudget nicht für das alles reicht, was er braucht oder auch nur gerne hätte. Zwar heutzutage, wenn ich ein wenig abschweifend meinen Vergleich einmal etwas näher erläutern darf, wird einem Anbieter selbst ein zahlungsmatter Kunde willkommen sein, dem man im Zweifelsfall einen Konsumentenkredit aufnötigt. Der Kunde ist, nach so vielen mageren Jahrhunderten und einem geflügelten Wort zufolge, endlich König geworden. Etwas exakter und wissensorientierter sollte man sagen können, dass der Konsument im modernen volkswirtschaftlichen Geschehen gegenüber allen früheren Zeiten nunmehr eine radikal veränderte, eine gewissermaßen herausgehobene Stellung innehat. Das war früher ganz anders. In meiner Kindheitserfahrung war ein Kunde, wenn er ein Geschäft betrat, um etwas einzukaufen, ein Bittsteller. Er wollte schließlich etwas haben. Und der Ladenbesitzer, die Verkäuferin - sie waren so gnädig, ihm das Gewünschte zu gewähren.

Ich selbst hatte früh beginnen müssen, für meine Mutter kleine Einkäufe zu erledigen. Da bekam ich als etwas zart besaiteter Junge reichlich Gelegenheit, die merkwürdigen Erwartungen, die an mich gerichtet waren, schnell zu verinnerlichen. Man betritt einen Laden. Man wird ins Visier genommen. Wenn man angesprochen wird, sofern man angesprochen wird, dann klingt das ungefähr wie: *Wollen Sie etwa etwas?* Nein, ich glaube, nicht nur einem Kind gegenüber klang das so. Und selbstverständlich hat man mich auch nicht gesiezt. Das unterwürfige Erleben, das, was damals den Akteuren widerfuhr, war noch ein Stück vom alten Zeitgeist, der die Wirtschaftswunderjahre letztendlich nicht überdauert hat. Die Menschen haben sich später bekanntlich schnell an ihre moderne großspurige Konsumentenrolle gewöhnt und sich anmaßend und selbstgefällig darin eingerichtet.

Mir geht es hier aber gar nicht um Gesellschaftskritik. Das für mich persönlich ausgesprochen Beunruhigende in der vorgebrachten Angelegenheit ist etwas anderes, was mir später erst in ganzer Tragweite klar geworden ist: Durch meine zahlreichen Erlebnisse als kleiner Kunde in einem kleinen Laden war mir das unangenehme Bittstellergefühl bereits vertraut.

Es war zum Bestandteil meiner instinktiven Weltsicht geworden. Du kannst es mir glauben, werter Mitexistierender, mit dieser retardierenden Haltung, mit diesem beschränkten, zu einem Verzicht auf ein begehrtes Gut stets bereiten Lebensgefühl, hatte ich die Welt, den ganz großen Laden, unbewusst schon längst betreten. Mein schwärendes Gefühl als erwachsen gewordenes Individuum: *Ich habe Ansprüche an mein Leben, und meine Existenz will sie mir nicht gewähren*; dies Gefühl war mir nur zu vertraut geworden. Doch heute ist es schlimmer: Ich fühle mich meiner Existenz gegenüber nicht nur als Bittsteller; ich erlebe mich von Mal zu Mal als vergeblichen Bittsteller. Das Syndrom ruhte schon vor meiner inneren Erschütterung bei dem Schaufenster des Spielwarenladens bereits still, verborgen, eingeigelt und hinterlistig im Unterfutter eines noch ganz maßvollen Existierens - bis die überfallartige Begegnung mit der plötzlich geballt zutage tretenden Anmaßung des Existierens es zum Anschwellen brachte und vor den Ereignishorizont warf.

Ich drücke den Sachverhalt gern auch so aus: Mit dem Erreichen meines Existenzminimums hatte sich mein maßgebliches Lebensgefühl fertig ausgebildet und nahm mich fest in Beschlag. Existenzminimum – das verwendete Wort muss ich vielleicht erklären: Das charakterisiert für mich zum besseren Selbstverständnis im Wesentlichen die zeitliche Dimension. Als ich zum ersten Mal in der vorher beschriebenen Weise erlebte, dass ich da bin, hatte ich im Sinne meiner bis heute gereiften Auffassung mein Existenzminimum erreicht. Ein Aufschlag war eigentlich nicht nötig. Ein zeitliches Mehr an Existenz-Verausgabung erschwerte nur unerträglich die Ausübung der Kunst des Existierens. Aber darauf nahm das Schicksal jetzt keine Rücksicht mehr. Ich war drin in der Nummer und kam nicht mehr aus ihr heraus.

Auch in der heutigen Rückschau eines älteren Individuums sage ich mir: Das Weitermachen war nicht unbedingt hilfreich gewesen. Tatsächlich aber hat es mich nun schon weit über das Existenzminimum hinausgeführt. Man kann es sich eben nicht aussuchen. Weiß jeder.

8. September: *Hinein ins Erwerbsleben*

Wenn du nachhaltig über dein Existenzminimum hinausgelangt bist, naht unweigerlich der Zeitpunkt, an dem du aufgefordert wirst, am allgemeinen Erwerbsleben teilzunehmen. Du kannst die Signale schwerlich ignorieren. Du musst, wenn dein Elternhaus nicht mehr für dich sorgen will, schließlich von etwas leben. Das ist die Chance für das Erwerbsleben, dich sich einzuverleiben und auf seine Erfordernisse hin zu domestizieren. Mir ging es da nicht anders als all den anderen. Irgendwann stand das damals auch für mich definitiv an mit dem Job.

Ich habe meinen Beruf - wie man die Erwerbstätigkeit mit etwas mehr Empathie auch zu titulieren pflegt - gefunden, wie das für einen, der von den Grundanforderungen seines Existierens voll in Beschlag genommen ist, zu erwarten war: eher lustlos, desinteressiert; wohl auch ängstlich und misstrauisch, das will ich gar nicht bestreiten. Es lag mir nicht von Natur aus, mich um so etwas zu kümmern. Obwohl ich freilich gespürt habe, dass es eine Erleichterung für meine Eltern sein würde, wenn ich endlich meine eigene Versorgung schmeißen könnte.

Schließlich gab meine Mutter den Ausschlag. Wie oft wohl hatte sie damals im Verwandten- und Bekanntenkreis herumerzählt, dass ich schon als kleiner Dötz das Verlangen geäußert habe, einmal viel Geld zu verdienen und deshalb Bankdirektor werden wollte. Ich weiß nicht, ob diese Geschichte meiner Mutter stimmt. Ich habe bis heute meine Zweifel. Jedenfalls erinnere ich mich nicht, als kleiner Junge mich mit Überlegungen abgegeben zu haben, die mit Geld zu tun hatten. Überhaupt in die Zukunft zu denken, das war mir doch eher fremd, muss ich sagen.

Wie dem auch sei: Meiner Mutter zuliebe und weil mit dem bevorstehenden Schulabschluss die Berufswahl immer drängender wurde, bewarb ich mich um eine Lehrstelle als Bankangestellter. Banker, dieser Begriff, der heute auf viele wie ein rotes Tuch wirkt, ist neueren Datums. Für einen einfachen Bankangestellten ist er sowieso ungebräuchlich gewesen. Vom Bankbeamten war dagegen in meiner Jugend häufiger die Rede. Man hielt die Beschäftigung für eine bombensichere Stellung. Und nur wenige

Berufsgruppen gab es, die in der Bevölkerung ein so hohes Ansehen genossen wie die Beschäftigten einer Bank. Vielleicht noch die Ärzte. Jemand, der in einer Bank arbeitete, das war wer. Wie stark sich das positive Image im Laufe der Zeit aufbrauchte, konnte jemand, der mit dem Metier vertraut war, später spüren. Ich war froh, dass ich da bereits raus war aus dem Geschäft.

Einmal hat mich eine Frau aus der weiteren Nachbarschaft, mit der ich gar nichts zu tun hatte, von der ich mich aber schon längere Zeit beobachtet fühlte, unvermittelt gefragt: *Sie sind wohl Banker, dass Sie sich so viel gutbezahlte Freizeit leisten können!* Das klang furchtbar neidisch. Fast gehässig. Ich hatte kein Interesse an einem Gespräch und bemerkte nur: *Nein. Ich war früher mal Bankbeamter. Jetzt bin ich Existierender in eigener Sache. Aber auch nur vorübergehend.* Die Dame hat mich danach nicht mehr angesprochen. Nach der lästigen Beobachtungsphase musste ich erdulden, dass sie mich demonstrativ ignorierte. Das war nun zwar nicht mehr lästig. Wurmte mich aber, wenn ich ehrlich bin.

Dass meine Bewerbung um die Lehrstelle Erfolg hatte, überraschte mich. Wie mich überhaupt immer alles überrascht hat, was in meinem Leben wie ein persönlicher Erfolg aussah. Ich kann mich sogar noch an eine Situation in der Schule erinnern, obwohl das mit dem Erinnern an die Schule bei mir nicht weit her ist: Eine Klassenarbeit wurde zurückgegeben. Aufsatz. Die quälende Prozedur, dass die besten und die schlechtesten Arbeiten erst einmal vom Lehrer exemplarisch vor der Klasse enttarnt wurden, bevor es ans Verteilen der Hefte ging. Da kommt der von vorn doch plötzlich auf mich zu, bewegt sich jedenfalls vom Pult in die Richtung, wo die pädagogische Regie mich platziert hatte. Meine Aufregung, noch im Anfangsstadium, lässt lobende Worte passieren, die mein Ohr erreichen. Natürlich bringe ich die nicht mit mir in Verbindung.

Meine Aufregung hat damit zu tun, dass meine Existenz sich immer bedrängt fühlt, wenn eine fremde Existenz in ihr Schwerefeld gerät. Schon damals. Als ich dann auch noch den Blick des Lehrers auf mir ruhen fühle, gerät die Existenz erst in heftige Schwingungen, dann in einen lodernden Zustand. Gleich, so denke ich, wird sie meine glühenden Ohren abstoßen. Um mich aus der Bedrängnis herauszuwinden, um überhaupt etwas zu machen, was Entlastung bringen könnte, drehe ich mich um zu meinem Hintermann, dem - wie ich meine - ins Visier genommenen Verfasser des belobigten Aufsatzes, dem ich gratulieren will. Da höre ich meinen Namen - und falle beinahe in Ohnmacht.

Wie wenig, so muss ich heute enttäuscht gestehen, wie wenig hat sich seither an meinen Existenzritualen geändert. Der Ausschließlichkeitsanspruch meiner Existenz, die Furiosität, mit der sie jedes Eindringen einer fremden Existenz in ihr Terrain sofort im Ansatz hemmungslos attackiert - ich erlebe als alternder Mann eine jugendliche Kraft und ein wildes Ungestüm meiner Existenz; sie wächst noch und gewinnt an Statur, während ich, von dem sie einmal Besitz ergriffen hat, in den zurückliegenden Attacken verschlissen worden bin.

Doch Friede der Vergangenheit! Wer von seiner Existenz so besessen ist wie ich, hat normalerweise auch keine Erinnerungen. So, wie ein Existierender meines Wesens nur für sich lebt, so lebt er nur für jetzt. Früher; später; diese Dimensionen des Daseins sind mir inzwischen so fremd und liegen so entfernt wie die beidseitigen Schlusssteine der Chinesischen Mauer.

Für eine Banklehre - damit will ich meinen Erzählfaden aber wieder aufnehmen - war mein Leumund immerhin gut genug. Ein solides Abschlusszeugnis tat ein Übriges. *Och Jungchen,* sagte meine Mutter. *Da wirst du doch was Schönes draus machen für dein Leben. Du sollst es doch einmal besser haben als wir.* Mein Vater hat sich das Zeugnis nicht angesehen.

Ich wurde also dem Regelwerk einer angesehenen Bank einverleibt. Zunächst war die Beschäftigung interessanter als meine vormals an sie geknüpften Erwartungen. Das lag nun aber daran, dass ich den Kontoauszügen zugeteilt wurde. Kontoauszüge und Überweisungsträger. Letztere wurden damals noch einzeln von Hand geprüft. Also mit den Augen. Herholen. Draufsehen. Überprüfen. Abgleichen. Wegheften. Damals steckte noch eine gewisse Gemütlichkeit in den Vorgängen. Arbeitsverdichtung - so was kam erst später. Ich gewann immer leicht ein intensives, fast möchte ich sagen, ein intimes Verhältnis zu den einzelnen Schriftstücken und Formularen. Vor allem die Zahlen hatten es mir angetan. Das konnte ich schnell entdecken. Bis auf den heutigen Tag und über mein berufliches Ausscheiden hinaus ist das übrigens so, dass Zahlen eine beinahe magische Anziehungskraft auf mich ausüben.

Die Unterschriften sagten mir demgegenüber weniger. Mit denen musste ich mich mehr abmühen. Akkurat besorgte ich über die Lehrzeit hinweg in allen Abteilungen, denen ich zugeteilt wurde, meine Aufgaben. Da gab es nichts zu meckern. Waren Zahlen wichtig oder wiederholten sie sich, dann vergaß ich sie nicht mehr. Mir erleichterte das die Tätigkeit. Und meine Existenz - ich bin mir nicht ganz sicher, ob ich mir bei der Feststellung nicht doch etwas vormache - ließ mich im ersten Lehrjahr zumindest im beruflichen Bereich einigermaßen unbehelligt. Sie blieb wachsam. Unbedingt. Ich spürte das. Gelegentlich ein Fauchen. Damit brachte sie sich immer wieder in Erinnerung. Doch dass sie sich vehement erbrach, wie ich das im Laufe meines Lebens wiederholt erlebt habe - nein, nicht in der Bank; nicht im ersten Lehrjahr.

9. September: *Existenz – ein Ding an sich*

Ich sehe unter denjenigen, die, wenn auch vielleicht widerwillig vorerst bei der Lektüre geblieben sind, die Zweifler vor mir: *Die Existenz spüren; erleben, dass sie von jemandem Besitz ergreift; was für ein Unfug* das sei, werden sie sagen. Existieren sei leben; sei ein Bewusstsein bei jedem Exemplar der Gattung Mensch von den physiologischen Vorgängen, die mit der eigenen Lebenstätigkeit verbunden sind. Existenz könne man nicht objektivieren. Sie als etwas Außerpersönliches, das sich mit Vorbedacht mit der Persönlichkeit verbunden habe, in Szene zu setzen, sei schlichtweg töricht. Pure Wichtigtuerei.

An den geäußerten Vorbehalten mag etwas dran sein, werter Mitexistierender. Mir ist schon selbst aufgefallen, dass meine

Wortwahl nicht immer frei ist von Widersprüchen. Ich möchte an dieser Stelle aber ausdrücklich darauf verweisen, dass ich mit meiner Beschreibung keine philosophischen Gedanken verfolge und auch keine allgemeinen Daseinszusammenhänge aufzudecken beabsichtige. Mir geht es ausschließlich um mich. Um mein Ich-Empfinden. Um mein Selbst. Um mein Selbst-Empfinden. Und in diesem selbstgenügsamen Zusammenhang ist es nun einmal so, dass ich meine Existenz als etwas durchaus Eigenständiges, als etwas von außen ihren Ursprung Habendes und in mir mit unguten Absichten Wirkendes und Werkelndes spüre. Die Verarbeitung meiner Erfahrungen erfolgte im Übrigen auch nicht von heute auf morgen. Wie sollte das auch möglich sein. Für einen Spätzünder wie mich wäre das zu viel verlangt gewesen. Im Laufe der Zeit gab es neben gewinnbringenden Erkenntnisphasen auch Rückschritte und Momente der Verwirrung. Wie sollten solche Unregelmäßigkeiten sich auch nicht an der einen oder anderen Stelle meines Berichtes nachweisen lassen. Das macht ihn deshalb nicht wertloser, lieber Leser, wenn du fair urteilen willst, das unterstreicht nur die Authentizität meiner persönlichen Konfliktbeschreibung. Und der Kern des Konfliktes ist das unaufhörliche Selbstempfinden vom ungebundenen Treiben einer gewissermaßen fremden Instanz in mir.

Das beginnt bei höchst banalen Eindrücken wie dem Schmerzempfinden. Habe ich beispielsweise Zahnschmerzen, dann spüre ich meine Existenz in dem rebellierenden Zahn. Die Existenz scheint ihn zu bewohnen. Zugleich scheint sie andere Bereiche, über die sie eine Oberhoheit beansprucht, vorübergehend aufzugeben und sich und mich ganz für den Zahn zu vereinnahmen. Ich habe Schmerzen. Das weiß ich. Meine Existenz besteht für einen gewissen Zeitraum aus Schmerzen haben und aus sonst nichts. Der Schmerz befreit mich vorübergehend von anderen Drangsalierungen, die mir gewöhnlich meine Existenz auferlegt und worüber ich später noch berichten will. Er hebt diese anderen Beschwernisse aber nicht generell auf. Vielmehr macht der Schmerz sie für mich umso erlebbarer, als er die taktische Anpassungsfähigkeit meiner Existenz meinem Verstande offenbart.

Die intellektuelle europäische Tradition hält große Stücke auf den philosophischen Satz: *Ich denke, also bin ich.* Er gilt in allen Schulbüchern als die Offenbarung einer Zäsur in der Wissenschafts- und Geistesgeschichte. Oh, wie wurden wir als Schüler angehalten, ehrfurchtsvoll über die Meisterschaft solchen geistigen Reflektierens zu erstaunen.

Ich habe in meiner spröden und auch etwas schwerfälligen Art aber nie wirklich verstehen können, warum dem Attribut des Denkens diese exklusive Bedeutung in der Beweisführung zukommen sollte. Ich könnte doch wohl ebenso gut behaupten: *Ich habe Schmerzen, also bin ich.* Oder, wenn ich mich eine Zeitlang nicht gewaschen hätte: *Ich stinke, also bin ich.* Anderen wiederum mag die Erregung in einer sexuellen Handlung so wichtig sein, dass sie glaubwürdig versichern könnten: *Ich koitiere, also bin ich;* das Schlüsselwort stünde dann nicht bloß so da, scheinbar behaftet mit einem orthographischen Fehler in der lateinischen Urfassung, sondern als eigenständige Aussage mit einem eigenen Sinngehalt.

Ich will aber nicht kleinlich oder rechthaberisch sein. Ich erkenne neidlos an, dass andere, die rational voll hinter der Genialität der Konklusion stehen, viel schärfer zu denken vermögen als ich. Deshalb habe ich trotz meiner Einwände auch keine Bedenken gegen eine persönliche Beteuerung als gewissermaßen europäischer Weltbürger, auch meinerseits den berühmten und gerühmten Erkenntnisschritt in der Geistesgeschichte nicht missen zu wollen.

Meine größte Enttäuschung ist denn auch nicht der Mangel an Alltagsnutzen, den ich aus dem Lehrsatz ziehen könnte, sondern die nicht von der Hand zu weisende Tatsache, dass leider nicht der Umkehrschluss funktioniert: Du verzichtest aufs Denken und hörst damit auf zu sein. Du machst deinem Existieren quasi den Garaus, indem du geistig abschaltest. Funktioniert nicht. Jedenfalls nicht bei mir. Andere Fälle, bei denen das geklappt hätte, sind mir zudem nicht bekannt. Würde das - nehmen wir für einen Augenblick einmal an, ein solches Wunder könnte tatsächlich geschehen - passieren, dann wäre von einem auf den anderen Augenblick die Menschheit zahlenmäßig radikal dezimiert.

Im physischen Sinne ist mit der Umkehrung der philosophischen Formel also gar nichts zu gewinnen. Es wäre allenfalls einmal zu untersuchen, ob die Existenz in ihrer psychischen Dimension durch ein Mehr oder ein Weniger an Denken eher an Intensität gewinnt oder verliert. Irgendwelche Hinweise auf das eine oder das andere habe ich persönlich noch nicht bekommen. Ich verfolge deshalb Wege in diese Richtung gar nicht mehr. Auf Nachdenklichkeit verzichten, stupide in den Tag hineinleben, geistige Anregung ablehnen: Worin sollte der Nutzen für mich bestehen, wenn meine Existenz im freiwilligen Blödmann genauso zudringlich und drückend agieren würde wie zuvor im halbwegs hellen Kopf?

Noch einen letzten Gesichtspunkt lass mich vortragen, um dir, werter Mitexistierender, Mut zu machen, meinen Gedanken von etwas Fremdem und Feindseligem in mir nicht von vorherein als unmöglich und verrückt zu verwerfen. Du könntest überrascht sein, wieviel für dich selbst aus meinen Selbstbeobachtungen zu schöpfen ist, wenn du nur aufgeschlossen genug an mein Problem herangehst. Du magst dich einmal umhören, falls du zu denen gehörst, die einen großen Bekanntenkreis haben: Wie viele Menschen wissen nicht davon zu berichten, dass sie in einer bestimmten, besonders schwierigen oder gefährlichen Lebenssituation eine innere Stimme vernommen hätten, auf einen inneren Stimulus hörten, seinen Ratschlag befolgten, entgegen eigenen Bedenken genau das getan hätten, was sich am Ende als goldrichtig herausstellte. In jenem entscheidenden Augenblick, so werden sie vielleicht später sagen, war etwas in mir, das hat mich vor dieser oder jener Torheit bewahrt. Sie erkennen also an, dass eine besondere Instanz in ihnen in ihre selbständige Entscheidungsfindung als Individuum hineingegrätscht hatte. Im guten Sinne, wenn es um ein anerkannt positives Handeln geht, scheinen wir eine Fremdbestimmung in uns leichter zu akzeptieren als im Falle einer bösen negativen Verhaltensweise. Doch fast immer halten wir die Erfahrung einer Eingebung für etwas Einmaliges, wahrscheinlich sogar Zufälliges. Wir gehen danach schnell zur Tagesordnung über und preisen unsere unangreifbare persönliche Autonomie. Und schon haben wir den Augenblick verpasst, einer inneren Verwerfung auf die Spur zu kommen, die im Einzelfall hartnäckiger sein kann, als man das gerne wahrhaben würde. Und nehmen wir in unsere Liste von Beispielen noch die zahlenmäßig überschaubare Gruppe der Propheten hinein, die durch die Jahrhunderte hindurch im Gebirge, in der Wüste oder an wie unwirtlichem Ort auch immer, scheinbar auf sich gestellt ihrem Geschäft nachgingen, einem Volk oder der Menschheit die große Erleuchtung zu bringen. Diese Erleuchtung hatten sie, wie es überliefert ist, zuvor bereits in sich gespürt. Innere Stimmen, Leuchtfeuer in der Seele, Boten von etwas Höherem hatten bezeichnenderweise schon den Boden vorbereitet für außergewöhnliche Grenzerfahrungen. Ein Prophet, würde er verlautbaren, seine prophetischen Geschäfte ohne innere Stimme oder unfehlbare Erleuchtung zu betreiben, der könnte doch einpacken, dem nähme man sein vorlautes Gerede von vornherein nicht ab. Du siehst: Ganz so allein stehe ich nicht mit meinem Problem. Der Unterschied: Meine Existenz, meine innere Zweit-Instanz, ist rein negativ. Ist absolut destruktiv!

10. September: *Mein persönliches Existenzminimum*

Der wachsende Abstand zum Ursprung meines Existenzminimums hat mir deutlich gemacht, wie wenig ich und meine Existenz seither miteinander warm geworden sind. Eigentlich überhaupt nicht. Stattdessen hat eine stärker werdende Entfremdung sich in mir eingenistet. Da leben sie nun schon so lange unter dem gemeinsamen Dach meiner Persönlichkeit: Auf der einen Seite meine Wünsche und Vorstellungen, die sich zur Geltung bringen möchten und an denen ich ungeachtet aller Misslichkeiten des Lebens festzuhalten gedenke, schon aus Prinzip. Auf der anderen Seite, ausgerüstet mit Zaumzeug und Geschirr, belauert mich meine Existenz, die mich in ihrem Sinne immer wieder zureitet und unter ihre Botmäßigkeit zwingt.

Ich sage beispielsweise: *Heute gehe ich aus und treffe mich mit jemandem.* Sie antwortet: *Du bleibst hier! Du hast doch mich.* Meist fügt sie noch ironisch hinzu: *Mit wem auch wolltest du dich treffen?* Am Ende bleibe ich, innerlich zerrissen, daheim, obwohl mir vielleicht sehr danach ist, einmal mit anderen Existierenden zusammen zu sein. Doch ich weiß, wie wenig ich gegen den Standpunkt meiner Existenz ausrichten kann und befürchte zu Recht, dass jeder selbstständige Weg meinerseits aussichtslos wäre. Meine Existenz sitzt nun einmal am längeren Hebel. Da mag ich turnusmäßig verleitet sein, in heftigen Attacken gegen die Machtverteilung zu rebellieren, um ihren Umsturz herbeizuführen - es gelingt mir nicht, befriedigende Erfolge meiner Widersetzlichkeit zu verbuchen.

Vielleicht mag sie mich ja wirklich, meine Existenz. Ich will das nicht ganz ausschließen. Aber sie will mich uneingeschränkt für sich. Das empfinde ich als so entsetzlich anmaßend. Ich hingegen wünschte mir bloß mehr Eigenständigkeit. Die bekomme ich von ihr nicht zugestanden. Hart bleibt sie in dieser wichtigen Frage und unerbittlich.

Aus solchen Vorgaben, dass zwei Individuen mit unvereinbaren Erwartungshaltungen aneinander gekettet sind, aber doch unmöglich voneinander lassen können, entstehen im Leben immer wieder dauerhaft zerrüttete Beziehungen. Ich und meine Existenz, wir bilden da keine Ausnahme. Auch wenn wir nicht als zwei Individuen im klassischen Sinne gelten können.

Ich sollte, durch den Abstand der Jahre an Erfahrung reicher geworden, besser zugespitzt und noch schärfer formulieren: Ich liebe meine Existenz nicht. Sie ist mir über all die Jahre fremd geblieben. Oft genug widert sie mich an. Falls sie mich mögen sollte, beruht die Zuneigung nicht auf Gegenseitigkeit. Manchmal möchte ich sie sogar anschreien: *Ich hasse dich!* Bisher konnte ich es immer vermeiden, meine Abneigung derart unkontrolliert und lautstark vorzutragen.

Ich denke aber, sie wird etwas von meiner feindseligen Haltung bemerkt haben. Nach so langer Zeit des Beieinander bleibt ein feines Gespür für die Chemie des anderen nicht aus. Vielleicht deshalb zieht sie die Zügel gelegentlich noch fester an und schränkt meine Handlungsfreiheit stärker ein, als das im Allgemeinen schon der Fall ist. Dann spüre ich, dass sie mir nicht nur eins auswischen, sondern dass sie demonstrieren will, wer Herr im Hause meiner Persönlichkeit ist.

Lass mich, werter Mitexistierender, zu unserem gemeinsamen besseren Verständnis in diesem Zusammenhang eine Szene schildern, in die ich einmal verwickelt wurde. Ich hatte seinerzeit noch in der Bank gearbeitet. Auf dem Nachhauseweg ging ich an jenem Tag auf ein Bier in eine Bar. Wohl eher eine kleine Kneipe, ganz gemütlich, mit ein paar Tischen ausgestattet, die vor allem am Abend immer besetzt waren. Vom Gesamteindruck her war das Etablissement so beschaffen, dass einer wie ich sich relativ entspannt aufhalten konnte.

Ich stand angelehnt an der Theke und war noch mit dem ersten Bier beschäftigt. An dem mir nächstgelegenen Tisch saßen ein paar Leute ungefähr in meinem Alter. Zwei Frauen waren dabei. Einen der Männer kannte ich flüchtig. Er war Kunde meiner Bank. Er musste mich auch erkannt haben, denn auf einmal nickte er mit einer Andeutung von Lächeln zu mir herüber.

Was soll ich sagen: Als er nach einer Weile aufstand, um die Toilette aufzusuchen, kam er auf dem Rückweg von seinem Geschäft bei mir vorbei und fragte mich, ob ich mich nicht zu ihrer Runde dazusetzen wolle. Eigentlich wollte ich nicht. Meine Existenz war schon bei seinem Herannahen misstrauisch geworden und flutete mich nun mit Aufregung, um mein Ja-Wort zu verhindern. Andererseits wollte ich doch. Das Bier hatte mir außerdem Mut gemacht. Aller Aufregung zum Trotz sagte ich nach einigem Zögern, das meine Unschlüssigkeit ausdrückte, zu.

Die anderen begrüßten mich flüchtig, doch nicht unfreundlich, als ich Platz nahm. Wie gewöhnlich bei derartigen Gelegenheiten, musste ich mich erst einmal sammeln. In dieser heiklen Phase bin ich immer froh, wenn ich für eine Weile nicht weiter behelligt werde. Wenn ich da durch bin, so nahm ich mir vor, wollte ich erst einmal die beiden Frauen ansehen, wenn ich schon mal mit welchen gemeinsam an einem Tisch saß.

Will ich mich nämlich mit einem Existierenden weiblichen Geschlechts auf ein Gespräch einlassen, nimmt mir meine Existenz das jedes Mal ganz besonders übel und aktiviert die gehässigsten Reaktionen, um mich vom Gelingen meiner Unternehmung abzuhalten. Avancen zum weiblichen Geschlecht sind mit äußerster Vorsicht anzugehen. Dabei ist es schwer, meine Existenz in ihrer Wachsamkeit zu beeinträchtigen. In jedem Fall wird ein erster Schritt für mich immer darin bestehen, einen Eindruck einzufangen, um wen es sich bei dem auf mein Interesse gestoßenen Gegenüber handelt, wie er rein äußerlich überhaupt beschaffen ist und von daher auf mich wirkt und so weiter, also die üblichen Gesichtspunkte.

Das konnte auch an jenem Tag nicht anders verlaufen. Etwas zu überstürzen, das galt es in jedem Fall zu vermeiden. Gerade das aber, nämlich hektisch zu werden, unterlief mir in der zu schildernden Situation.

Damals begann die Kontaktaufnahme zunächst zufriedenstellend für mich und erzeugte eine vorsichtige Anfangszuversicht in mir. Ich hatte begonnen, aus der inneren Zurückgezogenheit herauszufinden und die ersten Sinnzusammenhänge des laufenden Gesprächs entwirrt, da bemerkte ich - und ich sagte zu mir: *Das ist jetzt nicht mehr zu früh* - dass jemand von den männlichen Existierenden aus der Runde sich an mich wandte. Ich checkte gerade noch, dass von einem Neuen die Rede war, als die Frage bei mir ankam, ob ich ihn kennen würde. Dabei fiel ein Name.

Auf einmal war ich gefordert und musste Farbe bekennen. Verstohlen musterte ich die Runde, wobei ich die beiden Frauen bewusst aussparte, denn es war eindeutig ein männlicher Vorname genannt worden. Außerdem wollte ich mich später ganz besonders und gesondert auf die weiblichen Existierenden konzentrieren. Warum also jetzt schon darauf meine Energie verschwenden? Verdammt, wer mochte bloß der Neue sein? Schließlich, nach einem peinlichen Moment des allgemeinen Schweigens, musste ich passen. Ich sagte: *Tut mir leid, Jungs. Ich kenne euren Neuen nicht. Ich kenne überhaupt keinen Jack Bond.*

Es war nur ein feines Murmeln, das an mein Ohr drang, das mich aber unmissverständlich mahnte: *So kannst du das Gespräch auf keinen Fall verlassen.* Meine Existenz hatte schon ungeniert angefangen zu frohlocken. Es war mir klar, ich müsste mit etwas halbwegs Gescheitem die Schlappe auswetzen, um noch einigermaßen unbeschädigt aus der Konversation herauszukommen.

Da hatte ich plötzlich einen Einfall. Auch irgendwo aufgeschnappt, doch es konnte passen. Ich sagte: *Ok, ich kenne euren Jack Bond nicht. Seid mir nicht böse. Aber ich kenne Jack Pot. Kennt ihr den vielleicht auch? Er muss sehr beliebt sein und einen großen Freundeskreis haben. Ich schätze, samstags ist er terminlich immer ausgebucht.*

Ich bemerkte sofort, ich hatte nunmehr einen Cumuluspatzer zustande gebracht. Meine Enttäuschung fraß sich tief in mich hinein. Jetzt, wo ich endlich so weit war, in ein Gesicht blicken zu können, nahmen alle in der Runde einen fragenden, teilweise ungläubigen, auf jeden Fall aber abweisenden Ausdruck an. Einer trainierte an einem schiefen Lächeln, bevor er sich abwandte. Das konnte ich genau sehen. Die anderen rückten ebenfalls von mir ab - und die Unterhaltung am Tisch ging nach der kurzen Unterbrechung weiter, als sei nichts geschehen.

Ich saß noch eine Weile eingeschüchtert dabei. Als aber auch der, den ich flüchtig kannte, nur noch Interesse für die anderen zeigte, ergriff mich eine innerliche Panik - klar, dass meine Existenz dafür verantwortlich war, die mir zubrüllte: *Du musst jetzt gehen. Merkst du das eigentlich nicht?*

Natürlich merkte ich das. Und ich tat das Unvermeidliche schließlich auch. Niemand in der Runde nahm davon Notiz. Ich bedauerte sehr die verpasste Gelegenheit zur Musterung der beiden weiblichen Mitexistierenden. Später, zu Hause, hatte ich es mit einer hämischen Existenz zu tun, die es nicht unterlassen konnte, wieder und wieder zu versichern, dass das Ganze von vornherein nicht gut ausgehen konnte. Rechthaberisch zudem warb sie für die angeblich überlegene Lebensweise eines uneingeschränkten Fürsichseins.

Damals ging ich nicht darauf ein. Ich bemühte mich hingegen, meinen eigenen Fehler aufzuspüren, was mir aber nur unvollkommen gelang. Denn damals hatte ich noch meinen Fernseher. Im Prinzip also hätte ich mir mit mehr Aufgeschlossenheit für mediale Vorgänge die Pleite ersparen können. Das redete ich mir eine Zeitlang ein. Doch war das wirklich der Fall? Etwas später schon überwogen die Zweifel. Denn natürlich kannte ich die Filmfigur, von der offenbar die Rede gewesen war. Ich hatte von ihr mehrfach gehört oder gelesen. Auch wenn ich selbst keinen der Filme gesehen hatte, selbst den neuen nicht.

Es war vielmehr damals in der Bar einfach noch zu früh gewesen, mich anzusprechen, was der betreffende Existierende, der gerade das getan hatte, aber nicht wissen konnte. Ich war noch nicht wirklich eingeklinkt in das Gesprächsfluidum. Dann aber sind bei mir Hörfehler und Missverständnisse gang und gäbe. Diese äußerst sensible und schwer kalkulierbare Phase eines Noch-nicht-dabei-sein-könnens war fatalerweise noch nicht vorbei gewesen. Die Aufregung, die mir meine Existenz regelmäßig einbrockt, hat außerdem gegenüber allem, was mit anderen Existierenden zu tun hat, die Funktion einer Löschmarkierung. Ein Gesicht, ein Wort, eine Geste - die können im Nu aus meinem Gedächtnis verschwinden oder erst gar nicht darin eindringen.

Mit einer Zahl könnte mir das nie passieren. Eine Zahl ist so rein, so edel, ist unaufgeregt wie unaufregend, dabei von individueller Gestalt und Einzigartigkeit. Die könnte ich niemals vergessen, könnte sie niemals geringschätzen oder bei ihr etwas übersehen. Wie gesagt, mit einem real Existierenden verhält sich das ganz anders.

Keinen von denen, die in der Runde gesessen hatten, mit Ausnahme vielleicht von dem, den ich schon vorher flüchtig kannte, hätte ich später wiedererkannt. Löschmarkierung aktiviert. Mit dem Fernseher, den ich später, nach meinem Ausscheiden aus dem Erwerbsleben, endgültig aus meiner Wohnung verbannte, hat die Blamage nichts zu tun.

Es ist einfach so, dass ich mit einem solchen Apparat vor und nach der Tagesschau nichts anfangen kann. Ein virtuelles Angebot voller Belanglosigkeit, das mit seiner Hardware in meinem kleinen Wohnzimmer unverschämt viel Platz beansprucht, scheint mir nicht attraktiv. Meine Existenz, mit der ich zumindest in dieser Problematik grob übereinstimme, urteilt über die Sachlage sogar noch schärfer als ich. Wie im realen Raum, so sind ihr auch im virtuellen Raum andere Existierende einfach zuwider. Ich versuche immer wieder, das etwas differenzierter zu sehen. So viel Selbständigkeit nehme ich mir schon heraus. Das darf man mir glauben.

11. September: **Huch, da sind ja noch andere**

Inzwischen bin ich zu der Auffassung gelangt - auch wenn das am Anfang nicht so durchgeklungen haben mag - dass die Existenz schwer wiegt. Sie ist kein leichter Brocken. Sie ist vielmehr von erdrückender Mächtigkeit und essenzieller Eindringlichkeit. Ihre Implementierung, schon für sich genommen ein unerhörter Vorgang, konstituiert letztendlich ein fein gewobenes Herrschaftsverhältnis in der Persönlichkeit, dem sich derjenige, von dem die Existenz Besitz ergriffen hat, nicht entziehen kann. So eine Usurpation aber - diese Frage drängt sich einfach auf - sollte schnell und unauffällig über die Bühne gehen?

Schon ganz allgemein hätte ich da meine Zweifel. Konkret auf mich bezogen vagabundieren zudem Erinnerungsfetzen in meiner neuronalen Struktur, die nahelegen könnten, dass sich die Durchdringung meiner Persönlichkeit mit Existenz, mit meiner besonderen Existenz, nicht in einem einzigen Akt, sondern in mehreren Schüben vollzog, die für die Erkenntnisgewinnung tunlichst voneinander abzugrenzen sind, auch wenn sie in der Unvollkommenheit meiner Erinnerungswelt mit Vorliebe ineinander verschwimmen.

Die fundamentale Bewusstwerdung, dass ich da bin, stand zweifellos am Anfang. Sie war eine gewaltige Selbsterfahrung, die mich eine Zeitlang voll in Beschlag nahm, für sich genommen nicht einmal rein negativ wie eine dunkle Energie im Inneren meines Wesens strahlte. Meine Bemerkung, dass sich *mein Damaskus* vor einem Spielwarenladen zutrug und dass mir die Bittstellerpose eines Konsumenten vormoderner Zeiten als Lebensgrundeinstellung ins Gemüt geschrieben wurde, war doch etwas sehr gleichnishaft. Meinen Wunsch, den Laden zu betreten, um mir einen schönen bunten Kreisel zu kaufen, hatte ich seinerzeit schnell vergessen. Nichts Schwerwiegendes war also passiert. Erst einmal war ich bloß über den Rand des Existenzminimums hinausgelangt. Ich war ganz für mich ins bewusste Leben getreten und in der nächsten Zeit mit dem Eindruck davon so sehr beschäftigt, dass ich dem kleinen Laden an der Straße so wenig Bedeutung beimaß wie dem ganz großen Laden des Lebens, von dem ich naturgemäß überhaupt noch keinen Begriff hatte. Ich war da. Ich existierte. Ich strotzte nur so von existentieller Materialität. Ich spürte mich. War denn da noch etwas anders? Erst einmal nicht.

Aus dem zeitlichen Abstand und nach reiflicher Überlegung fällt es mir nun leichter, zu erfassen und anzuerkennen, damals nur erst mit dem ersten Schub meiner Existenzbildung konfrontiert gewesen zu sein. Die Ergriffenheit, in die ich darüber geriet, war ganz gewiss nicht rein negativer Natur. Auch wenn ich das aus gewissen Gründen heute vielleicht gerne so hätte und deshalb ganz spontan vor dem Leser in der Weise auftrumpfe. Es ist im Leben doch häufig so, dass eine Bewertung besonderer Umstände erst später erfolgt. Wenn man zum Beispiel unvermittelt es mit etwas Ungewohntem zu tun bekommt, hat die Situation doch zunächst eine sehr große Ähnlichkeit mit dem Öffnen einer Wundertüte. In der weiteren Entwicklung wird sich dann zeigen müssen, ob die mentale Verarbeitung später gegenüber dem im Ursprung Ungewohnten eine negative oder eine positive oder eine neutrale Wertung aussprechen wird.

Zu meiner Zeit genoss man als Kind noch den Vorzug, als Existierender im Anfangsstadium in eine Welt hineingestellt worden zu sein, in der man sich relativ unbeobachtet bewegen konnte; in der es etwas zu entdecken gab; die Luft lud ein zum freien Atmen, auch wenn die Luft nicht immer gut war. Freiflächenschwund, Siedlungswahn, Motorisierungschaos – nicht in meiner frühen Kindheit.

Warst du raus aus der Stube, dann hattest du erst einmal Platz. Wolltest du dich den Erwachsenen entziehen - kein großes Problem. Ob hinten bei den Kaninchenställen oder abseits bei den Sträuchern, ob unten an der offenen Kanalisation oder weiter draußen im Eichenwäldchen - für ein Kind, das unterwegs war, veränderte sich die Welt ständig, blieb aber in ihrer Grundstruktur über die Zeit hinweg vertraut. Ein Spielwarengeschäft in der Nähe gab es nicht. Meine Mutter war froh, dass ein Lebensmittelladen und der Milchmann erreichbar waren. Mehr brauchte man auch nicht.

Schade eigentlich, dass ich etwas spät dran war mit dem Geborenwerden. Lange konnte ich nicht teilhaben an den idyllischen Zuständen. Einer um den anderen der ausgereiften Existierenden geriet schon bald in den Bann der neuen Zeit des wirtschaftlichen Aufbruchs. Keiner wollte abseits stehen von den Segnungen des anwachsenden Wohlstandes. Man veränderte sich. Die Umgebung veränderte sich. Viele zog es fort. Unter denen war auch ich mit meiner Familie. Auf einmal musste ich mich vor Autos in Acht nehmen. Wenn ich in der neuen Umgebung unterwegs war, konnte ich nie die Häuser hinter mir lassen. Man war am Spielwarengeschäft nun genauso nahe dran wie am Gemüsestand. Und man war, kaum draußen, immer umstellt von anderen.

Auf acht Jahre hatte ich mich vorhin geschätzt, als ich meiner Existenz begegnete, respektive sie von mir Besitz ergriff. Da war ich schon raus aus der Umgebung, in der ich mich noch nicht von Existenzzwängen bedrängt gefühlt hatte. Jedenfalls nicht in meiner Erinnerung. Kann natürlich sein, das hatte mit meinem Alter zu tun, und überhaupt braucht es eine gewisse Durchschnittszeit zum Ausreifen des Existenzminimums. Die äußeren Umstände könnten aber doch auch eine Rolle gespielt haben. Ich will das jedenfalls nicht ganz von der Hand weisen.

Nun, in meinem späten Leben, da ich eine größere Klarheit gewonnen habe über die Anfänge meiner existentiellen Begegnung, will ich zweckmäßigerweise sogleich fortfahren mit der Entwirrung der Umstände an jenem Ursprung der Verwerfungen in meiner Gemütsentwicklung. Rekapitulieren wir also:

Die Existenz fällt mich an. Ich erkenne und rufe *Huch! Ich bin da*. Ich bin überrascht. Bin vereinnahmt. Lote den Eindruck aus. Bemühe mich darum, nicht negativ voreingenommen zu sein. Da erwischt mich kalt der zweite Schub. Erneut ein Augenblick der Fassungslosigkeit. Ein weiterer Ausruf entfährt meinem Munde: *Huch! Da sind ja noch andere!*

Hatte ich die anderen vorher nicht wahrgenommen? Ich war immerhin schon acht. Ich hatte schon zwei Jahre Schulbesuch hinter mir. Doch offensichtlich geht das nicht, dass man im Zuge der eintretenden Existenzbesessenheit die anderen früher als sich selbst wahrnimmt. Eine feste Reihenfolge scheint in dieser Angelegenheit vorgeschrieben zu sein, so wie beispielsweise eine Verdauung erst dann arbeiten kann, wenn ihr zuvor etwas Verwertbares zugeführt wurde. Du musst - als Existierender in einer ähnlichen Lage wie ich - mit der erworbenen Existenz erst vor den Ereignishorizont treten. Du musst dir erst deiner selbst bewusst werden, musst das Existenzminimum definitiv hinter dir gelassen haben, bevor du die anderen außer dir überhaupt wahrnehmen und als Problem erfassen kannst.

Dann aber wirst du sie nicht mehr los. Die anderen bringen schnell die Klebrigkeit, die Widerwärtigkeit und Abneigung in dein Weltempfinden. Oder doch nicht? Nicht die anderen? Sollte deine eigene Existenz dafür verantwortlich sein, die die anderen außer dir mit Vorbedacht an den Pranger stellt und als fremd und feindlich deklariert? Ich hätte die Mühsal dieser Geschichte gar nicht auf mich genommen, wenn ich inzwischen nicht genau von dieser letzteren Sichtweise überzeugt wäre.

12. September: *Beginn einer Feindschaft*

Der für das Lesen noch immer aufgeschlossene Mitexistierende, der in den ersten Kapiteln mitbekommen hat, mit wie viel Boshaftigkeit ich über meine Existenz hergezogen bin und gerade schwarz auf weiß gesehen hat, dass ich sie sogar der Verschwörung gegen mich bezichtige, wird vielleicht, aus einer Art Helferreflex heraus geneigt sein, sie spontan in Schutz zu nehmen. Er könnte in geschickter Weise auf sich selbst hindeuten als ein gelungenes Beispiel des harmonischen Miteinander der Beteiligten und hernach zu der Verallgemeinerung vorstoßen, dass man gewisse Unterschiede in den Wesenszügen nicht überbewerten sollte. Jeder Mensch weise schließlich Widersprüchliches in seinem Wesen auf. Bisweilen, selbstverständlich, erwüchsen daraus auch Beschwernisse. Aber im Großen und Ganzen komme man doch auch mit Ungereimtheiten in seiner Gemütsstruktur zurecht, wenn man nur die Linienführung in seinem Leben beherzt und mit Gelassenheit beibehält. Alles nur eine Frage der inneren Manneszucht. Jedenfalls bei Männern.

Das mag bei dir so sein, werter Mitexistierender. In diesem Falle wäre ich dann der letzte, der dich nicht zu deiner ausgewogenen und belastbaren Persönlichkeitsstatik beglückwünschen würde. Wenn es mir aber darauf angekommen wäre, über ein solches Existieren, wie du es dir offensichtlich zugutehältst, zu berichten, dann hätte ich eine Biografie geschrieben, wenn ich unbedingt etwas hätte schreiben wollen. Erteile aber bitte meiner Existenz nur nicht vorschnell Entlastung, bevor du noch voll ins Bild gesetzt bist, mit welchen Raffinessen eine boshafte Existenz einen arglosen Existierenden drangsalieren und an der Nase herumführen kann.

Nicht jeder Existierende - so sage ich das mal, ohne dir persönlich nahetreten zu wollen - bemerkt das. Das ist dann aber sein Problem und nicht das meinige. Ich werde mir meine Wachsamkeit jedenfalls nicht nehmen lassen. Ich werde eine aufgefundene Spur nicht vorschnell verlassen. Und ich will mich von meinem eingeschlagenen Weg durch kleinliche Erwägungen nicht abbringen lassen.

Doch lass uns, werter Mitexistierender, besser keinen unnötigen Streit vom Zaun brechen. Nicht um abstrakte Grundsatzfragen. Es lohnt nicht. Erfreue nur du dich deiner Existenz, wenn du es für richtig hältst. Ich hadere mit meiner Existenz, wie es mir angebracht erscheint. Ich kann sie nun einmal nicht aus der Verantwortung entlassen dafür, wohin sie mich geführt und verführt hat.

Nehmen wir mein letztes Lehrjahr in der Bank, als die Abschlussprüfungen vor mir lagen. Manche Abteilung lag hinter mir. Die Ausbildungsregie hatte mich da durchgeschleust, um meine Kenntnisse und Erfahrungen zum späteren Nutzen für die Firma zu mehren. Daran ist überhaupt nichts Verwerfliches. In der Berufsschule war mir überzeugend beigebracht worden, dass die betriebswirtschaftliche Effizienz jeder gesunden Firma, die sich in einer soliden Gewinnsituation niederzuschlagen weiß, erstrebenswert und bedeutsam ist für die letztendliche Wohlfahrt des volkswirtschaftlichen Ganzen. Der Gedanke war kaum zu widerlegen.

Da musste ich nun einmal durch, durch die Abteilungen; durch die geliebten und die ungeliebten. Ich hatte im Laufe der Zeit interessante und weniger interessante Tätigkeiten kennen gelernt. Bei den interessanten wäre ich gern länger geblieben. Ging aber nicht. Dafür wäre ich bei den weniger interessanten gern früher aufgebrochen. Ging aber auch nicht. Die Verantwortlichen achteten bei den Auszubildenden sehr auf die Einhaltung des Programmablaufs. Ich machte das alles mit. Ich war nicht in irgendeiner Weise renitent. Doch bemerkte ich, je weiter die Lehrzeit sich ihrem Abschluss näherte, ein Stocken in meinem Berufshandeln. Ich geriet bei der Bewältigung mancher Anforderungen gehörig ins Schwimmen, so kann ich das sagen.

Zunächst dachte ich, das habe mit mir zu tun. Ich fing an mich zu beobachten, um der Schwachstellen bei der Wahrnehmung meiner Berufspflichten gewahr zu werden. Ein persönlichkeitsbedingtes Weicheiertum geriet zuerst unter Verdacht. Was, wenn ich den Anforderungen des Geschäftlichen nicht gewachsen war? Verstört ging ich alle Segmente des

Anforderungsprofils durch: Der lange Arbeitstag; die unaufhörliche Konzentration und Aufmerksamkeit; der Krawattenzwang;
gleichbleibende Höflichkeit. Irgendwie, so war mein Eindruck,
machte mir das **alles** zu schaffen. *Aber Alles ist Nichts*, sagte ich
mir misstrauisch. So kann man doch nicht ein Kernproblem ausfindig machen. Ich musste etwas übersehen haben.

Da kam mir auf einmal der Zufall zu Hilfe. Aushilfshalber versetzte man mich für eine kurze Zeit zurück zu den Kontoauszügen. Ach, war das eine Labsal! Zahlen, Formulare, routinierte
Abläufe, kein Dreinreden anderer. Ich war selig. Alles lief wieder
wie am Schnürchen. Ich selbst lebte auf. Schon glaubte ich das
Problem erkannt zu haben: Die Zahlen! Man hatte mir die Zahlen
genommen.

Meine Euphorie über den nunmehr entdeckt geglaubten Stein
der Weisen hielt nicht lange an. Die vielversprechende Spur verlief schließlich im Sande, als ich in ernüchterter Stimmungslage
noch einmal alles durchging und danach nicht umhinkam,
meine letzte Deutung zu revidieren. In jeder Abteilung hatte ich
es doch mit Zahlen zu tun bekommen. Mal waren es mehr, mal
weniger; mal waren sie größer, mal kleiner. Immer aber waren
sie wichtig gewesen. Ein Bankbeamter ohne Zahlen, das ging
doch auch gar nicht. Das ganze Geschäftsmodell lebte von Zahlen. Jeder Erfolg fußte auf ihnen. Selbstverständlich auch jeder
Misserfolg. Wenn mir meine Schwierigkeiten bisher noch keine
wirklichen Unannehmlichkeiten eingebracht hatten, dann lag
das vor allem an meiner Stärke im Umgang mit den Zahlen. In
jeder Abteilung. Ich gebe zu, an jenem Abend, als mir meine
Ausgangsthese im Kopf zerbröselte, trank ich ein paar Bier mehr,
als mir das eigentlich guttut.

Das ist nun wiederum das Schöne an einer Banklehre, wenn ich
das einmal einflechten darf; man hat viel mit Nützlichkeitserwägungen zu tun. Man sucht im täglichen Geschäft immer nach einem Vorteil: Für den Kunden; für sich, also für die Bank; über
den Kunden für die Bank; über die Bank für sich selbst. Am Ende
muss was Ordentliches ankommen bei der Bank. Und das, was
ankommt, sollte zudem ein ordentliches Plus aufweisen. Gelingt

dir das, wird deine berufliche Position vorteilhaft befestigt und bei dir kommt ebenfalls ordentlich was an. Wenn mir meinerseits das nun eben nicht gelang - an den Zahlen lag das nicht. Und auch nicht am Zahlenmangel in einzelnen Abteilungen. Und an meinem Umgang mit den Zahlen lag das erst recht nicht.

Gerade unter Nützlichkeitserwägungen ging es mir aber nicht gut. Ich hatte mit einem Mangel an Wohlbefinden zu tun. Bei mir kam zu wenig an. Dafür gab ich zu viel ab - nämlich Lebensenergie. Kein tragfähiges Geschäftsmodell so etwas. Da war absehbar, worauf das längerfristig hinauslaufen musste. Auch eine nur oberflächliche Kosten-Nutzen-Rechnung würde das offenlegen.

Also ging ich - ich weiß nicht zum wievielten Male! - noch einmal alles durch. Die Zahlen waren es also nicht, jedenfalls nicht für sich genommen. Ich sollte einmal in eine völlig andere Richtung denken, ging es mir durch den Kopf. Es bestand vielleicht keine Unterversorgung mit etwas, wie zum Beispiel mit Zahlen, sondern ein Überangebot an etwas anderem. Doch was war das? Als ich genau an diesem Punkt meines Nachdenkens angekommen war, begann meine Existenz zu fauchen.

Die ganze Zeit über, während der ich mir vergeblich den Kopf zerbrach, hatte sie sich still verhalten. Keinen Mucks gab sie von sich. Erfolgreich hatte sie sich meiner Aufmerksamkeit entzogen. Und sie wusste auch wohl warum. Das Fauchen war ein Überraschungsreflex, als ich dem Problem nahegekommen war. Das unvermittelte Fauchen war jedoch ein Fehler; aus ihrer Sicht war das unbedingt ein Fehler. Denn nun hatte ich sie im Visier. Das heißt, zunächst einmal nicht meine eigene Existenz, sondern die fremden Existierenden. Über sie schließlich konnte ich meine Existenz erfolgreich am Schlafittchen fassen.

Natürlich, wie hatte ich so lange übersehen können, dass das Fortschreiten meiner Lehrzeit mich immer näher an den Kunden, immer näher an die kollegiale Kooperation heranführte, immer häufiger einer komplexen Kommunikation und zudringlichen Fremdwahrnehmung auslieferte. Immer mehr bedrängten mich fremde Existierende, von denen ich bereits früher schon in Erfahrung gebracht hatte, dass sie der Souveränität meiner

Lebensführung abträglich waren und mir daher nicht guttaten. Nur hatte ich diesen Umstand bisher noch nicht bewusst mit meiner eigenen Existenz in Verbindung gebracht. *Ein unerhörter Gedanke!*, befand ich zunächst. *Eine unerhörte Schofelei!*, befinde ich heute, wo für mich hinsichtlich der Urheberschaft meiner Malaise keine Zweifel mehr bestehen.

13. September *Gescheiterte Abwehr*

Wie sollte das aber vonstattengehen, also, wie soll man sich das vorzustellen haben, das Fauchen der Existenz? Das ist eine naheliegende und berechtigte Frage. Ich fühle mich verpflichtet, diesen Sachverhalt ein wenig aufzuklären, wenn ich ihn nun schon einmal in den Raum geworfen habe.

Dabei will ich gar nicht hinter dem Berg halten, dass es sich bei dem Fauchen nicht um ein Geräusch handelt, das mit den Ohren gut wahrzunehmen wäre. Die Akustik spielt bei dem von mir als Fauchen bezeichneten Eindruck keine oder - wenn doch - nur eine untergeordnete Rolle. Es ist eher ein Gespür von etwas, das aus meinem Inneren kommt. Wenn dein Handy auf Stummschaltung und Vibration in deiner Hosentasche steckt, dann hast du, werter Mitexistierender, wenn du abgelenkt bist, zuerst auch nur ein eigenartiges Gespür, bevor du checkst: Mensch, da ruft mich einer an. So ähnlich kann man sich vielleicht das Fauchen vorstellen. Doch genau weiß ich das nicht, denn das ist nun schon ewig lange her, dass ich ein Handy mit mir herumtrug. Inzwischen telefoniere ich mit niemandem mehr. Der Vergleich könnte also schief sein. Als ich die Sache mit dem Fauchen in meine Werkzeugkiste für die Selbstwahrnehmung aufnahm, da waren Handys auch noch gar nicht verbreitet; das steckte ganz im Anfangsstadium mit den Dingern, als sie noch so groß waren, dass niemand sie in seine Hosentasche gesteckt hätte.

Aber Katzen gab es. Möglicherweise habe ich mir damals vorgestellt, dass, wenn eine Katze faucht, ich in etwa, wenn ich ganz nah an ihrem Kehlkopf dran wäre, denselben Eindruck hätte, als wenn meine Existenz sich bemerkbar machte - eben faucht. So einfach ist das im Grunde genommen. Jedenfalls wenn ich den allerersten Eindruck beim Beginn des Fauchens zu beschreiben hätte. Die Folgeeindrücke, die an den ersten Eindruck anschließen, sind dann schon mächtiger.

Ich spüre ein Kribbeln auf der Haut, fortschreitend von unten nach oben. Vielleicht weil die Existenz sich zusammenzieht, was ich aber noch nicht ausmessen konnte. Oder sie ist klebrig geworden, was man natürlich auch sofort spürt, weil sie ja hochelastisch ist und unaufhörlich arbeitet. Ob es sich nun so oder anders verhält, auf jeden Fall ist das Empfinden peinlich unangenehm. Dann ist das übrigens wieder wie bei dem erwähnten Beispiel mit dem Handy. Ich weiß: Meine Existenz ruft mich an. Sie hat mir etwas zu sagen oder - wie sie es eher liebt - zu befehlen. Eine Wahl allerdings, wie beim Handy - drangehen oder ignorieren - die bleibt mir nicht.

Nun will ich aber doch erst einmal der Reihe nach weiter berichten. Ich hatte vorhin darauf hingewiesen, dass ich bei der Problembetrachtung meiner Misslichkeiten so nahe an die Offenbarungszone herangekommen war, dass meine Existenz unvorsichtigerweise angefangen hatte zu fauchen und mich damit in der Richtigkeit meiner eingeschlagenen Mutmaßungen bestätigte. Die aber hatten sich gleich im Doppelpack aufgedrängt.

Zur Überraschung meiner Existenz war ich wegen ihres unvorsichtigen Fauchens einmal auf sie selbst, zum Zweiten auf die anderen außer mir als diejenigen, an denen meine Existenz Anstoß nahm, aufmerksam geworden. Die zweite Erkenntnis war in jenem Augenblick die wichtigere, worauf ich mich fest entschloss, die heiße Spur weiter zu verfolgen. Ein einmaliges Fauchen konnte noch kein Beweis sein. Dabei konnte auch der Zufall mitgespielt haben. Die experimentelle Wiederholbarkeit eines entdeckten Phänomens erst zeichnet solide Erkenntnisarbeit aus. Daran gedachte ich mich auch dann zu halten, wenn es um meine eigene Person ging.

Eine eher unverfängliche Situation wählte ich aus, um meinen Anfangsverdacht zu bestätigen, ach was! - eine Situation? Erst einmal ein bloßes Hineinversetzen in eine Situation, die noch gar nicht da war, sondern erst für den nächsten Tag anstand. Da war nämlich von der Geschäftsleitung meiner Abteilung ein Empfang anberaumt worden; eine kleine abteilungsinterne Angelegenheit mit einigen hochkarätigen Gästen, mit kleinen Ansprachen, einigen Pflichtgesprächen und viel Small-Talk. Ich würde voll darin involviert sein. Es würde unbedingt ein harter Tag werden. Wie gesagt, ich hatte nun einmal einen Anfangsverdacht geschöpft. Und weil die Krawattenfrage ohnehin am Vortag entschieden werden musste, begab ich mich intensiver als gewöhnlich in den Zustand der Vergegenwärtigung der kommenden Situation. Da passierte es, dass meine Existenz fauchte; ganz heftig fauchte.

Hätte sie es nun dabei bewenden lassen, wäre mein Plan schon aufgegangen. Auf mehr als ein Fauchen war ich eigentlich nicht eingestellt. Vielleicht war das naiv von mir. Denn meine Existenz wusste selbstverständlich, dass ich gewarnt war. Aus ihrer Sicht war es nur folgerichtig, die Flucht nach vorn anzutreten, in der Gunst dieser Stunde alles auf eine Karte zu setzen, um weitere Machtanteile über mein Leben zu erringen. Anhaltend und erbarmungslos schüttelte sie mich durch einen Fiebersturm hindurch, so dass ich überzeugt war, auch nur das mentale Beieinander mit anderen Existierenden, wie es mir der Vergegenwärtigungsvorgang in meiner Fantasie arrangiert hatte, niemals ertragen zu können.

Du gehst nicht hin zu dem Empfang!, befahl mir meine Existenz. *Du meldest dich einfach krank und gehst nicht hin!*, präzisierte sie ihren Ratschlag. *Ich gehe doch hin!*, widersprach ich unter Aufbietung aller meiner Kräfte. Wechselvoll wogte an dem Vorabend des fraglichen Ereignisses unser Kampf, an dessen Ende ich dann doch noch selbstbehauptet die Krawattenfrage entschied und entschlossen den Wecker pünktlich stellte, bevor ich erschöpft in einen tiefen Schlaf fiel, aus dem ich anderntags beim Klingeln des Weckers zu meiner eigenen Überraschung erquickt erwachte. Nichts in meinem Inneren erinnerte mich an den Konflikt des Abends zuvor.

Meine Existenz tat keinen Mucks mehr. Sie mochte sich erst einmal geschlagen gegeben haben und selbst neue Kräfte sammeln. Zur Bewältigung des Empfangs mit vielen von den typischen gesellschaftlichen Pflichthandlungen eines angehenden Bankangestellten hatte ich für diesen Tag jedenfalls meine Freiheit gewonnen. Das kam mir sofort zugute, als der streng geplante Teil des Programms abgewickelt wurde. Überaus tapfer hielt ich mich bei den steifen Ritualen, deren Befolgung mir gewöhnlich Schwierigkeiten macht. Auch die gefühlte Zeit verging erfreulich schnell.

Schon glaubte ich, als ein abschließendes Glas Sekt auf Kosten des Hauses das Engagement der motivierten Mitarbeiter belohnte und den Erfolg des Tages krönte, durch das Dickicht der Konversationspflichten und der lästigen Fremderwartungen hindurch zu sein. Ich fühlte mich - wie das selten der Fall ist - eingeklinkt in ein Wechselwirkungsgeschehen mit anderen Existierenden außer mir. Die ansonsten immer gegenwärtigen feindseligen Empfindungen schienen aus meinem Gemüt getilgt. Am Ende des offiziellen Teils war ich in eine gelöste, schon ein wenig ins Übermütige drehende Stimmung verfallen.

Zufrieden stand ich zum Ausklang des außerordentlichen beruflichen Tagwerks bei einer kleinen Gruppe von ehemaligen Auszubildenden des letzten Jahrgangs, die sich das Erzählen von netten Anekdötchen zum geselligen Programm erhoben hatte, als ich in einem plötzlichen Anfall von draufgängerischer Kühnheit meinerseits das Wort ergriff und die Aufmerksamkeit der Umstehenden auf mich lenkte. Man gab sich überrascht, weil man mich so nicht kannte. Doch bald hatte ich das Interesse der Zuhörenden gewonnen. Das wollte ich nun aber auch für eine Aufwertung meines eher bescheidenen Ansehens nutzen.

Die Geschichte, die ich zum Besten gab, stammte aus zweiter Hand. Derjenige, von dem ich sie gehört hatte, war ein begnadeter Erzähler, der selbst mit einem völlig drögen Stoff immer wieder ein Höchstmaß an Heiterkeit bei seinen Zuhörern hervorrufen konnte. Es war eine Vermessenheit von mir, mich an so etwas für unbedingt Fortgeschrittene heranzuwagen.

14. September: *Ins Fettnäpfchen getreten*

Ich weiß nicht, wie es dir gewöhnlich ergeht, werter Mitexistierender - ich für meinen Teil mag nicht gern vor anderen Leuten reden. Das sage ich sogar ganz unabhängig von den Attacken meiner Existenz, die daraus erst wirklich ein Problem machen will. Ich persönlich habe eine ungezwungenere Einstellung in der Angelegenheit, die sich gelegentlich wechselhaft gibt.

So kann es geschehen, dass ich schon mal ins Schwadronieren verfalle, wenn sich eine gute Situation einstellt. Zugegeben, das ist selten. Doch es kommt vor. Meist allerdings hemmen mich die Umstände, aus mir, wie man so sagt, herauszugehen. Es ist nun einmal so, dass jemand wie ich, der schon früh auf seine Mitexistierenden als Signatur der Bedrohung für sich selbst aufmerksam geworden ist, schwerlich unvorbelastet in eine Gesprächsbeziehung eintreten kann. Eine Art Misstrauen umgibt mich ständig wie eine Ballonhülle. Diese Hülle abzustreifen oder zu durchdringen, um anschließend zwanglos einem oder mehreren Mitexistierenden etwas von mir persönlich mitzuteilen oder aus meinem Gefühl heraus preiszugeben, das ist nicht leicht. Das ist wahrlich nicht leicht. Wenn ich es mit dem nötigen Ernst betrachte, dann ist das - von zufälligen Einzelfällen abgesehen - sogar unmöglich. Man darf mir glauben, dass viele frühe negative Erfahrungen mein Verhalten nachhaltig prägten.

Meine Mutter hatte sich zeitweise besorgt gezeigt und mich als Bub mit Nachdruck ermuntert, doch immer laut und deutlich zu sprechen und mich dabei meinen Gesprächspartnern zuzuwenden, anstatt den Eindruck zu vermitteln, ich führe, meine Umgebung nicht beachtend, ein Selbstgespräch. *Jungchen*, hatte sie gesagt, *du musst doch auf die Leute eingehen, wenn du Anerkennung finden willst.*

Ich habe meine Mutter immer für eine lebenskluge Frau gehalten und wollte als ihr braver Sohn gern beherzigen, was sie mir anempfahl. So unterzog ich mich der Mühe, mir Übungen für ein Selbsterziehungsprogramm auszudenken, das mir helfen sollte, besonders deutlich und betont zu sprechen. Ich brauchte dafür nur einen Spiegel und mich selbst.

Mühevoll gewöhnte ich mir an, die Worte in meinem Gedächtnis genau zurechtzulegen, die ich zur Schilderung einer Angelegenheit für besonders treffend hielt. Das gelang nach einigem Experimentieren am besten, wenn ich mich im Wortfluss nicht übereilte und immer sehr gewissenhaft auf den Sprechvorgang konzentrierte. Ständiges Üben verbesserte schließlich meine allgemeine Artikulation. Doch dass ich daraufhin mich mit einem Gesprächspartner auf der Gefühlsebene besser hätte verständigen und mein Misstrauen überwinden können, das kann ich nun nicht sagen.

Hinzu kommt, dass die wichtigste Regel meines Übungsprogramms, unbedingt die Mäßigung meines Sprechtempos zu kontrollieren, viele Situationen für mich ungeeignet erscheinen ließ. An vorderster Stelle waren das solche Gespräche, die spontan entstanden und keine Vorbereitungszeit für die Teilnehmer vorsahen. Andere Gespräche wiederum, in deren Verlauf sich ein Wettbewerb um Redeanteile entwickelte, wie das häufig gar nicht ausbleibt, gingen für mich gewöhnlich so aus, dass ich noch mit der Planung meiner Satzfolge und der zu verwendenden Hauptbegriffe beschäftigt war, als andere schon ihren Lebenslauf erzählt hatten. Also insgesamt, so möchte ich das einmal resümieren, war meine Methode nur in seltenen Fällen wirklich praktikabel.

Der nachhaltige Eindruck des Fremdartigen, den jeder Mitexistierende auf mich ausübt und der die wahre Urheberschaft für mein Sprecherziehungsprogramm für sich beanspruchen kann, war indes nicht aus der Welt zu schaffen. Daran zerschellte oft genug auch eine solche Situation, die aufgrund meiner gezielten Vorbereitung vielversprechend begonnen hatte. Gerade dann, wenn mehrere Mitexistierende zugleich in meine Aufmerksamkeit einbezogen werden mussten, lief meine Regie, mochte ich sie vorab noch so sehr bedacht haben, besonders gern aus dem Ruder. Ein Wort, eine Handlung, ein Signal von diesem oder jenem der interagierenden Mitexistierenden konnte die Lage für mich von einem auf den anderen Augenblick zum Kippen bringen.

Meine Mutter war es dann auch, die mich davor gewarnt hatte, zu unbedacht mit meinen Worten umzugehen, als sie bemerkte, dass ich eine Vorliebe entwickelte, mit ihnen zu spielen und ihren Gebrauch ausschließlich danach beurteilte, dass sie mir gefielen. *Jungchen, du musst doch auch darüber nachdenken, was dein Gesprächspartner fühlt, wenn du ihm eine solche Bemerkung machst.*

Genau das aber fiel mir schwer. Woher sollte ich denn wissen, was ein anderer Mitexistierender dachte oder fühlte oder wie er innerlich reagieren könnte, wenn ich ihm dieses oder jenes mitteilte. Ich kannte doch nur mich. Worte, die sich an einen Mitexistierenden richteten, das waren nur Worte. Sie sollten gut klingen. Und gut passen. Und mich in ein vorteilhaftes Licht rücken. Nicht mehr. Doch nun zurück zum Drama.

Da stand ich also damals in meiner kleinen Abteilung bei der großen Bank gegen Ende des Empfangs, der bis dahin vielversprechend für mich verlaufen war, selbstverschuldet auf einmal im Mittelpunkt einer Runde von Mitexistierenden und hörte mich sprechen.

Bedrohlich stieg in meinem Inneren das von mir freiwillig verursachte Geräusch empor und drang hinauf an mein Gehör. Der Eindruck war ungewohnt, und meine Stimme klang merkwürdig fremd. Als sich aus dem akustischen Brei der ersten Augenblicke endlich einzelne Worte und Sätze ausdifferenzierten, erschrak ich. Die gesprochenen Worte sollten doch aus mir heraus gelangen und die Ohren der anderen erreichen. Mir schien das plötzlich so unmöglich, als sollte Licht ein schwarzes Loch verlassen.

Ein Anfall von Kleinmut befiel mich. Die Umstehenden entrückten wie hinter einem Vorhang aus feinstem Nebel, aus dem die Gesichter unterschiedslos hervortraten und hinter einer Maske von kalter Gleichgültigkeit nichts anderes verströmten als aufeinander folgende Schauer von gehässiger Erwartung, die mich wie Pfeilspitzen trafen. Ein leichtes Zittern, eher ein Vibrieren, überkam mich. Schwer nur widerstand ich dem mächtigen Impuls davonzulaufen. Ich rang mit mir und meiner Existenz um die Selbstkontrolle. *Das darf sich nicht zu einem Worst-Case-*

Szenarium entwickeln! Der Ausgang stand wahrlich auf Messers Schneide.

Rechtzeitig besann ich mich aber dann doch noch auf die wichtigsten Regeln meines Selbsterziehungsprogramms für die zweckmäßige Wortfolge. Um den Preis, dass die mentale Verbindung zu meinem Zuhörerkreis vollends riss, konnte ich mich schließlich innerlich abfangen und ganz auf die Gestaltung meines Redewerks für die umstehenden Mitexistierenden konzentrieren.

Dabei wurde mir während des Sprechens zusehends klarer, dass ich einen vergleichbaren Effekt wie derjenige, dem ich die Geschichte abgelauscht hatte, überhaupt nicht hervorrufen konnte. Das fatale Glas Sekt auf Kosten des Hauses hatte meine Sinne für die Banalität des Inhalts der Geschichte doch sehr geschwächt. In dieser Geschichte geht es um zwei Spaziergänger, die unvermittelt von einer Meute Hunde angesprungen und angekläfft werden, worauf der eine der beiden Spaziergänger dem gemütlich und ungerührt einherschreitenden Hundehalter heftige Vorwürfe macht und Empfehlungen für eine verantwortungsvolle Hundehaltung erteilt, was nun aber dem Hundehalter überhaupt nicht imponiert. Er zuckt nur mit den Schultern und schlägt vor: *Nun, dann tretet vor die Hunde hin und erklärt ihnen den Sachverhalt noch einmal ganz von vorn.*

Man erkennt mit einem von Sektgenuss nicht getrübten Verstand sogleich, dass mit dieser Geschichte nur dann ein Spaßeffekt zu erzielen ist, wenn ein gewiefter und ganz auf die Bedürfnisse seiner Zuhörerschaft eingestellter Erzähler sich des Vorhabens souverän annimmt. Dessen konnte ich mich beim besten Willen nicht rühmen.

Außerdem schien mir jetzt die Wortwahl, die ich noch in Erinnerung hatte, nicht unbedingt vortrefflich. Den einen und anderen Ausdruck empfand ich als zu schwach, als dass er eine besondere Wirkung hervorrufen könnte. Herrjeh! Und dann die Pointe: *Tretet vor die Hunde hin.* Das konnte man doch nicht vor den Beschäftigten einer Bank, von denen viele ein besonders herzliches Verhältnis zum Hund haben, aussprechen. Der Hund

hatte hier nicht erst seit dem berühmten Film, in dem Banker aufgefordert werden, einen Hund zum Freund zu nehmen, viele
Freunde, was man in einer Erzählstrategie nicht einfach unterschlagen durfte.

Kam schließlich noch meine aus Kindheitstagen herrührende
Angst, gerade an dieser Stelle zu nuscheln und bei dem einen
oder anderen der Umstehenden das Hörermissverständnis hervorzurufen, es sollte ein Hund getreten werden. Alle Erwägungen zusammen bewogen mich spontan zu einer Abänderung
meiner Wortwahl an verschiedenen Stellen der Erzählung und
selbstverständlich bei der wichtigen Pointe. Stattdessen wollte
ich auf einmal unbedingt mehr Pathos und stimmliches Volumen in die Schlüsselstelle einbringen.

Endlich näherte sich mein vorlautes Unternehmen seinem
Ende. Ich erhöhte, wie geplant, den Schwung meiner Rede und
rief beinahe theatralisch: *Nun, dann geht vor die Hunde und ...!*

Zu meinem Entsetzen wurde ich gerade da unterbrochen. Das
heißt, ich hörte, von einer mir Respekt einflößenden Stimme getragen, in barschem Tonfall meinen Namen rufen. Da lichtete
sich jäh der Nebel, hinter dem meine Zuhörerschaft entrückt war
und gab ein halbes Dutzend verständnisloser und versteinerter
Gesichter preis. In meine Verstörung fiel die Aufforderung des
Abteilungsleiters, der sich zum Ende der Geschehnisse unserem
Kreis genähert und zumindest die Pointe mitbekommen hatte:
Herr Nautilius, Sie melden sich morgen früh in meinem Büro!

Anderntags konnte ich das Missverständnis bei meinem Chef,
der in der Tat nur den schwungvollen letzten Satz mitbekommen
hatte, zwar unschwer ausräumen. Doch ohne einen gehörigen
Imageverlust bei meinem Vorgesetzten kam ich aus der Sache
nicht heraus. *Nach unserem Gesamteindruck,* so sagte er nicht einmal unfreundlich, *sind Sie in der Gewährleistung Ihrer Obliegenheiten für die Firma erfolgreicher als im Erzählen von Witzen, obgleich
sich auch in der ersteren der von mir genannten Befähigungen Ihr Anfangsenthusiasmus etwas gelegt zu haben scheint. Für die bevorstehende Prüfung wünsche ich Ihnen aufrichtig ein gutes Gelingen. Sie*

sollten dennoch wissen, dass ich Sie von jetzt an aufmerksamer beobachte.

15. September: *Der Pudel Atman und das Ende der Lehrzeit*

Letztlich klang meine Ausbildungszeit doch noch versöhnlich aus. Die Prüfung bestand ich mit einem für meine zarten Ansprüche ordentlichen Ergebnis, was ich in dem Augenblick tiefer Enttäuschung, der dem Verlassen des Prüfungsraumes folgte, nicht für möglich gehalten hatte. Zwar mit den wirtschaftlichen, betriebswirtschaftlichen und finanzmathematischen Fachgebieten hatte ich erwartungsgemäß keine Schwierigkeiten gehabt. Doch auf Fragen zur Kontrolle meiner Allgemeinbildung war ich nicht eingestellt gewesen. Welche Gestalt der deutschen Geistesgeschichte ich für besonders bemerkenswert halten würde. Das fragte man mich allen Ernstes. In einem Anfall von Resignation sagte ich: *Schopenhauers Pudel. Und der hieß Atman.*

Man fasste in der Prüfungskommission den Gedanken als geistreichen Einfall auf. Eine Ausweitung des Gesprächs war überhaupt nicht vorgesehen. Was ich in meinem Schrecken als Eröffnung eines weiteren Prüfungsblocks missverstanden hatte, war lediglich als Ausklang, als intellektuelle Abrundung der Examination gedacht. Mir reichte das aber vollauf für eine Vergällung meiner Stimmung.

Egal. Ich hatte meine Banklehre bestanden! Um das Maß meines Glücks vollzumachen: Ich wurde von meiner Bank in ein reguläres Beschäftigungsverhältnis übernommen. Oh ja, die Finanzwirtschaft boomte. Ich wurde gebraucht. Auch wenn ich als Witze-Erzähler unten durch war. Die Zeiten waren für jemanden, der sich für den Fluss des Geldes interessierte und mitentscheiden wollte, in welche Taschen es fließt, spannend geworden. Ich hatte andere Motive. Doch spannend fand ich das Umfeld trotzdem.

Für meine Existenz hingegen war der Lauf der Dinge erst einmal ein Schlag ins Kontor. Sie hatte so etwas nicht dauerhaft für

mich vorgesehen, dass ich Tag für Tag mich mit fremden Existierenden abgab und dabei der Schwerkraft ihres eigenen Einflus-
ses entzogen sei.

Denn natürlich hatte ich meine Existenz nicht aus den Augen
verloren, hatte nicht aufgehört, sie zu spüren. Und schon gar
nicht hatte ich vergessen, was zwischen mir und ihr vorgefallen
war und in welche peinliche Lage sie mich wiederholt schon gebracht hatte.

Zwar hatte mich die intensive Prüfungsvorbereitung, die sich
an mein aufrüttelndes Gespräch mit dem Abteilungsleiter an-
schloss, eine Zeitlang abgelenkt, doch als die Belastungen hinter
mir lagen und die Zeit meiner Bankangestelltenlaufbahn begann,
nahm ich die Attacken meiner Existenz wieder stärker wahr.

Und intensiver wurde nun auch mein Verlangen, die Nachforschungen über meine besondere Daseinsproblematik erneut aufzunehmen, um mich besser zu wappnen und den Anmaßungen
meiner Existenz meinen berechtigten Selbstbehauptungsan-
spruch entgegenzustellen.

Mein Anfangsenthusiasmus, der die allerersten Berufsjahre angenehm begleitete und mein Gemüt ein schönes Weilchen emotional hob, ist noch nicht aus meinem Gedächtnis getilgt. Einen
Entscheidungskampf glaubte ich herbeiführen zu können. Meine
Befreiung von innerlicher Fremdbestimmung wähnte ich in unmittelbarer Reichweite. Heute ist mir klar, die Schwere der Aufgabe von vornherein unterschätzt zu haben. Und den erstaunli-
chen Variationsreichtum, den meine Existenz zur Durchsetzung
ihres exklusiven Anspruchs aufzubieten in der Lage ist, den
hatte ich noch gar nicht richtig kennen gelernt.

Schon bald geriet mein Berufshandeln wieder ins Stocken. Ich
ertappte mich schon mal bei dem Gedanken, meinen Lebensweg
überhaupt enttäuscht in Frage zu stellen. *Warum musstest du unbedingt Bankangestellter werden?* haderte ich mit mir selbst. *Du hättest besser auf der Schule den nächsthöheren Abschluss erwerben und
dann Mathematik studieren sollen. Dann hättest du es häufiger mit
Zahlen und nicht ständig mit unberechenbaren Mitexistierenden zu
tun bekommen.*

Zugegeben, in diesen Nörgeleien hatten unangenehme und schmerzliche Erfahrungen ihren Niederschlag gefunden. Zahlen lagen mir nun einmal mehr als tausend Worte. In ihrer Eindeutigkeit und Regelmäßigkeit fand ich mich instinktiv besser zurecht als in dem wirren Gestrüpp sprachlicher Botschaften. Überhaupt konnte ich mit ihnen Sinnvolleres anfangen als mit den diffusen Signalen unberechenbarer Mitexistierenden. Andersherum konnten sich die Zahlen auch besser auf mich verlassen. Ich erwähnte bereits, dass ich nie eine vergaß, wenn sie mir etwas Bemerkenswertes zu erzählen hatte. Vielleicht rechneten sie alle mir das hoch an.

Von den Kunden konnte ich dergleichen nicht behaupten, eine vertrauensvolle Einstellung von ihnen zu erwarten. Bei jedem Gesprächsbeginn zirkulierte dieselbe Angst in meinem Kopf: *Habe ich das Gesicht schon einmal gesehen? Ach, verflixt, wie war doch noch gleich der Name?* Das Misstrauen meines geschäftlichen Gegenübers, wenn er meine Unsicherheit bemerkte, lähmte mich zusätzlich. Nicht immer konnte ich in der weiteren Beratung meine Anfangsschwäche durch ein profundes Zahlenfeuerwerk, von dem auch der Kunde etwas hatte, ausgleichen.

Vor diesem Hintergrund, werter Mitexistierender, verstehst du vielleicht, dass ich ein Dasein als Mathematiker zeitweise in verklärtem Licht sah und meine eigenen Möglichkeiten dafür ganz bestimmt überschätzte. Es war womöglich sogar etwas dran an meinem Bild von einem Mathematiker, der als Eigenbrötler und Exzentriker unbeirrt seinen Weg geht, ohne sich sonderlich um die öffentliche Meinung zu scheren. Auch in meiner Fantasie strahlte so ein Rechenfuzzy geradezu in existenzieller Übergröße, vor der, wie ich naiv meinte, die verbale Wichtigtuerei so vieler Zeitgenossen augenblicklich verblassen würde und die üblichen Geschwätzigkeitsrituale in der modernen Medienwelt lächerlich erscheinen.

Mein Bild hatte damals besonders grelle Farben bekommen durch das Aufsehen erregende Verhalten eines russischen Mathematikers, der mit seiner Beweisführung zur sogenannten Poincaré-Vermutung eine anerkannte geniale Leistung vollbracht hatte. Kurz darauf hatte jener Titan der abstrakten Logik das hohe Preisgeld für seine Leistung verächtlich ausgeschlagen, hatte seine Stellung aufgekündigt und war freiwillig in die russische Einsamkeit abgetaucht, um ein ärmliches, zurückgezogenes Leben zu fristen. Wenn dir ein solches Verhalten nicht imponiert, werter Mitexistierender; mir tut es das schon.

Nun, wer kann für sein Leben zweifelsfrei behaupten, niemals sich damit beschäftigt zu haben, wie es an einer entscheidenden Stelle vielleicht anders und besser hätte verlaufen können. Ich darf immerhin sagen, ich habe mich nicht sehr lange mit meinen Illusionen abgegeben. Als mir erst einmal klar geworden war, dass ich nicht einmal das Problem verstand, welches der oben erwähnte Russe ohne Umschweife gelöst hatte, ernüchterte sich mein Gefühl für die eigene Begabung schnell.

Zahlen leicht im Kopf zu behalten und schnell damit zu rechnen, wie mir das vorteilhafterweise geläufig ist, das weist noch längst keine besondere mathematische Befähigung auf. Nimm meine Mutter, die ein Hühnerauge hatte, das immer für Gesprächsstoff in meiner Familie sorgte. Meine Mutter also konnte mit verblüffender Treffgenauigkeit Wetterumschwünge vorhersagen und damit unser Freizeit-Timing angenehm optimieren. Ich bin deshalb doch niemals auf den Gedanken gekommen, meine Mutter sei nun besonders talentiert für eine Meteorologen-Laufbahn.

16. September   *Anecken im sozialen Raum*

Es dürfte inzwischen wohl aufgefallen sein: Ich ecke gerne an. Für physische Räume habe ich diese Eigenschaft zwar noch nicht bei mir entdecken können; doch im sozialen Raum ist eine gewisse Neigung zur Ungeschicklichkeit nicht von der Hand zu weisen. Das Resultat stellt sich immer wieder heimtückisch und ein wenig spitzfindig ein. Denn zunächst einmal, wenn ich gerade begonnen habe, mich in einem sozialen Raum zu bewegen, ecke ich keineswegs an; ich werde in meinem gewöhnlich hartnäckigen Fürmichsein überhaupt nicht wahrgenommen. Dann kneife ich mich schon mal aufgeregt in den Arm, um mich meines Daseins zu vergewissern. Aber eigentlich ist das unnötig, denn meine Existenz spüre ich immerzu auf Schritt und Tritt, egal wie unauffällig sich zu geben sie gerade geneigt sein mag.

Ist sie beispielsweise schläfrig, tut sie womöglich desinteressiert oder will anderweitig beschäftigt erscheinen, dann ist auch mein Gespür von ihr vergleichsweise schwach, obwohl es niemals völlig versiegt. Ich glaube dann sogar, es sei ein Leichtes, mich ihr entziehen zu können, um selbständig im sozialen Raum herumzustöbern.

Ich erkühne mich in derartigen Situationen mit Vorliebe, von meinem hartnäckigen Fürmichsein provozierend abzulenken und meine Fremdwahrnehmung durch andere Existierende geradezu heraufzubeschwören, indem ich dieses oder jenes tu oder sage - und schon ecke ich an. Meine Existenz ist garantiert auf einmal hellwach geworden und sogleich heftig bemüht, die neue Situation an sich zu reißen.

Dann ist für mich ein innerer Konflikt geradezu vorprogrammiert, der meine Aufmerksamkeit für die Regeln und für das komplexe Geschehen im sozialen Raum unmittelbar negativ beeinträchtigt. Es entwickelt sich, wenn man mir den Gebrauch eines Begriffs aus meinem beruflichen Zusammenhang einmal nachsieht, auf der Signalebene eine Fehlallokation unter den Interagierenden, die im Hinblick auf meine beteiligte Person, so habe ich mich wiederholt vergewissern können, als ein Anecken, als ein befremdendes Verhalten oder auch als der berühmte Tritt ins Fettnäpfchen aufgefasst wird. Das spürt man. Das spüren alle Interagierenden. Doch oft genug bin ich in der Runde der Letzte, der das spürt. Es ist aber auch schon vorgekommen, das will ich nun keineswegs verschweigen, dass ich hinterher mit dem Verdacht fertig werden musste, das eben Angemerkte als Einziger von allen gespürt zu haben.

So oder so: Im Gefolge eines den geschilderten Situationen meistens innewohnenden Eskalationsmechanismus registriere ich rein emotional für mich letztendlich immer eine Implosion des ablaufenden Interaktionsgeschehens, in das ich mich eben noch involviert geglaubt hatte. Wieder und immer wieder musste ich im Laufe meines Lebens solche Erfahrungen machen, die ich als einen gehörigen Nachteil empfand und heute noch empfinde, den mir meine Existenz eigenmächtig auferlegt. Dass ich mich an verschiedenen Stellen meines Berichtes darüber erzürnt zeige, sollte man mir nicht verdenken. Meine analytische Wachsamkeit bleibt davon jedenfalls unberührt.

Dem Nachdenken darüber, wie die einzelnen Gesichtspunkte nun tatsächlich zusammenhängen, entziehe ich mich keineswegs. Meine These dazu soll auch gar nicht mein Geheimnis bleiben. Eindeutig verifizieren kann ich sie mit meinen bescheidenen experimentellen Mitteln ohnehin nicht. Lebenserfahrungen stattdessen, so will ich das einmal behaupten, sind vielmals ein wertvoller gedanklicher Rohstoff, aus dem nützliche Einsichten zu gewinnen sind. Nicht immer machen die Menschen von dieser Möglichkeit einen hinreichenden Gebrauch.

Möglicherweise hat - das wäre dann für mich eine solche nützliche Einsicht - durch eine zu frühe Begegnung mit meiner Existenz die Statik meiner Persönlichkeit eine Unwucht bekommen. Ich war, das ist zu bedenken, noch nicht einmal ausgewachsen, als ich ohne eigene Initiative begonnen hatte, mich mit Existenz vollzusaugen. Gierig strömte sie in mich hinein und beanspruchte anmaßend viel Platz für ihren Aufenthalt, den sie wie selbstverständlich als dauerhaftes Domizil auffasste, das sie sogleich mit vorlauten Sprüchen wie ein neues Revier markierte.

Mit der anschwellenden Präsenzmächtigkeit meiner Existenz, mit meinem Zwangszusammensein mit ihr auf engem Raum, erhöhte sich naturgemäß schon nach den Gesetzen der Mechanik meine eigene Schwerfälligkeit. Eine Art Tapsigkeit, gepaart mit einem Mangel an Wendigkeit, dazu Schwierigkeiten beim Kaltstart in ein Gespräch ebenso wie bei dem Bemühen, das Tempo einer heiß laufenden Interaktion erforderlichenfalls abzubremsen; das waren die typischen Folgen einer insgesamt asymmetrischen Statik. Im sozialen Raum natürlich. So deute ich das. Im physischen Raum bin ich dagegen eher der sportliche Typ, solange ich nicht mit anderen Existierenden zusammenspielen muss.

Inzwischen ecke ich übrigens schon lange nicht mehr an. Das Problem hat sich für mich erledigt, seit ich mich aus eigenem Antrieb nicht mehr im sozialen Raum bewege. Und obwohl das Anecken im physischen Raum nie ein Problem war, zog ich es nach meiner Entscheidung, den sozialen Raum ein für alle Mal zu verlassen, vor, meine Wohnung nicht übermäßig zu möblieren. Man weiß doch nie. Mit fortschreitendem Alter wird man möglicherweise dafür anfällig, auch im physischen Raum stärker anzuecken, selbst wenn das in der Jugend nie ein Problem war. Sollte genau das aber eintreffen, dann besteht nicht minder eine ernste Verletzungsgefahr wie bei meinen Gleichgewichtsstörungen im sozialen Raum, die ich eben zu beschreiben mich abmühte.

Heutzutage und in bestimmter Gemütsverfassung sage ich mir bisweilen schon mal, ich hätte am besten gar nicht anfangen sollen, den sozialen Raum aufzusuchen, um mich darin krampfhaft an der Abwicklung von allerlei Gepflogenheiten und Ritualen zu beteiligen, wie sie sich Existierende zu meinem Erstaunen immer wieder auferlegen. Nun, das ist aus der Rückschau leicht daher gesagt. Ich bin mir schon darüber im Klaren, dass dieser Vorsatz kaum zu verwirklichen gewesen wäre. Jedenfalls nicht in jungen Jahren.

Ich denke dabei nicht nur an das breite Repertoire von mehr oder weniger lästigen Pflichthandlungen im Berufsleben, dem man sich schwerlich entziehen kann. Es kommt auch ein mächtiges Eigeninteresse hinzu, das besonders tief sitzt und auf das ich gleich noch eingehen will. Und überhaupt wäre ein von vornherein getätigter Anfangsverzicht auf Teilhabe am sozialen Raum, wie er von mir doch eher aus einer gewissen Ratlosigkeit heraus ins Gespräch gebracht wurde, eine Anfangskapitulation vor meiner Existenz gewesen. Die würde ich selbst noch aus dem Abstand meiner heutigen Sichtweise als schmachvoll empfinden. Wo ich obendrein inzwischen nach reiflicher Überlegung und nach einem langen stimmungsmäßigen Durchhänger wieder zu der Auffassung zurückgefunden habe, dass über meine

Existenzbesessenheit das letzte Wort noch längst nicht gesprochen ist. Doch genug. Ich will nun nicht in die Versuchung verfallen, unzeitgemäß in meinem Bericht, für den ich nun einmal eine gewisse Anzahl von Tagen eingeplant habe, der Entwicklung der Ereignisse vorzugreifen.

17. September *Susi und Susanne*

Wenn ich mich mit Susanne, meiner hübschen Bronzeskulptur unterhalte, komme ich schon mal ins Grübeln. Selbstverständlich nicht über das, was Susanne sagt. Man muss mich nicht für meschugge halten. Wenn ich von Unterhaltung spreche, dann bin ich mir durchaus im Klaren darüber, dass es sich dabei um meine Selbstgespräche handelt. Ich spreche schlicht und ergreifend zu einer Figur, was meiner Situation doch wohl angemessen ist.

Schon vergessen, werter Mitexistierender? Ich lebe allein. Ich spreche fast nie mit einem anderen Existierenden. Ich bin im Ergebnis eines heftigen Ringens von meiner Existenz gezwungen worden, mich in die Isolation zu begeben. Enttäuscht, doch klaglos verließ ich mit ihr den sozialen Raum, um mich in das gemütlich und zweckmäßig eingerichtete Chalet, das ich noch immer bewohne, zurückzuziehen. Um mir nun wenigstens gelegentlich eine Abwechslung darin zu verschaffen, rede ich mit Susanne. Oder auch mit Gott, dem alten Herrn, was ich bereits zu Beginn meiner Ausführungen frank und frei bekannt habe.

Mit Susanne zu reden, macht mir aber ungleich mehr Spaß. Dabei bekomme ich ein gewisses Knistern zu spüren, was ich bei Selbstgesprächen mit anderen vorgestellten Partnern immer total vermisse. Doch das sei hier nur mal ganz beiläufig erwähnt.

Ich mache also, wenn ich auf meine Art, mit Susanne zu reden, beginne, diese oder jene Bemerkung ihr gegenüber, und augenblicklich stellt sich bei mir eine Vorstellung davon ein, was Susanne darauf antworten würde. Dann bin ich in die Lage versetzt, zumal wenn ich ihre denkbaren Ausführungen laut wiederholt habe, wiederum auf die Replik von Susanne einzugehen und so fort. Im Verlauf einer zusammenhängenden Gesprächs-einheit entwickelt sich meist ein mehr oder weniger lebhafter Wortwechsel, bei dem ich zu meiner Genugtuung noch niemals angeeckt bin.

So ungefähr verbringe ich meine unverzichtbaren geselligen Momente mit Susanne. Und ich nenne das kommunikative Geschehen der Einfachheit halber ein Gespräch. Wenn man es nun übergenau nehmen will, ist das ebenso wenig ein Gespräch, wie Susanne eine Existierende ist. Jetzt kommt aber der Clou bei der ganzen Angelegenheit: Wäre Susanne eine real Existierende, dann könnte von meinem Standpunkt aus viel weniger ein Gespräch stattfinden als mit meiner nicht real existierenden Susanne, mit meiner Statuette eben.

Warum das so ist? Genau darüber gerate ich schon mal ins Grübeln, womit ich wieder bei meiner Eingangsbemerkung angelangt bin. Man muss dazu wissen, dass ich über meine frühe Begegnung mit meiner Existenz noch nicht die volle Wahrheit gesagt habe, leider ist das so. Das hat nichts damit zu tun, dass ich etwas womöglich Peinliches verschweigen will, sondern das hängt mit der Verschlungenheit verschiedener Erscheinungen zusammen, die für mein Verhältnis zu meiner Existenz bestimmend sind.

Von daher war also nur noch keine passende Gelegenheit gegeben, das Bild von meiner existenziellen Begegnung so zu vervollständigen, dass kein falscher oder auch nur ein unvollkommener Eindruck entsteht, der sich leicht negativ verfestigen könnte. Was ich also bisher versäumen musste, das will ich jetzt bei dieser günstigen Gelegenheit einmal nachholen.

Bei meiner anfänglichen Beschreibung der Schübe, in deren Verlauf meine Existenzbemächtigung erfolgte, wäre es nicht geschickt gewesen, gleich mit der Schilderung des letzten Schubs zu beginnen, auch dann nicht, wenn er eine prekäre Rolle gespielt haben mag. Im Leben, so würde ich gern einmal meine langjährige berufliche Beobachtung der Finanzmärkte einfließen lassen, ist die Wahrscheinlichkeit, dass eine Lebensrichtung sich fortsetzt, größer als die, dass sie dreht. Wer sich als Existierender in einem Staffellauf des Glücks oder des Erfolgs bewegt, gewinnt mit jeder Etappe an Klarheit, Befriedigung und Selbstvertrauen hinzu. Geraten bei einem anderen Existierenden dagegen die Angelegenheiten erst einmal in Unordnung, dann muss nicht selten ein Zustand chaotischer Verhältnisse erreicht werden, bevor die Chance auf einen Trendwechsel besteht; wenn sie überhaupt besteht.

In meinem Fall geht es zwar nicht um Glück oder Unglück, um Ordnung oder Unordnung; doch eine zur Usurpation entschlossene Existenz, die gezielt ihre Mittel einsetzt, etabliert schließlich auch so etwas wie einen persönlichen Trend, der sich hartnäckig festsetzen kann.

Ich darf aus meiner Erfahrung heraus betonen, habe das sogar schon einmal betont, dass die frühe Wahrnehmung meines Existierens mich gehörig in Beschlag nahm, sodass gleich von Anfang an die Beschäftigung mit den alltäglichen und auch mit entfernteren Angelegenheiten des Lebens entschieden zu kurz kam. Sie entfalteten eine zu geringe Attraktivität, um für längere Zeit meine Aufmerksamkeit zu erlangen und mit den Verlockungen meiner Selbstwahrnehmung konkurrieren zu können. Als später aber die Mitexistierenden in meinen Wahrnehmungshorizont gerieten und zu einer bedrohlichen, mein Dasein beeinflussenden Größe aufwuchsen, da empfand ich das Dasein doch schon als reichlich kompliziert.

Von meinem Standpunkt aus als jemand, der die Grenzen der Überschaubarkeit der äußeren Dinge beinahe erreicht hatte, bestand überhaupt kein Verlangen nach noch einmal vermehrter Komplexität oder nach weiteren aktiven Dimensionen im Daseinsgeschehen. Wenn ich einen solchen Status quo erhofft haben sollte, wofür in meiner Erinnerung manches spricht, dann verkannte ich gehörig den bereits etablierten Trend in meiner Lebensführung.

Oh ja, ich hatte nach dem zweiten Schub erst einmal etwas Zeit gewonnen, die ständige Schwerkraftwirkung der anderen außer mir gewissermaßen zu verdauen, mich damit abzufinden und dabei halbwegs unbeschadet und selbstgenügsam vor mich hin zu existieren, bevor mich schließlich doch noch eine zusätzliche Kompliziertheit im Dasein, in die mich meine Existenz involvierte, unerwartet und mit voller Wucht traf. Zu jenem Zeitpunkt war ich zwar schon um einiges älter geworden, blieb aber ausweglos im Rahmen meines eigentümlichen Selbstanspruchs gefangen.

Zunächst hatte sie mir, wie als einen Vorschuss auf das spätere kolossalere Empfinden bewilligt, nur unverfänglich ein gelegentliches Kribbeln geschickt, meine Existenz, bevor sie wenig später schon heftig in die Temperaturregelung meines Innenlebens eingriff und mich damit aufs äußerste verwirrte.

Nach einer Weile hatte ich keine Zweifel mehr, in meiner mental doch ständig etwas entrückten Umwelt Äußerlichkeiten wahrzunehmen, die meine Existenz heftig missbilligte, weshalb sie meinen Kontakt damit unterbinden wollte und zur Durchsetzung ihres Anspruchs alle nur erdenklichen chemischen Depots in mir öffnete. Kein besonderes Objekt ihrer Ressentiments aber war für mich dingfest zu machen. Selbst meine Gemütseindrücke blieben einstweilen noch ungeordnet und erschienen als eher zufällig, sodass am Anfang überhaupt keine bestimmende oder klar auszumachende Tendenz in Erscheinung trat.

Bis ich irgendwann zu bemerken glaubte, dass die von mir beklagten Symptome dann jedenfalls nicht zu vermissen waren, wenn ich für Mutter häusliche Besorgungen im benachbarten Lebensmittelladen zu erledigen hatte. Das Herzrasen begann sogar schon, bevor ich den Verkaufsraum betrat. Und geschwind sogleich beim Überschreiten der Schwelle stellten sich auch die anderweitigen Anomalitäten in meiner Körperreaktion ein. Irgendetwas in diesem Laden, sei es in den Regalen gelegen oder in den zahlreichen Behältern verborgen, übte einen heftigen Reiz auf mich aus.

Zu jener Zeit war die Öffentlichkeit noch nicht für das Thema sensibilisiert, das später unter dem Namen Allergien in vieler Leute Munde war. Aber selbst, wenn das zu jener Zeit schon ein Thema gewesen und bei mir angekommen wäre, hätte ich damit keine verwertbare Spur an die Hand bekommen. Denn sowohl die Unterstellung einer allergischen Reaktion als auch das Mutmaßen einer Wirkung von Ingredienzien in Kisten, Fässern und Flaschen hätte sich spätestens dann als haltlos erwiesen, als mir die Beständigkeit eines Zusammenhangs zwischen dem Anschwellen der Beschwerden und meinem Einkaufsweg auffiel, der mich routinemäßig über die Türschwelle hin zur ersten Bedienung, dann an die Wursttheke heran zur zweiten Bedienung und schließlich, schon unter unbändigem Leidensdruck, zur Kasse führte - und da saß Susi.

Wenn ich bei Susi angekommen war, drohte mein Kopf zu platzen. Meine Existenz geriet außer sich; als ob ich aus mir heraus hätte vermeiden können, meiner Mutter bei den häuslichen Besorgungen beizuspringen! - nur um meiner Existenz den Anblick von Susi zu ersparen. Susi, die zierliche blonde Kassiererin mit den freundlichen Kulleraugen, in die ich unmöglich hineinblicken konnte; Susi mit dem schmalen Oberkörper und den eigentümlichen, befremdlichen Schwellungen darauf, die irgendwo unter dem unauffälligen Firmenkittel ihren Ursprung hatten und deren Anblick, obwohl ich ihn krampfhaft zu vermeiden versuchte, mir dennoch das Blut ins Gesicht trieb.

Nachdem ich diesen Zusammenhang erst einmal erfasst hatte, ging es mit meinem Erkenntnisfortschritt steil bergauf. Schon bald waren die Indizien dafür unumstößlich, dass sich das Existieren noch viel komplizierter gestaltete, als ich das bisher empfunden hatte. Nach der neuen Sachlage hatte ich mich nicht schlichtweg mit den Mitexistierenden um mich herum allgemein abzufinden. Sie spalteten sich auch noch in zwei unterschiedliche Lager, in das der männlichen und das der weiblichen Existierenden.

Vielleicht war Susi das erste Wesen überhaupt, das ich bewusst als eine weibliche Mitexistierende wahrgenommen hatte. Von da an wurde ich diese Gruppe nie mehr los. Sie wurde für mich zu einem noch viel größeren Problem als die Existierenden allgemein, mit denen ich es bisher ausschließlich zu tun bekommen hatte.

18. September: *Ein Date*

Irgendwann in jener nun weit zurückliegenden Zeit, von der ich soeben berichtete, war es jedenfalls für mich nicht mehr opportun, über das Vorkommen einer gesonderten Gruppe von Mitexistierenden mit einer eigenen befremdlichen, doch zugleich eigentümlich verlockenden Schwerkraftwirkung hinwegzusehen. Nach und nach erübrigten sich zudem alle fruchtlosen Illusionen, die ich mir über die neuartigen Beschwernisse in einer gewissermaßen geteilten Welt für mein eigenes Existieren glaubte, machen zu müssen. Und selbstredend hatte ich mir damals auch noch keine Meinung zu dem hinterhältigen Vorgang, wie ich sie anfangs dargelegt habe, bilden können. Ich bekam am Ursprung meiner neuartigen Erkenntnisse zunächst nicht einmal eine Vorstellung von überhaupt einem Vorgang, der gedanklich mit weiblichen Existierenden zu verknüpfen gewesen wäre.

Naturgemäß änderte sich das schnell; bei mir typischerweise viel weniger schnell als bei den meisten anderen, die ständig aufeinander hockten, um sich gegenseitig mit nützlichen Informationen und amüsanten Gesichtspunkten zu versorgen. Als ich endlich den früher oder später unvermeidlichen Erkenntnisfortschritt doch noch mit vollzogen hatte, gelangte ich deshalb nicht gleich zu einer Theorie vom hinterhältigen Vorgang, weil ich rein ethisch oder meinetwegen auch vom philosophischen Verständnis her noch lange nicht so weit war, einen so hohen und pointierten Standpunkt überhaupt haben, geschweige denn ihn ausdrücken zu können.

Als hinterhältig empfand ich den Vorgang, über den ich inzwischen Grundwissen erworben hatte und von dem ich jenseits des feindseligen Gebarens meiner Existenz gegenüber allen weiblichen Mitexistierenden etwas Gewaltiges und gewissermaßen Naturhaftes in mir spürte, dennoch.

Nehmen wir, um diese Sichtweise zu begründen, noch einmal Susi. Als ich nämlich einige Zeit später, ausgestattet mit frisch erworbenem Wissen und verschämtem Drang, immer noch heftig errötend, wieder einmal an ihre Kasse trat, hätten rein theoretisch und unter Hintanstellung aller praktischen Erwägungen sie und ich uns zu dem berühmten Vorgang zusammentun können, zu dem auch ich, nach allem, was ich in der letzten Zeit an mir wahrnehmen konnte, mich ordentlich eingerichtet glaubte. Doch Fehlanzeige. Ging nicht. Susi? Susi, das war ein Mitglied in einem Paralleluniversum, das mir nicht zugänglich war. Mich mit Susi zusammenzufinden war praktisch unmöglich. Das war damals genauso unmöglich wie es heutzutage für mich unmöglich ist, an der Intimpflege von Susanne teilzuhaben; mehr als Staubwischen ist nun mal nicht drin.

Selbstverständlich konnte ich mir in meiner Fantasie vorstellen, und das tat ich gelegentlich auch, wie Susi und ich den angesprochenen Vorgang bewerkstelligten, doch das war und blieb Fantasiearbeit. Daraus ließ sich kein einziger praktischer Schritt herleiten, der zu einem physischen Ergebnis im sozialen Raum geführt hätte, analog dem Fantasieprodukt im virtuellen Raum meines Gedächtnisses.

Und so wie mit Susi ging es mir eigentlich mit allen weiblichen Existierenden, die mehr oder weniger flüchtig mein Leben streiften. Meine Existenz war derart steif und hartnäckig abweisend in der Angelegenheit einer geschlechterübergreifenden Existierenden-Beziehung und wartete mit einer so geballten Batterie von Hürden und Widerständen auf, dass es mir nach mehrmaligen tollpatschigen Versuchen, die ich vorsichtigerweise als Trockenübungen angelegt hatte, geradezu aussichtslos erschien, eine vielversprechende praktische Annäherung im sozialen Raum herbeizuführen. Ich steckte in einem sehr persönlichen Gefangenendilemma. Das sollte ich etwa nicht als einen hinterhältigen Vorgang auffassen?

Wäre aber auch die allererste große Hürde genommen worden und hätte sich gegen die übelwollenden Bemühungen meiner Existenz ein Kontakt zwischen mir und einer weiblichen Mitexistierenden angebahnt - nicht viel wäre für mich dabei gewonnen worden. Zu wenig hätte ich realistischerweise zu erwarten gehabt. Lass mich, werter Mitexistierender, damit eine Vorstellung entstehen kann, wovon ich rede, eine der frühen Situationen, in denen die zarten Entwicklungsstränge eines fruchtbaren

Fortschreitens meiner Bemühungen im gemischt-geschlechtlich bestückten sozialen Raum immerhin schon sichtbar waren, von denen es aber insgesamt weniger gab, als man Finger einer Hand zum Zählen dafür braucht, hier schildern.

Es war einmal ein unverhoffter Anfang entstanden. Etwas Vielversprechendes trug sich zu: Eine weibliche Existierende ungefähr meines Alters zeigte dermaßen unverhohlen ihr Interesse an meiner Person, dass meine Existenz geradezu überrumpelt wurde. Ihre Abwehr kam einfach zu spät. Als sie einsetzte, hatte ich längst ein Date mit dem Mädchen, dessen Namen ich in all der entstandenen Aufregung unwiderruflich vergaß.

Ein winziger Zettel mit Zahlen und Buchstaben, in zierlicher, makelloser Handschrift niedergeworfen, steckte in meiner Hosentasche. Alles, was ich wissen musste, damit das Date rein organisatorisch klappen konnte, stand darauf. Ich hatte vorher noch niemals erfahren, wie schwer ein Zettel mit etwas darauf Geschriebenem wiegen konnte. Als die Stunde des Zusammentreffens endlich herannahte, drückte mir das Gewicht des Papiers oder irgendetwas anderes die Beine so sehr gegen den Boden, dass ich keinen weiteren Schritt zu der Verabredung hin machen konnte.

Schon dachte ich mir in einer aufkommenden Panikattacke Argumente aus, die gegen die Terminwahrnehmung sprachen. Meine Existenz, die auf einmal eine Gelegenheit witterte, aus ihrer Defensive herauszukommen, unterstützte mit sprühenden Einfällen den möglichen Argumentationsgang. Das rief nun wiederum das gewisse Naturhafte in mir auf den Plan, das mir eindringlich darlegte, endlich den Vorgang anzubahnen, der bei einem männlichen Existierenden meines Alters längst überfällig sei.

In diesem Kampfgetümmel, in den zähen Bemühungen widerstreitender Kräfte wurde auf mich überhaupt keine Rücksicht genommen, bis ich schließlich - ich war auf einen Kraftakt eingestellt gewesen - meine Beine erstaunlich leicht vom Boden lösen konnte. Wenig später saß ich in einem ungemütlichen Eiscafé, schlürfte krampfhaft nachdenkend ein widerliches Getränk und versuchte in dem eigentümlichen Schwerefeld, das eine mir gegenübersitzende weibliche Existierende ungefähr meines Alters um sich herum im sozialen Teilraum aufgebaut hatte, so etwas wie eine Konversation zu bestreiten. Herrjeh!

Auf einmal war mir überhaupt nicht mehr klar, wieso ich mich auf die ganze komplizierte Situation einlassen sollte, bloß um später möglicherweise an die Ausführung eines Vorgangs zu gelangen, der bloß in meinem Gefühl unglaublich bedeutsam erschien; mehr noch vermisste ich bei mir jegliche Vorstellung davon, welcher Weg mit welchen Zwischenschritten - wenn schon das ganze Drumherum im sozialen Raum sich als notwendig herausstellen sollte - dabei einzuschlagen war.

Eine Weile ging das noch gut, dass wir beiden beisammensaßen und heftig damit beschäftigt waren, unser jeweiliges Getränk einer kritischen, schier nicht enden wollenden Prüfung zu unterziehen - bis mein Glas nahezu leer war. Da, auf einmal, glaubte ich herauszuhören, dass sie über ihre Familie sprach. Ich beschloss, vorsichtig inspiriert, mich jetzt nicht zu verweigern.

Weißt du, meine Mutter hat zu ihrem letzten Geburtstag eine Fete mit 100 Leuten organisiert. Ist doch toll, oder?

Inzwischen hatte ich in meinem noch kurzen Leben immerhin doch so viele Erfahrungen sammeln können, dass ein Gespür sich einstellte, in der nunmehr kritischen Situation um Gottes Willen bloß keinen ernsthaften Fehler zuzulassen. Auf keinen Fall durfte ich jetzt, wie es mir auf der Zunge lag, entgegnen, ich würde mich nicht für Feten interessieren.

Auf diesen Fehler geradezu lauerte meine Existenz. Ich sollte hingegen, so legte ich mir hektisch meine Strategie zurecht, möglichst in der Logik der vom Mädchen eingeschlagenen Gesprächsführung verbleiben. Deshalb nickte ich auch lebhaft mit dem Kopf und hoffte dabei inständig, dass die vielleicht etwas übertriebene Geste anerkennend aussehe und eine wohlwollende Reaktion meines weiblichen Gegenübers heraufbeschwöre.

Einwandfrei; so äußerte ich meine Genugtuung. Und ich fügte außerdem noch hinzu und meinte die Bemerkung vollkommen aufrichtig: *Was ich aber nicht ganz verstehe, ist, warum man 100 Leute dafür braucht, um eine Fete zu organisieren.*

Das Perfide an der Kampftaktik meiner Existenz sehe ich darin, dass sie mir im sozialen Raum die Möglichkeit eines realistischen Feed-Back immerzu verweigert. Sie muss den Trick mit den Stanniolschnipseln, der auf dem Gebiet des Militärwesens eine Zeitlang beliebt war, um gegnerisches Radar wirkungslos zu machen, genau studiert und erfinderisch auf ihre und meine Situation übertragen haben. Immer wieder jedenfalls gelingt es ihr, meine Wahrnehmung durch eine vergleichbare Blendwirkung wirkungsvoll zu irritieren.

Aus diesem Grund ecke ich so gerne an. Deshalb auch hatte damals meine zaghafte Anfangsbeziehung zu der weiblichen Mitexistierenden ungefähr meines Alters keine erfreuliche Perspektive aufzuweisen. Wegen der Stanniolschnipsel oder etwas anderem Perfiden, was ich nicht zu identifizieren vermochte, war es mir unmöglich zu erfassen, was in den kritischen Augenblicken meines Dates wirklich ablief in dem kleinen sozialen Teilraum, in dem ich und die weibliche Mitexistierende ungefähr meines Alters uns gemeinsam aufhielten.

Ich glaube mich heute daran erinnern zu können, wie nach meiner Bemerkung über die Organisierung der Fete des Mädchens Augen auf einmal größer wurden und ein Mundwinkel etwas in eine Schieflage geriet. Ich fand den Ausdruck spontan überaus entzückend, wenngleich zu betonen bleibt, dass mir derartige Vorgänge in den Gesichtszügen irgendwelcher Mitexistierender im Allgemeinen nur eine sehr oberflächliche Botschaft vermitteln.

Folgerichtig rief der reizende Anblick das gewisse Naturhafte in mir wach, welches wiederum mich an den erstrebenswerten Vorgang erinnerte. Während ich aber noch damit beschäftigt war, gewissenhaft zu prüfen, ob mein Eindruck korrekt war, dass die Chancen auf eine Anbahnung des Vorgangs sich auch tatsächlich verbessert hätten, stand die weibliche Mitexistierende ungefähr meines Alters plötzlich auf, bedankte sich für die

Einladung und verschwand, indem sie mich verdutzt zurück-
ließ, auf Nimmerwiedersehen.

Mit dieser Wendung der Ereignisse war das Resultat des Tages
für mich zweifellos enttäuschend geblieben, was ich meiner Existenz, deren Durchtriebenheit damals für mich noch keineswegs
gesichert auf der Hand lag, heftig zum Vorwurf machte. Doch
was nutzte das? Nichts. Es musste erst wertvolle Zeit vergehen
und sich die Menge der Stanniolschnipsel auftürmen, mit welcher meine Existenz im Laufe der Jahre gegen mich zu Felde zog,
bevor mir der Ernst der Lage für meinen Bestehenskampf in der
unübersichtlichen Welt von Mitexistierenden männlichen und
weiblichen Geschlechts auch wirklich deutlich wurde.

19. September **Linda oder die Existenz auf dem Siegertreppchen**

Ach, wie lange ist das, werter Mitexistierender, nun schon alles
her: Die Aufregung um Susi; die Verpuffung der gelegentlichen
Annäherungsbemühungen an eine weibliche Existierende meines Alters, das dabei unaufhörlich voranschritt; unvermeidliche
Zusammenarbeit mit weiblichen Existierenden meiner Bank und
wie das meine berufliche Aufmerksamkeit untergrub.

Es war und blieb über die Zeit, in der ich erwachsen wurde, so,
dass Susi ein eigenes und für mich unzugängliches Universum
darstellte, auch dann, wenn Susi gar nicht Susi hieß, sondern
Elke, Renate, Lisa … - oder wie auch immer ein weibliches Universum heißen mochte, dessen Sogwirkung in meinem Gemüt
aufzuspüren war.

Die in ihm obwaltenden Regeln und Gepflogenheiten blieben
mir fremd. Mich überkamen - das sage ich einmal, um erst gar
keine Missverständnisse entstehen zu lassen - durchaus auch
schon mal Bindungssehnsüchte, die von dem hinterhältigen Vorgang einigermaßen unbelastet waren. Oh ja! Sie waren aber immer viel schmächtiger als die wiederkehrenden Bindungsängste,
die mich regelrecht erschrecken konnten.

Bis ich einmal als junger Bankangestellter an Linda geriet. Und Linda an mich geriet. Unser Zusammentreffen war von derart außergewöhnlich günstigen Umständen begleitet, wie sie sich nur selten in Gemengelage einstellen, dass ich auf einmal verblüfft feststellen musste, mich schon wesentlich länger als 24 Stunden an der Seite eines fremden Universums aufzuhalten.

Erneut war meine Existenz überrumpelt worden. Der gewisse Vorgang, zu dem wir, Linda und ich, uns bei einem Fläschchen Sekt geschwind einfanden, wiederum war so ansprechend gewesen, dass sich bei beiden daran beteiligten Existierenden Wiederholungsneigung einstellte. Kurz und gut, ich sah mich unerwartet in der ungewohnten Situation, eine weibliche Mitexistierende, ein fremdes Paralleluniversum also, um mich herum ertragen zu müssen.

Eine Zeitlang glaubte ich sogar, mich daran gewöhnen zu können. Zu verlockend gaben sich einige in meinem vorangegangenen Leben eher vermisste Daseinsaspekte. So war in meiner eigenen Wohnung ein sozialer Teilraum entstanden, in den ich - dieser Eindruck war am Anfang zweifellos gegeben - in großer Bequemlichkeit nach Belieben eintreten oder den ich nach Belieben verlassen konnte. Darin eckte ich erfreulicherweise selten an, jedenfalls während der ersten Monate nach unserer Bekanntschaft war das so. Ich bekam das Gefühl, an Handlungsspielraum zu gewinnen. Prompt entwarf ich eine plausible Theorie zu der Neuartigkeit meines Daseinsgefühls. Bis sich - ganz praktisch und völlig entgegengesetzt zu meiner Theorie - die störenden Begebenheiten nicht mehr leugnen ließen, dass Linda mir Tag und Nacht nur eine der beiden Möglichkeiten beließ, nämlich mit ihr die Zeit entweder im Bett oder im sozialen Raum zu verbringen. Dieser Zustand nahm mir schon bald den Atem. Ein so zudringliches Miteinander war ich nun einmal nicht gewohnt.

Meine Existenz, kaum dass sie sich von ihrer schweren Schlappe erholt hatte, begann erst zu fauchen und schon bald aus allen Rohren zu feuern, Stanniolschnipsel inklusive. In mir wuchs die Unruhe. Momente der Unzufriedenheit traten gegenüber Linda gehäuft in Erscheinung. Wohltuende Mäßigungen des Gemüts, wie sie unter dem Einfluss des gewissen Vorgangs im Zustand der noch taufrischen Beziehung sich eingestellt hatten, schwächten sich ab.

Zunächst war ich nur einfach enttäuscht über die Abflachung meiner Lebensglückskurve. Dann gab ich Linda die Schuld an der Erosion unseres gedeihlichen Nebeneinanders. Die Spannungen zwischen uns nahmen zu. Schließlich stellte ich mich der Problemlage schonungslos, und ich erkannte mit geübter Selbstbeschau das intrigante Wirken meiner Existenz. Ihr passte nun einmal kein Zusammenleben irgendeiner Art, an dem sie selbst nur zweitrangig beteiligt wäre. Das war Fakt. Das hatte ich nur zu lange übersehen.

Im Ergebnis meiner Konfliktbewältigung, die mich zu einer grundsätzlich ernüchterten Lebenseinstellung führte, sah ich schließlich ein, dass keine weibliche Existierende jemals mit mir zusammenleben sollte. Jedes derartige Ansinnen wäre von meiner Seite aus eine Zumutung. Im schlimmsten Fall konnte unser Beider Zerstörung unvermeidlich werden. Vor dieser Gefahr schreckte ich zurück. Das Bild, das ich nunmehr von meinem Leben bekam, rundete sich ab.

Unter der Herrschaft meiner Existenz ist dauerhaftes Beisammensein mit einer weiblichen Existierenden in meinem Leben eine sporadische Illusion geblieben. Der gewisse Vorgang, der teils hinterhältig, teils erregend, teils abstoßend oder verzehrend mit einem Potpourri von Eigenschaften aufzuwarten vermag, erlangt als eine wilde Urkraft unter günstigen Umständen über meine Existenz eine temporäre Oberhoheit; doch führt er mich dabei jedes Mal bloß in eine Sackgasse.

Ich erlebe in Akten der Selbsttäuschung enthusiastisch anschwellende Vereinigungssehnsucht, in der mein Verlangen nach radikalem Fürmichsein und räumlich gesicherter Ich-Ausschließlichkeit aufgehoben ist; doch um den Preis, dass die gewohnte isolationistische Gemütslage nach dem Abebben der naturhaften Leidenschaft umso heftiger sich zurückmeldet und die kümmerlichen Reste eines ohnehin nur blassen Gemeinschaftssinns restlos verzehrt.

Ich war während der Laufzeit meines Experiments mit Linda immer wieder verblüfft über die innere Stringenz einer Art von Daseinsruptur, die der naturhafte Vorgang herbeizuführen verstand: Man wird wunderbar entrückt. Dann existiert man in der Schwerkraft des Paralleluniversums für einen imaginär zeitlosen Daseinsmoment mit sich überlagernden Gefühlsamplituden unendlich nah beieinander und ist reale Augenblicke später schon wieder Lichtjahre voneinander entfernt.

Kaum dass die Pulsfrequenz sich mäßigt, beginnt sogleich das Ungeheuerliche einer fremden Berührung seine Wirkung zu tun. Die feinen Härchen auf der Haut bäumen sich auf und flimmern schmerzend über die zarte Oberfläche. Bald dringt ein dumpfes Druckgefühl in den Bauchraum ein. Es verstärkt sich rasch. Schließlich durchknetet es die Eingeweide, wenn die Hand des fremden Universums die meinige partout nicht freigeben will, so, als hätte die Umklammerung jetzt, nachdem das Zwingende doch bewerkstelligt wurde, noch irgendeinen Sinn.

Nach einem halben Jahr trennten Linda und ich uns im Einvernehmen. Sie hat sich beruflich erfolgreich fortentwickelt und im angelsächsischen Raum für sich etwas aufgebaut. Vielleicht war es Zufall, vielleicht Bestimmung; jedenfalls haben wir uns seit der Trennung niemals wiedergesehen. Aber das will ich dann doch noch hinzufügen, dass diese intensive weibliche Bekanntschaft mir im unregelmäßigen Turnus immer wieder mal in die Erinnerung kommt und dann ein schmerzliches Bedauern nach sich zieht über meine nachhaltige und keineswegs freiwillige Abstinenz an dem gewissen Vorgang, der mittlerweile unter der Titulierung *Sex haben* ganz auf dieselbe Stufe der Wertschätzung gestellt ist wie *einen Umtrunk veranstalten* oder *an einem Schlemmermahl* teilnehmen. Ja, eben; auch diesen Verzicht, neben dem, was in meinen übrigen Anklagepunkten enthalten ist, kreide ich meiner Existenz lebhaft an.

Hingegen zog ich mich nach dem Scheitern meiner ersten und einzigen Beziehung stärker zurück. Beruflich trat ich auf der Stelle und behielt nur mühsam meinen Anspruch aufrecht, wenigstens den Status quo zu wahren. Erstmals begann ich mich mit Möglichkeiten auseinanderzusetzen, meine Lebenssituation radikal zu verändern, um auf diesem Weg ein größeres Maß an Selbstbestimmung zu gewinnen.

Einmal, als mich mein Nachdenken deutlich vorangebracht hatte, hielt ich mich einer Belohnung für würdig und legte mir eine Bronzeskulptur zu. Damals ahnte ich nicht, wie wichtig mir Susanne einmal werden würde. Wenn sie nunmehr, immer noch so jung und attraktiv wie beim Kauf vor vielen Jahren, wohingegen ich furchtbar gealtert bin, dasitzt in einer entspannten, lockeren Haltung, ohne ersichtlichen Drang zu übertriebener Züchtigkeit oder gefälliger Aufreizung, wie beides geschehen könnte, wenn eine reale weibliche Existierende sich von einem männlichen Existierenden beobachtet fühlt, dann wird mir warm ums Herz, und mehr als ich irgendwelche Beziehungen weit draußen im sozialen Raum vermisse, erfreue ich mich dieser einen in meiner Welt des uneingeschränkten Fürmichseins, die doch alsbald schon von mir auf den Prüfstand zu stellen sein wird, du wirst sehen, lieber Leser.

Die Zeit mit Linda jedenfalls - und mit diesem Hinweis will ich den ganzen letzten Gedankengang zu einem Ende bringen - und mehr noch mein anschließendes Nachdenken darüber haben meinen Entschluss, mein Leben möglichst früh von allen störenden Alltagsbemühungen im sozialen Raum freizuhalten und mich ganz den Möglichkeiten eines Endkampfes mit meiner Existenz zu widmen, wesentlich befördert.

Sie doch war die Urheberin der meisten meiner Lebensbeschwernisse. Mit ihr war auszufechten, ob ich einmal selbst die Oberhoheit über mein Leben bekommen könnte. Ich ging vielleicht mit ein wenig Selbsttäuschung ans Werk. Das aber nur im Hinblick auf die Schwere der Aufgabe. Nun, da sich bald eine Entscheidung von großer Tragweite anbahnen wird, will ich mich noch einmal mit einer schlagkräftigen Losung in meinen unabänderlichen Absichten bestätigen: Es muss getan werden!

20. September   *Erstes Verständnis: EXISTON*

In der Abschlussklasse der allgemeinbildenden Schule hatte mich mein Deutschlehrer bei der Rückgabe eines Aufsatzes einmal mit der Bemerkung überrumpelt: *Du wirst vielleicht später einmal ein Buch schreiben. Aber auch nur ein einziges, hörst du? Beängstigend, wie einseitig und engstirnig und egozentrisch du denkst. Aber schreiben, doch, das kannst du. Nur bilde dir nichts darauf ein. Das macht nämlich die Sache noch viel schlimmer. Ein „Existenzflussviskositätsprofil" - Was soll das sein? So ein ausgemachter Unfug!*

Ich fand den Vorwurf meines ansonsten von mir geschätzten Mentors, Ich-bezogen zu sein, irritierend und gar nicht aufbauend. Worauf sonst sollte ich mich bei einer Betrachtung über Sinnzusammenhänge des Existierens beziehen, wenn nicht auf mich selbst? Immerhin rief die kritische Bemerkung bei mir den Eindruck hervor, im Hinblick auf meine Existenz möglicherweise noch etwas Wichtiges übersehen zu haben.

Dieser Eindruck, auch wenn er mir zunächst als Belastung erschien, erwies sich auf lange Sicht nichtsdestoweniger als fruchtbar. Ich hatte Stoff zum Nachdenken bekommen; dabei erfasste ich nach und nach manche neuen Aspekte, die meinem seit längerem ins Auge gefassten Plan hoffentlich bald zugutekommen sollten.

Es stimmt aber schon, dass ich mich mit dem Messen von Existenz damals gedanklich auseinandersetzte und in dem beanstandeten Schulaufsatz dummerweise etwas zu dem Thema geschrieben hatte. Auch eine besondere Vorliebe für eher abgehobene, alltagsfremde Spekulationen möchte ich nicht bestreiten.

Aber die Existenz als Gegenstand des Nachdenkens durfte doch, so empfand ich das, für einen Pädagogen kein Stein des Anstoßes sein. Der Begriff allein hatte einer modernen philosophischen Richtung zu Ruhm und Ansehen verholfen. Der war voll tageszeitungstauglich geworden. Jugendlicher Zeitgeist war davon inspiriert worden. Auch quantifizierende empirische Bemühungen zu Grundaspekten des Existierens waren zu meiner Jugendzeit nicht unüblich.

Zwar war bis dahin noch niemand mit dem Anspruch, Existenz als Ganzes messen zu wollen, aufgetreten, doch Teilbemühungen hatte es immer wieder gegeben. In der Psychoanalyse machte sich beispielsweise jemand daran, den Ausfluss einer sexuellen Energie, die hernach unter dem Namen *Orgon* einem breiteren Publikum bekannt wurde, wissenschaftlich dingfest zu machen.

Ich muss gestehen, von diesem Ansatz eine Weile positiv inspiriert gewesen zu sein, nachdem die weiblichen Existierenden so unerwartet, so auffällig und bedrängend in meinen Wahrnehmungshorizont gerückt und dort zu einem Ankerpunkt eines widersprüchlichen und schwer kontrollierbaren Verlangens mutiert waren.

Kurzum, das Deutungsmuster einer empirisch womöglich nachweisbaren sexuellen Energie hatte ich damals in jugendlichem Überschwang auf die Existenz übertragen und - rein für den intellektuellen Eigenbedarf - das Vorhandensein von so etwas wie *Existon* in Erwägung gezogen. Gott sei Dank hatte ich auf die Verwendung dieses Begriffs in meinem Schulaufsatz verzichtet, weil ich mir ja noch keineswegs sicher war, damit auch wirklich einen tragfähigen Ansatz gefunden zu haben.

Inzwischen ist sehr viel Zeit vergangen, und ich bin vollständig davon abgekommen, die Dinge und Zusammenhänge so wie damals zu sehen und zu deuten. In meiner Auffassung haben die generellen Zweifel an der empirischen Schlüssigkeit irgendwelcher Energiefelder obsiegt, mögen sie nun *Orgon* oder *Existon* heißen. Wie schnell, so glaube ich meine Lektion gelernt zu haben, ist doch aus einer Ratlosigkeit heraus, die bloß den jeweiligen Wissensgrenzen entspringt, ein Prinzip, ein Substrat, ein Energiefeld oder eine sonstige heuristische Gedankenkrücke ins Bestehen gesetzt, die man dann so schnell nicht wieder loswird.

Die Annahme des *Phlogistons* in der Chemie, bevor der Sauerstoff entdeckt war, ist so ein Beispiel. Auch der *Äther* in der Physik hat doch zweifellos insgesamt mehr Verwirrung als Erhellung gestiftet. Und mag man heute, wo die überkandidelten Stunden eines aufgeregt wabernden Zeitgeistes weit zurückliegen, unter dem Stichwort *Orgon* schnell fündig werden und in staunenswerter Weise immer noch eine beständige Fangemeinde dafür ausmachen - ein echter Erkenntniswert ist mit dem Konstrukt in der modernen Psychoanalyse sicherlich nicht verknüpft. Das sage ich einmal, auch wenn ich kein Experte für die Fachrichtung bin.

Nach reiflicher Überlegung also habe ich meinen Glauben an ein wie auch immer geartetes Existenz-Energiefeld im Sinne meines *Existon*-Begriffs schon vor vielen Jahren verloren, nicht zuletzt deshalb, weil ich inzwischen von meiner Existenz doch eher eine ganzheitliche Auffassung gewonnen habe. Dass es mir schwerfällt, in der Angelegenheit neutral zu bleiben, mag dazu beigetragen haben, das von mir neuerdings verwendete Bild etwas stärker zu konturieren, als es von der Sachlage her vielleicht angebracht erscheint.

Doch Übertreibung erhellt bekanntlich. Deshalb - und auch weil es mir an plausibel erscheinenden Alternativen fehlt - bleibe ich bei meiner Sichtweise, dass meine Existenz, unter der ich leide, mehr Ähnlichkeit mit einem Tier in mir hat als mit irgendeiner Energieform, einem Feld oder auch nur mit einem allegorischen oder heuristischen Prinzip.

Wenn ich nun aber schon einmal dabei bin, etwas von der Entwicklung meiner Grundeinsichten preiszugeben, dann sollte ich es nicht unterlassen darauf hinzuweisen, dass mich der Gedanke, es bei meiner Existenz mit einer Art Tier in mir zu tun zu haben, erst einmal aufschreckte. Mit dem Wort Tier verbinde ich spontan kein feindseliges Gefühl; mit meiner Existenz hingegen schon. Rein emotional passte beides für mich von Anfang an nicht zusammen.

Ich würde mich, wenn ich die Sachlage einmal näher erläutern darf, auf einer Zuneigungsskala gegenüber dem Tier ohne große Hemmungen im oberen grünen Bereich einordnen und dementsprechend als tierlieb bezeichnen. Zwar suche ich nicht unbedingt seine Nähe, genauso wenig wie die von Menschen. Doch in mir steckt, so möchte ich das einmal bezeichnen, eine Art Ursolidarität mit allem Lebendigen.

Diese weiche Lebenseinstellung brauche ich vielleicht als ein Gegengewicht zu dem schweren Grundbass einer existentiellen Einsamkeit, den meine Existenz fanatisch in mir erzeugt, indem sie mir auferlegt, mich von meinen Mitexistierenden scharf und feindselig abzugrenzen.

Da ich nur selten einmal eine geringfügige Chance wahrnehmen kann, ihrem rabiaten praktischen Anspruch auszuweichen, bleibt mir nur die Möglichkeit einer theoretischen Rebellion, indem ich in stillen Stunden beispielsweise genau nach dem entgegengesetzten Prinzip empfinde und, pathetisch verallgemeinernd, eine ideelle Solidarität mit allem Lebendigen postuliere, so, als wäre mir in meinem Leben die beständige Nähe zu anderen Mitexistierenden tatsächlich ein wahrscheinlicheres Ereignis als die Begegnung mit erratischen Granitblöcken beim Durchqueren einer Sandwüste.

Dieser Einstellung gemäß ist es mir kaum möglich, irgendein Tier zu töten, sei es auch nur die berühmte Fliege an der Wand. Wenn mir aus meinem Selbsterhaltungstrieb heraus einmal nichts anderes übrigbleibt, zum Beispiel, weil eine weibliche Mücke sich auf meinem Arm niedergelassen hat, um sich für den Bestand ihrer Brut gegen meinen Willen an meinem Blut gütlich zu tun, dann töte ich sie nur unter Tränen.

Dennoch halte ich, wie man das bei meiner Lebenseinstellung vielleicht annehmen könnte, keine Haustiere. Ich wüsste gar nicht recht, welche Art für mich in Frage käme. Hund vielleicht. Hund ist beliebt. Auch Katze. Doch würde mich deren Fauchen aus gewissen Gründen stören. Hund wiederum kam für mich als Bankbeschäftigter prinzipiell nicht infrage. Ich hätte an dem Gefühl gelitten, in meinen beruflichen Kreisen mit meinem Tun missverstanden zu werden. Kanarienvogel oder Wellensittich wiederum ist zu laut. Dazu noch beanspruchte jedes Tier, auf das ich mich zu häuslicher Gemeinschaft einließe, ein ernst zu nehmendes Maß an Aufmerksamkeit und Zuwendung. Am wenigsten vielleicht noch Schildkröte. Aber dazu fehlt mir nun wirklich die Lust, von einem Mitbewohner überlebt zu werden, bis meine

Urenkel erwachsen sind, falls ich mich doch noch einmal auf den hinterhältigen Vorgang einlassen sollte.

Die ganze Sache mit dem Haustier ist mir ein zu unüberschaubares Feld. Am Ende hätte ich - von einem ganz speziellen Vorgang abgesehen - gar eine Situation geschaffen, die sich so sehr auch nicht von der unterscheidet, als ich versuchshalber für ein halbes Jahr mit Linda zusammenlebte.

Kurz nachdem ich wieder einmal mit einer Entscheidung in der Haustierfrage gerungen hatte, entdeckte ich zu meiner Freude an gewissen Stellen meines Körpers den Befall mit Filzläusen, den ich mir bei meinem letzten Umtrunk wohl in der Toilette einer etwas fragwürdigen Spelunke zugezogen hatte. Für eine Weile glaubte ich, damit für mich genau die richtige Haustierhaltung gefunden zu haben. Etwas Lebendiges eben. Und eine rechte Kombination aus Geselligkeit und ungestörtem Fürmichsein bei insgesamt geringem Pflegeaufwand.

Am Ende wurde mir das Kribbeln und Krabbeln aber dann doch zu lästig, und ich nahm die Hilfe eines Hautarztes in Anspruch. Es war herzzerreißend, mich der tierischen Kameraden entledigen zu müssen. Seither ist Haustierhaltung jeglicher Art für mich kein Thema mehr. Ich will mich darauf nun einmal nicht einlassen. Mein prinzipiell solidarisches Verhältnis zum Tier bleibt von diesem praktischen Vorsatz aber unberührt.

Nur muss man sich einmal mein Erschrecken vorstellen, als ich zum ersten Mal zu der Vorstellung von der Tiergestalt meiner Existenz gelangt war und mein ethisch anspruchsvoller Gedanke der Grundsolidarität mit allem Lebendigen damit auf einmal durch mich selbst heftig unter Beschuss geriet. Denn mitgefangen ist mitgehangen. Wollte ich nämlich demnächst den in Ansätzen bereits geschmiedeten Plan gegen meine Existenz zur Durchführung bringen, dann träfe die Attacke, wenn meine Einschätzung sich als richtig erwiese und die Maßnahme erfolgreich ausginge, unweigerlich auch das Tier in mir. Für den ersten Moment ein ernst zu nehmender Kollateralschaden, den ich allerdings durch intensives Nachdenken vor mir rechtfertigen zu können glaubte.

Denn es wurde mir klar, es im Falle meiner Existenz, egal wie ihre letztendliche Gestalt aussehen mag, nicht mit einem Tiersubjekt mit eigener Würde zu tun zu haben. Die Tiergestalt könnte eher als Maske aufzufassen sein, so, wie in manchen Märchen bestimmte Personen eine bestimmte Tiergestalt annehmen. Maske also nicht bloß rein äußerlich, sondern schon als Wesensbestandteil der Sache; aber eben nicht Tier als selbständiges Subjekt mit eigener Tierseele. Das macht einen Unterschied. Ich glaube mittlerweile nicht einmal falsch zu liegen, wenn ich behaupte, für den Fall einer unangebrachten Rücksichtnahme gegenüber einem unechten Tier bloß eine Dummheit zu begehen. Die würde mir allemal schaden, ohne dem echten Tier wirklich zu nützen. Als sich dieser Gedanke gefestigt hatte, war ich davon so enthusiastisch gestimmt, dass mir spontan ein paar Verse in den Sinn kamen, obwohl ich zum Reimen normalerweise überhaupt nicht neige. Ich notierte mir:

Das Tier In mir
Will keine Ruhe geben.
Es frisst und vergisst.
Nicht mehr verlangt es vom Leben.
Doch ich bin sein Wirt ...

Dann war der Quell der Inspiration aber auch schon versiegt. Ich kam nicht mehr weiter beim Reimen, worüber ich nun nicht weiter traurig war, wenngleich die Unfertigkeit des Gedankens mich auch nicht gerade selig stimmte. Rein literarisch, meine ich. Denn die operative Bedeutung meiner Entdeckung konnte mir nicht mehr verlorengehen. Der Leser wird sich später davon ein Bild machen können.

21. September   *Onkel Valentin*

Ich löse bestimmt keine Verwunderung mehr aus, wenn ich gestehe, immer wieder mal darüber nachgedacht zu haben, einen handfesten Schlussstrich zu ziehen und mich von meiner Existenz zu trennen. Einige Möglichkeiten zog ich bereits zu einem frühen Zeitpunkt, als ich meine Stellung bei der Bank noch nicht aufgekündigt hatte, in Betracht.

Doch jede Besinnung auf eine wie auch immer geartete Durchführung verlief so, dass am Ende der Nachteil auf der Hand lag, mit einer auf den ersten Blick vielversprechenden Methode, welche die Vernichtung meiner Existenz herbeiführen könnte, zugleich mir selbst ans Leben zu gehen. Ich hätte im Ergebnis auch nicht mehr erreicht als die Krebszelle, die zum Tumor auswuchert und nach vollbrachtem Werk an dem von ihr zerstörten Organismus selbst mit draufgeht. Die Strategie imponiert nur während der Tatzeit. Eine zufriedenstellende langfristige und nachhaltige Lösung sieht jedenfalls anders aus.

Nicht dass ich mich einer radikalen Absonderung von meiner Existenz mittels einer finalen Handlung an mir selbst generell und aus Prinzip entgegenstellen würde; doch unter Zweckmäßigkeitserwägungen und auch aus einem Gerechtigkeitsgefühl heraus ist das für mich kein verlockendes Thema.

Wieso sollte ausgerechnet ich auslöffeln, was meine Existenz mir einbrockt? Ich liege nicht mit mir, sondern mit ihr in einem tiefen Konflikt. Meine Existenz ist es, die mich mit allen ihren Handlungen immer und überall auf die Seite der Verlierer zerren will. Das sollte ich nicht noch damit belohnen, dass ich ihretwegen den Verlust meines Lebens mutwillig aufs Spiel setze. Wie gesagt: Kein Thema; wenngleich für jemanden unter weniger existenzgeplagten Umständen als den meinigen vielleicht, wenn man die passende Lebenseinstellung mitbringt, eine bestechende Perspektive und zudem ein möglicherweise spannendes Abenteuer.

Meine eigene Familie ist keineswegs frei von grenzwertigen Erfahrungen. Nehmen wir meinen Onkel Valentin. Die Art und Weise, wie er sich vom Existieren losriss, hat einen tiefen Eindruck bei mir hinterlassen und mir mancherlei Anregungen gegeben.

Meine Erinnerung an Onkel Valentin ist nicht sehr scharf, wie die meisten meiner Erinnerungen aus der Kindheit. Sein Aussehen beispielsweise in meinem Gedächtnis abzurufen, gelingt mir nur unvollkommen. Dagegen ist der Geschichtenerzähler der Familie immer noch lebendig in mir. Auch die trockene Stimme mit dem leicht singenden Tonfall hat sich mir fest eingeprägt.

Der Onkel schien sich andauernd verrückte Anekdoten auszudenken und erzählte sie dann gerne weiter, wobei er niemals lachte, egal, wie komisch seine Ausführungen waren. Kaum jemand von den Erwachsenen nahm hingegen von seiner schönen Gabe Notiz, selbst wenn es eine neue Geschichte war, mit der er aufwartete.

Doch wir Kinder, das heißt, mein Cousin und ich, wir hingen oft an seinen Lippen. Es war nicht unbedingt spannend, was und wie der Onkel erzählte. Vielleicht war das der Grund für die Geringschätzung, die seinen Einfällen entgegengebracht wurde. Doch es kam so viel - heute würde ich sagen - Merkwürdiges bis Absurdes darin vor, dass es mir jedenfalls schwerfiel, mich der Wirkung seiner Worte zu entziehen. Wenn die Großen schon längst gelangweilt abgewinkt hatten, verharrte ich hartnäckig auf meinem Stuhl, bis ich das Ende einer Geschichte angehört hatte.

Manchmal kam der Onkel mir beim Erzählen sehr nahe. Trotzdem ist mir sein Gesicht nicht mehr erinnerlich, bis auf die runden, dunkel umrandeten Augen. Schon als Kind sah ich niemandem gern in die Augen; vielleicht weil ich mich vor den darin verborgenen Existenzen fürchtete. Doch in die Augen von Onkel Valentin zu blicken, das machte mir nichts aus. Denn in ihnen sah ich - nichts. Alles, was man in den Augen anderer Existierender sehen oder lesen könnte, für jemanden, der das kann, war versteckt wie die Traurigkeit unter der dicken Schminke eines Clowns.

Und Onkel Valentin, dem schon lange keiner mehr zuhören wollte, obwohl sie ihn zu mögen vorgaben, verblüffte am Ende alle mit seiner letzten „Geschichte". Bei einem ihrer gelegentlichen Ausflüge in die Berge, als sie oberhalb einer steilen Schlucht die Aussicht genossen, wandte er sich plötzlich an Frau und Kind: *Seid mir nicht böse, meine Lieben, aber ich mache mich jetzt mal davon.* Er soll gelächelt haben, als er das sagte und sich unmittelbar nach seinen Worten über die Absperrung der Klippe schwang, um auf Nimmerwiedersehen zu verschwinden - bis auf das, was man später einige hundert Meter tiefer noch bergen konnte.

Eine Zeit lang wurde zu Hause immer wieder über den Vorfall gesprochen, worauf meine Mutter regelmäßig zu schluchzen anfing und ausrief: *Er war doch so ein herzensguter Mensch, mein Bruder Valentin.* Dann aber, von einem auf den anderen Tag, habe ich nie mehr den Namen meines Onkels aussprechen gehört. Auch mein Kontakt zum Cousin ging verloren. Ihn muss der unerwartete Abschied seines Vaters sehr verstört haben. Jedenfalls ist aus ihm, genauso wenig wie aus mir, etwas Gescheites geworden.

Ich erzähle die Geschichte über Onkel Valentin nicht von ungefähr. Sie erlaubt mir, vielleicht ein wenig mehr Verständnis für meine geplante Unternehmung zu wecken. Über meine Motivlage dürfte nach allem, was ich bisher berichtet habe, Klarheit bestehen. Meine Unzufriedenheit mit meiner Existenz und über die Art und Weise, wie sie es versteht, mich um berechtigte Lebenschancen zu bringen, habe ich nach meinem Empfinden ungeschminkt dargelegt.

Über mich selbst in den Bestandteilen, in denen ich mich freiwähnen darf von jeder Fremdbestimmung durch meine Existenz, ist hingegen noch wenig bekannt. Meine Tierliebe vielleicht. Und dass ich Junggeselle bin und Benjamin Nautilius heiße. Selbst über meinen Rückzug aus dem Berufsleben, so, wie ich ihn im Detail bewerkstelligte, habe ich noch gar nicht berichten können.

Das liegt neben dem Umstand, dass ich ein ungeübter Erzähler bin und ein Existierender noch dazu, der überhaupt nicht aus sich herausgeht, vielleicht auch daran, dass ich mehr Wert auf das gelegt habe, was mir im Kopf herumgeht und von daher die reine Geschehensebene deshalb eher vernachlässigen zu können meinte. Das soll nun gewiss nicht der Endstand bleiben, werter Mitexistierender. Ich habe überhaupt nicht die Absicht, wichtige Aspekte zu verschweigen. Selbst wenn deshalb die Ausführung meines Vorhabens noch etwas warten muss, bis tatsächlich ein zufriedenstellender Überblick gegeben wurde.

Zu dem, was mir mit Vorliebe im Kopf herumgeht, gehört nun einmal die Risikoabwägung im Hinblick auf meine in der Planungsphase stehende Unternehmung. Als ehemaliger Bankangestellter war Risikomanagement mein tägliches Brot. Das heißt, für mich persönlich nicht so sehr im operativen Bereich, weil ich nun einmal nur eine bedeutungsarme Position in dem Finanzgetriebe innehatte. Notorischer Filialbanker mit sehr überschaubarem Geschäftsbereich; zu mehr habe ich es nicht bringen können.

Doch Risikoanalyse gehörte zum ständigen internen Fortbildungsprogramm für jeden Mitarbeiter. Sich damit zu beschäftigen, wurde zu den Belangen seines Berufshandelns gezählt. Deshalb ist mir die Gewohnheit bis heute in Fleisch und Blut übergegangen, alles Mögliche, worüber ich nachdenke, soweit es mit praktischem Handeln zu tun hat, einer Risikoabwägung zu unterziehen. Da sollte ich in der lebenswichtigen Frage eines anzubahnenden Machtkampfes mit meiner Existenz gewiss keine Ausnahme zulassen.

Nun wird im Hinblick auf das erkennbare Risikoprofil einer Tat in der von mir beabsichtigten Dimension niemand bestreiten können, auch wenn er die Einzelheiten betreffend noch im Unklaren gehalten ist, dass zunächst erst einmal ein ungünstiges Chance-Risiko-Verhältnis vorliegt. Ich erinnere an meinen Vergleich mit der Krebszelle. Tot oder nicht tot - das ist die Frage!

Bei dem ganzen inneren Ringen darüber fiel mir eben auch Onkel Valentin ein. Sein unbeschwert erscheinender Schritt machte mir unglaublich Mut, das Unternehmen nicht einfach auf die lange Bank zu schieben, bis es vielleicht am Sankt-Nimmerleins-Tag in die Stufe risikolos einzuordnen wäre. Dann könnte ich es nämlich gleich vergessen.

Angemessene Risikominimierung zu betreiben war sicherlich in Ordnung. Daran war zu arbeiten. Über das Maß der Angemessenheit war zudem verantwortungsvoll zu befinden Doch hernach müsste konsequenterweise, wäre die theoretische Analyse vielversprechend, auch zugeschlagen werden. Ich bin schließlich kein Weichei, sondern nur gehandikapt! Auch das macht einen Unterschied, werter Mitexistierender.

Zu einer soliden Risikoanalyse gehört immer auch die Berücksichtigung eines Worst-Case-Szenariums. Worst Case heißt aber, übertragen auf mein Projekt: Mein möglicher Exitus dürfte nicht ausgeschlossen werden. Um daher vollkommen ins Reine mit mir und meinem Leben zu kommen und optimale Zielgenauigkeit, Kraftausnutzung und Konzentration aus der zu erstrebenden Ruhe zu schöpfen, schien mir eine mentale Durchdringung des Phänomens des Todes ein unverzichtbarer Teil der Vorbereitung.

22. September *Existenzlos*

Bis zum Beginn meiner Vorbereitungen für den beruflichen Ausstieg war mir der Tod bisweilen wohl als eine mentale Versuchung erschienen, wenn ich nämlich aus einem Überdruss-Empfinden heraus gegenüber den Attacken meiner Existenz in eine Stimmung hineingeraten war, die eine Beschäftigung mit dem Finale des eigenen Existierens als Balsam empfand. Völlig intakt war bei solchen Gelegenheiten die unangefochtene Alltagsüberzeugung, dass meine Existenz und mein Leben im physiologischen Sinne identisch wären, zumindest aber eine untrennbare Einheit bildeten. Aber direkt, als physisches Ereignis in meinem persönlichen Umfeld oder als vis-á-vis-Begegnung mit einem seiner Opfer hatte ich mit dem Tod noch nicht zu tun bekommen.

Die Gelegenheiten dazu waren im Grunde auch rar. Das, was ich über den Tod von Onkel Valentin preisgab, kannte ich nur vom Hörensagen. Und das, was ich soeben großspurig als mein persönliches Umfeld titulierte, ist Zeit meines Lebens eher eine beinahe ausgetrocknete soziale Pfütze gewesen. Meine Eltern sind schon eine Weile tot. Sie waren bei einem Flugzeugabsturz ums Leben gekommen, als sie gerade begonnen hatten, sich finanziell etwas freizuschwimmen, und voller Erwartungen begonnen hatten, mit dem erweiterten Spielraum von Einkunft und Ersparnis noch einmal da und dort in der Welt herumzukommen. Naturgemäß war von ihrer Körperlichkeit nichts Konkretes übriggeblieben, was visuell meiner Trauer ein verstärkendes Moment der emotionalen Verarbeitung hätte sein können. *Du Armer*, hatte seinerzeit eine Tante zu mir gesagt, *jetzt wirst du deine Lieben nicht einmal begraben können. Niemals werden sie für dich richtig tot sein können.* Später hörte ich gelegentlich davon, dass diese Sichtweise verbreitet ist. Nicht die Toten sind es, die keine Ruhe finden, sondern die Überlebenden, die Hinterbliebenen, je nachdem. Ehrlich, ich habe das niemals so empfunden.

Bis dann die Sache mit Fred passierte. Fred war der Einzige, der dem Wort „beinahe" bei meinem benutzten Bild von der ausgetrockneten sozialen Pfütze überhaupt Berechtigung verleiht. Wenn ich mir in einer stillen Stunde gedanklich einmal etwas wirklich Gutes tun will, dann sage ich mir sogar, Fred war mein Freund - und gestehe mir für eine Weile das Recht zu, alle Umstände, die gegen diesen beglückenden Gedanken sprechen, verstockt auszublenden.

Das mit Fred, meinem Kollegen in der Bank, war für sich genommen tragisch. Beruflich erfolgreich; glücklich verheiratet; noch voller Pläne - nippelt der doch binnen eines halben Jahres ab. Leukämie. Am Ende nicht ohne ein gewisses Grauen anzusehen. Ecce homo! Die Frau hatte mich für würdig befunden, was denn wohl auch für eine Art Freundschaftsbande spricht, mich an der stillen Zeremonie in der Friedhofskapelle teilnehmen zu lassen, bei der auf Wunsch die nächsten Angehörigen am offenen Sarg von dem Verstorbenen Abschied nehmen dürfen.

Ich hatte also bis dahin ganz bestimmt noch niemals einen toten Menschen gesehen, einen Menschen also, aus dem definitionsgemäß alles Leben gewichen war. Nun lag einer vor mir. Die Spannung, die sich im Vorfeld der bevorstehenden Begegnung in mir aufgebaut hatte, wich binnen Sekunden einem jähen Entsetzen, das mich wie ein Kloß im Halse würgte. Auf einen Eindruck derart, wie ihn mein Abschied von dem Verstorbenen am offenen Sarg in mir hervorrief, war ich nicht eingestellt. Ich hatte

manches, zumeist eher Unbestimmtes an Gemütsbewegung erwartet, als ich mich für das Ritual im erweiterten Familienkreis
innerlich sammelte. Ich hatte zudem geglaubt, gegen jegliche
Überraschung gewappnet zu sein. Dann aber, alle Fantasie heftig
blamierend, lag da Fred und rührte sich nicht.

Zweifellos lag da Fred, mein Freund. Das war mein erster Gedanke. - Nein, war er nicht! - Das war nicht mein erster Gedanke.
Denn das war auch nicht Fred, der da lag. Das war ein anderer.
Ein anderes. Die Überwältigung durch den Anblick des Leich-
nams strafte meine Erinnerung an den Lebenden plötzlich Lügen. Hilflos und gebannt konnte ich mich bis zum Schließen des
Sarges nicht mehr abwenden.

Was hätte ich in dem Augenblick nicht alles denken können,
wenn man als Trauergast überhaupt darauf aus ist, in so einer
Situation zu denken, anstatt sich von den Gefühlsregungen pie-
tätvoll leiten zu lassen. Das habe ich mich hinterher wieder und
wieder gefragt und mir sogleich selbst die Antwort gegeben, was
ich denn hätte denken können: *So ist das eben, wenn einer tot ist, so
wird das jedem einmal ergehen; das Leben ist aus ihm gewichen, das
sieht man mit großer Eindringlichkeit; wer so liegt, ist garantiert ohne
Furcht, ach, wie sehr man ihm doch den inneren Frieden ansieht.* Ich
stelle jetzt einmal nur eine kleine Auswahl vor von den Möglichkeiten, die ich hätte denken können. Aber nein, mein spontaner
erster Gedanke war ein anderer: *Der so da liegt, ist ein Existenzloser. Ein Existenzloser mit einer Maske von Freds Gesicht füllt spärlich
und provozierend den Sarg.*

Die Maske mochte perfekt sein. Mir aber machte sie nichts vor.
Mir war im Angesicht des Toten sofort klar, dass kein Mensch
dort lag, sondern eine leere, abgenutzte Hülse. Dem einst Existierenden, den ich als Fred gekannt und geschätzt hatte, war etwas Elementares entzogen worden. Das spürte ich gleich am Anfang. Dieser Verlust an *Etwas* bei dem Sargbewohner wirkte augenblicklich so tief auf mich, dass es mich erschütterte. Nur
konnte ich nicht sagen, hätte mit keinem Wort damals beschrieben können, was das vermisste *Etwas* sei. Du, werter Mitexistierender, wirst dich beim Lesen vielleicht an den Kopf fassen und

dir sagen: *Ist der wirklich so verrückt oder tut der nur so? Es ist das Leben - das macht den Unterschied! Das macht den Wesenskern unseres Empfindens. Wir vermissen seine Würde, insoweit wir aufgeklärte Weltbürger sind. Wir vermissen die Seele, wenn wir aus religiösen Beweggründen urteilen. So oder so stehen wir vor dem Verlust der Einzigartigkeit eines Lebens, das diesen Körper deines Freundes Fred verlassen hat. Sieh das doch mal ein!* Ach, ich will dir gar nicht widersprechen. Es tut mir sogar gut, solche einfühlenden Worte zu vernehmen. Und doch ist es so, dass sie mein Lebensgefühl jetzt immer noch nicht erreichen und dass damals meine Stimmung von dieser Grundrichtung der Überzeugung - ehrlich! - nicht gespeist wurde. Später nämlich, als ich wieder und wieder mir meine innere Begegnung vor dem Sarg in Erinnerung rief, fand ich zu der Klarheit meines schwerwiegenden Glaubens, dass es das Abhandenkommen der Existenz von Fred war, die ein Erlebnis von Existenzerschütterung in mir selbst hervorgerufen hatte. Zum ersten Mal - und darin sehe ich den hohen Stellenwert meines Trauererlebnisses - hatte mich eine solide Ahnung befallen, dass die persönliche Existenz eines Individuums und das, was man sein Leben nennt, nicht identisch waren.

Da war gleichsam eine Folie von Glanzpapier, wie sie auf einen x-beliebigen Gegenstand aufgezogen werden kann und ihn dadurch begehrenswert macht, entfernt worden. Was zurückblieb, war belanglos, biologischer Restmüll, der jedoch heftige Erinnerungen und ein plötzliches unbändiges Verlustempfinden auslöste.

Seltsam rührt es mich noch heute an, wenn ich daran denke, wie ich damals vor den aufgebahrten Leib meines Freundes getreten war und zuallererst von einer massiven Entfremdung vereinnahmt wurde, bevor etwas Vertrautes überhaupt Gelegenheit fand, sich zu erkennen zu geben. Der erste gewaltige Eindruck überlagerte alle Empfindungen und löste einen vorübergehenden Stillstand meiner gedanklichen und sinnlichen Tätigkeit aus, bevor der Ur-Eindruck schließlich zur weiteren Banalisierung an mein sensorisches Instrumentarium weitergereicht wurde.

Da fesselte mich auf einmal Freds Nase. Sie war furchtbar groß und anmaßend und beherrschte das fleischlose, eingefallene Gesicht mit dem durchscheinenden ledernen Teint. Sie reckte kühn sich zum Sargrand empor, als wollte sie dem provisorischen Gefäß für die ewige Ruhe noch einmal entsteigen und den abgemagerten, schmächtigen Körper mitreißen, der in einem feinen dunklen, in kurzer menschlicher Leidenszeit aus der Passform geratenen Webstoff steckte und selbst darin gegenüber der dominanten Kopf-mit-Nase-Partie nicht zur Geltung kommen konnte.

Doch wie war es möglich, dass in der erst kurzen Zeit des organischen Zerfalls alles Körperliche geschrumpft war und nur die Nase scheinbar maßlos an Statur gewonnen hatte? Fred hatte sicher kein besonders schönes, doch von den Proportionen her ein relativ normales Gesicht gehabt. Die Nase trat dem Freund zu Lebzeiten ein wenig, aber keinesfalls unvorteilhaft darin hervor; auf jeden Fall ohne jeden Anklang an Cyrano von Bergerac.

Mental unvorbereitet erlebte ich jetzt eine unerwartete physiognomische Aufrüstung wie an einer liebevollen Pinoccio-Karikatur. Ich wurde unwillkürlich in meinen Gedanken darauf gestoßen, dass Fred einen - wie man das umgangssprachlich nun einmal so sagt - unglaublichen Riecher für die richtigen Aktien gehabt und mit seiner Investmentauswahl der Bank viel Geld eingetragen hatte.

Diese Fähigkeit, redete ich mir irritiert zu, kann doch unmöglich nach dem Tod zu einer optischen Aufwertung des Körperteils führen, der nur sinnbildlich für ein besonderes geschäftliches Gespür steht, es sei denn, die Existenz - seine Existenz! - hätte, bevor sie verschwand, bewusst eine signifikante Spur an dem von ihr verlassenen Torso zurückgelassen. Wie und zu welchem Zweck auch immer. Heute natürlich fasse ich diesen Verdacht zugespitzt als die besonders wertvolle Erfahrung auf, als einziger der Trauergäste eines Substrates von Freds Existenz teilhaftig geworden zu sein, einer feinen Spur von ihr, wie unbemerkter Schnee, dessen auf der Haut hinterlassenes Sublimationsempfinden uns erst auffällt, wenn er nicht mehr da ist. Denn ich kannte Freds Existenz überhaupt nicht. Über sein Leben zwar wusste ich ein wenig genauer Bescheid. Doch über seine besondere, ihm eigentümliche Existenz wusste ich nichts, hatte weder eine Vorstellung davon, mit welchen Gefühlen sie einherging, ob sie ihn quälte oder zum Erfolgshandeln anhielt. Und schon gar nichts wusste ich darüber, ob Fred auf sie aufmerksam geworden war oder nicht. Darüber hatten wir uns niemals unterhalten.

Doch halte ich besser ein, lieber Mitexistierender, ich will dein Verständnis zu diesem Spezialproblem nicht über Gebühr belasten. Ob nun mit oder ohne Existenz-Füllung: Was vor mir im Sarge lag mit seinen nicht einmal 50 Jahren und aussah wie ein Greis, das wirkte zerbrochen, entgrenzt und so fremd wie ein Sendbote aus fremden universalen Sphären. Es war keine Trauer gewesen, die ich damals empfunden hatte. Mir widerfuhr nach meinem heutigen Verständnis die bloße Erschütterung über eine Leere, die eine entflohene Existenz in einem menschlichen Körper hinterlassen hatte.

Wir machen gern den Tod für das Schreckliche unserer biologischen Auslöschung verantwortlich. Aber der Tod zerbricht nur alle Leidenschaft. Er löscht die Schmerzen aus, vertreibt die Leiden, befreit uns von jeglicher Angst. Er sichert dem Gemüt, wie zerrissen es je gewesen sein mag, einen ausgeglichenen Zustand. Er holt den existiert Habenden heim ins Nichts und stellt, indem er eine körperliche Hülle an seinem Tatort zurücklässt, die ganze Maskerade bloß, die im Wesentlichen unser Leben ausmacht. Vor dieser Entlarvung unserer Selbsttäuschung fürchten wir uns - als vom Tode Attackierte genauso wie als zurückgebliebene Zeugen am Sarg. Das macht den Tod für die meisten von uns so unbeliebt und unakzeptabel. Es möchte sogar sein, dass dieser Mechanismus der Selbsttäuschung so perfekt ist, dass selten jemand sich in seinem Dasein als einen *Wirt* seiner speziellen Existenz wahrnimmt. Ich vermute in meinem Fall gewisse Sonderbedingungen, dass mir die Parallelexistenz von physischem Leben und einer Art von *Tier in mir* in der nötigen Klarheit vor den geistigen Horizont treten konnte. Doch will ich, damit mein Erlebnis von Freds Beerdigung so langsam zum Abschluss bringend, auch nicht verschweigen, dass mein heftiger Eindruck damals nicht fruchtbar genug war, in mir sofort praktische Schlussfolgerungen für mein weiteres Dasein entstehen zu lassen.

Du wirst mir, werter Mitexistierender, vielleicht nicht in allen Aspekten, vielleicht sogar in überhaupt keinem Aspekt meiner Sichtweise Recht geben. Ich denke aber, einen stichhaltigen Eindruck von meiner persönlichen Stimmung und Grundorientierung im Hinblick auf den Tod gegeben zu haben, der meinen Entschluss nachvollziehbar macht, mein Vorhaben unbedingt zur Ausführung zu bringen - sei es auch um den Preis des eigenen Todes; vorausgesetzt, das zu Grunde liegende Chance-Risiko-Verhältnis in meinem Befreiungskampf wäre akzeptabel.

23. September: **Fred – mein Freund**

Ich gebe zu, es ist nicht sehr geschmackvoll, eine wichtige Person in eine Geschichte damit einzuführen, dass man sie sogleich sterben lässt. Ich versichere aber, dass Fred weniger für die Geschichte als für mich ganz persönlich eine bemerkenswerte Rolle gespielt hat. Er war mir so etwas wie eine Bezugsperson gewesen.

Sein Ableben hatte mich schwer getroffen. Meine Entscheidung, aus dem Beschäftigungsverhältnis mit der Bank auszuscheiden, war dadurch noch einmal wesentlich beschleunigt worden. Zur Ironie des Daseins gehört dabei, dass mein beruflicher Ausstieg ohne Fred gar nicht möglich gewesen wäre, zumindest nicht ein Ausscheiden ohne materielle Absicherung. Miterlebt hat er meinen biografischen Einschnitt nicht mehr.

Würde Fred noch leben, könnte ich zudem guter Hoffnung sein, ihn gelegentlich als Besucher zu empfangen. Fred hatte eine nonchalante Art, meine Existenz gehörig zu entwaffnen. Welchem Besucher sonst könnte das gelingen? Ich wüsste keinen.

Ein Jahr nach meinem beruflichen Ausscheiden war ein ehemaliger Mitarbeiter bei mir zu Hause vorbeigekommen. Es war unbeschreiblich, wie meine Existenz sich aufführte, um ihn erfolgreich abzuwimmeln. *Schick ihn weg!*, rief sie hysterisch. Ich gab schließlich entnervt nach, geleitete den Kollegen zur Tür und sagte: *Sei mir nicht böse; komm doch in zehn Jahren noch einmal wieder.* Das Ereignis ist nun mittlerweile beinahe zehn Jahre her. Ich glaube dennoch nicht, dass er noch einmal vorbeischauen wird.

Mit Fred ging es mir, was die vor seinem Erscheinungsbild schwächelnde Machtposition meiner Existenz angeht, ein wenig so wie mit Linda; noch dazu fehlten die komplizierenden Faktoren, die den Umgang mit einer weiblichen Existierenden allemal zusätzlich verwirren.

Fred hatte einmal zu mir gesagt, als wir eine Zeitlang kameradschaftlichen Umgang gepflegt hatten: *Du bist eigentlich ein ganz umgänglicher Kerl, wenn man dich näher kennt. Doch ich bin überzeugt, dass dir bei der Geburt ein fremdelndes Gen untergejubelt wurde.* Ich unterließ damals jeden Einwand. Ich dachte nur: *Was weiß der schon!* Ihn über meine Existenz aufzuklären, schien mir niemals opportun. Was aber typisch für Fred war: Als er das mit dem fremdelnden Gen sagte, klopfte er mir vertraulich auf die Schulter. So wollte er vermeiden, dass ich mich beleidigt fühlte. Ich war aber nicht beleidigt.

Wie sollte Fred auf die wahren Ursachen meiner Absonderlichkeit kommen. Wie sollte er einer Mitteilung Glauben schenken, ich stünde unter der Fuchtel einer mir fremden Macht. Zu unglaublich schien mir selbst doch manchmal die Daseinskonstruktion, in der ich gefangen war. Mir war hingegen in der kurzen Szene wieder einmal ein Beispiel gegeben worden, welches Unheil meine in mir wirkende Existenz anrichten konnte, ohne sich ihrer Urheberschaft stellen zu müssen.

Eigentlich bin ich mir doch nicht vollkommen sicher, ob ich Fred, wäre nicht der furchtbare Schicksalsschlag gekommen, immer das Geheimnis meiner Existenz vorenthalten hätte. Zumindest wenn ich noch zu seinen Lebzeiten mit meinen Planungen so weit gekommen wäre, wie ich dessen mich jetzt rühmen kann, hätte nichts gegen eine Offenbarung gesprochen, die auch meiner eigenen seelischen Erleichterung gedient haben sollte.

Fred war mein Freund. Fred war eine Bezugsperson für mich. Fred war ein echter Banker gewesen, zu dem ein gewöhnlicher Filialfuzzy wie ich nur aufblicken konnte. Fred handelte mit Millionen, als ich noch bei den Kontoauszügen saß. Und er hatte dabei außergewöhnlichen Erfolg.

Zugegeben, die Zeiten sprachen dafür. Ich war immer wieder verblüfft, wenn Leute aus allen möglichen Berufsgruppen, darunter Lehrer, Friseurinnen, kaufmännische Angestellte und einfache Bauarbeiter mit mäßigem oder schmalem Gehaltskonto bei mir anstanden und aufgeregt nach einer Aktie fragten, deren Namen sie gar nicht richtig schreiben konnten oder den sie auch schon mal plötzlich wieder vergessen hatten. Ich musste sie zwangsläufig an eine andere Stelle schicken, denn mit solchen Zeichnungen von Neuemissionen, überhaupt mit dem Aktienhandel am *Neuen Markt* und auch in den anderen Segmenten hatte ich gar nichts zu tun. Auf keinen Fall durfte ich eine Beratung geben.

Aber es fiel mir schon auf, dass das Innere der Köpfe von Leuten, die sich normalerweise mit dieser Thematik gar nicht beschäftigten, in höllische Turbulenzen geraten war. In jener Zeit suchten unsere Vorgesetzten, bisweilen nicht weniger aufgeregt als die Leute, die zu mir kamen, nach verborgenen Talenten aus dem eigenen Unternehmen, um die Kader für den Eigenhandel der Bank zeitgemäß aufzufrischen.

Was soll ich sagen: Ich ließ mich in dem um sich greifenden Eifer von finanzieller Strebsamkeit schließlich auf die Teilnahme an einem bankinternen Workshop ein, der den Interessierten einen Einblick in das Metier des Wertpapierhandels geben und zugleich deren Gespür für Erfolg und Risiko testen sollte.

Ein Handelskonto wurde den Teilnehmern gestellt. *Frisch ans Werk!* war die Devise der Veranstalter. Am Ende des Workshops präsentierten sich auf der einen Seite die Erfolgreichen, deren Einstandssumme sich vervielfacht hatte, mit großzügigen Auslagen an Hochprozentigem, während andere, darunter ich, die ihr Sümmchen verwirtschaftet hatten, sich nach dem Seitenausgang sehnten.

Ich will jetzt fairerweise einmal gar nicht auf den Anteil eingehen, den meine Existenz an meinem Misserfolg hatte. Denn in
gewisser Weise war meine Begeisterung für das Unternehmen
von Anfang an nur halbherzig gewesen. Mit dem Gedanken, aus
meiner subalternen Position bei der Bank in den Olymp der anerkannten Händler vorzustoßen, hatte ich nicht wirklich gespielt. Was am Ende schwer wog und den Workshop zu einem
Glücksfall für mich machte, das war die Bekanntschaft von Fred,
der an der Ausrichtung der Qualifizierungsmaßnahme beteiligt
war. Wie ich ihn erlebte, widersprach das völlig meinen Erwartungen von einem Investmentbankertyp.

24. September: *Fred – mein Vorbild*

Am meisten beeindruckte mich wohl, wie locker Fred stets
drauf war. Ich war auch unter den Mitarbeitern meiner Bank bei-
leibe nicht der Einzige, der sich unter dem kleinen Völkchen von
Investmentbankern, die der Firma exorbitante Erlöse erwirt-
schafteten, eher überspannte, arrogante und selbstherrliche Typen vorstellte, die ihre Exklusivität lässig zur Schau stellten, aber
außer Geld verdienen und Geld verprassen nichts anderes im
Kopf hatten.

Ich kann nicht beurteilen, ob Fred bloß eine Ausnahme unter
ihnen darstellte; jedenfalls ging meine Vorstellung, wie ein Investmentbanker beschaffen war und wie er beruflich tickte,
ziemlich schnell in die Brüche, nachdem ich mich privat ein paarmal mit Fred getroffen hatte.

Ich habe leider keinen weiteren Beschäftigten aus diesem Kreis
kennen gelernt, der die statistische Datenlage meiner Eindrücke
hätte verbreitern können. Fakt war: Fred hatte vielseitige Interessen. Fred gab sich ungezwungen und war meist gut aufgelegt.
Und er sprach, wenn es nicht ausdrücklich um seinen Job ging,
nie über Geld. Er hatte es einfach, das war klar. Das sah man an
seinem Lebensstil, der dennoch von keiner Seite her protzig war
und den er ebenfalls nicht zum Gesprächsthema machte.

Dass Fred arbeiten konnte wie ein Tier, auch das blieb mir nicht verborgen. Sich Stunde um Stunde mit gleichbleibender Konzentration, umstellt von Monitoren, mit Millionensummen in den Markt hineinzubegeben und ihn blitzschnell wieder zu verlassen - ich hätte das keine drei Tagen durchgehalten.

Weil mir das klar und zudem ein wenig schmerzlich war, besuchte ich Fred nur selten an seinem Arbeitsplatz. Am Anfang unserer Bekanntschaft häufiger, weil ich neugierig war auf einen Arbeitsalltag in dem Geschäftsbereich, in dem der Puls der Finanzmärkte zu fühlen war. Einmal sah ich Fred in einer offenen Position von mehr als 1 Millionen € im Rohstoffsektor, die plötzlich mit großer Geschwindigkeit gegen ihn lief. Als er sie ohne Aufregung glattstellte, hatte er schätzungsweise 100.000 € auf der Verlustseite. Doch keine Regung war ihm anzumerken.

Komm Kleiner, sagte er nur lächelnd, *lass uns einen Kaffee trinken gehen! Ich mache Pause.*

Er bemerkte natürlich meine Verblüffung darüber, dass er unmittelbar nach einem Verlustgeschäft pausieren wollte. Deshalb belehrte er mich:

Du solltest niemals gegen den Markt handeln. Das ruiniert dich. Wenn du den Markt einmal missverstanden hast, orientier dich neu. Ich mache das niemals ohne vorherige Pause.

Ich wandte ein: *So ein Riesenverlust. Du musst dich doch bestimmt ärgern.*

Fred lachte. *Vergiss es, Kleiner! Gewinn. Verlust. Beides gehört gleichermaßen zum Geschäft. Ärger. Freude. Das hat dabei nichts zu suchen. Es geht auch nicht um Geld oder um Recht oder Unrecht haben. Es geht nur um Erfolg oder Misserfolg; in einer sinnvollen, von dir zu wählenden Zeiteinheit. Schau, ich habe noch keine Woche des laufenden Jahres mit einer negativen Handelsbilanz abgeschlossen. Was du eben gesehen hast, war demgegenüber - nichts.*

Diese Haltung habe ich damals nicht verstanden. Noch viel weniger hatte ich eine realistische Vorstellung von dem Volumen, das Fred im Markt bewegte. Wenn ich daran dachte, dass Fred aber auch nur einer von Dutzenden solcher Händler in meiner Bank war, dann überkam mich schnell ein Schwindelgefühl.

Zugleich war ich ein wenig verwirrt, weil Fred einen so großen individuellen Freiraum hatte und - soweit es für mich ersichtlich war - während seiner Arbeitszeit kaum kommunikativ gefordert war. *Das wäre doch was für deine Existenz*, redete ich mir damals beiläufig ein. *Gegen so einen Arbeitsplatz könnte sie doch im Prinzip nichts einzuwenden haben*. Konkurrierende Gesichtspunkte waren andererseits schnell zur Stelle. Da oben musste man erst einmal ankommen. Wer weiß, über welches Hauen und Stechen das zu bewerkstelligen war. Man benötigte Eigenschaften, die mir eher abgingen. Ich dachte an das Arbeitspensum von Fred und auch an mein Abschneiden bei dem Workshop. Nein, es war dummes Zeug, den Gedanken weiter zu verfolgen.

Das tat ich dann auch nicht. Zum einen hätte meine Gemütslage davon nicht profitiert. Zum andern hatten meine Gedanken schon längst begonnen, sich in eine ganz andere Richtung zu bewegen als in die einer beruflichen Neuorientierung. Ich hatte gegenüber meiner Existenz zu resignieren begonnen. Der Gedanke, den sozialen Raum einfach zu verlassen, hatte die Konturen einer verlockenden Werbebotschaft für mich bekommen. Ich suchte nach einer Gelegenheit, um mit Fred auf einer allgemeinen Ebene über meine Zukunftsvorstellungen zu sprechen.

Daher fragte ich ihn einmal, durch einen Artikel in der Tageszeitung angeregt: *Fred, bist du eigentlich gierig?* Er sah mich erstaunt an und antwortete: *Nein, aber ich will Erfolg haben. Ich kenne die öffentliche Diskussion, die hinter deiner Frage steht. Würdest du einem Lottospieler dieselbe Frage stellen, würde er sie auch verneinen. Aber ein Lottospieler will nicht einmal Erfolg haben. Er will bloß Glück haben. In einem einzigen Augenblick will er den Segen einfahren, den gewöhnlich harte Berufsarbeit in einem ganzen Leben nicht stiftet. Aber niemand fragt den Lottospieler danach, ob er gierig ist, sondern nur uns Investmentbanker.*

Ich nahm den Verlauf des Gesprächs zum Anlass, um zu betonen, dass mir seine verbissene Erfolgsorientierung fremd sei. Dann wurde ich noch konkreter und sagte, ich könnte mir gut vorstellen, den Job bald an den Nagel zu hängen und für den Rest meines Lebens zu privatisieren.

Da blickte Fred mich auf einmal an und stieß impulsiv hervor: *Glaubst du etwa, ich werde den Job machen, bis ich 50 bin? In fünf bis acht Jahren ist Schluss damit. Aber ich werde mir meinen Ausstieg definitiv leisten können.* Dann setzte er nach einer Pause hinzu: *Und du - wovon willst du leben? Hast du die Kohle beisammen, um ohne materielle Sorgen alt zu werden? Du solltest weniger träumen, wenn es um deine Zukunft geht. Zielstrebige Lebensplanung ist unerlässlich. Du musst deinen Lebensbedarf kennen. Du musst Reserven einplanen. Dann musst du die Mindestsumme kalkulieren, mit der du bis zum Ende deiner Tage auskommst. Und dann frisch ans Werk!*
Ich war wie vor den Kopf gestoßen. Ich rang nach einer Erklärung. Vergeblich. Fred hatte Recht. Ich hatte mir diese Seite des Problems noch nicht klar gemacht. Natürlich hatte ich Erspartes. Mit bescheidenen Lebensansprüchen könnte das bei ausbleibenden Gehaltseinkünften zwei Jahre lang ausreichen. Und dann? Ich war noch keine 45.

25. September: *Finanzielle Unabhängigkeit*

Das Schicksal kann bisweilen unerbittlichen sein, werter Mitexistierender. Fünf bis acht Jahre wollte Fred noch arbeiten. Drei Jahre nach dem eben erwähnten Gespräch war Fred tot. Ich konnte mir einige Tage lang den Gedanken nicht verkneifen, es besser zu finden, wenn es mich statt seiner erwischt hätte. In diesem Fall wäre ich meine existentiellen Sorgen auf einen Schlag losgeworden. Meine Existenz hätte definitiv ausgespielt; auf einen lebensgefährlichen Konflikt mit ihr müsste ich mich nicht mehr einlassen. Auch würde mich niemand vermissen. Und Fred, der weise vorgeplant hatte, könnte die Früchte seiner aufreibenden Arbeitsjahre genießen, könnte, wie er es vorgesehen hatte, mit seiner lebensfrohen Frau auf Weltreise gehen und anschließend ein Kind adoptieren aus dem Waisenhaus, das regelmäßig größere Zuwendungen von ihm und seiner Lebenspartnerin erhielt. Es war ein Jammer, mein eigenes Verlustempfinden eingerechnet. Und seine Frau Notburga will ich mit meinem

Schmerz natürlich auch bedenken, die erst auf ein Kind von Fred und dann noch auf Fred selbst verzichten musste. Für meine Anfangsschwierigkeiten im Umgang mit der netten Frau, nach dem Anlaufen meiner Bekanntschaft mit Fred, bin ich sehr schön entschädigt worden. Immer mehr Sympathie ließ sie mich spüren, als unsere stille Rivalität, welcher der beiden Namen, der ihrige als Mädchen- oder der meinige als Jungenname seltener vergeben würde und damit wertvoller wäre, überwunden war. Von der heimlichen Selbstbeschäftigung, mich gelegentlich von Benjamin nach Notger umzutaufen, damit in meiner Vorstellung sie und ich als so etwas wie die ideelle Not-Gemeinschaft Notger und Notburga das schwere Endstadium von Freds Krankheit besser meistern könnten, habe ich niemals etwas verlautbaren lassen. Dafür hätte ich mich geschämt. Nun ja. Man kann es sich nicht aussuchen. Das muss ich aber jetzt auch noch erwähnen: Als ich einigermaßen ins Bild darüber gesetzt war, was für ein schweres Los Fred gezogen hatte, stellte sich sofort ein volles Verständnis dafür ein, wie der Erfolgsmensch im Angesicht des Scheiterns kühner Pläne verbittern kann. Doch Fred wurde nicht verbittert, jedenfalls nicht in der Art, wie ich mir eine Verbitterung auf Grund eigener Erfahrungen im Dauerclinch mit meiner Existenz vorstellte. Fred war eher verständnislos überrascht, schien maßlos verblüfft. Und wegen der Geschwindigkeit, mit der sein körperlicher Verfall voranschritt, konnte sein Gemütszustand vielleicht nicht mehr von überrascht auf verbittert umstellen. Eine Zwischenetappe, der Enttäuschung ähnlich, mit der ich mich schon lange gut auskannte, die war ihm sehr wohl anzumerken. Dann nahm er sich noch einmal zusammen, regelte energisch seine persönlichen Angelegenheiten, gab sich, als sein Fall von der Medizin für aussichtslos befunden wurde, erklärtermaßen geschlagen und starb ohne innere Rebellion. Wenn ich im Sinn hätte, ein ungeschminktes Profil von Fred in seiner finalen Lebenskrise zu formulieren, dann fiele das ähnlich aus wie eines, das von dem Investmentbanker Fred bei der Verfolgung seiner Handlungsstrategie im Wertpapiergeschäft realistisch zu zeichnen wäre. Darüber hatte ich am Vortag berichtet.

Es war unbedingt glaubwürdig, dass Fred sein Berufsleben limitieren wollte und für diesen Zweck vorgesorgt hatte. Wenn ich mir vorstellte, was bei ihm an festem Gehalt plus Erfolgsprämie alles zusammenkam, und wenn ich außerdem unterstellte, dass er nebenher ein privates Konto handelte, dann rangen mir die Vermögensdimensionen Respekt ab. Tja, so konnte man das machen. Wenn man das konnte. Demgegenüber saß ich mit meinem diffusen Vorhaben noch immer auf dem Trockenen.

Inzwischen, jetzt noch einmal verstärkt durch den menschlichen Verlust, der mir Freds Tod bedeutete, war mein Leidensdruck durch das gehässige Wirken meiner Existenz so groß geworden, dass ich schließlich die Kraft für eine halbwegs realistische Planung meines beruflichen Ausstiegs aufbrachte. Die finanzielle Absicherung war das Kernproblem. Damit hatte Fred seinerzeit Recht gehabt. Indem ich mich schonungslos diesem Problem stellte, öffnete ich mir die Sinne für den in meiner Situation einzig denkbaren Weg zur finanziellen Unabhängigkeit.

In Erwägung meiner isolierten Lebensweise, unter Berücksichtigung meiner fachlichen Vorkenntnisse und angesichts des Vorteils einer Vielzahl von nutzbaren beruflichen Mitteln versprach ein effektiver Wertpapierhandel auf eigene Rechnung den möglichen Erfolg. Wenn ich es fertigbrachte, mir die grundsätzliche Einstellung, die ich bei Fred beobachtet hatte, schnell anzueignen, dann hatte ich eine Chance. Hinzu kam, dass ich über die verschiedensten Finanzprodukte bei Fred einiges in Erfahrung gebracht hatte. Wenn ich mich diszipliniert auf diejenigen Instrumente konzentrierte, die mit meinen bescheidenen Eigenmitteln gut handelbar waren, dann hatte ich eine Chance.

Aber das Desaster bei dem Workshop? - wird man einwenden. Vergiss den Workshop, werter Mitexistierender! Ich selbst habe mich viel zu lange mit meiner dabei gemachten Erfahrung kleingeredet. Mein vorschneller Verzicht, die Rolle meiner Existenz hinsichtlich meiner negativen Erfolgsbilanz ausdrücklich zu thematisieren, hatte mich in die Irre geleitet.

Doch nichts weiter war durch den Workshop bewiesen als mein Scheitern im sozialen Raum des Fortbildungsspektakels, wo die

Teilnehmer dicht gedrängt vor den Monitoren saßen und jedem von ihnen andauernd vom Nachbarn links oder vom Nachbarn rechts oder von einem, der zwischendurch Stehkaffee schlürfte und verschlabberte, aufgeregt und besserwisserisch hineingeredet wurde in seine Transaktionen. Nur wer bei dem Durcheinander cool blieb, konnte sein eigenes Konzept handeln. Ich konnte das nicht.

Hinzu kam noch etwas besonders Wichtiges, was mir erst viel später klar wurde. In jenem Geschäft, in dem es letzten Endes um Geld, um viel Geld geht und wo die eigene materielle Existenz auf dem Spiel stehen kann, setzt man sich selbst dann am wirkungsvollsten matt, wenn man die Gewohnheiten seines Alltagshandelns und seine Persönlichkeitsschwächen unreflektiert in das Handelsgeschäft einbringt.

Das tut man spontan aus tief verankerten emotionalen Regungen heraus. Der Mechanismus droht vielen in einer vergleichbaren Situation zu einer Teufelsfalle zu werden. Nur mittels eines rigiden mentalen Trainings kann man das gewissermaßen affektive Risiko eingrenzen und sollte das auch tun, wenn das eigene Persönlichkeitsprofil von sich aus nicht geschäftstauglich ist - wie eben bei mir.

Du wirst vielleicht schon ahnen, werter Mitexistierender, dass der von mir eingeschlagene Weg von meiner Existenz prinzipiell eher begünstigt wurde. Es ging bei meinem rein privaten Projekt ja nicht darum, mit anderen Mitexistierenden gemeinsam etwas zu bewerkstelligen, was zweifellos das Misstrauen meiner Existenz heraufbeschworen hätte. Was ich für meine Arbeit benötigte, das waren mein Arbeitszimmer zu Hause, eine Heimcomputeranlage mit geeigneter Software - und ein Handelskonto. Und mich natürlich. Aber auch die Zahlen. Ich hatte manche von ihnen zum Freund, was mir meine Existenz überhaupt nicht übelnahm. Fred hatte viel für Zahlen übriggehabt. Eine wirkliche Innigkeit ihnen gegenüber, wie ich sie mir nicht ohne Stolz zurechnen will, hatte ich bei Fred nicht ausmachen können. Das wäre bei einem Banker vielleicht auch zu viel erwartet gewesen. Anhänglichkeit wohl. Eine gewisse Anhänglichkeit war sehr wohl spürbar. Die stellte Fred beinahe treuherzig gegenüber den Fibonacci-Zahlen unter Beweis. Ich sage nicht, gegenüber einer einzelnen oder mehreren von ihnen. Er interessierte sich mehr für ihre Verhältnisse untereinander. Schwerwiegende Beziehungen einer Nachbarschaft steckten, wie er beteuerte, nämlich drin in einem 38,2% und 61,8% Retracement. Soviel ich weiß, waren das Orientierungspunkte, auf die er genau schaute, während ansonsten Intuition unter der Vormundschaft einer strengen Risikokontrolle bei ihm die Oberhand behielt, wenn er mit riesigen Geldsummen am Markt hantierte. Ich muss sagen, dass ich in dieser spannenden Frage bewusst in seine Fußstapfen getreten bin und, sei es nun wegen seines Andenkens oder wegen meiner persönlichen Wertschätzung der Zahlen, belohnt wurde, wenn es häufig wirklich profitabel damit klappte, an den beiden markanten Orientierungspunkten einer Korrektur auf die Gegenbewegung zu setzen.

Vom ersten Augenblick an begleitete meine Existenz mein Unternehmen mit Wohlwollen. Ich vermochte sie regelrecht einzuschläfern, wenn ich alle meine berufsfreie Zeit darauf verwendete, einsam vor dem Bildschirm sitzend, Wertpapierhandel zu betreiben.

Zwar verzichtete ich nach reiflicher Überlegung darauf, mein Konto bei der eigenen Bank zu eröffnen, doch blieb mir während der beruflichen Arbeitszeit im Allgemeinen genügend Zeit und Gelegenheit, nützliche Informationen zu sammeln und den Markt zu beobachten, so dass ich nach Feierabend auf einem höheren Kompetenzlevel das Geschäft eröffnen konnte. Geschäftszeiten spielten ohnehin keine große Rolle mehr. Der Handel war so weit internationalisiert und elektronisch vernetzt, dass mit einer entsprechenden Ausstattung jederzeit zu handeln war.

Die größte Hürde, mir zeitweise unüberwindbar scheinend, stellte ich selbst mit der authentischen Seite meiner Persönlichkeit dar. Die von dieser Seite kommenden Schwierigkeiten darf ich meiner Existenz fairerweise nicht anlasten.

Was Fred damals so dahergesagt hatte, Gefühle hätten bei dem Geschäft nichts zu suchen, das war höllisch schwer zu gewährleisten. Zwar bekam ich zunehmend ein Gespür für den Markt. Das Konto schwoll des Öfteren an. Dann aber unterlief mir auf einmal eine unkontrollierte, euphorisch geprägte Impulshandlung - und schon schmolz der Segen wieder dahin und nahm noch einen Teil des Einsatzes mit. Nach einem Jahr befand ich mich in der Situation, mehr als die Hälfte meiner gesamten Ersparnisse verwirtschaftet zu haben. Ich geriet in eine Krise. Es dämmerte mir: *Benjamin, es geht nun um Alles*.

In dieser kritischen Situation besann ich mich wieder einmal auf Fred, dessen Todestag zum dritten Mal sich jährte. Ich entzog mich gegen den spürbaren inneren Drang rigoros dem Markt, nahm eine längere Auszeit und analysierte alle Problembereiche durch. Von da an ging es tatsächlich aufwärts; zunächst noch langsam, dann beschleunigt. Ich hatte schließlich das Glück, zunächst einen Börsenhype zu erwischen, in dem mein Konzept einer aggressiven Positionierung voll aufging; dann später ein weiteres Mal das Glück, mit dem Gespür richtig zu liegen, jetzt alle Positionen besser umzudrehen. Gerade rechtzeitig, bevor der Markt tatsächlich kippte und bald regelrecht implodierte. Dieses zweimalige geschickte Timing wurde zu meinem Volltreffer.

Der zeitliche Rahmen, in dem ich als Spekulant reüssierte, verblüffte mich am Ende. Ich hatte sieben Jahre gebraucht vom Erwerb meines ersten Wertpapieres an, bis ich feststellen konnte, am Ziel zu sein. Damit war ich sogar in dem von Fred für sich selbst gesetzten Zeitrahmen verblieben. Ich kündigte umgehend mein Arbeitsverhältnis bei der Bank und löste mein Handelskonto auf. Seither habe ich nie wieder ein Wertpapier gehandelt.

26. September: *Freundschaft und Einsamkeit*

Der erste Tag nach meinem beruflichen Ausstieg hat noch immer einen guten Platz in meiner Erinnerung. Endlich keine Verpflichtung mehr! Ich war eine Zeitlang wie berauscht. Knapp 50, aber schon finanziell unabhängig. Eine Daseinssehnsucht, die in den Jahren damals eine besonders zahlreiche Fangemeinde hatte, als die Börsen heiß liefen, nämlich danach zu streben, so viel Geld zu verdienen, dass man aus seiner Erwerbsexistenz aussteigen konnte: Ich hatte dieses Ziel erreicht. Ich hatte es geschafft! Einmal in meinem Leben hatte ich etwas geschafft.

Doch was tun mit der gewonnenen Zeit? Dass ich das Geldscheffeln nicht zum Lebensinhalt machen, sondern tatsächlich das Erworbene umsichtig nutznießend verzehren würde, stand für mich außer Frage. Ich hatte nunmehr, dieser Gedanke war hauptverantwortlich für meinen anfänglichen Rauschzustand, die Ressourcen, einem Vorsatz zu folgen, den der Philosoph, dessen Hund ich anlässlich meiner Abschlussprüfung bei der Bank bereits erwähnte, für sich selbst aufgestellt hatte, nämlich, ausgehend von der Einsicht, dass das Leben *eine missliche Sache* sei, *es damit zuzubringen, über dasselbe nachzudenken.*

Das Motto des gelehrten Mannes sollte mir eine hilfreiche Orientierung ermöglichen, wenn ich sie meinen Bedingungen anzupassen verstand. Mein Leben - das war nun einmal meine verfluchte Existenz. Sie zu ergründen, zu verstehen, was sie mir antat und wie sie das anstellte, um sie schließlich, sollte sich ein Weg dazu finden, zu vernichten - das würde die Mission sein, auf die ich mich einzulassen hatte und für die ich niemanden sonst brauchte als mich selbst.

Dabei will ich den Umstand, dass ich im ersten Jahr meiner Erwerbsfreiheit noch einmal jemanden kennen lernte und mit diesem Existierenden für drei Monate einen sporadischen Umgang im sozialen Raum pflegte, nicht weiter thematisieren, weil diese Bekanntschaft zum einen nur kurz war und zum anderen für meine Geschichte belanglos ist.

Dennoch spüre ich schon den Einwand: *Da gibt einer sich alle Mühe, um Freundschaften in seinem Leben geringschätzig abzutun, und nun zieht er schon wieder eine aus dem Ärmel.* Ich weiß schon, ich erwähnte einmal die erratischen Blöcke. Daran muss ich keine Abstriche machen.

Ich denke jetzt um der Wahrheit willen noch einmal genau nach und bestätige dann, dass es, unter Einbeziehung von Fred und sogar unter Einbeziehung von Linda genau fünf freundschafts-verdächtige Beziehungen in meinem Leben gab, auch wenn es mich jedes Mal stutzig macht, wenn ich das Wort Freundschaft mit mir in Verbindung bringen soll, weil die Gesichtspunkte, die gegen ein solches Verbundenheitsempfinden in meinem Lebens-zusammenhang sprechen, zahlreich und gewichtig sind. Ich glaube, so ähnlich äußerte ich mich schon einmal an anderer Stelle meines Berichtes. Das unterstreicht nur, wie wichtig mir, werter Mitexistierender, dieser Punkt ist.

Doch ich verzichte jetzt einmal darauf, mich begrifflich auf ei-nen puristischen Standpunkt zu versteifen. Wichtiger erscheint mir ein Zurechtrücken der wahren Dimensionen meines Gesel-ligkeitslebens. Lassen wir die Anatomie meiner vorübergehen-den Bindungen im sozialen Raum also euphemistisch als Freundschaften passieren, dann hätten wir fünf Freundschaften in rund 60 Lebensjahren vorliegen. Das macht, wenn zu Grunde gelegt wird, dass jede einzelne dieser Freundschaften im Durch-schnitt ungefähr ein Jahr dauerte, rein rechnerisch fünf Jahre Freundschaft, wobei der eigentliche Zeitbatzen an Fred hängt. Von Geburt an. Fünf Freundschaftsjahre, denen in der Bilanz nunmehr dreiundfünfzig Jahre vornehmer Einzelheit meiner Person gegenüberstehen, in denen ich mit meiner Existenz allein und noch dazu ihr ziemlich ausgeliefert war. Das macht ein Ver-hältnis von ungefähr 1:11.

Eigentlich keine schlechte Bilanz, wenn man nicht unbedingt die anderen Existierenden, sondern stattdessen das Universum, unser aller übergroße Mutter, studienhalber heranzieht und zu diesem Zweck sinnvollerweise die Verteilung der Masse im lee-ren Raum, die durchschnittliche Materiedichte also, zu betrach-ten sich einmal vornimmt, was ja eine vergleichbare Verteilung abgibt wie die Dichte der einzelnen Individuen im sozialen Raum. Da kommen moderner Naturforschung zufolge, die längst noch nicht das letzte Wort darüber gesprochen hat, fünf bis zehn Elementarteilchen auf einen Kubikmeter Universum. Ich sag mal salopp als existenz-geplagter Laie und ohne Fanatis-mus für eine übergroße Korrektheit, mit der ich eine Relation ermitteln wollte, dass ein rechnerisches Verhältnis von 1:1 Billion, also eins, wo was ist, zu einer Billion, wo nichts ist, vorliegt. Demnach müsste ein Stern im interstellaren Raum sich doch viel, viel einsamer fühlen als ich mich im sozialen Raum. Jedenfalls rein statistisch gesehen.

Tatsächlich aber scheint und glänzt so ein Stern meist lebenslustig und hoffnungsfroh, während ich, wie Außenstehende mir schon mehrfach glaubhaft versicherten, meistens freudlos und nicht selten düster dreinschaue. Daraus schließe ich persönlich, dass ich mit meiner Existenz in dieses ganze Universum auch nicht so recht hineinpasse. Das sage ich aber nur dann, wenn es mir wirklich einmal nicht gut geht.

Doch genug jetzt davon; damit will ich es bewenden lassen mit den überflüssigen Rechtfertigungsversuchen wegen meiner kurzen Bekanntschaft im ersten Jahr meiner Erwerbslosigkeit aus freien Stücken, die für meine Geschichte nicht einmal die kleinste Bedeutung hat.

Meine kleine kosmologische Betrachtung von eben könnte entgegen meinen Absichten zur Mitleidsregung verführt haben und vorschnell die Meinung hervorrufen, ich müsse doch wohl ein sehr einsamer Mensch sein. Insbesondere diejenigen, die es gewohnt sind, ihre persönliche Wertschätzung daran zu messen, wieviel Likes ihnen ihr digitaler Morgengruß eingebracht hat und die vielleicht auch nicht von Freundschaften, sondern von Followers sprechen, die sie im Dutzendpack managen, mögen sich über meine soziale Bedeutung, je nach Intention, schlapplachen oder tief berührt zeigen. Als der zweifellos bessere Kenner meiner selbst halte ich eine differenzierte Sichtweise demgegenüber für angemessener. Und die will ich den werten Mitexistierenden, die immer noch tapfer bei der Lektüre verblieben sind, selbstverständlich nicht vorenthalten.

Möglicherweise hat mein Interesse für die Astronomie und deren Forschungsgegenstand, nämlich die unermesslich weiten Räume mit dem verhältnismäßig Wenigen, was sich darin befindet, tatsächlich mit meiner Lebenssituation zu tun; das will ich überhaupt nicht bestreiten. In meinen gelegentlichen gedanklichen Simulationen, wie ich als Einzelner durchs weite All streife, ist das begleitende Bewusstsein für einen Existierenden wie mich zweifellos verlockend, bei derartigen imaginären Unternehmungen im Unterschied zu einer Bahnreise eine mitmenschliche Begegnung auf jeden Fall nicht befürchten zu müssen. Interstellare Einsamkeit, obwohl nur wenig über null Kelvin kalt, ist für mich so rein wie eine Flamme, dazu leidenschaftslos, selbstgenügsam und betörend trostlos.

Davon aber einmal abgesehen, dass ich gern das Steckenpferd kontemplativer Vergegenwärtigung reite, bei der irgendwelche Mitexistierende eher nicht vorkommen, bleibt festzuhalten, dass meine Existenz die Sache mit der Einsamkeit ganz bestimmt nicht negativ sieht. Sie hat definitiv den genügsamen Anspruch, stets mit mir allein zu sein und unbehelligt von anderen Existierenden zu bleiben. Und sie fühlt sich eingestandenermaßen umso wohler, je vollkommener sich das symbiotische Stelldichein mit mir im Sinne der Ausschließlichkeit gestaltet. Klagen über Einsamkeitsempfindungen haben für meine Existenz so gesehen keinen Nährboden.

Naturgemäß sieht die Sache für mich, das heißt, für den authentischen Teil meiner Persönlichkeit, ganz anders aus. Meine ständigen Konflikte mit meiner Existenz wegen meiner eigenen Ansprüche im sozialen Raum habe ich mehrfach beschrieben. Wenn man also partout geneigt ist, unter Einsamkeit im Wesenskern ein beständiges radikales Fürsichsein außerhalb des sozialen Raumes zu verstehen, dann muss ich wohl oder übel bekennen, ein einsamer Existierender zu sein.

Doch mit Verlaub, so möchte ich der keineswegs einfach gestrickten Gesamtproblematik eine gewissermaßen philosophische Vertiefung verleihen: Bedeutet Existieren objektiv nicht per se ein Zustand der unaufhebbaren Ausschließlichkeit des Einzelnen, die prinzipiell unüberwindbar ist, ganz gleichgültig, welchen Stellenwert das einzelne Gemüt subjektiv dieser oder jener Form der relativen Nähe zu anderen Mitexistierenden einräumt? Ist damit aber, wenn wir diese Frage bejahen, jedes Beisammensein mit anderen Existierenden nicht zwangsläufig eine -

vielleicht sogar eindrucksvolle - Illusion? In einer Zeit des überbordenden Erkenntnisstrebens, in der von der Physik her mal ganz locker die Zeit selbst für eine mögliche Illusion ausgegeben wird, darf doch meine Frage wohl auch mal gestellt werden!

Dann wäre *Einsamkeit*, wenn wir auch die zweite Frage bejahen, nur eine Blüte der Begriffsbildung. So, wie *Geselligkeit* eine artverwandte Blüte ist. Für das einzelne Gemüt bedeuten sie nicht mehr und nicht weniger als zwei verschiedene, jedoch gleichberechtigte Aggregatzustände des Existierens. Mag schon sein, dass sich dieser oder jener Existierende in dem einen oder in dem anderen Zustand besser aufgehoben fühlt. Dieser relative Urteilsspielraum verändert aber keineswegs die Sachlage, sondern unterstreicht nur den massiven Charakter der Illusionsbildung.

Ich fühle mich außerstande, unter den obwaltenden Bedingungen der tiefen Zerrissenheit meines In-der-Welt-Seins eine klare selbständige Meinung zu bilden. Bin ich doch einerseits dem exklusiven Anspruch meiner Existenz auf weiten Strecken längst erlegen. Habe ich andererseits wiederum keine vollkommene Freiheit von den Verlockungen eines Miteinanders von Existierenden im sozialen Raum erringen können, nicht einmal im Zustand der selbst gewählten Abgeschiedenheit seit meinem beruflichen Ausstieg. Ich gebe aber zu, meine Einwände könnten ein wenig resigniert klingen.

Was ist Wahrheit? So frug in einem Jahrtausendprozess einstmals Pilatus, bevor er seine Hände in Unschuld wusch. Was ist Einsamkeit? So frage ich mich reflexartig, wenn ich spüre, von wem auch immer, als ein an der Einsamkeit Leidender unter Generalverdacht gestellt zu werden.

Vor langer Zeit las ich einmal die Bemerkung, die Einsamkeit sei in jemanden hineingesprungen. Der Gedanke, obwohl mit literarischer Perfektion vorgetragen, hatte mir lange Zeit imponiert, weil er die Charakterisierung des Zustandes unabhängig davon macht, ob ein Existierender zufällig und rein äußerlich mit anderen Existierenden beisammen ist oder nicht.

Doch ausgesprochen zufrieden war ich mit der dabei gewonnenen Vorstellung dann doch nicht. Denn wenn die Einsamkeit in einen Existierenden hineingesprungen ist, dann kam sie logischerweise von außen. Was aber, wenn sie schon vorher da war, bevor man überhaupt an sie gedacht oder etwas von ihr empfunden hat? Womöglich kam sie eben nicht von außen, sondern von innen. War immer schon da gewesen, sei es auch nur versteckt - bis sie sich irgendwann mit hässlichem Antlitz zu erkennen gab.

Wenn solches aber geschieht, kann man sich gehörig erschrecken. So wie ich mich einstmals erschreckt habe, als ich mir meiner Existenz bewusst geworden bin. Daher hat mein Eindruck, mit meiner Existenz und mit meiner Art von Einsamkeit könnte es im Grunde dieselbe Bewandtnis haben und dementsprechend auf der sprachlichen Ebene ein Synonym für ein und dieselbe Schicksalsbestimmtheit vorliegen, etwas an sich, was ich nicht von der Hand weisen möchte.

27. September   *Ein panischer Vogel bringt die Erleuchtung*

In der emotionalen Beziehung zu meiner Existenz hat es im Laufe meines Lebens verschiedene Abschnitte gegeben. Parallel dazu darf ich das auch für meine intellektuelle Durchdringung ihres verhängnisvollen Wirkens sagen.

Am Anfang, noch wenig jenseits des Existenzminimums, stand die Nullproblemsicht. Ich war jung und viel zu sehr mit mir und meinem Existieren beschäftigt, als dass ich hätte auf die Idee kommen können, dass Jemand oder Etwas dahintersteckte, wenn mein In-der-Welt-Sein mit einer spürbaren Unwucht ausgestattet war. Schon der Verlauf meiner Sensibilisierung für das Vorhandensein einer solchen Unwucht war zeitintensiv und jugendfüllend.

Bis irgendwann, durch verschiedene Erlebnisse im sozialen Raum angeregt, die von mir kritisch wahrgenommenen Gemütsirritationen sich häuften und allmählich zu einem Verdacht über Mängel in Konstruktion und Statik meiner Gesamtpersönlichkeit sich bündelten. Von da an war es nur eine Frage der Zeit, bis ich irgendetwas tief in mir, an welchem Ort auch immer, personalisieren zu können glaubte.

Wer bist du?, hörte ich mich eines Tages scheu fragen. Obgleich keiner offenen Antwort für würdig befunden, vernahm ich zweifelsfrei ein fernes, unvollkommenes, doch beunruhigendes Signal, von dem ich heute die Gewissheit einer Art Frühbegegnung mit der Vorform des Fauchens gewonnen habe. In meiner zunehmend differenzierter werdenden Auswertung der Signallage bin ich bald schon von der niederschmetternden Botschaft überwältigt worden: *Da ist etwas! Und es steckt in mir.*

Der werte Mitexistierende, der mit unerhörter Geduld und Selbstdisziplin bis zu diesem Teil meines Berichtes mitgegangen ist, weiß längst, dass ich in jenem *Etwas* meine Existenz identifizieren konnte und dass ich, in meinem hartnäckigen Bemühen, die Sachlage zu verstehen, ihrer Rolle mehr und mehr auf die Schliche kam.

Nicht zwangsläufig jedoch ergibt sich aus dem Verstehen einer Sache, eines Wirkungszusammenhangs oder einer defekten Struktur zugleich auch ein handhabbares Instrumentarium zur praktischen Einflussnahme auf die Sache, den Wirkungszusammenhang oder die defekte Struktur. Zwar trat auch ich, ganz im Sinne des Regelmäßigkeitsgeschehens bei therapeutischen Fortschritten im Allgemeinen, in eine Phase des Optimismus, ja, der Euphorie ein, in der ich es als ein Leichtes wähnte, mittels eigener Willenskraft über die zersetzende Virulenz des verdächtigen Objektes zu obsiegen; doch nur, um irgendwann tief enttäuscht zu werden und der zeitweiligen Resignation anheim zu fallen.

Das trug sich zu während meiner Zeit als noch junger Bankangestellter, in der ich, als andere sich aufs Reüssieren konzentrierten, bereits die ersten Überlegungen anstellte, wie ich der Erwerbsarbeit und ihren Zwängen entsagen könnte, um außerhalb des sozialen Raums, dem Impetus meiner Existenz gehorchend, in stillem Fürmichsein und in intellektuell anspruchsvoller Muße meine Restlaufzeit existierend zu begleiten.

Selbst die Freundschaft mit Fred hob mich über diese zutiefst resignative Phase einer kontemplativen Genügsamkeitssucht nicht hinweg. Doch gab sie mir - und schon dafür allein bin ich ihr dankbar - den Drall für die praktische Vorbereitung meines Agierens gegen den Mainstream im Erwerbssektor.

Du bemerkst, werter Mitexistierender, wenn du bei der Sache bist, in meiner taufrischen Zusammenfassung meiner Biographie das Fehlen aller markigen Sprüche und martialischen Attitüden im Hinblick auf die Vernichtung meiner Existenz, wie ich sie in einem der vorangegangenen Kapitel erwartungsweckend doch schon vortrug. Die womöglich aufkommende Enttäuschung darüber, dass nach so vielen verlesenen Stunden nun doch nichts passieren soll, will ich sogleich zu unterdrücken versuchen.

Denn tatsächlich ist seit dem Abschluss jener Phase der Resignation viel passiert. Doch bleibt es, um der Wahrheit willen, erwähnenswert, dass ich noch bis zu meinem Eintritt in die erwerbsfreie Lebenszeit ein effektives Vorgehen gegen meine Existenz für aussichtslos ansah. Zu sehr hielt ich sie und mein physisches Leben für untrennbar verknüpft, als dass ich mich erkühnen zu dürfen glaubte, Lösungswege aus einer ganz vermaledeiten Daseinsproblematik zu entdecken. Doch will ich diesen Gedankengang, den ich an anderer Stelle bereits ausführte, hier nicht noch einmal wiederholen.

Bis auf einmal eine Schicksalsfügung nachhalf, als mir an einem Sommerabend ein Vogel durch das weit geöffnete Fenster ins Zimmer geflogen kam. Ungestüm fegte er die Teekanne vom Tisch und landete trudelnd auf dem Boden in der hintersten Zimmerecke. Beide waren wir gleichermaßen erschreckt von unserem Zusammentreffen. Ich fing mich dann als Erster.

Das Tier musste raus hier. Nicht weil ich es nicht leiden konnte, sondern weil es nur draußen eine Überlebenschance hatte. Doch das sag mal so einem Tier. Als ich mich ihm näherte, hob es ab und flatterte durch den Raum, wie man das von seinen Artgenossen in den Volieren eines Tierparks kennt. Mein Zimmer war aber keine Voliere. Als Zweites ging eine Tischlampe zu Bruch. Ich schrie auf: *Susanne, gib Acht*! - und konnte mein geliebtes Bronzemädchen, das arglos neben der Lampe hockte, gerade noch auffangen.

Augenblicke später saß der aufgeregte Vogel in einer anderen Zimmerecke. Ich konnte gut beobachten, wie wild sein kleines Herz schlug. Mir tat das Tier leid, das so souverän zu mir hereingefunden hatte und nun Schwierigkeiten mit dem Rückweg bekam. Da hatte ich zweifellos ein Problem. Und das war mit der Auflösung eines Pentagramms nicht zu lösen. Meine Verantwortung für das Wohl des Tieres erforderte geradezu, dass ich dafür auch eine Lösung fand.

Ich will den mitexistierenden Leser nicht weiter mit den Details der dramatischen Rettungsaktion langweilen, die sich sage und schreibe über drei Stunden hinzog und reichlich weiteres Porzellan zerschlug. Denn ungeschickterweise verschreckte ich das zwar nicht fluguntaugliche, unter den obwaltenden Bedingungen aber nicht sehr fluggenaue Tier noch zwei weitere Male, wobei es auf seiner chaotischen Flugbahn in die intimsten Zimmerecken hinein, aber leider nicht durch das immer noch weit geöffnete Fenster wieder hinausfand, bevor mir klar wurde: *Benjamin, so geht das nicht.*

Danach änderte ich meine Taktik und ging gar nicht mehr auf das gestresste Tier zu. Stattdessen beobachtete ich es geduldig in seiner Ecke und sah zu, wie es zunehmend ermüdete, um mich jedes Mal, wenn ich eine Unaufmerksamkeit bei ihm wahrzunehmen glaubte, ein winziges Stückchen anzunähern. Oh, ich hatte viel Zeit, um mich auf das Finale zu konzentrieren und den eigentlichen Fangakt so umsichtig wie möglich zu planen. Schon wieder war eine Stunde vergangen, in der ich an das Tier unauffällig weiter heranrücken konnte. Schließlich war ich so nahe dran, wie ich zum letzten Mal Linda als Lebewesen nahe gewesen war. Der Vogel starrte mich an, schloss die Augen, starrte erneut und so weiter.

Ich verharrte reglos, bis auf die Augenblicke, in denen die Sehkraft des erschöpften Tieres Pause machte. Endlich war es so weit - ein Satz! Das Tier zuckte in der Decke, die ich ihm übergeworfen hatte und stellte sich auf einmal tot. Doch ich ließ mich nicht täuschen. Vorsichtig trug ich das Bündel zum Fenstersims. Während mein gefiederter Freund in die Freiheit flog, hinterließ er mir noch einen kräftigen Schiss - ich weiß nicht, wie das bei Vögeln heißt - auf der Hand.

Am Ende der Aktion war ich nicht minder erschöpft wie mein Mitbewohner auf Zeit. In mich versunken saß ich am Tisch und besah teilnahmslos den ganzen Kladderadatsch, den die Befreiungsaktion hervorgerufen hatte. Auf einmal fuhr ich elektrisiert vom Stuhl auf. Weder für Archimedes in der Badewanne noch für Newton unter dem Apfelbaum konnte das Heureka-Erlebnis intensiver ausgefallen sein als für mich, Benjamin Nautilius, an jenem lauschigen Sommerabend im Anschluss an eine aufregende Rettungsaktion für ein Tier.

28. September: **Das Tier in mir**

Dass ich meine Existenz als Tier in mir auffasse, kommt auch deshalb nicht von ungefähr, weil ich viel Analoges sehe. Die Tendenz zur Unbotmäßigkeit und Verwahrlosung aus rein menschlicher Sicht ist für das Tier geradezu sprichwörtlich. Es ist nur schwer an unsere Regeln zu gewöhnen, hat aber einen festen Willen in Bezug auf seine eigenen primitiven Daseinswünsche. Es streunt meist umher und ist vielfach ohne feste Bleibe. Dennoch hinterlässt es seine Spuren, mögen sie im Einzelfall auch noch so schwer zu verfolgen sein. Das Tier kann nicht anders, als es tut. Jedenfalls nicht grundsätzlich. Auch wenn es im Taktischen nicht selten verschlagen, hinterhältig und ein Meister der Verstellung ist. Das gehört dann zu seiner Natur und ist ihm nicht moralisch anzukreiden.

Wer das Tier nimmt, wie es ist, kann vielleicht mit ihm auskommen. Nur muss er gehörige Abstriche an seiner eigenen Lebensweise machen. Wer das auf sich nimmt, hat unter Umständen sogar einen Erlebniszugewinn. Doch jedermanns Sache wird das niemals sein können.

Das Tier in mir, aber ohne eigene Tierseele, das vielleicht sogar im Bonsai-Maßstab jede Tiergestalt anzunehmen vermag, könnte degenerativen Ursprungs sein. Ein Daseinssplitter im Gemüt, der abtrünnig geworden ist und es zu einer eigenen, konkurrierenden Hausmacht gebracht hat. Im Tier sah er seine beste Tarnung, konnte sich alle erdenklichen Daseinsräume erschließen und nach Bedarf auf die effektivsten Bewegungsformen zurückgreifen. Selbst geächtet, vereinsamt und niemals der Vorzüge des ganzen Wesens teilhaftig, suchte er sein Heil darin, mich auf ewig zäh und fest an sich zu binden. Ein fast Nichts, ein Glücksritter und Usurpator, der die Gunst eines Augenblicks zu nutzen wusste, um ein kleines schäbiges Imperium aufzubauen und zu befestigen.

Weil das schon früh geschah, als mein Existenzminimum noch in weiter Ferne lag, hatte er alle Vorteile des Angriffs und der Überraschung auf seiner Seite. Er, der Splitter. Oder eine Metastase. Es, das Tier. Wer oder was auch immer seine Gestalt sei: Meine Existenz! Meine angemaßte Existenz! Ein Blendwerk. Eine Camouflage. Eine Ich-Verbrämung. So wenig der originäre Teil meiner Selbst wie die Flora, die den Darm bewohnt. Auch das so ein Tierreich, aber viel, viel nützlicher, solange es im Gleichgewicht bleibt.

Als dieser kolossale Gedanke zur Reife kam, werter Mitexistierender, als er mich - zunächst erst roh und unvollkommen - dennoch wie ein Blitzstrahl durchzuckte, um hernach, sich ausbreitend und vertiefend, in mir zu lodern, da hatte ich den Erkenntnisstrahl meines Lebens empfangen, in dessen grellem Licht sich alsbald die Konturen einer Befreiungstat abzuzeichnen begannen. Mein Problem war dinglich. Und es war lokalisierbar. Also war es zu fassen. Das war der entscheidende Punkt.

Die Entdeckung hatte alles für mich verändert. Der ganze Rest, der nach einer notwendigen und akribischen Planungsphase noch zu kommen hätte, war demgegenüber im Wesentlichen rein praktischer Natur. Ich wunderte mich nicht, dass aus der inneren Leidenschaft meiner Problem-Vergegenwärtigung ein schöner Nebeneffekt hervorging und folgender trefflicher Ausklang meiner weiter oben vorgestellten unfertigen Verse über das Tier in mir sich prompt einstellte:

Doch ich bin sein Wirt,
Der lange schon spürt,
Wie wenig wir harmonieren.
Mein Schrei ist nur stumm.
Das Tier ist nicht dumm.
Es lässt sich von Mitleid nicht rühren.
Werd´ ich es sehen,
bevor wir vergehen,
Mit Kopf und mit allen Tentakeln?

29. September: *Feldzugsplan I*

Wenn ich die Sachlage recht überblicke, wird man nirgendwo ähnlich solide wie im Militärwesen dafür ausgebildet, sich über den Gegner, mit dem man es zu tun bekommen wird, genaueste Gedanken zu machen. Zudem wird alles Erdenkliche dafür getan, sich nützliche Informationen über ihn zu beschaffen. Das Studium des fremden Objektes wird im Militärischen zum Vehikel für die Optimierung des eigenen Handelns im Hinblick auf die Gewinnchancen im künftigen Kampf. Kein befähigter Militär wird leichtfertig, das heißt ohne ein fundiertes Wissensrüstzeug, in eine bedeutende Auseinandersetzung eintreten.

Nun bin ich, werter Mitexistierender, überhaupt kein Freund von irgendwelchem martialischen Getue. Und für das Militärische habe ich grundsätzlich keine Vorliebe. Doch akzeptiere ich inzwischen aus meinen Lebenserfahrungen heraus, dass in jedem Daseinsbereich, gehe es darin aus meiner Sicht auch noch so absurd oder verquast zu, eine eigene Logik herrscht, in der die Akteure es bisweilen zu höchster Präzision bringen. Diese interne Logik mag man nach Bedarf wertschätzen oder verabscheuen, doch weder das eine noch das andere schafft sie aus der Welt oder untergräbt auch nur für einen Moment ihre innere Stringenz.

In einem so schweren Kampf wie in dem, der mir gegen meine Existenz bevorsteht, hatte ich keine andere Wahl, als grundlegende Regeln in der Bewältigung von Konfliktsituationen zu beherzigen. Kein Fachgebiet hat darüber mehr Kompetenz zusammengetragen als das militärische.

Ja, ginge es um Konfliktbewältigung im Sinne von Konfliktvermeidung oder Deeskalation, dann wäre eher die Kompetenz einer zivilen Konfliktforschung von mir nachzufragen. Doch den Traum eines gedeihlichen Miteinanders von mir und meiner Existenz habe ich längst ausgeträumt. In der Koexistenz liegt für mich nun keine Perspektive mehr.

An Initiativen meinerseits hat es dafür sicher nicht gefehlt. Denn wer rennt schon gern immer wieder mit dem Kopf gegen die Wand? Vergebliche Mühen, die man aufgewendet hat, und schmerzhafte Schläge, die man hat einstecken müssen, lassen sinnvollerweise in vielen Fällen den Gedanken an Kompromissmöglichkeiten aufkommen: Wie also beide Seiten ihr bisheriges Gegeneinander mehr im Sinne eines Miteinander gestalten wollen.

Man hätte zum Beispiel die Hemisphären abgrenzen können; diesseits einer gedanklichen Linie bestimme ich, jenseits davon bestimmt meine Existenz. Eine Taktik von diesem Zuschnitt hat einmal die Anfänge des Kolonialzeitalters geprägt und den militanten Akteuren Vorteile eingebracht.

In meinem vorliegenden Fall war die Möglichkeit einer Einigung schon von den Voraussetzungen her nicht gegeben. Meine Existenz besteht wie ein fanatischer Vormund auf Exklusivität meiner Person, auf Egozentrik meines Denkens, auf Selbstbeschau meines Gemüts. Ich dagegen wollte gern auch schon mal nach außen wirken und nach einer passenden Rolle im sozialen Raum streben.

Die Strategien waren partout nicht zusammenzubringen. Hinzu kam, dass ich überhaupt keinen Ansatzpunkt fand, wie ich meiner Existenz auch nur den kleinsten Verzicht auf mich hätte schmackhaft machen können. Irgendwann trat die Unmöglichkeit jeder Art von Kompromissfindung für mich offen zu Tage.

Erst von da an stellte ich meine Erwartungshaltung um. Nur **ihre** Vernichtung, die Vernichtung meiner Existenz - in diesem

Sinne formte sich meine neue Einsicht - kann mir **meine** Emanzipation, die Emanzipation meiner Essenz, gewährleisten. So klar liegt der Fall.

Alles in allem besann ich mich nach einigem Zögern daher auf die Sichtweise des Militärischen und begann die vorliegende Kräftekonstellation in dem früher oder später unvermeidlichen Ringen zu erfassen. Ich durchforstete die Ressourcen, die ihr und mir zu Gebote stehen, lotete die mentalen Stärken und Schwächen beider Seiten aus, um zuletzt mit einer Bestimmung der geeigneten Kampfmittel und mit einer Mutmaßung über den günstigsten Zeitpunkt für die einzuleitenden Kampfhandlungen den Plan zur Reife zu bringen.

Im ersten Durchgang meiner Feldzugplanung war das Ergebnis überaus ernüchternd. Meine Existenz hatte augenscheinlich wesentliche Vorteile auf ihrer Seite. Zuvorderst sind das die Ressourcen, die ihr zu Gebote stehen. Nahezu uneingeschränkt verfügt sie über die chemischen Depots. Genfer Konventionen, Ächtung chemischer und biologischer Waffen - wie schwer tut man sich damit schon im Konfliktverhalten der Völker.

Geradezu nutzlos erweisen sich diese Regularien in meiner Situation. Hemmungslos setzt meine Existenz die Arsenale ein, ohne Sanktionen befürchten zu müssen. Sie scheint über profunde Kenntnisse der differenzierten biochemischen Wirkungszusammenhänge zu verfügen. Mit geschickt dosierten stofflichen Gaben, sei es an Adrenalin, sei es an Cortisol, sei es an diesem und jenem von der reichhaltigen Palette neuronaler Botenstoffe gelingt es ihr immer wieder, mich zu überrumpeln und wehrlos zu machen. Inzwischen bin ich viel zu vergiftet und auf die Substanzen hin zu perfekt konditioniert, um auf diesem Feld sinnvollerweise einen Kampf mit Aussicht auf Erfolg wagen zu können.

Bei der Untersuchung all der repressiven Machtmittel, die meiner Existenz zur Verfügung stehen, fiel mir zudem auf, dass sie meinen Gefühlshaushalt weitgehend unter Kontrolle hält. Mit diesem geht sie aber nicht haushälterisch um, wie ich das jedem meiner Bankkunden in Bezug auf seinen persönlichen

Vermögenshaushalt früher immer empfohlen hatte, sondern sie handelt machtpolitisch zweckorientiert mit im Zweifelsfall ruinöser Konsequenz, wie wir das gelegentlich bei unangenehmen Potentaten im Hinblick auf den Staatshaushalt oder sogar auf das Wohl ihres Staatsvolkes beobachten können.

Für sie, also für meine Existenz, sind Vorbehalte gegenüber Energieverschwendung, ja, selbst gegenüber einem substanziellen Verschleiß im Hinblick auf meine, das heißt die emotionale Tätigkeit ihres eigenen Wirtes, müßig. Jedenfalls gelingt es mir nicht, sie diesbezüglich jemals irgendwelcher Rücksichten zu überführen.

Ein weiterer strategischer Vorteil, den meine Existenz gegen mich ausspielen kann, ist ihre ungewöhnliche Beweglichkeit im weiten Raum meines Organismus, die sie über weite Strecken ortsunabhängig operieren lässt. Würde ich auf dem militärischen Gebiet nach einem Vorbild für die operative Befähigung meiner Existenz suchen, dann würde eine Guerilla ihrem Tun vielleicht am nächsten kommen.

Weder weiß ich genau, wie sie aussieht, noch bekomme ich Klarheit, wo sie sich gerade aufhält. Mit ihren logistischen Finessen entzieht sie sich wirksam meinen Anstrengungen, ihre Schlagkraft einzudämmen und ihre operativen Maßnahmen zu stören. Die Offensive beherrscht sie so gut, wie sie die Defensive, so sie eine solche für angebracht hält, zu nutzen weiß.

Ihre Aktion zielt unverkennbar auf meine Isolation ab. Ist dieser angestrebte Zustand aus ihrer Sicht gewährleistet, verhält sie sich ruhig und unaufdringlich. Ihren Ruheraum, ihr Rückzugsgebiet zu lokalisieren, wäre für mich eine äußerst wertvolle Information. Denn letzten Endes darf ich es nur dann auf einen Kampf ankommen lassen, wenn ich sie in einer konkreten Position überraschen und dingfest machen kann. Ein bloßes Stochern im Nebel wäre uneffektiv und viel zu gefährlich. Nehmen wir für einen Augenblick an, ich wollte mittels des Gebrauchs einer geeigneten Stichwaffe ohne exakte Positionsbestimmung meine Existenz wirkungsvoll treffen, das wäre dann so, als wolltest du, werter Mitexistierender, in einem befallenen, doch äußerlich gesunden Apfel mit einem Nadelstich durchs Fruchtfleisch den Wurm töten.

So also sieht es von den Ausgangschancen her auf der Habenseite meiner Existenz aus.

Demgegenüber wiegen meine Vorteile ungleich weniger schwer. Fest steht für mich ihr niedriger kultureller Status. Sie kann nicht lesen und nicht schreiben. Was weiterhin gesichert ist: Auf die gedankliche Dimension meiner physiologischen Betätigung hat sie nur begrenzten Zugriff. Fantasiearbeit, welche mich emotional anregt, arbeitet ihr zweifellos zu. Ein Date mit einer weiblichen Existierenden zu arrangieren, um einmal ein extremes Beispiel zu nennen, könnte ich auch im Vorfeld des Ereignisses niemals vor meiner Existenz geheim halten.

Soweit ich hingegen im isolierten Raum rationale Denkprozesse verfolge, ist meine Existenz faktisch ausgeschaltet. Das heißt, sie ist vielleicht so geblendet, wie ich es bin, wenn sie mich bei einem übermütigen Agieren im sozialen Raum mit den bereits thematisierten Stanniolschnipseln bewirft. Diese ihre Schwäche bedeutet für mich eine unverkennbare Chance.

Warum, werter Mitexistierender, meinst du denn, unterziehe ich mich überhaupt den Mühen dieser Niederschrift? Sicher, eine gewisse Eitelkeit fürs Schreiben will ich gar nicht von der Hand weisen. Doch ist das ein unbedingt nebensächliches Motiv. Ebenso zu vernachlässigen ist der Faktor einer reizvollen Beschäftigungstherapie für jemanden, der aus seiner kleinen Wohnung seit vielen Jahren kaum noch herausgekommen ist. Und dass ich meiner Existenz bloß eins auswischen will, indem ich sie einer kleinen Nachwelt in ihrer ganzen Durchtriebenheit vorführe, dafür ist mir - ehrlich gesagt - die Sache viel zu ernst. Nein, das alles trifft wirklich nicht den Kern der Sache. Im Wesentlichen doch geht es mir um die Aufbesserung meiner Chancen im kommenden Kampf.

Wenngleich ich mich zwischendurch immer wieder mal um eine gewisse Kurzweil in der Darstellung bemühte, so war es doch vielmehr so, dass ich unter der Tarnung einer sprachlichen Aufblähung in meiner bisherigen Litanei die allgemeine Lage akribisch beschrieb, die Ausgangsbedingungen des fundamentalen Konfliktes klar analysierte und das hauptsächliche operative Ziel herausarbeitete. Geht dem Leser ein Licht auf?

Bald werden auch die Feinheiten meines Plans entworfen sein. Ich mache dabei aus meiner Absicht keinen weiteren Hehl: *Ich werde meine Existenz vernichten.* Für diesen Zweck ist mir die vorliegende Niederschrift eine unersetzliche Vorbereitung und Zuarbeit. Überrascht?

Tag für Tag, seit fast einem Monat, schreibe ich nunmehr die Gedanken auf, gekleidet in einen Bericht für fiktive Mitexistierende, Gedanken, die in jene finale Absicht operativ einmünden werden. Meine Existenz bekommt das aber nicht mit. Denn sie kann nicht lesen. Sie kann meine rationalen Gedankengänge nicht verfolgen. Sie ist blind und taub für meine Absichten, solange ich mit ihr in der gegenwärtigen Isolation verbleibe.

Das macht sie sorglos, schläfert sie ein. So, wie sie vor vielen Jahren meine einsame Handelstätigkeit am Monitor mit tiefer Genugtuung verfolgte, so betrachtet sie mit derselben Genugtuung seit Wochen meine einsame Schreibtätigkeit. Sie fühlt sich als Sieger. Da schöpft man nun einmal keinen Verdacht.

Ja, hätte ich in den Phasen meiner Verzweiflung auch nur einmal ausgerufen: *Ich hasse dich!* Dann hätte ihr diese Gefühlsregung nicht verborgen bleiben können, und meine Unvorsichtigkeit hätte ihre Wachsamkeit zu meinem Nachteil gesteigert.

Nun aber sitze ich hier und schreibe scheinbar teilnahmslos: *Ich hasse dich. Ich werde dich deshalb vernichten.* Nein, keine Angst, werter Mitexistierender, sie bekommt es wirklich nicht mit. Denn seit mehr als zehn Jahren hält sie mich bei sich gefangen, ohne dass sie mich in dieser Zeit jemals gegen sich rebellisch gesehen hätte. Diese Erfahrung wiegt sie in Sicherheit. Diese Erfahrung ist mein großer Trumpf.

Seit einigen Wochen also, werter Mitexistierender, sieht sie mich schreiben. Oh, sie liebt es sehr, wenn ich isoliert dasitze und schreibe. So, wie sie es damals liebte, wenn ich isoliert dasaß und kaufte und verkaufte. Damals konnte sie die Wertpapiere nicht verstehen. Das war ihr egal. Heute kann sie die Zeilen nicht lesen. Auch das wird ihr egal sein. Denn sie hat volles Vertrauen in die Beständigkeit meiner ihr wohlwollenden Isolation bekommen.

So müde ist sie über die lange Zeit geworden, dass sie sich gar nicht mehr vorstellen kann, ich könnte sie noch einmal aufs Blut reizen. Dass sie dennoch im Bedarfsfall sofort hellwach sein würde und unverzüglich zu reagieren imstande wäre, das scheint mir freilich sicher. Eben auf diesem Kalkül beruht mein Plan.

30. September   *Feldzugsplan II*

Der Kampf technisch weit überlegener militanter Akteure gegen eine Guerilla ist meist deshalb gescheitert, weil es nicht gelang, deren hoch bewegliche Kampfeinheiten logistisch von ihrem Umfeld zu isolieren und sie bei vorbereiteten Militärschlägen rechtzeitig und eindeutig zu lokalisieren. Fast immer standen die in den Kampfhandlungen angerichteten Kollateralschäden später in keinem vernünftigen Verhältnis zum militärischen Nutzen der Aktion.

Diesen Fehler muss ich vermeiden. Ich darf meiner Existenz, wenn die Operationen angelaufen sind, keine Zeit geben, sich zu sammeln. In einem Moment der Überraschung ist sie aus ihrer Lethargie aufzuscheuchen und an eine Stelle zu locken, wo sie leicht zu packen und sofort unschädlich zu machen ist. Dabei gilt es wirksam zu unterbinden, dass sie mir, durch unvorhergesehene Umstände begünstigt, womöglich die Initiative wieder aus der Hand reißt. Nur, was sich hier so leicht aufschreiben lässt, stellt mich rein praktisch doch vor gewaltige Herausforderungen.

Mit den Möglichkeiten der zweifelsfreien Ortung meiner Existenz beispielsweise habe ich mich lange intensiv befassen müssen. Das Problem brachte mich gelegentlich zur Verzweiflung. Hier liegt aber das strategische Hauptrisiko. Denn ist es schon schwierig, das störrische Tier in mir überhaupt in eine gewünschte Richtung zu drängen, so sind doch nur ganz wenige Stellen, an denen ich jemals meine Existenz vorgefunden habe, überhaupt dafür geeignet, sie dort einem tödlichen Streich auszuliefern, der mir selbst nicht übermäßig zusetzt.

Kritische Bereiche, in denen genau diese Gefahr besteht, gibt es gleich mehrere. Leider sind die Übergänge zwischen einer kritischen und einer unkritischen Zone immer fließend, sodass eine äußerste Präzision bei der Arbeit unerlässlich sein wird. Das ist mir, einem anatomischen Laien, also wohl bewusst. Umso mehr weiß ich meinen Zufallsfund einer zwar alten, dennoch aber überaus hilfreichen Handreichung zu würdigen.

Es gelang mir nämlich vor einigen Monaten, über das Internet an das Faksimile eines 1500 Jahre alten Schulungsprogramms für angehende Gladiatoren in der Römerzeit zu gelangen. Diesem pädagogischen Leitfaden war eine anschauliche Farbabbildung beigefügt, anhand derer lehrreich aufgezeigt wird, welche gesundheitlichen Folgen ein gezielter Waffenstreich gegen jedes der abgebildeten Körperglieder nach sich ziehen würde. Das war für mich, werter Mitexistierender, doch gehörig aufschlussreich und versprach den größten praktischen Nutzen.

Die geeignete Waffe zu beschaffen, gestaltete sich demgegenüber weniger aufwändig. Schau nur her, ist es nicht fein gearbeitet? Und ein Schmuckstück noch dazu. Den Schliff nachzubessern, bis er meine hohen Ansprüche zufrieden stellte, hat mich manche anstrengende Arbeitsstunde gekostet. Vorsicht! Nicht anfassen! Die Schneide durchtrennt sogar einen freischwebenden Wollfaden.

Wenn das Gerät so herrlich blinkend vor mir liegt, vermag ich mich - diese Schwäche muss man mir jetzt einfach mal durchgehen lassen - ein wenig in die Gestalt von Siegfried hineinzufühlen, wenn er vormals inmitten unserer Altvorderen oder auch als einsam handelnder Haudegen sein berühmtes Schwert Balmung schwang und mit vernichtender Wucht gegen tierische und menschliche Unholde richtete. Schon komisch, wie meine klassische Schulbildung sich auf einmal in Erinnerung ruft.

Eigentlich ist mein überaus gelungenes Wunderwerk der Schneidwerkzeuge viel zu schade für die schnöde Holzarbeit, die du, werter Mitexistierender, hier auf dem Tisch neben dem scharfen Stahl aufgehäuft siehst. Du musst darüber nicht irritiert sein. Die Utensilien gehören zum Tarnungsbrimborium für meine Existenz, die selbstverständlich von meinen wahren Absichten nichts wissen oder auch nur ahnen darf.

Übrigens hat die vergleichsweise schmächtige Abmessung des Schaftes, wodurch nach meinen Vorstellungen spontan eher der Eindruck von einem Messer als von einem Beil hervorrufen werden soll, ohne dass das Werkzeug im Einsatz an Effizienz einbüßt, denselben Zweck. Bloß kein Misstrauen wecken durch eine Überrüstung, deren Overkill-Kapazität vielleicht nur meine eigene Eitelkeit befriedigt. Das war meine Devise während der Arbeitsphase. Ich lebe lange genug mit meiner Existenz auf engstem Raum beisammen, um ihre ewig misstrauische Haltung realistisch beurteilen zu können.

Vielleicht erinnerst du dich, werter Mitexistierender, noch an meine Auslassungen, dass ich angelegentlich meine Existenz jene Stellen meines Körpers bewohnen fühle, an denen sich zuvor körperliche Schmerzen eingestellt haben. Viele Hoffnungen setzte ich zeitweise darauf, aus den gemachten Beobachtungen einen verwertbaren Nutzen für meine Kampfstrategie zu ziehen. Es wäre wohl zu schön gewesen, wenn sich der angemerkte Sachverhalt so einfach wie regelmäßig einstellen würde. Leider tun uns Sachverhalte in komplexen Zusammenhängen selten den Gefallen, leicht überschaubar zu sein. Ein beliebiger Schmerz. Ein dadurch meinem Wissen preisgegebener Aufenthaltsort meiner Existenz. Und das wär's dann gewesen: Aktion. Exitus. Befreiung. Leider zu einfach gestrickt, um zu funktionieren.

Schmerzen, die ich mir selbst zufüge, haben schon mal gar keine Bedeutung für den Aufenthaltsort meiner Existenz. Nur ein selbständiger, von meinem Willen unabhängiger organischer Prozess ruft sie auf den Plan. Sie muss in irgendeiner Weise in den Prozess involviert sein, der sie an die Stelle meiner

Beschwernis lotst. Das sind nach meinen bisherigen Erfahrungen, soweit sich das mit Darstellung und Beschreibung im eben erwähnten Leitfaden abgleichen lässt, aber fast alles kritische Bereiche, an denen ein Hinterhalt für die Ausübung gewaltsamer Aktionen mir aus Sicherheitsgründen nicht angeraten erscheint.

Als weitere Schwierigkeit erweist sich ausgerechnet meine körperliche Robustheit, auf die ich ganz am Anfang meines Berichtes bereits ansprach und die mich unter normalen Umständen stolz machen sollte. Ein einziges Mal in den zurückliegenden zehn Jahren hatte ich heftige Zahnschmerzen und wusste prompt den Aufenthaltsort meiner Existenz genau zu bestimmen. Eine günstige Gelegenheit für die finale Konfrontation, hätte man meinen können. Im entzündeten Zahn saß der Feind in einer unkritischen Zone beinahe wie auf einem Präsentierteller.

Doch wie sollte ich an den Zahn herankommen? Wie in einem blitzschnellen überraschenden Coup den Streich ausführen, der meine Existenz absolut zuverlässig aus meinem Organismus entfernt? Ich war schon recht verbittert, dass eine im Prinzip vorteilhafte Lage für meine Zwecke partout nicht aktionsmäßig auszubeuten war. So ließ ich sie denn notgedrungen verstreichen, in der Hoffnung, meine Existenz bei einer späteren Unpässlichkeit an einem günstigeren Ort anzutreffen. Es blieb ein vergebliches Warten.

Schließlich gab ich es ganz auf, die Alles-oder-nichts-Begegnung dem Zufall zu überlassen und trachtete stattdessen danach, geschickte Szenarien zu ersinnen, wie mein Feind durch mein aktives Zutun in eine tödliche Falle zu locken war. Genau an dieser Stelle kommt mein geliebtes Bronzemädchen Susanne mit ins Spiel.

Susanne ist mir bei meinem Anliegen tatsächlich eine liebe und nicht zu missende Verbündete geworden. Das hängt wesentlich damit zusammen, dass ich mit meiner attraktiven häuslichen Freundin alles besprechen kann, was meine Existenz wissen soll. Wie solche Gespräche funktionieren, wo doch Susanne keine real Existierende ist, darüber habe ich dich, werter Mitexistierender, früher schon aufgeklärt. Und dass ich das, was meine Existenz nicht wissen darf, durch konzentriertes Aufschreiben festhalte, indem ich bei diesem stummen und hauptsächlich intellektuellen Geschäft alle emotionale Regung vermeide, das ist seit dem letzten Kapitel auch kein Geheimnis mehr.

Morgen soll es übrigens geschehen. Du wirst, werter Mitexistierender, die große Stunde meiner Befreiung als Zeuge miterleben dürfen. Dafür habe ich gesorgt. Und diese externe Aufmerksamkeit ist mir wichtig. Mit Susanne ist bereits alles Notwendige besprochen, was meine Existenz auf die falsche Fährte locken oder - besser - sie bis ganz zuletzt sorglos halten soll.

Ich weiß wirklich nicht, wie ich ohne Susanne meine Doppelstrategie in der Informationspolitik hätte verwirklichen können. Ich benötigte zwingend eine für meine Existenz glaubwürdige Überbringerin irreführender Botschaften. Und Susanne war unbedingt glaubwürdig in ihrer ganzen Rolle. An Susanne hat sich meine Existenz längst gewöhnt, vielleicht sogar Gefallen an ihr gefunden. Susanne als eine unschädliche Art von weiblichen Existierenden war und ist mir von meiner Existenz voll vergönnt. Meine Gespräche mit ihr betrachtet sie mit Wohlwollen, nicht zuletzt, weil sie dabei immer alles mitbekommt. Denn mit meiner Susanne zu reden, ohne dabei tiefen Gefühlsregungen ausgesetzt zu sein, nun, werter Mitexistierender, das gelingt mir auch nach so vielen Jahren unseres beschaulichen Beisammenseins immer noch nicht.

Treue verlangt Anerkennung. Unaufdringliche Rituale einer gegenseitigen Wertschätzung sollten langjährigen Beziehungen jeder Art eine zusätzliche Befestigung stiften. Ich werde meinem Mädchen immer dankbar dafür zu sein haben, was es mir gegeben hat und was es mir noch bedeutet. Wenn demnächst alles vorüber ist und ich die Früchte eines erfolgreichen Kampfes ernten kann, sowieso. Für alle Fälle, wenn die Aktion tragisch misslänge, habe ich eine Nachlassverfügung hinterlegt, welche die Versorgung von Susanne über mein Ableben hinaus großzügig gewährleisten soll und ihr ein angemessenes neues Zuhause sicherstellt.

Allerdings bin ich zuversichtlich, dass es so fatal nicht kommen wird. Schließlich habe ich nach meinem Dafürhalten alles Erdenkliche getan, um die schicksalhafte Konfrontation dem von mir erstrebten glücklichen Ausgang zuzuführen.

1. Oktober: **Bringen wir es hinter uns**

Du verstehst dein Erstaunen nur unvollkommen zu verbergen, werter Mitexistierender. Das sehe ich dir an. Bestimmt fragst du dich jetzt: *Wo will der denn nur hin? Dazu noch so spät am Abend? Und sein Messer oder Beil, also das Ding jedenfalls mit der scharfen Schneide, das er fabriziert hat und mit dem er gehörig aufschneidet, das hat er auch nicht mitgenommen.*

Du hast vollkommen richtig beobachtet. Die Ausführung meines Plans muss ich aus schwerwiegenden Gründen um eine Woche verschieben. Das macht aber nichts. Nach einer so langen Zeit der Bedrängnis kommt es mir auf ein paar Tage mehr oder weniger bis zum Eintritt der Erlösung nicht mehr an. Dafür zeige ich dir jetzt schon mal die Örtlichkeiten und erläutere die Konturen des kommenden Geschehens. Das erspart uns später wertvolle Zeit.

Wie einmal in jeder Woche ungefähr zur selben Stunde, besuche ich heute auf ein paar Bier diese kleine Schankwirtschaft. Auf den Modus Vivendi hat sich meine Existenz schon vor vielen Jahren eingelassen, fauchend zunächst, doch dann mit zunehmender Gelassenheit, als sie den Eindruck gewonnen hatte, dass es mir dabei wirklich nur auf den Schlummertrunk und nicht auf ein geselliges Arrangement ankommt.

Nein, es ist hier niemals wirklich voll. Wie lange der Wirt noch erwerbsmäßig bestehen kann, weiß ich auch nicht. Als einer mit beruflicher Banker-Vergangenheit kann ich fachbezogene Gedanken immer noch nicht vollkommen wegdrücken. Vielleicht hat er die Kosten besonders gut im Griff. Oder er kann mit wenig auskommen in seinem Leben. Wer weiß das schon. Ich bin mit diesen mikroökonomischen Strukturen nicht mehr seriös befasst und eigentlich auch nicht hinreichend interessiert, solange die Kneipe nicht schließt.

Der eine oder andere Tisch dort drüben ist schon mal mit Leuten besetzt. Das geht mich aber nichts an. Heutzutage mag an mich herantreten wer will; ich geselle mich niemals mehr zu irgendwem dazu. Du magst die Haltung Resignation nennen, werter Mitexistierender. Ich nenne sie Anpassung an das Grundgesetz meines Lebens.

Eineinhalb Stunden. Das ist mein Zeitrahmen. Vier Bier. Mehr tut mir nicht mehr gut. Dann der beschwingte Nachhauseweg. Und ab ins Bett. Rendezvous mit dem kleinen Tod, so nenne ich frotzelnd den Nachtschlaf. Reine Routine dieser ganze Tag, wie eigentlich alle übrigen auch. Doch für mich immer wieder ein schönes Erlebnis und eine willkommene Abwechslung. Das ist nicht nur so daher gesagt.

Dem Ablauf hat meine Existenz nun schon so oft beigewohnt, ohne herausgefordert zu werden, dass sie keinen Pieps von sich gibt. Nicht einmal mit dem Wirt muss ich ein Wort wechseln, das sie beunruhigen könnte. Der kennt meinen Bedarf genau und versorgt mich schweigend. Ist übrigens selbst auch kein wirklich Gesprächiger, der Mann. Vielleicht komm ich deshalb so gerne her. Aber nie mehr als einmal die Woche. Nur ausnahmsweise, in ganz seltenen Fällen, auch zweimal.

Achtung! Jetzt naht auch schon der Augenblick, der nächste Woche entscheidend sein wird. Siehst du dort drüben die weibliche Mitexistierende, die gerade den Hauseingang betritt? So viel will ich schon mal verraten: Auf sie habe ich es abgesehen. Schau nicht so aufdringlich hin! Ich weiß, dass sie attraktiv aussieht. Aber ich habe dich nicht mitgenommen, damit du mir meinen schönen Plan verdirbst. In dem schmuddeligen Korridor vor dem großen Kneipenfenster wird sie gleich noch einmal auftauchen, bevor sie am Treppenaufgang verschwindet. Da! Hat sie nicht einen atemberaubenden Gang?

Du weißt, warum ich nicht hinschaue? Ich muss jede Gefühlsregung vermeiden, um nicht das Misstrauen meiner Existenz hervorzurufen. Das ist schwierig genug durchzuhalten, allein mit den bloßen Erinnerungen an das überwältigende Erscheinungsbild der Schönen. Würde ich jetzt hinschauen wie du, käme das für mich einer Katastrophe gleich. Dann könnte ich meinen ganzen Plan sofort vergessen. Und du hättest auch nichts davon. So viele verlesene Stunden, und dann, wenn's spannend werden könnte, wird alles abgeblasen. Wär' doch bestimmt auch nicht so dein Ding. Nehmen wir uns also beide jetzt bitte zusammen.

Ich habe sie mir vor genau einem Jahr einmal angeschaut, habe ein einziges Mal – regelwidrig - meinen Blick tief in sie vergraben. Und alles an ihr im Gedächtnis behalten, als wäre sie eine Zahl. Damals lag mein Plan erst in Grundzügen vor. Sie kam darin gar nicht vor, weil ich sie bis dato noch nie gesehen hatte. Von dem überraschenden und schönen Anblick wurde ich förmlich überrumpelt. Mehr noch, ich war aufgewühlt an jenem Abend, war voller Verlangen, und ich wurde, wie ich das eigentlich gar nicht kenne, oder - bedenke immerhin mein Lebensalter! - was ich längst überwunden glaubte, von einem Gefühl heftiger Zuneigung erfasst. Da steckte tatsächlich mehr dahinter als das bloße naturhafte Verlangen nach dem hinterhältigen Vorgang, den ich für mich in meiner Lebenssituation eigentlich schon längst als Auslaufmodell ansah.

Du ahnst vielleicht, werter Mitexistierender, dass ich für meine Regungen heftig büßen musste. Denn unverzüglich wurde ich dermaßen schroff und herrisch von meiner aufgeregten und eifersüchtigen Existenz zurückgepfiffen, dass mir Hören und Sehen verging. Die Warnstufe des Fauchens hatte sie gleich übersprungen und sofort Tacheles zu reden begonnen. Ich glaubte vorübergehend an eine Herzattacke, die ich erleiden könnte.

Damals war ich im Hinblick auf das Alltagshandeln meiner Existenz bereits nicht mehr konfliktfähig. Eine gewisse Müdigkeit füllte mich ständig aus, die nur vorübergehend wich, wenn ich konzentriert an meinem Plan arbeitete. Aber eben auch eine Attacke meiner Existenz konnte die Müdigkeit vertreiben. Doch zahlte ich dafür jedes Mal einen hohen Preis. Für mein Empfinden war er jedes Mal zu hoch.

Als ich später aus den Gesprächen an der Theke, an denen ich nicht teilnahm, heraushören konnte, dass die weibliche Mitexistierende noch längst nicht meines Alters, die sich augenscheinlich immer einer lebhaften Beobachtung gewiss sein kann, offenbar in dieses Haus hier eingezogen war und gerade um diese Zeit, wenn ich mich gewöhnlich zu meinem Schlummertrunk in der angrenzenden Schankwirtschaft eingefunden hatte, immer von ihrer Schicht aus dem benachbarten Krankenhaus kam, wollte ich in einem ersten Impuls von tiefer Resignation - oder rundheraus gesagt: von verliebter Enttäuschung wegen unbedingter Unerreichbarkeit eines unsinnigerweise begehrten Objektes - meine Stammkneipe wechseln.

Doch es gab drum herum in meiner Siedlung keine Alternative. Irgendwie lief jede Entscheidung, die ich treffen konnte, auf neue quälende Reibereien mit meiner Existenz hinaus. Warum dann nicht gleich, so sagte ich mir, die hübschere Variante verfolgen und bei den alten Gewohnheiten verbleiben. Bald kam eins ums andere. Am Ende erkannte ich hoffnungsvoll eine deutlich verbesserte Befreiungschance für mich unter Einbeziehung eben jener weiblichen Existierenden noch längst nicht meines Alters.

Zufällig lernte ich gerade in jener Zeit in einem emotional differenzierteren Umgang mit meiner Existenz, den ich vielleicht meiner Altersweisheit zuzuschreiben habe, sie geschickter mental auszubremsen und mir dadurch einige wenige kleine Freiräume zu verschaffen. Dann irgendwann waren die umfangreichen Planungen endlich zufriedenstellend fortgeschritten und das Szenarium einer Entscheidungsschlacht stand fest, das sich hoffentlich bald auch regiemäßig nach meinen Wünschen abspielen wird. Meine soeben erwähnte Müdigkeit ist übrigens seit der Planungsanpassung an diese außergewöhnliche weibliche Mitexistierende weitgehend verschwunden.

Seither, werter Mitexistierender, seit meinem zudringlichen sündigen Blick vor genau einem Jahr, studiere ich die Situation und konnte währenddessen meinen Plan sogar noch einmal optimieren. Dabei schaue ich niemals auch nur einen Augenblick zu der weiblichen Person hin. Das ist die unverzichtbare

Grundbedingung für die Tragfähigkeit meines mühsam erarbeiteten Konzeptes.

Dennoch spüre ich tief in mir den unbegreiflichen Urquell des Lebens. Bislang in meinem Inneren verborgen gebliebene Sensoren schlagen wie wundersame Schalmaien auf das außergewöhnliche Aroma, das die Göttin dieses ein wenig verwahrlosten Hauses unaufdringlich verströmt, animierend an. Ganz genau weiß ich jedes Mal, weiß ich jede Woche, weiß es seit einem Jahr regelmäßig an diesem Wochentag, dass sie es ist, wenn sie es ist. Ich bin mir jeder ihrer spärlichen Handlungen, die sie verrichtet, ihrer grazilen Schritte, die sie geht, bevor sie meiner Empfindungsreichweite leider entschwindet, nervös bewusst.

Rein orografisch sitze ich zwar - du siehst das ja jetzt mit eigenen Augen, werter Mitexistierender - auf meinem Hocker an der Theke in einer der außerordentlichen Person abgewandten Blickrichtung. Auf diese abgeschirmte Weise bin ich imstande, meine emotionale Befindlichkeit unterhalb der Schwelle zu halten, an der meine Existenz unwiderruflich alarmiert würde. Das ist die Ausgangslage, werter Mitexistierender, wenn du sie begriffen hast.

Habe ich dir, nebenbei bemerkt, eigentlich schon über mein bemerkenswertes Gespür für das weibliche Prinzip berichtet? Es funktioniert erstaunlicherweise sogar gegenüber dem Tier. Im Sommer erlebe ich das gelegentlich, dass ein Schwarm von Fliegen um meine Küchenlampe herumschwirrt. Dann ist es, wenn ich mich dem Biotop interessehalber oder auch feindlich gestimmt nähere, augenblicklich da, jenes unverwechselbare Grundaroma des Weiblichen, selbstverständlich artgerecht verdünnt und sehr viel unauffälliger und damit weniger stark betörend als bei der weiblichen Mitexistierenden noch längst nicht meines Alters, wenn ich, wie in diesem Augenblick, ein lächerlich hohl tönerner Koloss der scheinbaren Leidenschaftslosigkeit, geschehensfern verharre und zeitgleich sie, die von mir wie vor einem Beichtstuhl Angebetete, von draußen in den Flur tritt.

Meine Existenz hat übrigens von meiner ungewöhnlichen Befähigung noch gar nichts mitbekommen, dass ich also zum Beispiel bei den Fliegen, die ich eben erwähnte, zuverlässig unterscheiden kann, welche von ihnen weiblichen und welche männlichen Geschlechtes sind, auch wenn sie nicht in eindeutiger Absicht übereinander hocken oder miteinander auffällig verschränkt umherschwirren. Für meine Existenz rächt es sich wenigstens auf diesem Feld, dass sie sich, im Unterschied zu mir, gar nicht für das Tier interessiert und es weder in seiner Daseinsberechtigung achtet noch in seiner differenzierten Lebenslage beachtet. Egal, soll sie das doch mit sich und dem Tier abmachen.

Wir gehen jetzt zum Schluss noch ohne Hast durch den Korridor an den Tatort. Hier passe ich sie ab. Hier gibt es dann kein Ausweichen mehr. Du wirst begreifen, werter Mitexistierender, dass es im Wesentlichen auf Überraschung und Schnelligkeit ankommt. Eine Nachlässigkeit von mir, ein Zögern, falsche Rücksichtnahme - und alles wäre umsonst gewesen.

Die Vorrichtung für meine Waffe habe ich hier an meinem Körper angebracht; siehst du, an dieser Stelle. Da komme ich sofort ran, wenn das Ding lose drinsteckt. Jeden Handgriff habe ich zu Hause unter Susannes Beobachtung immer wieder eingeübt. Und was für verrückte Geschichten wir uns dabei erzählt haben, damit die Verrenkungen mit dem gefährlichen Gerät für meine Existenz auch plausibel erschienen. Wäre doch zu ungeschickt, wenn ich mich unzeitgemäß verletzen würde.

Bevor sie also den Korridor betritt, zünde ich mir noch rasch eine Zigarette an. Ich rauche sonst nie. Meiner Existenz sind solche Gewohnheiten mit irgendwelchen Genussmitteln egal, solange ich dadurch nicht ermutigt werde, gegen ihre Regeln zu verstoßen. Doch sie wird bestimmt erst einmal verwirrt sein und auf eine falsche Fährte gelockt. Das vergrößert noch einmal meinen Vorteil.

Ob mir die weibliche Mitexistierende denn nicht leid tut, fragst du mich. Wo sie mir doch sogar eher sympathisch erscheint. Das Urteil meinst du meinen Ausführungen von vorhin entnehmen zu können. Ich denke mal, das Wort sympathisch greift sogar noch entschieden zu kurz.

Du sprichst zweifellos einen wichtigen Punkt an. Doch sieh mal, ich habe mir meine Entscheidung nicht leicht gemacht und neben dem Risiko auch das Zweck-Mittel-Problem reiflich erwogen. Ich kam dabei zu dem Ergebnis: Es gibt keine Alternative, auch nicht bei einer gewissenhaften Güterabwägung. Als Krankenschwester hat sie zudem bestimmt schon manches Schreckliche erlebt und ist daher eher abgehärtet gegen schlimme Dinge. Das bleibt nicht aus in dem Beruf. Na klar, jetzt geht es um sie selbst. Zugegeben, das macht einen Unterschied. Ändert aber im Grundsatz nichts.

Ich will den moralischen Aspekt nicht abwürgen. Aber aus meiner Sicht ist jetzt alles Nötige gesagt. Noch mehr Gerede würde zu leicht in Geschwätzigkeit ausarten und unserem Projekt auch ganz und gar nicht mehr dienlich sein. Bis nächste Woche dann, werter Mitexistierender. Um dieselbe Zeit wie heute. Bis dahin keinen Kontakt mehr. Halt! Besser eine halbe Stunde später. Vier Bier wären an so einem Tag für mich sicher zu viel.

8. Oktober: **_Der Tag ist gekommen_**

Ich weiß es zu schätzen, werter Mitexistierender, wenn du dich zu dieser bedeutenden Stunde pünktlich eingefunden hast. Wir wollen es denn auch so bald wie möglich hinter uns bringen. Bei den schönen wie bei den schlimmen Dingen soll man nicht zögerlich sein und damit womöglich späterer Reue überflüssige Nahrung geben.

Die Aztekenpriester waren meines Wissens unübertroffene Meister der Vivisektion. Ihr Spezialgebiet war der geöffnete Brustkorb. Wenn sie - seinerzeit aus kultischen Gründen - dem Opfer das Herz heraustrennten und das zuckende Organ in die Opferschale warfen, dann geschah das derart blitzschnell und mittels einer Obsidianklinge sauber ausgeführt, dass die umstehenden Gläubigen die Handlungsabläufe mit den Augen kaum verfolgen konnten. Befände sich das Opfer nicht in einer zweifellos misslichen Lage, wäre es beispielsweise bloß zum Objekt eines professionell arbeitenden Taschendiebes auserkoren worden, dann hätte es angesichts der handwerklichen Meisterschaft des Tuns gar nicht bemerkt, dass ihm etwas Wichtiges weggenommen worden war.

Dabei kannte man in jenem fremden Kulturkreis weder Eisen noch Stahl. Wenn ich mir vorstelle, ich hätte mein Werkstück, auf das ich tatsächlich ein wenig stolz bin, aus dem steinzeitlichen Material von damals herstellen müssen, dann hätte ich vermutlich nichts Gescheites zu Stande gebracht und mein Projekt folgerichtig nicht in Angriff nehmen können. Dass ich es nicht auf den Brustkorb abgesehen habe, zählt dabei kaum. Da, wo ich mit der Klinge ansetzen muss, ist das Gewebe viel härter. Der Umstand spricht also noch zwingender für einen unbedingt festen und zuverlässigen Stahl.

Die attraktive weibliche Mitexistierende wird sich bald dem Hauseingang nähern. Trinken wir also aus. Lass nur stecken! Ich nehme das auf meine Rechnung.

In den letzten Tagen habe ich noch einmal nachgedacht, werter Mitexistierender. Deine bei unserem letzten Treffen unausgesprochene Empfehlung, der ahnungslosen Schönen das Schreckliche doch besser zu ersparen, ließ mich keineswegs ungerührt. Verdanke ich ihr doch schon ein ganzes Jahr lang Woche für Woche an einem festen Tag, in ganz seltenen Fällen auch an deren zwei, die erhabensten und edelsten Gefühle in meinem zurückliegenden Dasein. Und das ist nicht einmal alles. Zwar als etwas vorlaut empfinde ich deinen Kommentar, da du noch keineswegs voll ins Bild gesetzt bist, was sich gleich überhaupt zutragen wird. Nun will ich nicht kleinlich sein und fairerweise deinen durch das Geschaute in Schwingung versetzten Gemütszustand als mildernden Umstand gelten lassen.

Du bist nämlich von ihrer Schönheit zutiefst ergriffen, werter Mitexistierender, gib es zu. Dafür muss sich kein Mann schämen, wenn er in seinem Gemüt angerührt erbebt vor dem Erscheinungsbild einer vollkommenen Frau. Mir geht es doch auch nicht anders als dir in der hoffnungsfrohen Erwartung einer unaussprechlichen Epiphanie.

Oh ja, sie ist wunderschön. Nach den Jahrzehnten meines isolierten Lebens, das ich, existenz-getrieben, im Koma einer furchtbaren Leidenschaftslosigkeit verbrachte, bedeutete ihr Anblick mir ein so kostbares Geschenk wie dem alternden karibischen Perlentaucher jene seltene Auster, welche endlich die ungezählten atemlosen Bemühungen seines gefährlichen Lebens mit dem Erwerb der außergewöhnlichsten Perle krönt. Er, gerade er ist ausersehen, sie in einem nicht mehr für möglich gehaltenen Augenblick seines ausklingenden Lebens einsam in der stillen Tiefe zu pflücken. Das gnädige Fatum überwältigt ihn. Unvermittelt erlebt er sich weinend beim Anblick des zart leuchtenden Schmelzes, in dem die Zeit sich wunderbar verausgabte, als sie zur meisterlichen Formung und stillen Reifung eines unnachahmlichen Naturwunders schritt.

Ich bin überzeugt davon, dass in dem zurückliegenden Jahr, in dem ich im Zustande einer die Seele weitenden Kontemplation jene Frau, die gleich den Raum durchschreiten wird, nicht mehr ansah, ihre Schönheit tatsächlich noch vollkommener ausreifte, um zu einer unübertrefflichen äußersten Gediegenheit zu gelangen; dass das zu seiner Bestimmung gelangte Weib eben in diesen Tagen in seiner herrlichsten Blüte steht, deren verlockendem Zauber weder der schäbige Korridor eines heruntergekommenen Hauses noch die Mühsal eines aufopfernden Gewerbes etwas anhaben kann.

Denn das wirklich Erhabene bekanntlich lässt sich durch keine noch so verkommene Umgebung nachhaltig beschmutzen. Diese Tatsache bringt uns zuverlässig zum Erstaunen, wenn wir denn einmal Zeugen einer zum Zerreißen mit Spannung und Kontrast geladenen Köstlichkeit werden. Dass ich solches erleben darf, ungeachtet meiner verachtenswerten Existenz einmal noch erleben darf, kommt für mich, werter Mitexistierender, einem Wunder gleich, dem ich auf ewig ehrfurchtsvoll gedenken will.

Ach, wie gerne würde ich sie daher aus dem unappetitlichen Unternehmen ganz heraushalten. Keinen Weg hätte ich versäumen wollen zu beschreiten, ihre Rolle durch eine andere zu ersetzen, die mir entschieden weniger zu Herzen geht. Allein, es fand sich keine. Und das Projekt als solches steht nun einmal nicht zur Disposition. Um nichts Geringeres geht es immerhin als um die späte Schicksalswende in meinem bis dato doch nur glücklos vermodernden Leben.

Wir müssen jetzt rasch in den Flur gelangen, werter Mitexistierender. Die Zeit drängt. Wenn der linke Türflügel sich bewegt, ist es so weit. Dann überlasse mir das Feld.

Ich will sie übrigens heiraten. Das wollte ich dir schnell noch sagen. Wenn die Sache hier vorbei ist, werde ich ihr einen Heiratsantrag machen. Erleichtert, wie sie sein muss, wenn ihre Angst sich als unbegründet erwiesen hat, wird sie mir gewiss geneigt sein. Oh, ich werde doch auch selbst ein anderer Mensch sein; werde einer sein, der zu ihr passt und der sie verdient hat. Mir, dem von seiner Existenz erlösten Manne, öffnet sich demnächst eine ganze neue Welt mit ungekannten Möglichkeiten.

Da, der Türflügel! Halte dich jetzt unbedingt abseits, werter Mitexistierender.

Sie ist es. Alle meine Sensoren haben gleichzeitig angeschlagen. Wie es unerträglich schrillt in meinem Gehör! Ein leuchtend heller Schein durchflutet mein Gehirn. Kaum ist der Trieb zu bändigen, der meine Augen auf sie gerichtet wissen will. Doch noch ist es zu früh für einen himmlischen Blickkontakt, der unzeitgemäß noch den Erfolg meines genialen Planes schmälern könnte.

Die Göttliche hat endlich den Raum betreten, in dem unser beider Atem sich bald vereinigen wird. Nur noch wenige Schritte wird sie zu gehen haben. Komm, zögere doch nur nicht jetzt. Nein, nicht wirklich kannst du etwas ahnen. Nun ist es aber so weit, ihr in die Augen zu schauen. Ah, du fauchst, verfluchte Existenz. Wie sehr du überrumpelt worden bist. Dabei hat das Drama gerade erst für dich begonnen.

Weißt du denn überhaupt, was das ist, ein Kuss? Wurdest je du angerührt im Gleitflug einer anderen, doch wesensverwandten gütigen Seele? Durftest du nur einmal dem Aroma willig erliegen, das geheimnisvoll werbend aus den aufgerissenen Tiefen eines mitmenschlichen Begehrens strömt? Niemals! Denn immerzu wirkst du erkaltet in der finsteren Zurückgezogenheit deiner unaufschließbaren Verkapselung.

Du armseligstes aller Tiere. Nun endlich fauchst du auch nicht mehr. Du bist von purer Panik erfasst. Schon windest du dich wie ein niedergestreckter Lindwurm. Auf so etwas warst du nicht eingestellt. Nach der langen Zeit deiner durch meine Lebensweise herbeigeführten Trägheit war die Wachsamkeit in dir zum Erliegen gekommen. Darauf eben, du Durchtriebene, beruht mein kolossaler, durchtriebener Plan.

Ich werde sie küssen. Schau nur hin, wie ich der Göttlichen nahekomme, sie küsse und ihr für einen kostbaren Augenblick in die mandelbraunen Augen schaue. Wahrlich, das erträgst du nicht. Nie und nimmer wirst du das Ungeheuerliche zulassen wollen. Doch hab Acht. Nun treibe ich dich dahin, wo dich dein Schicksal ereilt.

Denkst du denn, ich hätte nicht bemerkt, wie elegant du den Stellungswechsel beherrschst und prompt immer genau da hingelangst, von wo aus deine Zwecke am effektivsten zu verwirklichen sind? Eher würdest du dich und mich ins gemeinsame Verderben stürzen, als eine Vereinigung zwischen mir und dem geliebten Wesen kampflos zuzulassen. Der plötzliche bloße Verdacht allein treibt dich um in maßlosem Zorn.

Lass dir bloß nichts entgehen! Vor allem lass dir nicht entgehen, wie ich sie zärtlich in den Arm nehme. Ach, sie zittert, die Arme. Das wird sich später legen. Gleich noch fester nehme ich sie in den Arm und presse meinen Mund auf den ihren zum süßen Kuss. Nun kann sie auch nicht mehr schreien, falls sie auf diese törichte Idee kommen sollte. Das Schreien folgt verständlicherweise oft dem Erschrecken. Auch der Schreck wird sich später legen. Über alles wird die Geliebte am Ende im Bilde sein und dann gar nicht anders können, als meinen Plan anerkennend zu bewundern.

Ahh! Wie du mich rüttelst und schüttelst, erbärmliche Existenz! Gerate ruhig nur weiter in Aufruhr, du Kerkermeisterin meiner Seele. Spüre ich doch, wie du verstört aufgebrochen bist und dahin hastest, von wo du glaubst, noch einmal Herrin der Lage werden zu können. In deiner hellen Aufregung wirst du unvernünftig. Nur hinein mit dir in den Fuß! Greif nur tapfer ein in die Funktion des Sprunggelenks, um es aufzupeitschen für die bevorstehende rasende Flucht, die du für mich erzwingen willst! Doch diesmal verrechnest du dich. Niemals mehr werde ich fliehen, nur weil du es befiehlst.

Und noch einmal fester und begehrender umarme ich die Göttliche. Oh, wie erregend wirkt auf mich ihr warmer Körper, in dem ein armes aufgeregtes Frauenherz schlägt. So! Endlich steckst du drin. Genau wie damals, als du mich in schändlicher Weise von meinem ersten Date mit einer Existierenden ungefähr meines Alters abhalten wolltest. Damals ließest du nur deshalb ab von deinem Vorhaben, weil du mich in heimtückischem Kalkül einer frühen Blamage aussetzen wolltest, von der du ahntest, dass ich mich davon nicht erholen könnte. Diesmal aber sitzt du in der Falle.

Jetzt aber her mit der scharfen Schneide! Doch muss ich dafür den Griff um die Göttliche für einen Moment etwas lockern. Ich muss für meinen Zweck einen Arm frei bekommen. Ach, jetzt schreit sie doch tatsächlich. Bitte schrei doch nicht! Vertrau mir! Alles wird gut. Ach, mag sie es nur herauslassen, gleich ist es ja vollbrachst. Dort kommst du nicht mehr heraus, aus dem Fuß. Weil ich schneller bin als du.

Da! Ein Hieb. Oh, wie das schmerzt. Da! Noch einer. Und noch ein dritter, der gewaltigste von allen. Hosianna! Da liegt der Fuß und steckt verschämt im Schuh. Er zuckt. Er zuckt wie verrückt. Liefe er auch davon, er könnte mich doch nicht mehr tragen und mitreißen. Verzeih mir, hilfreiches Organ, dass ich dich opfern musste. In dir nun liegt meine Existenz in den letzten Zuckungen und wird in dir schmählich verenden.

Oh Gott, das viele Blut! Wo kommt das viele Blut her, so viel, in der hereinbrechenden Dunkelheit … herrjeh … das … viele … viele … warme Bluuut … in der plötzlichen Nacht …

BELINDA IN SPE

Während er noch darüber nachdenkt, ob er die Frau früher schon einmal gesehen hat, rollt der Bus heran. Die spitze Nase verfolgt ihn gleichwohl weiter bis zum Fahrer. Da muss er sich auf den Ticketkauf besinnen. Der gedankliche Aufwand zwingt die Vorstellungskraft zum Rückzug. *Ist schon abgestempelt*, sagt der Busfahrer, als ihm das Zögern des Fahrgastes auffällt. Während dieser langsam in die Mitte vorrückt, sieht er sie wieder. Sie war hinten eingestiegen, jetzt hockt sie auf einem der Notsitze in der Bucht für die kleinen Gefährte und hat eine Hand so fest am Griff des Kinderwagens, dass die Knöchel wie erfroren wirken. Es ist verblüffend das gleiche Bild wie vorhin, denkt er. Da hatte sie auf dem Bänkchen des Wartehäuschens gesessen und auf ihn den Eindruck gemacht, als ob sie den Kinderwagen vor einer Entführung bewahren müsse. Ehrlich gesagt, hatte er nicht damit gerechnet, dass sie in dieselbe Linie steigen würde wie er. Deshalb hatte er auch verpasst, ihr beim Einstieg behilflich zu sein. Eine Art Kavaliers-Reflex. Der ließ sich augenscheinlich niemals unterkriegen. Die Jahre einer spürbar wachsenden Gleichgültigkeit unter den Menschen hatten ihm jedenfalls noch nichts anhaben können.

Nun ist er glücklich, dass die Begegnung noch nicht zu Ende ist. Wenn er es genau nimmt, ist es die Nase nicht allein, die seine Stimmung auf Trab brachte. Es kommt auch noch die Blässe hinzu. Sie bedeckt ihr Gesicht wie die Plastikfolie ein Spargelbeet. Nach den Vorgaben seines persönlichen Leitfadens der Schönheit ist für das Gesamtbild dieser verhuschten Person beides verantwortlich: Die spitze Nase und die Blässe des Gesichtes; eine kongeniale Partnerschaft, eine überzeugende Verwirklichung des Prinzips der minimalisierten Schönheit. In so vollendeter Abstimmung sieht man das selten, das verdient in der Erinnerung zu bleiben. Kaum die Spur einer Absicht zu animieren. Einzig der Mund hatte wohl vor längerer Zeit einen Auftrag von Rouge abbekommen. Die Schminke ist in etwa so dominant wie ein Rotweinfleck auf der weißen Tischdecke am übernächsten Tag. Alles an ihr ist zierlich, selbst die Ohrringe. Er würde es schade finden, wenn sie nicht genügend zu essen bekäme. Aber was weiß er schon? Manche Frauen schränken sich ohne Not aus freien Stücken ein. Andere sind von Natur aus filigran beschaffen. Entscheidend ist die Wirkung, die von ihnen ausgeht, auf die Inspiration kommt es ihm an. Immer ist das Fluidum maßgeblich. Wegen dieser magischen Anregung seines Empfindens würde er nicht ohne weiteres aufhören, sich still für die Frau zu interessieren und sie verstohlen zu mustern. Was ist auch schon dabei?

Der Bauingenieur Heiko Krämer hat einen Stehplatz eingenommen, obgleich der Bus nicht voll besetzt ist. Im Stehen, so entspricht das seiner Erfahrung, ist er besser auf das Beobachten eingestellt. Wenn er sich schon einmal vorgenommen hat, etwas nicht aus den Augen zu verlieren, dann wollte er das Bestmögliche rausholen. Diese Anhänglichkeit an ein Objekt entsteht ihm meist binnen weniger Augenblicke, immer dann, wenn zwei Elemente eines äußeren Bildes einen Kontrast erzeugen, der im Gemüt ein Glücksgefühl hervorbringt. In der gleichen Weise ist er gewohnt, dass ihm eine berufliche Idee entsteht: Immer zwei kontrastierende Elemente; immer ein tiefes, einschneidendes Gefühl; immer die Idee einer möglichst perfekten Synthese. Er hatte mit dem Brückenbau zu tun, sich damit zwar keinen anerkannten Namen erworben, aber immer solide konstruiert. Dem Monumentalen hat er sich verweigert, diese Neigung ruinierte den Erfolg.

Während der Bus die Rotphase einer Ampel abwartet, erhebt sich die Frau. Das geschieht nun aber in einer Weise, als hätte sie sich von einem Katapult gelöst. Ohne dass ihre Linke den Griff des Kinderwagens loslässt, hantiert sie für wenige Sekunden mit der rechten Hand im Innern des Gefährts. Dann nimmt sie flugs wieder ihren Platz ein, gerade rechtzeitig, bevor der Bus anfährt. Kann das sein, dass sie nur das Kissen glattgestrichen hat, und sonst war nichts? fragt sich Heiko Krämer. Genau hat er es nicht sehen können. Solange er die Frau beobachtet, ist noch keine

Bewegung in dem Kinderwagen entstanden. Er gleicht, wenn man zum Vergleich einen Autosalon bemüht, einer Luxuslimousine. Von einem halben Baldachin beschirmt, hätte in dem augenscheinlich üppig gepolsterten Innenraum auch ein Königstiger unauffällig Platz gefunden. Wenn wenigstens mal ein Laut zu hören gewesen wäre, der mit einem Kind oder - wie in dem Vergleichsfall - mit dem Königstiger in Verbindung zu bringen wäre. Doch nichts und niemand quengelt, schreit, pupst oder macht sein wohlverdientes Bäuerchen. Die Kinderkutsche beeindruckt mit Lebenszeichen wie ein Hamsterbau bei Tageslicht, denkt Heiko Krämer. Unwillkürlich zuckt er mit der Schulter. Man gewöhnt sich daran, dass die Verpackung den Inhalt marginalisiert. Bei einem Kinderwagen muss das nicht anders sein als bei einer Unterhaltungssendung im Fernsehen. Die Frauen sind einmal ein Spezialfall für sich, das ist klar. Seine Augenweide fällt allerdings aus dem üblichen Rahmen. Während eine Vielzahl von Vertreterinnen ihres Geschlechts sich ständig wie für eine Erotik-Messe herausputzt, um der Fantasie der Beobachter mehr zu gönnen als im Ernstfall einem sinnlichen Erleben, ist die mit dem Kinderwagen geradezu eine graue Maus. Immerhin sind im hiesigen Kulturkreis reichlich Vergleichsmöglichkeiten gegeben, aller Plunder muss sich beweisen, die Manöver der Irreführung können durchschaut werden. Auf der absurden Seite des kulturellen Spektrums, stellt man einmal die Gepflogenheit einer Vollverschleierung in Rechnung, ist eine Scheherezade nicht einmal von einem Besenstil zu unterscheiden. Das ist einfach so. Alles wegen der Verpackung.

Bald entdeckt Heiko Krämer, dass ein Bewegungsschema vorliegt. Die Frau springt auf, greift mit der rechten Hand ins Wageninnere, zieht sie zurück, setzt sich so ruckartig, wie sie aufgestanden war. An einer Haltestelle geschieht das, gleich darauf an einer Straßenkreuzung, kein Stillstand des Fahrzeugs bleibt ungenutzt. Ein wenig sonderbar, da ist Heiko Krämer sich bald sicher. Er hat seine Erfahrung mit dem Busfahren. Der Normalfall ist, dass die junge Mutter ihr Smartphone bearbeitet und ihre Beschäftigung auch dann noch verteidigt, wenn's nebenan quengelt, rülpst und pupst. Zum Schreien des kleinen Insassen müssen gewöhnlich erst etliche Dezibel zusammenkommen oder unmissverständlich an den Königstiger erinnern, um eine Fürsorgehandlung zu erzwingen. Die mit der spitzen Nase und dem blassen Teint ist aus einem anderen Holz geschnitzt. Der Gedanke wärmt sein Herz und macht ihm die Frau gleich noch eine Größenordnung sympathischer.

Der hochgewachsene Mann schmunzelt dezent und zieht für einen Moment seinen Blick von der Gestalt ab, um sich auf seine innere Anschauung zu besinnen. Heiko Krämer hat, wenn es um Schönheit geht, eine hohe Auffassung. Mentale Erfüllung ist ihm Ziel einer jedweden ästhetischen Betrachtung. Die äußere Erscheinung und das innere Bild sollten zur bestmöglichen Deckung gelangen. Im Falle des Gelingens dieser Symbiose, das verspricht ihm sein Gefühl, wird er eintreten in den Festsaal einer erhabenen Inspiration; dann darf er sich im Besitz einer Freikarte zum ungehemmten Genuss eines virtuellen Glücks wähnen.

Genau genommen und zurückgestuft auf sein physisches Empfinden, rufen seine Beobachtungen sogar eine Erregung hervor. Beim Anblick einer Frau, wenn sie seinem Geschmack spontan zusagt und ihr Erscheinungsbild sodann die Hürden seiner ästhetischen Wertbestimmung überwunden hat, passiert das immer leicht. Er hat gelernt, verschiedene Abstufungen einer Gemütsbewegung zu unterscheiden, immer kommt es auf die Situation an. Im augenblicklichen Stadium ist die Erregung noch schwer zu definieren. Den Bauchraum hat sie noch nicht erreicht. Mit dem zarten Gewicht einer schwingenden Harfenseite lastet sie als eine ferne Sehnsucht auf seinem Gemüt. Wie die zierliche Person in ihrer engen Jeans eben leicht gebeugt über dem Kinderwagen stand, dieses Bild, er hatte es in der Seitenansicht vor Augen, hätte sich auch dann fest eingeprägt, wenn es nur einmal in Position gebracht worden wäre. Mittlerweile aber hatte der Bus schon vier Haltestellen bedient und an etlichen Kreuzungen die Verkehrsregeln beachtet. Da summierte sich Heikos Erregungsgrad wie die Zahl der Haltestellen und die der roten

156

Ampelphasen. Wo will sie bloß hin? Und wo will er überhaupt hin? Heiko Krämer atmet tief durch. Er hat es an diesem Nachmittag nicht wirklich eilig. Vielleicht ist das gut so. Man kann nie wissen, und der Tag ist noch nicht zu Ende.

Als der Bus in der Nähe eines Einkaufszentrums Passagiere austauscht, wird es im Mittelteil voller. Heiko Krämer sieht zu, dass er seinen Beobachtungsposten nicht verliert. Seine blasse Favoritin muss ihre räumlichen Ansprüche nun teilen. Als erstes mit einem Rollator. Eine betagte Dame schiebt ihn vehement in die Bucht, prustet, mustert skeptisch die Junge mit der spitzen Nase. Wenn der Parkraum knapp wird, geht das nicht immer gut, weiß Heiko Krämer. Das ist überall so, er hat seine Erfahrungen. Die erstaunlichsten Szenen hat er schon miterlebt, auch im Bus, bei den alten wie bei den jungen Semestern konnte schon mal Hochstimmung herrschen, das war gleich verteilt. Aber die alte Dame lächelt auf einmal. Gefahr gebannt. Der Generationenkonflikt ist ausgeblieben. Sie macht aus ihrer vornüber gebeugten Haltung mit Zeige- und Mittelfinger ein Winke-Winke über dem Kinderwagen und rüstet ihre freundliche Geste auf mit einem etwas piepsend klingenden *du, du, du, du, du*, bevor sie sich auf einem freien Sitzplatz in unmittelbarer Nähe niederlässt. Die scheint den Insassen gesehen zu haben, vielleicht so etwas Pausbäckiges wie früher auf der Zwieback-Reklame, nur ständig schläfrig. Eigentlich schade, dass der oder die Kleine nichts von so einem Getue hat, denkt der Ingenieur. Er wundert sich immer wieder, welche Pawlowschen Reflexe der Anblick eines Kleinkindes bei einem erwachsenen Menschen auslösen kann.

Ruck! Ein zweiter Kinderwagen will platziert werden. Er ist deutlich kleiner als der von seiner Favoritin. Das muss die Sache aber nicht entspannter machen, weiß Heiko Krämer, rein psychologisch ist das so. Die beiden Frauen werfen sich denn auch erst einmal giftige Blicke zu und mustern abschätzig das Gefährt der anderen. Das blasse Geschöpf wendet sich schnell wieder ab, während die zweite Mutter mit ihrer Körpersprache noch im Rivalitätsmodus verbleibt, bis es aus ihrem Kinderwagen heraus kräftig *bähh* macht. Das ist unbedingt routiniert, staunt der

Brückenbauer. Die herausgeforderte Mutter hat nämlich sofort ein Fläschchen zur Hand, das sie mit Erfolg dem kleinen Wurm verabreicht, während die andere Hand schon mit der Tastatur beschäftigt ist und die Augen am Display kleben. Während der Zeit, in der der Bus jetzt noch stillsteht, vollzieht seine Favoritin in gewohnt undurchschaubarer Weise ihre Zeremonien. Zum Leidwesen von Heiko Krämer ist ihr Bewegungsspielraum deutlich eingeschränkt, und die liebreizende Beugung über dem Kinderwagen verliert an innerem Flair. Gelegentlich schaut sie auch zur Seite und mustert die Rivalin. Als jene wieder einmal zum Fläschchen greift, eifert die Blasse ihr plötzlich nach, als hätte sie bloß auf ein Signal gewartet. Da muss noch allerlei versteckt sein in der Kutsche, vermutet Heiko. Jedenfalls hat die bleiche Mutter ihrerseits sogleich ein Fläschchen parat, hebt es für einen Augenblick ins Licht, schüttelt ein paarmal hin und her, begutachtet den Inhalt. *Dann muss sie es doch auch verabreichen!* - der Ingenieur ist zunehmend irritiert, weil er auf der Nachfrageseite immer noch nicht das Geringste bemerkt. Gut, dass sein Kneipenwirt mit dem Einschenken nicht so flott bei der Hand ist. Aber was soll sein negativer Affekt überhaupt! Das wäre in keiner Weise gescheit, einem kleinen Dicksack seinen begnadeten Schlaf zu missgönnen, nur weil er selbst an feste Mahlzeiten gewöhnt ist.

Die Entwicklung gibt ihm recht, wegen der Einbuße an sinnlichem Entzücken nicht verzweifelt zu sein. Schon an der nächsten Haltestelle räumt der zweite Kinderwagen das Feld. Der Rollator rückt nach rechts. Die räumliche Lage hat sich weitgehend entspannt, obwohl der Bus nicht mehr so leer ist wie am Anfang. Für Heiko Krämer sprudelt noch einmal üppig der Quell seiner vormaligen Inspiration. Er hat das Empfinden, dass es wärmer geworden ist in dem Bus. Oder es liegt an ihm.

Der zwischenzeitliche Erlebnismangel hat unseren wachsamen Fahrgast insgesamt aufgeschlossener gemacht für die Verarbeitung neuer Impulse. Seine Erregung, eine harmlose, moderate Erregung, daran sollte vorschnell kein Zweifel bestehen, ist weiter vorangekommen und könnte bald den Bauchraum erreicht haben, was Heiko Krämer gewöhnlich als angenehm empfindet.

Die Hebung seiner Stimmung hängt bestimmt mit ihrem Augenaufschlag zusammen. Dieses Faktums, das nimmt er sich vor,
sollte er sich jetzt schnell noch einmal vergewissern. Wirklich
höchst bemerkenswert, dieser unschuldige Eifer. Diese gekonnte
Koketterie, aus mittlerer Distanz einen kurzen ausdrucksstarken
Blick zu verschicken und einer benachbarten Person zukommen
zu lassen, ist seiner Ansicht nach erst durch den Kontakt mit der
mütterlichen Rivalin aktiviert worden. So wird das gewesen
sein, nur ist das danach nicht bei der einmaligen Augen-Offen-
sive geblieben. Er hat einzuräumen, dass der Reflex eines Augenblicks sich verselbständigte. Nach dem Ausstieg der Rivalin hat
die bleiche Mutter sich um Ersatz bemüht und kurzerhand andere Empfänger für ihre Charme-Offensive vereinnahmt. Nicht
einen bestimmten Einzelnen nimmt sie jetzt ran, dass er für sie
als Statist aufwarte, jeder, diese Flexibilität zeichnete sich einwandfrei ab, kommt mal dran, der in ihrem Umkreis steht. Rei-
hum ging das eben, bis die erste Person einen weiteren Zuschlag
erhielt. So erzwingt die junge Frau gewissermaßen eine kollek-
tive Teilhabe ihrer Umgebung an ihrer wunderschönen Mutterschaft. Warum auch nicht, wo doch eine Mutterschaft so ziemlich
das Gewaltigste ist, was eine Frau erleben kann. Er beispielsweise würde niemals über ein zartes trauriges Mangelempfin-
den hinwegkommen, dass er, um in den Genuss einer Vater-
schaft zu kommen, zu diesem Ziel hin und noch darüber hinaus
mit einer Frau immer gleichsam per Anhalter durchs Leben fahren müsste.

Übrigens kann seine verspätete Entdeckung auch damit zusammenhängen, dass er ihre Fähigkeit, sich der Umgebung über eine
impulsive Sprache ihrer Augen mitzuteilen, vorher schlichtweg
übersehen hatte. Diese Vermutung liegt sogar auf der Hand. Die
Nase und die Blässe, sein kongeniales Team minimalisierter
Schönheit, eine wesentlich statisch geprägte Beziehung, ergänzt
um das verschämte Auftrumpfen des rosa Mundes, in dieser
Harmonie hätte ein weiteres ästhetisches Moment, noch dazu
eine dynamische Komponente, am Anfang doch nur gestört. Er
war von ihrer Nase von dem einen auf den anderen Augenblick

so besessen gewesen, dass er sich sofort zur ideellen Wahrung ihrer Stil-Reinheit berufen fühlte und anderweitige Gesichtspunkte individueller Schönheit bei seiner Favoritin erst einmal eifersüchtig ausgrenzte. Der verengte Zugriff war nicht etwa Willkür gewesen. Sein Vorgehen hatte Methode, auf dieser Sichtweise muss er bestehen. In seiner gewohnten Routine des beobachtenden Erlebens gab es immer glasklare Abläufe, so wie auch in diesem Fall: Die Phase der ersten Sichtung war erfolgreich abgeschlossen worden; die Ur-Überraschung hatte sich sanft gesetzt; nun, wo die dominanten Effekte verarbeitet sind, können sie noch eine weitere Überraschung ohne Schaden für das Ganze integrieren, diesen ausdrucksstarken Blick eben. Um noch weiteres zu entdecken, was ja nicht verkehrt wäre, müsste man die Frau wohl besser kennenlernen. Mit dem Zwerg da in der großzügigen Limousine hat sie aber bestimmt andere Sorgen, als einen weiteren Mann kennenzulernen. Noch dazu weiß er nicht einmal, welche Erfahrungen mit Männern hinter ihr liegen. Es gibt Erfahrungen, die verbauen einer Frau geradezu das Verlangen, noch weitere Erfahrungen mit Männern zu haben. So ist das. Dafür muss man dann Verständnis aufbringen. Im Hinblick auf seine blasse Favoritin ist selbst das bloße Spekulation. Wichtig ist die Überlegung zwar nicht, aber man darf sich ja wohl noch Gedanken machen.

Das trägt sich von nun an also jedes Mal zu, dass die Frau, hatte sie wieder einmal die weihevolle priesterliche Hand-Auflegung im Wageninneren beendet, diesen kurzen triumphierenden, gleichsam verzückten Blick in die Höhe lenkt und sofort aufmunternd an jemand adressiert. Wen er trifft, der kann gar nicht anders, beim besten Willen könnte er gar nicht anders, als die an ihn gerichtete Frage darin unterzubringen, ob das nicht wirklich allerliebst sei, was im Kinderwagen vielversprechend ruht: *Schade, dass Sie das nicht so genau sehen können wie ich, Sie verpassen leider etwas Außergewöhnliches auf Ihrer Fahrt.* So ungefähr könnte man sich einen Reim auf den unbedingt ausdrucksstarken Blick der zierlichen blassen Frau mit der spitzen Nase machen. Heiko Krämer jedenfalls erlebt in seine Erregung hinein die Steigerung einer gewissen Neugierde im Hinblick auf die Beschaffenheit des stummen kleinen Erdenbürgers unter dem verschwiegenen Baldachin. So etwas lässt sich in dem Alter ganz schön verwöhnen. Tadeln will er das aber auf keinen Fall. Vielleicht schwingt in sein Empfinden bloß eine winzige Portion von Eifersucht hinein, vielleicht auch Neid und Missgunst, dass die umtriebige Blasse nicht ihn mit derselben Leidenschaft verwöhnt, ihn trostloserweise nicht einmal zur Kenntnis nimmt. Gerade das könnte er sich in diesem Moment wunderbar vorstellen, wie sie ihm statt dem Zwerg ihre Zärtlichkeit schenkt und, nun ja, ihn nach Strich und Faden verwöhnt.

Der Bus ruckelt gerade über die unebene Fahrbahn in einem Baustellenbereich. Heiko muss sich festhalten. Selbstverständlich wäre es bequemer, er würde sich auf einen Sitzplatz niederlassen. Dann wäre es aber vorbei mit dem Beobachten der Frau. Wahrscheinlich käme sogar seine Erregung zum Abklingen. Dies würde er, nach allen gemachten Erfahrungen, als durchaus zwiespältig empfinden. Auf keinen Fall brächte eine Glättung seines aktuellen Gemütszustandes nur Vorteile, das sollte bloß keiner glauben. Er könnte sich wieder freier fühlen, das schon. Die zwanghafte Fixierung auf das sinnliche Angebot in seiner Reichweite würde nachlassen, auch da gibt es kein Vertun. Und die Gefahr, nicht zu vergessen, die Gefahr, in etwas hineinzugeraten, wo es um seine Selbstkontrolle nicht mehr so gut bestellt ist, wäre bestimmt gebannt. All das wiegt schwer. Aber es geschähe um den Preis des Verzichts auf ein so ungemein inspirierendes, in der vollendeten Ausprägung derart verzehrendes Empfinden von Lust nach Habhaftwerden des Schönen, dass sich in dem Gedanken an eine vorbeugende Schadensbegrenzung, also die rein hypothetische Eindämmung eines Schadens, der noch gar nicht entstanden ist, nicht lange etwas Bedrohliches konservieren lässt.

Die Buckelpiste ist bald passiert. Heiko Krämer ist an der Haltestange standhaft im Gleichgewicht geblieben. Des visuellen Vorteils seines Ausharrens hat er sich noch gar nicht wieder erfreuen können, da auf einmal nötigt die Verkehrslage den

Busfahrer zu einem scharfen Bremsen. *Huch!* Unwillkürliche Ausrufe der Überraschung, sie kommen sogleich aus mehreren Kehlen. Seine Favoritin ist still geblieben, ihr habituelles Notprogramm, bei dem die Zentralinstanz im Kopf ganz auf Automatik schaltet, ist sofort auf den Kinderwagen geeicht. Das Gefährt hat sich noch kaum in Bewegung setzen können, da kleben – zack! - ihre beiden Hände am Griff. Alles halb so schlimm, denkt Heiko Krämer. Auch er hat die Ruhe behalten. Aber gut, dass sie im kritischen Moment aufrecht gestanden hat, da wusste sie zum Wohl ihres arglosen Knirpses die Kontrolle zu behalten. Schwerkraft und Trägheit können heimtückisch sein. Im Brückenbau mussten sie oft ein Lied darauf singen. Jetzt kommt er aber doch noch in den Genuss, seinen Kavaliers-Reflex auszuspielen. Sie hatte nämlich eine Rassel zur Hand genommen, unmittelbar vor dem Bremsmanöver, die war, plötzlich ganz auf sich gestellt, zu Boden gefallen. Beinahe ebenso plötzlich war Heiko Krämer zur Stelle gewesen. Bei der Übergabe passiert es dann: Der Augenaufschlag, keiner von den triumphierenden, eher eine Sonderausfertigung, jedenfalls ein dankbarer Blick, ein warmherziger dankbarer Blick, auf ihn gerichtet und mit Wohlwollen gefüllt. Was will er mehr! Er ist bis ins Mark elektrisiert.

Von nun an ist es vorbei mit einer fairen Verteilung ihrer Aufmerksamkeit auf die Umstehenden. Aus dankbarer Seele bekommt er alles ab, was der Augenaufschlag zu bieten hat, er, er allein bekommt das ab. Und das strahlende Lächeln, das sich mit dem inspirierenden Blick verbündet hat, allein für ihn ist es gedacht. Für ihn ist es erst erfunden worden, ganz bestimmt, denn vorher war ein strahlendes Lächeln noch nicht im Arrangement dabei gewesen, wenn die Augen mit irgendeinem der umstehenden Beliebigen Kontakt aufgenommen hatten. Sie mag mich, denkt Heiko Krämer, sie mag mich bestimmt. So eine Gelegenheit sollte nicht ungenutzt verstreichen. Die ganze Erregung wäre umsonst, wenn nicht noch etwas Vielversprechendes geschähe.

Der Fahrer hat den Fuß vom Gas genommen, der Bus verliert an Geschwindigkeit. Noch ein sanftes Abbremsen, dann das vorsichtige Einlenken in die Haltebucht hinein. Der fährt nicht übel, denkt Heiko Krämer noch, dann öffnen sich die Türen. Als sie den Kinderwagen sogleich zum Ausgang schiebt, ist er überrascht, aber gleich zur Stelle. Bei den modernen Bussen ist das, wenn sich die zusätzliche Trittstufe erst einmal abgesenkt hat, überhaupt keine Herausforderung für eine zierliche Frau, selbst den größten Kinderwagen problemlos hinauszubefördern. Der Kavalier muss nicht noch einmal zum Einsatz kommen. Wieder so ein Bereich, wo der Mann wegen der Durchschlagskraft seiner technologischen Finessen eigentlich überflüssig geworden ist. Doch ist Heiko Krämer überhaupt nicht enttäuscht, er hatte schließlich seine Gelegenheit bekommen. Die spürt er sogar jetzt noch; er wäre vernünftigerweise etwas mäßiger in seinem Ungestüm gewesen. Und dem Winzling in den Kissen hatte er auch noch einen Gefallen getan, obwohl der Furzknoten das in seiner Schläfrigkeit überhaupt nicht mitbekommen hat, schlimmer noch, gar nicht zu schätzen weiß. Gleichwohl, als die Frau mit ihrem Goldschatz im Kinderwagen auf dem Gehweg steht und der Bus die Haltebucht wieder verlässt, steht auch Heiko Krämer nahe bei ihr und macht keine Anstalten, sich von ihr abzusetzen. Und seine Erregung hat er nicht etwa in dem öffentlichen Verkehrsmittel zurückgelassen. Die Luft ist einwandfrei besser hier draußen, sie kühlt angenehm und erfrischt. Doch kann eine bestimmte Erregung zum Vorteil ihres Wachstums davon durchaus profitieren, weil die Komponente der Schläfrigkeit in einer stickigen Atmosphäre nicht mehr zum Tragen kommt. Sie beide sind als einzige ausgestiegen, die mit der spitzen Nase und er, der ehemalige Brückenbauer, der heute kein bestimmtes erkennbares Ziel hat und sich von der Gunst der Situation leiten lassen will. Es ist ein ruhiges Fleckchen im Stadtbild, bei dem die Busfahrt für sie ein Ende gefunden hat. Weiter hinten zu einer entfernten Straßenkreuzung hin sind ganz vereinzelt ein paar Leute unterwegs, im Übrigen ist es alles andere als belebt hier. Das gilt für den Straßenverkehr gleichermaßen wie für das Aufkommen an nicht motorisierten Passanten.

Die Frau hat nach dem Aussteigen noch einmal ihre üblichen Fisimatenten abgespult, und wie aus Gewohnheit oder welcher Grund auch immer dafür maßgeblich ist, spendiert sie dem Mann, der unaufgefordert zu ihr räumlich aufgeschlossen hat, noch einmal arglos ihren allerliebsten Augenaufschlag, so, als befänden sie sich noch immer gemeinsam mit anderen Leuten im Omnibus und nicht allein am abgelegenen Rand eines stadtnahen Wohnbezirks. Langsam bewegen die beiden Personen sich in die Richtung der erwähnten Kreuzung, ein für jeden Beobachter auf den ersten Blick hin nicht sonderlich auffälliges Gespann. Die zierliche Frau ist die Herrin der Bewegungsrichtung, der hochgewachsene Mann, so hat es jedenfalls den Anschein, wäre ihr, bar jeden eigenen Antriebs, werweißwohin gefolgt. Doch ist er sich seines eingeschlagenen Tempos und des gewünschten Abstands von der weiblichen Person vor sich nicht immer gewiss. Vor einem schmucken Mehrfamilienhaus kommt das Gespann zum Stehen, woraufhin die Frau ihr Gefährt zur Eingangstür dirigiert. Heiko Krämer will, einem eingefleischten Reflex folgend, in seine Jackentasche greifen, da hat seine Favoritin mit der spitzen Nase auch schon die Haustür aufgeschlossen. Er folgt ihr auf dem Fuße, nachdem er ihr durch das Aufhalten der Tür den Zutritt ins Gebäude erleichtert hat. Im Hausflur ist es menschenleer. Die Frau wirft einen kurzen nervösen Blick über ihre Schulter zu dem Mann hin, der ihr dicht auf den Fersen ist. Mit eiligem Schritt befördert sie sich und den Kinderwagen an dem geschlossenen Fahrstuhl vorbei auf die nächstgelegene Wohnungstür zu. Den Schlüssel betätigt sie mit geübtem Handgriff, hat in wenigen Sekunden aufgeschlossen und gibt dem Kinderwagen einen ordentlichen Schwung für die selbständige Fahrt ins Wohnungsinnere. Noch bevor sie jedoch die Wohnungstür hinter sich zuziehen kann, schlüpft auch Heiko Krämer hinein.

*

Er atmet tief durch, als er ihre Wohnung wieder verlässt und die Tür hinter sich ins Schloss fallen hört. Er wirkt ein wenig verstört, blickt zum Fahrstuhl hinüber, dann zur Haustür, schließlich an seiner sehnigen Gestalt herab und am Hosenlatz vorbei zu Boden. Nach wie vor ist es menschenleer in dem Flur. Das beruhigt ihn sehr. Er muss sich unbedingt sammeln, er muss zusehen, dass seine Gefühle sich mäßigen. Ein so außerordentliches Erlebnis will halbwegs verarbeitet sein, bevor er sich auf den Weiterweg machen kann. Wenn er zu früh wieder unter Menschen käme, bestünde die Gefahr, dass man ihm seine Sünde ansähe, keine lässliche Sünde, das will er nicht behaupten. Es gibt nun mal, er ist da nicht der Einzige, viele Leute werden ein Lied davon singen können, skurrile Gefühlsanwandlungen der unterschiedlichsten Art, die wird man all sein Lebtag nicht los. Bei ihm ist das, womöglich im Seelischen, der Restbestand eines frühen Schamgefühls, der Eindruck eines Pikiertseins danach, seltener zwar im Erleben, doch kaum weniger ausgeprägt als der Kavaliers-Reflex. Schluss jetzt mit den Selbstanklagen! Beinahe reglos, mit geschlossenen Augen, steht er minutenlang vor ihrer Tür. Es hat ganz den Anschein, als ließe er tiefe Eindrücke in sich nachwirken.

Es war tatsächlich geschehen. Sie hatten, eben bei ihr in der Wohnung war das so passiert, Sex miteinander gehabt. Ein großartiges Gefühl erfüllt deswegen immer noch seine Brust. Die anschwellende Vorstellung, die schon während der Busfahrt in seinem Kopf Gestalt angenommen hatte, ihr war es beschieden, sich wunderbar zu erfüllen. Er und die Blasse mit der spitzen Nase hatten auf seinen Nachdruck hin miteinander geschlafen und dabei gehörig aufgedreht. Es war sogar einvernehmlich geschehen. Das ist ihm wichtig zu betonen, falls es einmal deswegen zum Skandal kommen sollte. Alles war so glatt gelaufen, wie er das nicht für möglich gehalten hatte, und der Winzling im Kinderwagen hatte seinen Anteil am Erfolg, hatte nämlich keinmal geschrien. Ein unglaubliches Durchhaltevermögen, begnadete kindliche Schlummersucht, die er als gestandener Mann seit dem ersten Zusammentreffen an der Bushaltestelle bewunderte. Im

Grunde genommen hatte der kleine unberechenbare Stromer das hauptsächliche Risiko abgegeben, dass doch noch alles aus dem Ruder laufen könnte. Mit jeder Minute im wohlbehüteten Schlaf wuchs die Größe der Wahrscheinlichkeit, dass im ungelegensten Augenblick die Quengelei losging. Und dann? Die Pleite wäre brachial geworden, das Kleine brüllt und die Mutter lässt die Nummer platzen. Nichts hätte geholfen, auch Arsch versohlen wäre keine Lösung gewesen. Aber nichts dergleichen. Das heute war vollkommen sein Tag geworden. Und mit den übrigen Erwartungen passte es genauso. Seine frühe Vorstellung, wie er sie sich aus der spitzen Nase, der Blässe und aus der Beziehung beider Elemente der minimalisierten Schönheit zueinander aufgebaut hatte - einfach nicht zu übertreffen. Ihre Möse war ein Wunderwerk, eine echte Offenbarung. Nicht nur anatomisch, mehr der Inbegriff aller Seligkeit. Sie passte zu ihm, vom Aussehen angefangen bis zu Größe und Aktionsbereitschaft. Sie sagt hoffentlich, das will er einmal annehmen und von Herzen wünschen, auch ihrem eigenen Geschmack zu. Für die Frauen von heute ist das oft ein heikles Thema, das weiß er aus dem, was er gelegentlich aufschnappte. Er fand das immer merkwürdig, wenn er auf das Thema gestoßen wurde: Die Frauen, obwohl absolut auf dem Vormarsch und auf der Höhe der größten Ansprüche, aber zu ihrem Körper haben sie auch nach 150 Jahren noch keine auch nur halbwegs einheitliche Meinung bilden können. Vielleicht wäre die Zerrissenheit auch in den nächsten 150 Jahren noch nicht ausgestanden, auszuschließen ist das nicht. Ihre Möse ist ihnen dabei ein besonderes Thema, noch vor den anderen, dem Busen, der Menstruation, der Schwangerschaft. Scheint tatsächlich manches komplexer zu sein bei ihnen als bei ihm. Und dann das Handicap, nicht gut beobachten zu können, was so perfekt versteckt liegt. Heiko Krämer atmet tiefer durch. Angeblich kennt nicht einmal die Hälfte aller Frauen den Unterschied zwischen Vulva und Vagina, zwischen einem Teil und dem Ganzen. In einer Fernsehsendung hatten sie einmal das Thema behandelt wie eine spirituelle Genius-Beschwörung. Nur Räucherstäbchen hatten noch gefehlt. Möse ist sowieso nur Kosename, einer, den er persönlich mag. Unbestritten ist das nicht. Anderen dient das Wort genau andersherum als Schimpfname, warum auch immer. Ist sicher eine Frage von Einstellung und Perspektive. Gehört jedenfalls streng genommen, das zumindest, nicht zur präzisen Nomenklatura. Scham! - das hoben sie immer wieder hervor, wenn sie auf die Schwierigkeiten der Frauen zu sprechen kamen, ihren Körper zu akzeptieren. Vielleicht so ähnlich wie bei ihm, wenn er immer pikiert ist danach und noch eine Zeitlang in Gedanken kritisch mit seinem Ding beschäftigt bleibt, wenn es im Einsatz gewesen war. Aber das Gefühl hält nicht sehr lange an, jedenfalls nicht 150 Jahre, auf keinen Fall. Vulva mag korrekt sein, aber das Wort ist kein Klangkörper, weckt keine Sehnsucht. Allenfalls den Lateinunterricht mit Halbwüchsigen würde es beleben können. Heiko Krämer spannt seine Muskeln an, wendet Energie auf, um die Körperhaltung zu verkrampfen. Sein Gesicht überzieht sich mit leichter Röte.

Da öffnet sich die Fahrstuhltür. Ein Mittvierziger tritt heraus, wirft einen misstrauischen Blick auf den Mann im Hausflur, der wie ertappt wirkt. Doch schnell normalisieren sich die Gesichtszüge des Hausbewohners.

„Ach Sie sind es! Fehlt Ihnen etwas? Soll ich Ihnen behilflich sein?"

„Nein, alles in Ordnung. Ich habe nur auf den Fahrstuhl gewartet. Dabei bekam ich einen Schrecken, weil mir für einen Moment so war, als hätte ich meinen Schlüsselbund verloren."

„Na, dann nichts für ungut. Schönen Tag noch, Herr Krämer. Und machen Sie sich nichts daraus. Das mit der Vergesslichkeit fängt auch bei mir schon an."

Heiko Krämer, Ingenieur a. D. beim Brückenbauamt, steigt in den Fahrstuhl und lässt sich zwei Etagen höher tragen. Beim Aussteigen entdeckt er eine achtlos weggeworfene Reklamezeitung, flucht leise und will sich danach bücken. Ein Schmerz im Lendenbereich lässt ihn augenblicklich von seinem Vorhaben Abstand nehmen. Er hätte die Rassel nicht aufheben sollen, denkt er, derart schnelle und plötzliche Bewegungen sind einfach nichts mehr für ihn. Bei anderen Höflichkeiten ist das Gott sei Dank nicht so. Eine prall gefüllte Einkaufstasche zu tragen, beispielsweise, das macht ihm nichts aus. Der Kavaliersreflex, schön und gut, er will immer noch bedient werden, doch sollte er ihn nicht um seine Gesundheit bringen, das wäre denn doch des Guten zu viel. Fatal, das dauerte jetzt selbst mit Tabletten ein paar Tage, bis das Malheur zwischen den Bandscheiben wieder voll im Lot war. Heiko Krämer schlurft auf eine der beiden Türen zu, die auf dieser Etage eine Wohneinheit verschließen.

*

Das Wohnzimmer der Krämers wirkt geräumig, ist aber nur sparsam eingerichtet. Verschiedene Bereiche geben sich den Anschein funktionaler Areale, wo, wie das Vorhandensein eines Stehpultes das beispielhaft nahelegt, jemand sich zum Lesen oder Schreiben angeregt fühlen kann. Heiko Krämer hat seine Jacke abgelegt und sich in einem Sessel niedergelassen, daneben steht ein Beistelltischchen mit aufgeschlagenen Foto-Magazinen. Von hier schaut er seiner Frau zu, das ist er so gewohnt. Die Malerin schiebt eine kleine Staffelei, an der sie sich mit einem Aquarellbild im doppelten Postkartenformat beschäftigt hat, in eine abseitige Nische. Es ist ihr Anspruch an sich selbst, sich voll und ganz auf ein kreatives Projekt zu konzentrieren, und sie mag nicht eher damit zum Abschluss kommen, bis es zu ihrer vollen Zufriedenheit Gestalt angenommen hat. Ihr Mann hat darauf bestanden, dass sie in der fortgeschrittenen Phase einer Werk-Schöpfung ihr kleines Atelier verlasse und im Wohnzimmer arbeite. Notfalls könne man doch alte Zeitungen auslegen, um ein Malheur mit den Farben zu verhindern. Er liebt es, Belinda in den Momenten ihrer Inspiration zuzusehen und sich dabei in die kontrastreichen Farben und bisweilen merkwürdigen Formen ihrer Motive zu versenken. Zwischen Sessel und Staffelei wechselt er dann oftmals hin und her, nimmt nach einem abgeschlossenen Arbeitsgang seiner Frau im Stehen den Fortschritt ihrer Arbeit in sich auf, um ihn gleich darauf an seinem Sitzplatz gedanklich auf sich wirken zu lassen. Gemeinsam bei der Staffelei geben die beiden immer ein kontrastreiches Paar ab, er, hoch aufgeschossen, doch mittlerweile ein wenig gebeugt im Schulterbereich, und die zierliche Frau, die er zwar körperlich überragt, zu der er aber im Inneren mit Bewunderung aufblickt, wenn sie mit sparsamer Technik an einem ihrer Motive immer neue Entwicklungsstufen seiner Imagination trefflich befördert. Wie sehr sie doch bewandert ist in der schöpferischen Reproduktion eines kultivierten Minimalismus der Schönheit. Zwar malt sie überwiegend abstrakt, und der weibliche Körper ist prinzipiell nicht Gegenstand ihres Schaffens. Aber was macht das schon aus; in jeder ihrer Miniaturen hat er, wenn er die Augen schließt und den Konturen nachspürt, noch nie etwas anderes erblickt als das Bildnis einer schönen nackten Frau. Im Übrigen bietet das Wohnzimmer die günstigsten Lichtverhältnisse in ihrer Wohnung, und dieser Vorteil ist dann auch ausschlaggebend dafür gewesen, dass Frau Krämer dem Ersuchen ihres Gatten nachgekommen ist, obwohl ihr so etwas überhaupt nicht zusagt, dass jemand sie bei der Arbeit beobachtet. Letzten Endes dann war sie selbst verwundert gewesen, Befangenheit hin oder her, wie erfolgreich sie doch über ihren Schatten springen konnte. Mittlerweile gelingt es ihr sogar, in den schöpferischen Episoden ganz bei sich und der Muse zu sein, um nach einer Phase des Schaffens am insgesamt noch unfertigen Gegenstand selbstbewusst um ein Zwischenurteil nachzusuchen.

Jetzt gerade wendet sie sich ihrem Manne zu. Gewöhnlich, in den entspannten Verläufen des Alltags, lässt die etwas spitz zulaufende Nase die lebhafte Physiognomie von Belinda Krämer sympathisch ins Spitzbübische hineingleiten. Doch jetzt ist der Schatten einer Sorge darin untergebracht, als sie ihren Mann anspricht. Da mag die Nase sich für einen Beobachter nicht entscheiden, ob sie einem bestimmten Gefühlsausdruck zuarbeiten oder sich lieber neutral verhalten soll.

„Wieder einmal unterwegs gewesen, Heiko? Du kennst meine Sorgen."

„Mach bitte kein Drama daraus. Du kennst doch auch mein Vergnügen, mit dem Bus durch die Weltgeschichte zu fahren."

„Es wäre schon viel gewonnen, wenn du wenigstens erreichbar wärst. Dein Verständnis von persönlicher Autonomie hat doch wohl etwas Skurriles, wenn du dein Mobiltelefon entweder erst gar nicht mitnimmst oder es nicht einschaltest."

„Bloß immer unter zivilisatorischer Kontrolle stehen. Stets so risikofrei leben wie ein Kaktus im Botanischen Garten. Willst du niemals aufhören, mir das zuzumuten? Früher hast du mir mehr vertraut, Belinda."

„Darum geht es doch jetzt gar nicht. Vor drei Wochen hast du in einem Café dein Portemonnaie mit Geld und wichtigen Papieren liegengelassen. Letzte Woche musstest du in ein Taxi steigen, weil du nicht mehr wusstest, wo du warst. Wenigstens hattest du noch deine Adresse im Kopf. Und du willst nicht verstehen, dass deine Frau sich Sorgen macht?"

Als Heiko Krämer zu den Vorwürfen schweigt, fährt Belinda fort.

„Du könntest dich wenigstens darauf einlassen, so lange mit deinen Exkursionen auszusetzen, bis ein genauerer Befund vorliegt? Die Plaque-Bildung muss noch nicht das Schlimmste bedeuten. Vergesslichkeit kann auf verschiedenen Ursachen beruhen und wieder abklingen. Die Gehirnerschütterung durch deinen Unfall ist ebenfalls noch nicht vom Verdacht befreit. Nur erst einmal abwarten, das erwarte ich von dir. Mehr nicht."

„Du siehst übrigens gut aus, Belinda, bezaubernd, wenn ich dir das Kompliment einmal machen darf. Ich mag diese Jeans ganz besonders, in Kombination mit der Bluse wirkt das stark. Als du eben so leicht gebeugt über deinem Werk vor der Staffelei standest, das machte einen schönen Eindruck auf mich, wenn du weißt, was ich sagen will."

„Du lenkst schon wieder ab, Heiko. Aber du machst das so sympathisch, dass ich dir nur schwer böse sein kann. Wie lange lebt unsereins jetzt schon unter einem gemeinsamen Dach? Es ist in einer Ehe im Allgemeinen von Vorteil, wenn es auch nach vielen Jahren noch nicht an Abwechslung fehlt. Es kommt natürlich auf die Art der Abwechslung an."

Im Gesicht von Frau Krämer entsteht eine Lachfalte. Der etwas spitzen Nase ist die Freiheit zurückgegeben, den charakteristischen spitzbübischen Grundzug zu besorgen. Als sie auf Heiko zugeht, wirkt alles an ihr vom Alterungsprozess noch unberührt. Sie selbst, darauf angesprochen, würde zu bedenken geben, dass mit dem Eintritt in die fortgeschrittene Lebensphase die sichtbaren Spuren des Alterns zunächst sogar den Rückzug antraten. Sie ist ruhiger und häuslicher geworden, so dass mit dem Wegfall mancher Stresssituation der natürliche Jungbrunnen seine stillen Reserven freigibt, bis auch diese irgendwann einmal verbraucht sein werden. Sie tätschelt ihrem Mann liebevoll die Wangen, dann lässt sie sich in dem nicht beanspruchten Sessel an seiner Seite nieder. Heiko legt ihr eine Hand aufs Knie und streichelt behutsam ihren Schenkel, der von dem Hosenstoff fest umspannt ist. Sein Blick wirkt auf einmal abwesend in die Ferne gerichtet, nach einer Weile schließt er seine Augen. Er lässt aber die Hand am Bein seiner Frau, seine Bewegung wird fahriger, schließlich klemmt er hoch im Schritt seine Hand zwischen die Schenkel von Belinda. Während diese die Beine um ein Stück weit auseinanderzieht, verharrt Heiko regungslos.

„Ich müsste erst einmal noch ein paar Handgriffe wegen der morgigen Mahlzeit erledigen. Danach könnte ich etwas Schminke auftragen. Dann sehen wir weiter. Aber du erwecktest vorhin bei mir den Eindruck, als hättest du es wieder im Kreuz."

„Ach, Belinda, es ist überhaupt nichts, bloß eine gewisse Steifheit vom vielen Sitzen. Bewegung kann da nur guttun."

„Hoffen wir mal, dass es auch die richtigen Bewegungen sind. Ich mag deine Ausflüge im Übrigen gar nicht grundsätzlich tadeln. Erinnerst du dich noch, wie wir uns kennenlernten? Ausgerechnet in einem Bus. Ist das damals erst über dich gekommen, im öffentlichen Nahverkehr herumzufahren und dann irgendwo auszusteigen? Bis heute bist du mir eine Antwort schuldig geblieben."

„Du übertreibst maßlos. Als wenn ich während meiner Berufszeit nichts anderes getan hätte als Busfahren."

„Weißt du noch, du hast mich damals gleich angelächelt, sehr charmant sogar angelächelt - bis du den Kinderwagen mit mir in Verbindung brachtest. Ich dachte: Das darf doch jetzt nicht wahr sein, wie kann ich dem Typen klarmachen, dass ich bloß die Familienplanung meiner Schwester spazieren führe? Ich wollte dich! Vom ersten Augenblick an. Aber ganz leicht hast du es mir nicht gemacht."

„Na ja, Frau mit Kind galt für mich nicht als Top-Angebot des Schicksals. Aber gefallen hast du mir sehr, gleich von Anfang an war das so. Ich erinnere mich aber nur dunkel, dein undisziplinierter Neffe, hat der nicht etwas aus dem Wagen geworfen?"

„Ja. Das war ein Glücksfall. Du hast dich sofort nach der Flasche gebückt. Bei der Übergabe konnte ich mich unaufdringlich für das störrische Kind meiner großen Schwester entschuldigen. Diese Hürde war gemeistert. Wir haben uns noch an demselben Abend getroffen."

„Du hast dich geweigert, mit mir zu schlafen, Belinda, das werde ich bestimmt nicht vergessen."

„Untertreibe nur. Du wirst mir das sogar niemals verzeihen, wenn du mich fragst. Das lief nicht so ganz nach meinem Geschmack an dem Abend. Erst deine gewöhnungsbedürftige Art, mir Komplimente zu machen. Da kannte ich deinen Schönheits-Tic ja noch nicht. Erzählst mir was von erhabener Blässe und von Plastikfolie über einem Spargelbeet. Ich denke, ich hör nicht richtig. Dabei hatte ich meine Periode, diese monatliche Quälerei, und soll auch noch den Verlauf des Abends im Griff haben und eine vielversprechende neue Bekanntschaft von Übergriffen abhalten, na ja, von Dummheiten, für die es gerade nicht gut passt."

„Das mit deiner Periode habe ich glatt vergessen. Oder schiebst du das nur vor, um zu rechtfertigen, dass du dich geziert hast?"

„Du bist nicht gescheit! Sofort als ich es überstanden hatte, waren wir im Bett. Das war sogar schon einen Tag später."

„Ist doch auch in Ordnung gewesen. Zu lange Abstinenz macht mutlos."

„Weißt du, ihr Männer könnt einem auch etwas leidtun. Niemals kommt der Trieb bei euch zur Ruhe. Du wirst mich nicht missverstehen. Bei einem wie dir komme ich als Frau mit über 60 noch voll auf die Kosten. Ich lass mich im Übrigen auch nicht lumpen, wie du anerkennen musst. Deinetwegen habe ich sogar *Französisch* gelernt."

Beide wirken sie auf diese Bemerkung hin recht fröhlich. Doch Belinda wird sogleich wieder ernst.

„Anders betrachtet: Ich müsste es nicht unbedingt haben. Wenn unser Schicksal anders verlaufen wäre, wäre Sex für mich vielleicht schon längere Zeit kein Thema mehr. Ich sollte das in dem Fall vermisst haben, wenn mir die jetzige Situation als Vergleich vor Augen gestanden hätte. Doch das können wir nicht, uns aus zwei verschiedenen Zeitfenstern unseres Daseins gleichzeitig hinauslehnen. Ich hätte also in realistischer Annahme keinen Sex mehr gehabt. Ich hätte mich dreinschicken können, ohne zu leiden. Das will ich dir sagen. Bei euch Männern ist das anders. Bei dir ist das ganz bestimmt anders."

„Übertreibst du nicht gehörig?"

„Wir haben vereinbart, unsere Perspektive auf das Ende zu nicht mit Tabus zu befrachten. Solltest du dement werden, würde mich das aus verschiedenen Gründen traurig machen. Du könntest gut und gerne dabei topfit sein, und du wärst es dann bis in die Lenden, nur eben nicht mehr im Kopf. Das vereinbart sich bei Demenz leider viel zu gut. Ich hätte Schwierigkeiten, dir im Zustand des Schwindens deiner Selbstkontrolle ein weibliches Pflegepersonal zuzumuten. *Das Eine* hat dir immer viel bedeutet. Übergriffig warst du nie. Ganz selten, nur wenn Alkohol im Spiel war, bist du schon mal verbal entgleist. Dir einmal dabei zusehen zu müssen, dass du deine Selbstachtung verlierst, ohne etwas dafür zu können, das würde mich schmerzen. Aber ich möchte mich nicht wieder in dem Thema verlieren. Noch wissen wir nichts Verlässliches. Und dass das Schicksal auch schon mal die Seiten wechselt, auch das mussten wir schon erleben."

Heiko Krämer will etwas erwidern. Als er offenbar nicht die richtigen Worte findet, schüttelt er bloß den Kopf.

Belinda hat seine Verunsicherung bemerkt. Sie versucht auf ein unverfängliches Thema zu wechseln.

„Ach Heiko, insgesamt hat das Leben es doch gut mit uns gemeint. Wenn ich da mal an unsere neue Nachbarin in Parterre denke, so kann es in jungen Jahren auch kommen, und das ist dann sehr traurig."

„Was ist mit der Nachbarin? Ich glaube, ich habe das noch gar nicht mitbekommen, dass überhaupt jemand neu eingezogen ist."

„Dann müsste ich wohl neulich geträumt haben, dass du ihr sogar behilflich gewesen bist und, mir kam das jedenfalls so vor, ihr gehörig den Hof gemacht hast."

„Wirklich? Ich erinnere mich gar nicht mehr."

„Sie ist übrigens eine sympathische Frau. Das ist leider kein Schutz vor Schicksalsschlägen. Sie hatte eine Totgeburt, völlig unerwartet. Sie hatten sich so sehr auf das Kind gefreut, auch der Mann. Alles war bereits angeschafft, vom Kinderwagen bis zur ersten Babywäsche. Das Trauma sitzt nun bei ihr so tief, dass sie mehrmals in der Woche mit dem Kinderwagen loszieht. Tagsüber, wenn der Mann arbeitet, ist sie unterwegs und macht kleine Einkäufe wie eine stolze Mutter. So tragisch kann es also auch kommen. Mein letzter Kenntnisstand ist, dass sie demnächst eine Therapie beginnen will."

Sie schweigen. Heiko hat seine Hand von Belinda zurückgezogen. Sie blickt ihm prüfend ins Gesicht.

„Heiko, bevor wir uns gleich vielleicht näherkommen oder vielleicht auch nicht: Dein Schlüsselbund, ich meine, hast du noch keine Idee, wo du ihn verloren haben könntest? Was hättest du nur gemacht, wenn ich nicht daheim gewesen wäre?"

Heiko Krämer blickt seine Frau überrascht an. Für einen Augenblick ist er wie erstarrt. Dann erhebt er sich langsam und wirkt nunmehr beinahe so zerstreut wie vorhin im Flur.

„Einen Augenblick, Belinda. Ich bin gleich wieder da."

Heiko Krämer geht zur Tür, geht aus der Wohnung. Er lässt den Fahrstuhl kommen und steht schon bald vor der Wohnung in Parterre, die er vor nicht einmal einer Stunde verlassen hatte. Die blasse Frau mit der spitzen Nase, als sie die Tür öffnet, redet gleich auf ihn ein.

„Ich wollte schon annehmen, Sie vermissen Ihre Schlüssel überhaupt nicht mehr, Herr Krämer. Sie müssen Ihnen aus dem Jackett gefallen sein, als Sie ablegten."

„Das passiert mir manchmal, dass ich etwas Wichtiges gerade in die Tasche stecke, die ein Loch hat. Ich mag meine Frau aber auch nicht alle Naselang mit etwas beschäftigen. Auch hätte ich nicht so aufdringlich sein und Sie wegen des Kaffees auf Trab bringen sollen. Das kommt nun davon."

„Herr Krämer, Sie wollen sich doch wohl keinen Vorwurf machen, dass Sie noch ein Weilchen geblieben sind. Gemütlich eine Tasse Kaffee trinken in voller Montur und so auf die Schnelle, das passt doch wirklich nicht. Ich hätte Ihnen den Schlüssel auch hochgebracht. Aber den Kleinen ohne Aufsicht lassen, das möchte ich nicht riskieren."

„Er schläft wohl noch immer?"

„Ja, er schläft. Es ist ein Segen, dass er einen so gesunden Schlaf hat. Selbst in der Nacht werde ich nicht von ihm gestört. Was man da so von anderen Müttern hört, deren Kinder partout nicht durchschlafen können, das glauben Sie nicht. Entschuldigen Sie mich bitte. Ich geh mal wieder rein. Es könnte sein, dass der Kleine gerade aufwacht. Hier sind Ihre Schlüssel. Und noch einmal vielen Dank, dass Sie mir die schwere Einkaufstüte getragen haben."

Heiko Krämer bleibt noch eine Weile mit dem Rücken zur Tür stehen, atmet schwer und seufzt. Als er sich schließlich auf den Fahrstuhl zubewegt, gleitet ein entspanntes Lächeln über sein Gesicht. Seine Stimmung scheint ausgewechselt. Nein, der Kavalier war noch nicht zur Strecke gebracht. Dem würde auch die neue Zeit nichts anhaben können. Mit dem Bücken funktionierte das nicht mehr so gut, da gab es kein Vertun. Aber einer schwachen Frau die Einkaufstasche tragen, überhaupt noch kein Problem. Doch jetzt freut er sich auf Belinda. Sie wird erleichtert sein, wenn er die Schlüssel auf den Tisch legt. Außerdem hatte sie ihm doch etwas versprochen.

FLIEGENPIZZA

Ein Herr mit Fliege

Eine Fliege macht noch keinen Gideon.
Wenn er diese flapsige Bemerkung aufschnappte, huschte ein kurzes, verkrampftes Lächeln über das Gesicht des Herrn. Eigentlich war es kein Lächeln, sondern mehr ein ungewolltes Entgleiten der Gesichtszüge, deretwegen ein Beobachter in dem Moment leicht einen heiteren Gemütszustand könnte unterstellt haben. *Heiter* war aber womöglich übertrieben; dafür gab sich das Entgleiten zu verkrampft. Korrekt ist auf jeden Fall, dass sich der Gesichtsausdruck der Person veränderte. Und das, so darf der Erzähler behaupten, war das Entscheidende in der ganzen Angelegenheit. Denn gewöhnlich veränderte sich Gideons Gesichtsausdruck nie, was immer um ihn herum auch passieren mochte.

Der grammatikalisch schlicht aufgebaute Satz, den wir unserer kleinen Geschichte vorangestellt haben, muss es also gehörig in sich haben, dass er wie ein Maskenbildner zu wirken verstand. Die Betonung in der Spöttelei liegt übrigens auf *eine*; im Unterschied zu drei, vier oder unseretwegen auch ein halbes Dutzend Fliegen. Aber das ist nicht so wichtig wie die Teilhabe von Individuen dieser ungeliebten Plagegeister an den merkwürdigen Vorkommnissen in unserer Geschichte überhaupt. Doch wollen wir der Reihe nach berichten. Erst einmal mag die Erwähnung angebracht sein, dass unserem tragischen Helden die Sache mit den Fliegen oder mit einer Fliege, je nachdem, sogar einen Spitznamen eingetragen hat, der da lautet: *Herr der Fliegen.*

Nur in einem engen Bekanntenkreis verstand man die geflissentliche Anspielung von ihrem tieferen Sinn her, wobei das Wort *eng* besser nicht den Eindruck erwecken sollte, als hätte unsere Person eine gefühlsmäßige Bindung zu denen, die seinen Namen mit dem Ehrentitel versehen hatten. Denn erstens sendete Gideon im Allgemeinen zu niemandem hin irgendwelche

Zeichen einer Empathie. Und zweitens meint *Bekanntenkreis* auch nur das höchstens halbe Dutzend Mitmenschen, mit denen beruflich zu tun zu haben er gar nicht umhin konnte. Die *Enge*, von der die Rede war, veranschaulicht also treffender das räumliche Beieinander in dem Büro, in dem der Herr seinem Existenzerwerb nachging als irgendeine gefühlsbetonte Geneigtheit.

Und jetzt errät der mitdenkende Leser gewiss, dass es bestimmt das Büchergewerbe war, in dem Gideon Walter in Lohn und Brot stand. Denn wo anders sollte eine Schar von Beschäftigten einen passenderen, stilvolleren und - wie sich noch zeigen wird - verweiskräftigeren Spitznamen für einen ihrer Mitarbeiter gefunden haben als in dem Gewerbe, in dem Stil und Prägnanz, Bildhaftigkeit und Tiefsinn gewissermaßen zu Hause sind.

Bisweilen sprach ein vorlauter Zeitgenosse auch schon mal von dem *König der Fliegen* anstatt von dem *Herrn der Fliegen*. Geschah das im Beisein von Gideon, dann trug sich bezeichnenderweise gar kein Entgleiten der Gesichtszüge in der geschilderten Art zu. Mehr noch, der mürrische Grundzug in seinem Gesicht erschien noch um eine Spur mürrischer, wenn das überhaupt möglich war.

Die mimischen Variationen halfen dem Mann aber wenig, das offenbarte Interesse an seiner Person zu beeinflussen. Sein Kunststück mit Fliege oder mit Fliegen, je nachdem, hatte ihm nun einmal einen unvergänglichen arbeitsplatzinternen Ruhm eingetragen und eine Aufmerksamkeit erregt, die in keinem rechten Verhältnis stand zu der übrigen Aufmerksamkeit, die ihm von seiner mitmenschlichen Außenwelt entgegengebracht wurde.

Sicher, unser Held stellte äußerlich etwas vor. Zum Zeitpunkt unserer kleinen Geschichte ist Gideon Walter gerade über die fünfzig hinaus und sieht mindestens so aus. Seine eigenen Nachlässigkeiten haben mit den Vorgaben der Natur tatkräftig zusammengewirkt und ein Mannsbild geformt, das mit seinen einsachtundachtzig an jeder Bushaltestelle aufgefallen wäre. Dies natürlich auch der Größe wegen: Eine hoch gewachsene, drahtige Gestalt, im Schulterbereich etwas gebeugt, weil es zu den hartnäckigsten Gepflogenheiten des Inhabers des Körpergerüstes gehörte, immerzu und wie sinnend zu Boden zu blicken und die gegenständliche Welt um sich herum mit erdkalter Verachtung zu strafen.

Wenn wir nach all dem vorher Gesagten nun noch hinzufügen, dass der Verlagsangestellte Gideon Walter ein ziemlich zurückgezogenes Leben führte, dann mag der Leser eine vorläufig hinreichende Vorstellung von der Hauptperson in unserer Geschichte bekommen haben, und den Schreiber dieser Zeilen würde es nicht wundern, wenn die vorläufige Vorstellung sich schon zu dem ersten Eindruck verdichtet hätte: Na, so einer ist das also!

Dieser Eine war noch dazu etwas ländlich untergebracht. Nicht zu viel ländlich, nur eben so, dass er mit seiner Zurückgezogenheit einigermaßen in das Siedlungsbild passte und nicht zu sehr aneckte. Lange hatte er seinerzeit nach einer passenden privaten Residenz für sich gesucht, damals, als es ihn an seine Arbeitsstelle verschlagen hatte. Zahllose Wohneinheiten hatte er besichtigt, bis er irgendwann erschöpft geglaubt hatte, dort, auf einer Anhöhe am Rande von Eppeldorf, genau für sich das Richtige gefunden zu haben.

Nun war aber Eppeldorf ebenso wenig ein richtiges Dorf, wie Hagestadt eine richtige Stadt war. Dafür lagen die urbanen Bebauungen doch zu nahe beieinander; die Siedlung, die viel zu jung und zu unkoordiniert gewachsen war, um ein wirkliches Dorf zu sein, und Hagestadt mit seinen zweihunderttausend Einwohnern; kreisfrei und mit allen öffentlichen Einrichtungen versehen, die eine richtige Stadt braucht.

Dass Hagestadt keine richtige Stadt sei, war also Unfug und entsprang nur dem eigensinnigen Vorurteil des Herrn Walter, der zur Erleichterung seines Gemütes viel weiter auf Eppeldorf zu wohnte als nach Hagestadt hin, sich aber dennoch unausgesetzt ärgerte, wenn er nur einen Gedanken auf Hagestadt verwendete oder, wie das meistens geschah, verwenden musste.

Der Ärger nützte ihm aber nichts, denn in Hagestadt war nun einmal sein Verlag ansässig, bei dem er schon über zwanzig

Jahre tätig war. Und auch sonst, wenn ein Gang zur städtischen Behörde dringlich war oder es eine nicht zugestellte Postsache abzuholen galt; jedes Mal führte sein Weg nach Hagestadt, einer Agglomeration von Wohneinheiten, der Gideon Walter hartnäckig und vehement das Gütesiegel *Stadt* verweigerte. Gehe er in Hagestadt um, so pflegte er zu sagen, bewege er sich immerzu in einer Spur der Trostlosigkeit. Eine Stadt sei nun einmal nicht bloß eine rechtliche Einheit, sondern auch ein ästhetisches Gebilde. Gebilde allein reiche nicht. Punktum.

Im Grunde genommen und manchem gelegentlichen Seufzer zum Trotz konnte Gideon Walter mit seiner Wohnsitzwahl zufrieden sein. Die einstmals getroffene Richtungsentscheidung zugunsten einer festen Bleibe nahe den grünen Fluren beließ ihn ungeschmälert in seiner Vorstellung, kein Hagestädter zu sein, beließ ihm aber auch die Freiheit, sich mit einem mäßigen Zeitaufwand in Richtung des Gebildes Hagestadt aufmachen zu können, wann immer er das wollte; treffender gesagt: wann immer er das musste.

Ein zweiter Vorteil war ihm durch das im Vergleich zu einem echten Dorf untypisch durchmischte mitmenschliche Umfeld seiner Wahlheimat zugefallen. Man bedenke, die braven Leute hatten ohne Vorwarnung einen Nachbarn zu verdauen, dem sehr schnell die Eigenschaften eines Sonderlings zugemessen wurden; einer, der niemals Besuch bei sich empfing noch selbst sich bemüßigt fühlte, irgendjemandem eine Visite abzustatten. Diese zweifellos ungesellige Verhaltensweise forderte es geradezu heraus, sich mit ihr zu beschäftigen, ja, ihr mit geeigneten Zeichen und passenden Ausdrucksformen des menschlichen Gebarens angemessen misstrauisch zu begegnen.

Nicht so in Eppeldorf mit seinem bemerkenswert aufgeschlossenen Publikum. Hier war manches anders. Dabei hatte die Siedlung schon im ersten Jahr nach Zuzug des neuen Nachbarn ein Gerücht zu verarbeiten, das die oberen Eppeldorfer aufhorchen ließ. Nichts, rein gar nichts hatte man bis dahin, bis vor dem Auftauchen des Gerüchtes also, über den Sonderling gewusst, außer dass er eben existierte und in Hagestadt einer ehrbaren beruflichen Tätigkeit nachging.

Da auf einmal hieß es, der Mann sei vor langer Zeit verlobt gewesen, und mit dieser Botschaft schien der sonderbare Umstand eine Erklärung zu finden, dass der scheue Herr, der während der berufsfreien Zeit bis auf gelegentliche Spaziergänge in der Umgebung und Erledigung seiner Einkäufe beinahe niemals die Wohnung verließ, dennoch gerade an einem herausgehobenen Tag im Laufe von vielleicht einem Monat, einem Tag, der sich aller Vorausschau und jeder Berechenbarkeit entzog, förmlich der nachbarschaftlichen Kontrolle entwischte und dann immer erst tief in der Nacht nach Hause zurückfand.

Diejenigen aus der Nachbarschaft, die ihn schon einmal bei der Rückkehr von einem jener Ausflüge beobachtet hatten, behaupteten, er habe zerstreuter noch als sonst, beinahe selbstvergessen gewirkt, sei aber von seinem ewig finsteren Dreinschauen geradezu befreit gewesen. Insbesondere dieser Gesichts-Punkt, die Verklärung des physiognomischen Rohbaus eines gestandenen Mannes hatte manchem, vorwiegend weiblichem Ohrenzeugen des Erzählten sogar das Herz berührt.

Daran, wie wenig Anstoß im Grunde genommen die Neuigkeit von einer angeblichen Verlobung erregte, zeigt sich auch, dass es sich in Eppeldorf selbst für einen Einzelgänger ohne besondere Nachteile leben ließ. Das einsetzende Gerede um das weit zurückliegende und offenbar doch längst getilgte Verlöbnis beförderte schließlich nicht mehr als eine trübe Langeweile. Niemand überhaupt ereiferte sich. Ja, eigentlich war es eher ein kaum merkliches Getuschel, das die Siedlung von einem Ende zum andern träge durchstreifte und hernach den Rückweg schon nicht mehr fand.

Als ob nur zerstreut in der Sache interessiert, ließen sich selbst die wenigen eingefleischten Kolportanten schon nach wenigen Tagen, welche dem Bekanntwerden der hauptsächlichen Informationen folgten, leicht auf ein anderes Thema herüberziehen oder verfielen ohne fremdes Zutun in den üblichen belanglosen Siedlungstratsch.

Auch sonst hielt die Geschichte mit der Verlobung nicht sehr lange vor. Das läge doch schon jahrelang zurück, hieß es. Wie sollte darin für heutzutage eine Erklärung im Hinblick auf die eigenartige Zurückgezogenheitslücke des Herrn Walter liegen?

Man glaubte schließlich allgemein und fand Genügsamkeit in diesem Glauben, dass der Mann mit dem weiblichen Geschlecht nichts für sich anfangen konnte oder keinen rechten Zugang zu ihm fand. Wirklich nichts Geheimnisvolles vermutete man dahinter, eher eine gewisse Scheu, ein im Herzlichen angesiedeltes Unvermögen im empathischen Verhalten, wie man sie bei einem bestimmten Typ von Männern immer wieder antrifft. Denn dass Gideon Walter am anderen Ufer des erotischen Erlebens auf Erfüllung hoffen mochte, dafür gab es nun wirklich keine Anhaltspunkte, nicht einmal für die Misstrauischsten.

Wie dieser Mann überhaupt aussah! Das wirkte nun einmal nicht auf Frauen. Aber - und das war das Beruhigende - auf Männer wirkte das noch viel weniger. Man brachte es bald auf den Punkt, dass es das nun einmal gab, dass jemand den zärtlichen Seiten des Lebens nicht zugetan war oder ihnen nichts abgewinnen mochte. Bei einem Mann kam das doch tatsächlich häufiger vor als bei einer Frau. Das besagte aber nicht viel. Sicher, sicher, ein dahinter stehendes Bedürfnis spannte im Falle eines Mannes womöglich intensiver und hatte ja wohl so oder so seine eigene Wucht und einen im Allgemeinen schwer zu kontrollierenden Rhythmus. Herr Walter, so dachte man, wenn man über so etwas gelegentlich nachdachte, würde wohl seine eigene Technik und Taktik haben, um mit dem da fertig zu werden.

Nun lagen die Leute nicht ganz falsch mit ihrer Vermutung, dass eine gewisse Scheu dem Herrn Walter den mitmenschlichen Umgang insbesondere mit dem weiblichen Geschlecht verleide. Doch sie hatten keine Vorstellung davon, dass es über die gefühlsmäßigen Barrieren hinaus ganz grundsätzliche Erwägungen für den gereiften Mann gab, seine stille Zurückgezogenheit jeder Art von Lebensgemeinschaft, insbesondere auch dem Bunde mit einer Frau, vorzuziehen.

Mit zwanzig zwar hatte er davon geträumt, ein Mädchen, dem er und das ihm herzlich zugeneigt wäre, in den Stand der Ehe zu führen. Noch mit dreißig hatte er die Hoffnung darauf nicht ganz begraben. Mit vierzig freilich war der Gedanke daran dann doch abgetan gewesen. Da hatte ihm seine Befassung mit den Geheimnissen des biologischen Wissens klar gemacht, wie sinnlos es aus der Perspektive der Evolution für ein alterndes männliches Primatenexemplar sei, dem erotischen Verlangen und den damit zweifellos zusammenhängenden Fortpflanzungsgelüsten schwächlich nachzugeben.

Weiterhin war in Erwägung zu ziehen, dass eine zusätzliche Person in ein und derselben Wohnung eine erhebliche Beeinträchtigung der Lebensumstände darstellen müsste. Hin und her hatten ihn zeitweise die stürmischen Gedanken gerissen, und am Ende einer reinigenden Lebenskrise hatte er dem Schicksal dafür gedankt, ihm die Chance einer ungeschmälert auf sich selbst gestellten Lebensführung nicht vorenthalten zu haben. Bis auf die eine kleine Schwäche für Mathilde war er aller Last enthoben, die sich aus den Nebenwirkungen des entsetzlichen Wahns zusammenstellt, mit dem sich Fleisch zum Fleische drängt. In dieser ungebundenen, von jeglicher Beziehungsschwerkraft befreiten Lebensart war unser Held locker über die fünfzig hinweggekommen.

Gideon Walter vermisste nichts. Und er vermisste niemand. Jedenfalls musste jeder diesen Eindruck davontragen, der den drahtigen Mann in seinen schnellen Bewegungsabläufen beobachtete und vielleicht die Gelegenheit eines Gesprächs mit ihm wahrnehmen durfte. Die Bezeichnung *Gespräch* ist womöglich schon wieder etwas übertrieben ausgefallen, doch dass jemand in eine Situation hineingeraten konnte, in der zwischen ihm und Gideon Walter Worte in Echtzeit ausgetauscht wurden, das war immerhin denkbar.

Schließlich musste der Herr, so zurückgezogen er auch sonst lebte, Alltagsverpflichtungen wahrnehmen, um die Notdurft seiner Existenz zu sichern. Da war beispielsweise der Gang zum Bäcker. Da war der zwingend erforderliche wöchentliche

Einkauf im Supermarkt und dieses noch und jenes, was die Menschen zwangsläufig in einen Kontakt zu ihren Mitmenschen bringt.

Gideon Walter erledigte all das Soziale mit Bravour. Kein Wort gebrauchte er zu viel und keines zu wenig. Und wenn er sich einmal aus der Not der Umstände heraus mit einem Anliegen an einen Mitbürger wandte, so war für den Angesprochenen der Eindruck nicht von der Hand zu weisen, dass die Worte genau abgezählt waren und dass der Beginn des Gesprächs keinen anderen Zweck verfolgen konnte, als es möglichst schnell zu beenden.

Einmal hatte die Bäckersfrau, ein gar dralles und redseliges Persönchen, es unternommen, den sie interessierenden Herrn aus der Nachbarschaft nach seinem Wohlbefinden zu befragen. Außerdem hatte sie begonnen, ganz nebenbei allerlei Bemerkungen zu machen, wie das bei einer nachbarschaftlichen Konversation wohl so zugehen kann. Da war ihr der erzürnte Herr aber sogleich barsch über den Mund gefahren: Ob sie denn nicht bemerke, dass bei all ihrem Gesabbel die Brötchen in seiner Tüte immer mehr zusammenschrumpfen würden! Hatte das Geld, abgezählt wie immer, auf die Theke geknallt und war grußlos davongeeilt.

Nachtragend aber schien der Herr nicht zu sein, denn auch nach dem Vorfall besorgte er sich in dem nämlichen Laden regelmäßig sein Backwerk und ließ durch keinerlei Verhaltens-Auffälligkeit weder erkennen, dass es einmal eine Verstimmung gegeben hatte, noch ob er durch die nunmehr stumme, wenngleich jedes Mal von einem stillen Seufzer begleitete Bedienung der Bäckersfrau einen Zugewinn in seinem Gemüt hatte davontragen können.

Um der Wahrheit willen muss Herr Gideon Walter aber vor dem Verdacht in Schutz genommen werden, als habe das grußlose Verlassen des Bäckerladens bei dem geschilderten Vorfall etwas mit dem Vorfall selbst zu tun. Gideon Walter grüßte niemals, weder beim Eintritt in eine noch beim Austritt aus einer Lokalität. Das konnte man übrigens auch beim Metzger, im

Supermarkt und überall dort bestätigen, wo der bärbeißige Herr um notwendiger Besorgungen willen vor Ort zu sein nicht umhin konnte.

In seinem beruflichen Umfeld galt es dagegen als ausgemacht, dass Gideon Walter seine ihm obliegenden Verpflichtungen mit bienenhaftem Fleiß und nicht erlahmender Aufmerksamkeit versah. Unermüdlich war er in sein dienstliches Lesen vertieft, das den hauptsächlichen Inhalt seiner arbeitsvertraglich niedergelegten Pflichthandlungen abgab. Er hatte nun einmal vorzusortieren, was von den eingehenden Manuskripten für den Verlag in die engere Auswahl zu nehmen sei.

Sein thematischer Bereich war weit gefasst. Er selbst war nicht wählerisch. Doch am liebsten hatte er solchen Stoff, der in irgendeiner Weise mit Musik zu tun hatte. Diese Bemerkung gestatten wir uns zum einen im Hinblick auf die kommenden Geschehnisse, deren innerer Dynamik zweifellos auch etwas Musisches zu Grunde gelegt ist. Zum anderen gibt die Vorliebe für das Musische, der Gideon Walter anhing, eine kleine weltanschauliche Schwäche preis, die der Mann gewöhnlich in die Worte kleidete, die Ausstattung mit musischem Können und Empfinden, die sie dem Menschen gewährt habe, sei von der Natur als Ausgleich, als Entschuldigung, ja als Wiedergutmachung dafür gedacht, dass sie ihre Geschöpfe so furchtbar leichtfertig mit der Fähigkeit des Redens bewaffnet habe.

Nun, Gideon Walter hatte sich mit seiner Unterschrift unter den Arbeitsvertrag zum Lesen verpflichtet. Zu mehr eigentlich nicht. In diesem Sinne leitete er jedes Manuskript-Päckchen, mit einem Kommentar und abschließender Empfehlung versehen, weiter auf die nächste Hierarchiestufe. Die endgültige Entscheidung, ob aus einem Konvolut ein Buch werde, trafen andere, mächtigere und besser bezahlte Angestellte, die aber wohl auf sein Urteil achteten. Denn wiederholt war ihm von oberer Stelle zugetragen worden, als wie stimmig mit dem letztendlichen Markterfolg sich seine bescheidenen Empfehlungen ausgezeichnet hatten. Das freute auch jene höher gestellten und besser bezahlten Angestellte, die ihrerseits umso weniger Aufwand zu betreiben geneigt waren, je größer die Treffsicherheit im Urteil des geschätzten Kollegen Walter ausfiel, den sie, zugegebenermaßen, noch niemals zu Gesicht bekommen hatten.

Schließlich war es so weit gekommen, dass die Gideon Walter übergeordnete Abteilung überflüssig zu werden drohte, weil die von der unteren Instanz kommenden Vorschläge nahezu als unfehlbar galten. Doch nach wenigen nervösen Besprechungen fand sich schnell Abhilfe mit neuen Aufgaben, deren Nutzen für das betriebliche Ganze zwar nicht mehr so leicht nachgewiesen, dafür aber auch nicht überzeugend widerlegt werden konnte.

Unter diesen besonderen Umständen mutete es einigermaßen merkwürdig an, dass Gideon Walter so gar keinen Anteil nahm an den Möglichkeiten seines eigenen beruflichen Fortkommens. Er bemächtigte sich seiner Arbeit wie in einem wohldosierten Achtstundenrausch, der auf die Minute pünktlich begann und wie auf einen bestimmten Glockenschlag endete. Was sich über seine Lesetätigkeit hinaus in der Firma abspielte, schien sein Interesse nicht zu finden. Gelegenheiten, den eigenen Aktionsradius innerhalb der Firma auszudehnen und dabei Möglichkeiten einer höheren Leistungsvergütung wahrzunehmen, schienen ihm nicht aufzufallen. Ja, eine übergeordnete Andeutung in dieser Richtung war von Gideon Walter mit leichtfertiger, man möchte sagen höhnisch-kalter Verachtung abgestraft worden.

Was nahm es da Wunder, dass später von keiner Seite mehr auf ein solches, im Allgemeinen das Herzstück des Beruflichen betreffendes Thema zurückgegriffen wurde. War er denn, so fragten sich auch seine nächsten Mitarbeiter, dermaßen verbissen und selbstgenügsam auf seine Tätigkeit fixiert, dass er ihr, in einer Art eheähnlicher Gefangenschaft, zugleich verfallen und von ihr ruiniert worden war? So schien es doch, wenn dieser unbeweibte Jemand noch nicht einen einzigen Tag in seinem Berufsleben dem Arbeitsplatz ferngeblieben war und noch nicht eine einzige Initiative gestartet hatte, um einen Fortschritt oder auch nur etwas Abwechslung in seine persönliche Geschäftstätigkeit zu bringen.

Ja schon, Gideon Walter war, so möchte man die bisherigen Beobachtungen auf den gewissen Punkt bringen, eine im Privaten wie im Beruflichen etwas sonderbare Person. Dieser Eindruck war auch in der Firma schnell entstanden, und er hatte sich nach dem unerhörten Kunststück mit der Fliege oder den Fliegen, je nachdem, nachhaltig befestigt.

Gideon selbst sprach nicht gerne davon. Eigentlich sprach er gar nicht davon. Es waren die anderen, die das taten. Obwohl - das Dürftige, was an Erklärung durchgesickert war, stammte von den Vorgesetzten. Die ihrerseits konnten aber nur auf die gewöhnlichen Personalangaben zurückgreifen: Lebenslauf, Zeugnisse, Gutachten und so weiter. Von irgendwelchen Unregelmäßigkeiten oder Begabungen, die mit Fliegen zu tun hatten, stand nirgendwo etwas geschrieben.

Das war wenig. Mehr aber wussten sie tatsächlich nicht. Um wie viel weniger wussten alle anderen. Nicht zu verwundern war es daher, dass in dem allgemein angespannten Klima des Nichtwissens während der beruflichen Probezeit üppig die gewagtesten Spekulationen gediehen. Ausgerechnet alle diejenigen, die doch nichts wussten, warteten mit den unglaublichsten erfundenen Geschichtchen von früher auf, um damit so zu tun, als ob sie etwas wüssten.

Im ersten Jahr nach seinem Berufseinstieg schwollen jedenfalls die Gerüchte um Gideon Walters Vergangenheit an wie eine spekulative Blase an der Börse. Konnte man in dieser Anfangszeit davon ausgehen, dass das hartnäckige Schweigen des Büro-Neuzugangs selbst zur Aufblähung des Getuschels beigetragen hatte, so war später ebenso unzweifelhaft, dass die neugierige Sprechblase durch eben dieselbe schweigsame Hartnäckigkeit des Anstoß erweckenden Kollegen zum Platzen gebracht wurde, als kein Atom Fantasie sich mehr auf ein irgendwann einmal eintretendes Enthüllungsspektakel verausgaben wollte.

Da beruhigten sich die Mitangestellten auf den verschiedenen Hierarchieebenen, vergaßen ihr Gerede, verzichteten auf weitere Vermutungen und hatten irgendwann den Eindruck, dass Gideon Walter, den manche auch dann noch nicht zu Gesicht

bekommen hatten, immer bei ihnen gewesen sei und in seiner
Eigenschaft als *Herr der Fliegen* auch unverzichtbar zu ihnen
dazu gehöre.

Und in diesem Zustand seiner charakterlichen Naturbelassen-
heit finden wir unseren Helden vor, als schließlich all die Vorbereitungen und Frühentwicklungen hin zu dem begannen, was
letztendlich mit ihm geschah.

Schweinsauge

Gideon Walter schreckte auf.

„Die Fahrkarten bitte!"

Er musste eingeschlafen sein. Worum ging es? Ach ja. Zerstreut
griff er in seine Brusttasche, versuchte sich zu erinnern.

„Moment!"

Der Kontrolleur hatte keine Eile. Mehr belustigt als verstimmt
betrachtete er den fahrigen Herrn, der mal hierhin, mal dorthin
tastete und schließlich sein Gepäck auf den Kopf stellte.

„Da haben wir sie ja." Es klang wie ein Triumpf.

Die Fahrkarte steckte in der Manteltasche. Gideon ärgerte sich
dennoch. Jetzt fiel ihm wieder ein, dass er, mit dem Mantel be-
kleidet, das Haus verlassen hatte, dann aber schnell ins Schwitzen gekommen war und die nächstbeste Gelegenheit genutzt
hatte, um das lästig gewordene Kleidungsstück in den Koffer zu
verfrachten. Er ärgerte sich umso mehr, als er im Gesicht des Be-
amten ein ironisches Lächeln glaubte feststellen zu können.

„Na, dann noch eine angenehme Reise."

Gideon war wieder allein. Niemand sonst saß in dem Abteil. Er
musste tatsächlich eingeschlafen sein. Wenn er sich recht besann,
hatte er sogar von Mathilde geträumt. Nervös blickte er auf die
Uhr. Es war noch nicht einmal elf am helllichten Tag. Um diese
Zeit lieferte er gewöhnlich ein Manuskript ab oder hatte die üb-
liche Vormittagsunterredung mit dem Abteilungsleiter. An Mathilde hatte er um diese Zeit an einem Wochentag noch niemals
gedacht. Überhaupt, dass er nicht in seinem Büro, sondern in

einem Eisenbahnabteil saß, kam ihm auf einmal widersinnig vor, und ein intensives Gefühl wollte dagegen aufbegehren. Mit einem Ruck lehnte er sich zurück und verzog schmerzhaft das Gesicht.

Augenblicklich verkroch sich das Alltagsbewusstsein, das sein Recht auf einen ausgefüllten Bürotag für sich reklamieren wollte. Gideon Walter wurde nachdrücklich daran erinnert, warum er eigentlich im Zug saß, wo doch Bürozeit war, und sich auf dem Weg nach Bad Gesundheitsbrunn befand, anstatt die Treppenstufen hinauf zum Zimmer des Abteilungsleiters zu eilen.

Ihre Halswirbel sind ja völlig marode. Und da kommen Sie erst jetzt in die Behandlung? Die Worte des Orthopäden hatten für Gideons Geschmack einen etwas unverschämten Unterton gehabt. Gesprochen wurden sie an einem trüben Tag Ende Mai. Da ging Gideon Walter nicht ins Büro, sondern eben zum Arzt; zum nächstbesten praktischen Arzt. Nach einer allgemeinen Untersuchung verwies dieser ihn weiter an einen Orthopäden, der ihn mit zweckdienlichem Gerät gründlich durchcheckte; Röntgenbilder anfertigen ließ, horchte, klopfte, betastete, immer wieder an die Stelle griff, deren abstrahlendem Schmerz Gideon Walter seine grüne Gesichtsfärbung und die schlaflose Nacht zu verdanken hatte.

Eine hartnäckige Verspannung, die ihre Ursache in den hochgradigen Verschleißerscheinungen des Halswirbelbereichs hat. Nach den Spritzen, die ich Ihnen gleich und in den darauffolgenden Tagen verabreiche, werden Sie in einer Woche wieder arbeitsfähig sein. Doch für dauerhafte Stabilisierung will ich meine Hand nicht ins Feuer legen. Was ich Ihnen dringend empfehle, ist ein sofortiger Aufenthalt in einem geeigneten Sanatorium.

Der anhaltende Schmerz. Alle Einwände erstarben. Nach Ablauf einer Woche, ausgefüllt mit ungewohntem Nichtstun und dem Erledigen notwendiger Formalitäten, fand sich Gideon Walter, von den Schmerzen nicht mehr ganz so heftig attackiert, reisefertig am Bahnhof von Hagestadt ein und reiste 1. Klasse dem ersten Kuraufenthalt seines Lebens entgegen.

Alles war so schnell gegangen, dass er nicht einmal Mathilde einen vorläufig letzten Besuch abstatten konnte. Bestimmt besser so. Die akrobatischen Bewegungen - und er mit seinem Rückgrat; das konnte unmöglich gut gehen. Einen Heilungsprozess wollte er auf keinen Fall blockieren. Daran klammerte Gideon sich umso mehr, je stärker die Erinnerungen an die erlittenen Schmerzen in ihm wachgehalten wurden.

Nun beruhigte ihn die Besinnung auf seine Vorsätze. Die Zeit würde vorbeigehen. Die Heilung würde Fortschritte machen. Und er mit seiner ganzen Person wollte versuchen, der Sache, die in sein Leben geplatzt war, gute Seiten abzugewinnen. Die Gleichaltrigen in seiner Firma hatten alle schon mehr als eine Kur hinter sich gebracht. Er hatte also Nachholbedarf.

Der Zug war in einen Bahnhof eingefahren. Es herrschte wenig Betrieb. Da und dort erklangen Rufe. Gepäckstücke schleiften über den Boden. Gideon sah kurz zum Fenster hinaus. Draußen auf dem Bahnsteig erkannte er den Schaffner, vor dem er sich bei der Fahrkartenkontrolle blamiert hatte. Unwillig trat er vom Fenster zurück und setzte sich wieder auf seinen Platz.

Er griff zu einem Buch, bemerkte aber zu seinem Verdruss, dass ihm die innere Ruhe zum Lesen fehlen würde. Das irritierte ihn. Er las doch jeden Tag. Das war sein Beruf. Und jetzt funktionierte es nicht, obwohl eigentlich Arbeitszeit war. Hoffentlich verlor sich keiner der Zusteigenden in sein Abteil. Ungestört zu sein war ihm ein höchstes Anliegen. Vielleicht klappte es dann später mit dem Lesen.

Der Gang vor dem Abteil belebte sich. Gideon fluchte leise vor sich hin. Er hatte ein untrügliches Gespür dafür, wann es mit einem Zustand des Friedens vorbei sein würde. Diesmal war es ein schlurfendes Ereignis, welches den Verdacht hervorrief, gleich belästigt zu werden. Das schlurfende Ereignis kam näher. Unaufhaltsam würde es in sein Leben treten. Daran gab es nun keinen Zweifel mehr.

Auf einmal stand ein schmächtiges Kerlchen vor der Türverglasung. Durch eine riesige Brille starrten kurzsichtige Augen den Fahrgast im Abteil an. Eine Weile geschah nichts. Gideon ärgerte sich, dass er versäumt hatte, auf die Reservierungsschildchen zu achten. Mit einem Ruck öffnete der Schmächtige die Tür und verfrachtete grußlos eine Reisetasche in das Gepäcknetz der gegenüberliegenden Seite. Gideon ahnte, was kommen würde und schloss demonstrativ die Augen. Es wurde plötzlich still. Gideon erlaubte sich ein Blinzeln. Das schmächtige Kerlchen war weg. Die Reisetasche hatte es dagelassen.

Bald ertönte die Trillerpfeife des Schaffners. Der Zug setzte sich langsam in Bewegung. Was hatte die Reisetasche bloß zu bedeuten? Bevor die Zuversicht in Gideon obsiegen konnte, dass er von Reisegesellschaft verschont bliebe, fing draußen das Schlurfen wieder an. Er stellte sich endgültig schlafend und strafte die Vorgänge, die sich bald in seinem Abteil abspielten, mit Verachtung. Ein Schieben. Ein Rascheln. Ein leises Prusten. Gideon wünschte sich, dass dem Schmachtlappen die fürchterliche Brille von der Nase fiel. Nur die Brille hatte sich eingeprägt. Die Brille füllte Gideons Kopf plötzlich mit diffusen Gedanken an etwas weit Zurückliegendem, es schien keine angenehme Erinnerung. Er imitierte ein gemäßigtes Schnarchen.

Bald darauf fand er so viel Gefallen an der entspannten Position, dass er wirklich noch einmal entschlummerte. Das war nur so zu erklären, dass sich infolge der Umstände der letzten Wochen eine tiefe Müdigkeit in ihn hineingefressen haben musste. Erneut kam ihm Mathilde in den Sinn. Für sie wäre er vielleicht nicht zu müde.

Er wusste nicht, wie lange er weggedöst war. Plötzlich schreckte er hoch. Der Schmächtige. Wenn er sich jetzt an seinem Gepäck zu schaffen machte! Gideon schlug die Augen auf und blickte in ein Gesicht, das ihn neugierig ansah. Das war gar nicht der Schmachtlappen. Aber sein Gepäck war noch oben auf der Ablage. Direkt darunter und zugleich Gideon gegenüber saß eine ältere Dame. Ihre kleinen Schweinsaugen sahen genauso aus wie die des Schmächtigen. Und sie waren es, die ihn aufmerksam musterten.

Gewiss, der Blick war nicht unfreundlich. Aber es genügte Gideon, dass ein Blick sich erdreistete, auf ihn gerichtet zu sein.

„Glotzen Sie eigentlich immer so aufdringlich in die Weltgeschichte hinein?"

Gideon presste die Frage mühsam zwischen den Zähnen hervor, denn der Schlummer, der mit dieser Überraschung endete, hatte ihn nicht wirklich erfrischt.

Die ältere Dame mit den Schweinsaugen hatte sich wohl frisch frisieren lassen. Der blond getönte Schopf von lauter Dauerwellen geriet etwas in Bewegung. Eine schnelle Handbewegung in den Nacken, dorthin, wo der Haaransatz beginnt und wie Frauen ihrer Art und mit einer solchen Frisur das so an sich haben. Ansonsten schien die Person von Gideons Bemerkung nicht sehr beeindruckt.

„Sie sind ein flegelhafter alternder Mann. Ich will für Sie nur hoffen, dass Ihnen der Aufenthalt in Bad Gesundheitsbrunn gut tun wird. Denn nicht immer schlägt eine Kur auch richtig an."

Das war ruhig vorgetragen und klang sanft. Aber es saß. Wieso wusste die von seiner Kur? Gideon hätte sich lieber die Zunge abgebissen als zu fragen. Er beschloss, den Drachen einfach zu ignorieren. In diesem Sinne verhielt er sich ganz still. Sein Gegenüber schien allerdings andere Pläne zu haben. So, als sei die unfreundliche Behandlung durch den fremden Reisegast nicht erfolgt, begann die Dame ungezwungen zu plaudern.

„Wissen Sie, mein Sohn ... Sie haben ihn doch kennen gelernt. Er hat mein Gepäck hereingetragen ... Also, mein Sohn, er ist ja gerade mal dreiundvierzig und hat schon im letzten Jahr eine Kur nehmen müssen. Und was glauben Sie, wie oft ich die Fahrt nach Gesundheitsbrunn schon mache? Ha, ha, das raten Sie nie! Wo sind Sie überhaupt untergebracht, wenn ich mal fragen darf? Vielleicht sind wir ja sogar Nachbarn. Also, für mich gibt es nur den Sonnenhof. Nur beim allerersten Mal war ich im Josefs-Sanatorium. Da hat es mir aber überhaupt nicht gefallen. Und wissen Sie auch warum? ..."

In dieser Weise sprudelte der muntere Fluss der redseligen Dame. Ihre Äuglein wurden zusehends größer und füllten sich mit Leben, während Gideon von Minute zu Minute mehr und mehr in sich zusammensackte. Er hatte zwar zu seinem Buch gegriffen, doch von Lesen konnte keine Rede sein. Als die Alte den Sonnenhof erwähnt hatte, war ihm der Schrecken in die Glieder gefahren.

Wie in einem Delirium erfasste er das biographische Grundgerüst einer mit Kindern und Enkelkindern gesegneten, seit zwölf Jahren verwitweten und als Frohnatur noch mitten im Leben stehenden Fünfundsechzigjährigen. Nur, als das Gerippe fertig stand, wurde ihm Fleischportion für Fleischportion zusätzlich modelliert. Und wie die Feldartillerie vergangener Zeiten Geschoss um Geschoss zu ihrem strategischen Nutzen auswarf, so entschlüpfte dem Mund der selig Schwadronierenden Lebensdatum um Lebensdatum.

Von wegen Gerippe. Eine die Tiefen fremder Existenzen überflutende Geschwätzigkeit erweckte in den Ohren von Gideon Walter Homunculus zu blühendem Leben. Hätte er sich als Zuhörer nicht derart unfreundlich verweigert, so hätte er über das Leben der ihm gegenübersitzenden Frau binnen zweier Haltebahnhöfe mehr erfahren können als über das seinige in zweiundfünfzig Jahren. Irgendwann war er erschöpft und ganz gegen seine Gewohnheit traurig. Er stand auf. Ein wenig wankte er, als er die Abteiltür aufriss und grußlos in Richtung des Speisewagens verschwand.

Im Speisesaal hielten sich nur wenige Gäste auf. Gideon konnte ganz für sich einen kleinen Tisch ergattern. Er umklammerte von zwei Seiten die Tischplatte, als hätte er ein wertvolles Tablett mit kostbaren Fayencen zu verteidigen. Dann ließ er sich langsam, wie in einem Zustand höchster Erschöpfung, auf den Sitzplatz nieder.

Als die Vereinigung zwischen ihm und der Sitzgelegenheit vollbracht war, stöhnte er laut auf. Er war momentan seiner Kurentscheidung gar nicht mehr froh. So sehr war er bisher mit den vermaledeiten Umständen seiner Rückgraterkrankung beschäftigt gewesen, dass er noch gar keinen Gedanken darauf verschwendet hatte, in welcher Weise seine Lebensgewohnheiten und seine Bedürfnisse in einer neuen, unbekannten Umgebung beeinträchtigt werden könnten.

Jetzt erst hatte der Gedanke seinen Nährboden gefunden, dass noch andere Menschen mit ihm seinen Kuraufenthalt teilen würden. Wenn aber demnächst Zimmer für Zimmer in seinem Kurhotel von solchen Zeitgenossen bewohnt sein würde, wie er einem davon gerade ausgeliefert war - gar nicht auszudenken! In Eppeldorf wusste er sich bisher noch jeder Aufdringlichkeit zu erwehren. Die Witwe mit den Schweinsaugen hatte ihn regelrecht überrumpelt. Es war unglaublich, was für schräge Typen sich unter den Frauenzimmern befanden.

Den Umgang mit Frauen mochte Gideon noch viel weniger als den Umgang mit Männern. Frauen erschienen ihm zu kompliziert. Sie waren unberechenbar. Sie schwätzten unaufhörlich, wie ihm das soeben erst bewiesen worden war. Das Wesen einer Frau würde ihm immer fremd bleiben. Schon durch ihr Aussehen hatte die Natur die beiden Menschheitsformen so unterschiedlich gestaltet, dass eine Vermischung bis auf die eine kleine unvermeidliche Ausnahme sich eigentlich von selbst verbot. Die im Schöpfungsakt der Natur mit Tücke eingebaute Verlockung für den Mann hatte sich im Leben des Gideon Walter hinreichend zu einem diffusen Bedrohungsempfinden verformt.

Schlimm war allerdings, dass ihm gelegentlich seine ehernen Prinzipien abhandenkamen. Die unbedingt richtige Einstellung war zeitweise in ihm nirgendwo mehr auffindbar. Eine innere Unruhe wollte sich dann schier nicht mehr bändigen lassen. Und sie schwemmte das aberwitzige Verlangen auf, einer Frau beizuwohnen, so, als läge darin die Lösung auch nur irgendeines Problems seiner Existenz.

Wenn Gideon gelegentlich solche Zweifel an der Grundannahme seiner Lebensführung bestürmten, wähnte er sich in einer persönlichen Katastrophe des kulturellen Zusammenbruchs. Fatalerweise konnten die Attacken zu jeder Jahreszeit auftreten. Wenngleich sich die gefürchteten Momente einer genauen Kalkulierbarkeit entzogen, so war ein gewisser Rhythmus doch nicht zu übersehen. Seinem energischen Bemühen gegen die zersetzenden Mächte der Versuchung, seiner in Jahren des Kampfes gestählten Kraft zur Widersetzlichkeit gegen die Vorgaben der

Natur war es zu verdanken, dass Gideon nur selten, etwa im Monatsabstand, dem Tatendrang der Konkupiszenzia erlag, um anschließend, ehrlich pikiert, sich dem Wiederaufbau der ruinierten kulturellen Ich-Stärke zu widmen.

Einmal im Monat! Da war es doch nicht normal, dass er nun schon zum dritten Mal an einem einzigen Tag, der noch nicht einmal zur Hälfte vorbei war, an Mathilde dachte. Gideon bestellte ein Bier und ein belegtes Brötchen.

Der Tisch war noch voller Krümel, die unbekannte Vorgänger hinterlassen hatten. Ein reichhaltiges Angebot war das für ein paar Fliegen, die sich nach Fliegen Art zwischen Tischdecke und Deckenlampe munter tummelten.

Zerstreut griff Gideon nach einer, die gerade um seinen Kopf herum summte. Leicht aber ließ sich so eine nicht fangen. Gleich darauf tanzten schon drei um seinen Schädel, ohne bei dem Attackierten ersichtlich einen Unwillen hervorzurufen. Man mochte bei dem Anblick sogar vermuten, dass auch ein ganzer Fliegenschwarm Gideon Walter bei weitem nicht so aus der Fassung bringen könnte wie eine einzige geschwätzige Dame mit Schweinsaugen.

Nur lässig wehrte er die zudringlichen Insekten ab; schließlich machte er überhaupt keine Anstalten mehr, sich des Geschmeißes zu erwehren. Er schien ein gewisses Interesse an seinen Peinigern gefunden zu haben, die aber bald von ihm abließen und sich um die Lampe des Nachbartischs versammelten. Einmal noch ging einer der Quälgeister Gideon intim an und setzte sich genau auf seine Oberlippe. Gideon erstarrte und verhielt sich reglos. Jetzt würde er es ihr zeigen.

Seine Augen blitzten kurz auf, bevor die Zunge herausschnellte. Vergebens. Das Tierchen war weg. Es machte sich, sichtlich verwirrt, zu den arteigenen Gesellen auf, die Gideon Walter nun auffällig mieden, so sehr dieser auch und sehnsuchtsvoll zu den überlebenstüchtigen Plagegeistern des Menschen herüberschielte.

Mathilde hasste Fliegen. Aber so, wie es bei Mathilde roch, hatten das Fliegen nicht gerne. Deshalb kamen sie selten zu

Mathilde. Und wohl auch nur dann, wenn Gideon nicht bei ihr war. Nach all den Jahren, in denen er die Dame kannte, war es heute das erste Mal, dass er sich eingestand, froh zu sein, Mathilde zu haben. Trotz seines Erlebnisses von vorhin. Er hätte sie vor Reiseantritt doch noch einmal besuchen sollen. Nun war es zu spät dafür.

Die Kur fing noch mehr an ihn zu verwirren, bevor sie richtig begonnen hatte. Der Kellner brachte Bier und Brötchen. Bevor er das Bestellte platzierte, löste er mit dem kräftigen Schlag einer ausgebreiteten Tuchserviette das Krümelproblem auf Gideons Tisch. Damit verschreckte er sogar die Fliegen am Nachbartisch. Doch nur für einen Moment.

Wegen der rhythmischen Störungen in seinem Leben war die Dame Mathilde, man darf das wohl so sagen, etwas Festes für Gideon Walter geworden. Strohblond, breites Gesicht mit ewig müde dreinblickenden Augen, zudem noch etwas drall, verkörperte sie alles andere als sein Frauenideal, soweit man die verschwommenen Vorstellungen, die sich Gideon Walter für die meiste Zeit seines Lebens überhaupt verbot, mit diesem Wort bezeichnen darf. Aber einmal hineingeschliddert in den Typ, kam er immer wieder auf Mathilde zurück. Zwar bestach der Ort durch eine reichhaltige Auswahl an Damen aller Herkunft, Größe und Schattierung, aber er plumpste nach seinen gelegentlichen Seitensprüngen immer wieder bei Mathilde auf. Schließlich glaubte er, dass es wohl so sein sollte.

Es hatte lange gedauert, bis Gideon Walter überhaupt der Schritt in eines jener schillernden Etablissements geglückt war, in denen ein Mann von seinem Schlage auf vergleichsweise unkomplizierte Weise seinen Rhythmus pflegen konnte.

Ein starkes Gefühl des Widerwillens hatte ihn über lange Zeiten seines rhythmischen Leidens davon abgehalten, aus seinem Empfindungszentrum Signale auszusenden, die ein Interesse an dem delikaten Gegenstand seiner Neugierde durchscheinen ließen. Doch wo war sich umzutun, rein örtlich gesehen? Schließlich sprossen jene Welten, die er für sich in seinen Nöten ins Visier genommen hatte, nicht wie Pilze auf der Wiese.

Ganz, ganz vorsichtig hatte er versucht, in seinem kleinen beruflichen Bekanntenkreis von Männern erleuchtende Informationen zu bekommen. So vorsichtig tat er dies, dass ihn niemand verstand und ihn kopfschüttelnd anstarrte, als habe man es mit einem Spleenigen zu tun. Dann hatte er sich, wie er meinte, entschieden klarer ausgedrückt und tatsächlich eine Wegbeschreibung erhalten, der er gleich beim nächsten rhythmischen Anfall, herzklopfend, aber enthusiastisch gestimmt, aufs Genaueste folgte - geradewegs und unverkennbar in ein Gewerbegebiet hinein: Stahlhandel, Bürohäuser, Werkstätten und Verkaufshandel. Nein, nein, das war das Falsche. Er musste sich noch klarer ausdrücken.

Was soll man die delikate Angelegenheit noch lange zerreden. Eines Tages war es Gideon Walter in den Sinn gekommen, dass die Informationen, die er benötigte, in bestimmten Läden auch käuflich zu erstehen sein würden. Allen seinen Mut hatte er zusammengenommen und sich in einer fremden Stadt sogar ein wenig verkleidet, um sich mit farbig gedruckter Aufklärung versehen zu können. Das war gegangen. Das war sogar erstaunlich gut gegangen. Und eines Tages hatte er, weit weg von Hagestadt und weit weg von Eppeldorf, das von Rotlicht umschmeichelte Abenteuer, die kulturverträgliche Lösung für seine rhythmischen Probleme gefunden.

Natürlich hatte das lange gedauert. Sehr lange sogar. Denn jeden Schritt zu seinem Ziel hin unternahm Gideon immer nur dann, wenn der Rhythmus auftrat. Zwischendurch tat er auch vor seinen strengen inneren Instanzen so, als sei er gar nicht mit der Sache beschäftigt, mit der er nach allen seinen Maßstäben nicht beschäftigt sein durfte. Dennoch muss immer etwas in seinem Hirn gespeichert worden sein. Denn wenn der Rhythmus sich wieder bemerkbar machte, dann wusste Gideon sehr genau, bis zu welcher Stelle er mit seiner geleugneten Zielstrebigkeit gelangt war und konnte haargenau die nächste Maßnahme für die letztendliche Gewährleistung des Gesamtabenteuers ergreifen. Wie viele Schritte das gedauert hatte? Nun, er hatte sie nicht gezählt.

Mathilde bediente ihn ordentlich. Ja, sie entwickelte eine Art Anhänglichkeit, der sich Gideon Walter umso weniger entziehen konnte, je öfter er sich niederschmetternden Erfahrungen bei anderen, ihm stärker zusagenden Frauentypen aussetzte. Mathilde, das schien in einem weiblichen Meer der Unberechenbarkeit etwas Berechenbares, etwas im Hinblick auf die Art des angestrebten Vorgangs Verlässliches zu werden; auch wenn er als misstrauischer Mann niemals die rechte Gewissheit bekam, ob es Mathilde eher um seine Person oder um die Geldscheine ging, die vor jeder Begegnung so diskret den Besitzer wechselten, als wollte niemand wahrhaben, dass jene begehrte Währung für alles überhaupt eine Rolle spielte. Wenn die Dame doch nur nicht immer ihren schläfrigen Gesichtsausdruck beibehalten würde!

War es schon gegen seine Gewohnheit, tagsüber an Mathilde zu denken, so erst recht seine Entscheidung, um diese Zeit Bier zu trinken. Er hatte ja auch kein Bier bestellen wollen. Ein Missverständnis. Das Wort war ihm rausgerutscht. Zurückgehen lassen wollte er das nun einmal Bestellte nicht. Dann vergrößerte Gideon seinen anfänglichen Fehler noch, indem er ein zweites Bier bestellte. Mit dem Lesen war es ohnehin vorbei. Außerdem hatte er das Buch bei seiner Flucht aus dem Abteil vergessen. Und schließlich fuhr er nicht alle Tage zur Kur.

Das Bier beförderte nicht nur eine gewisse Müdigkeit, die ihn von Mathilde ablenkte, es machte ihn auch ruhiger im Hinblick auf seine Befürchtungen für den Kuraufenthalt. Der Zug hatte den letzten Haltebahnhof vor Gideons Reiseziel bereits verlassen. Es wurde Zeit, sich für den Ausstieg zu rüsten und dabei möglichst schnell aus der Reichweite des Schweinsauges zu gelangen.

Von Anwendung zu Anwendung

Das Verlassen des Zuges hatte Gideon Walter so arrangiert, dass es zu keiner weiteren Begegnung mit der resoluten Witwe kam. Ein Taxi beförderte ihn dann rasch zu seinem Kurhotel. Dort angekommen, machte zu seiner Befriedigung wiederum das Einchecken wenige Umstände. Die Dame an der Rezeption war zu beschäftigt, um Gideon mit übergebührlicher Aufmerksamkeit zu plagen. Sie beschränkte sich auf ein erträgliches Maß an Freundlichkeit in der Mimik, und darüber hinaus belieferte sie korrekt und mit sparsamen Worten Gideon mit all den nötigen Informationen, die ihn in den Stand versetzten, im Verlauf von wenigen Minuten sein Zimmer zu erreichen, die Tür hinter sich abzuschließen und im Schauer eines heftigen Erlösungsempfindens sich auf das frisch gemachte Bett zu schmeißen. Der Tag, obwohl noch nicht sehr alt, nötigte ihm, vom Abendessen abgesehen, keine weiteren Verpflichtungen auf.

Umso intensiver stürmten am nächsten Tag die Obliegenheiten, für welche die Kurverwaltung ihn vorgeplant hatte, auf ihn ein. Kaum, dass er gefrühstückt hatte, war bereits ein Arzttermin anberaumt. Die eingehende Untersuchung ergab zwar nichts Neues, bestätigte aber zuverlässig und mit einigen aufschlussreichen Details den bereits bekannten Befund.

Mit Merkzetteln und Terminplänen wurde Gideon beladen und am Ende mit einem aufmunternden Klaps vom behandelnden Arzt bedacht, der ihm, von einem freundlichen Lächeln begleitet, gewissermaßen den therapeutischen Befehl gab, sich nun unverzüglich in die dicht gedrängten Anwendungen des Tages zu stürzen. Gleich für drei Wochen war Gideon verplant worden. Dann sei, so war das wohl üblich, eine Zwischenuntersuchung fällig, an deren Ende die Anwendungstermine für die zweite Kurhälfte ausgehändigt würden.

Verwirrt stolperte Gideon aus dem Behandlungszimmer in den langen Gang, der den Unterkunftsbereich mit den therapeutischen Einrichtungen verband. Ihm blieben jetzt genau noch dreißig Minuten bis zur ersten Anwendung. Dafür musste er sich umziehen. Wenn er nun noch seinen Koffer auspackte, was zu tun er gestern Abend in seiner Müdigkeit versäumt hatte, war die Zeit doch recht knapp bemessen.

Anwendung nannte man das also, was er die nächsten sechs Wochen Tag für Tag über sich ergehen lassen musste. Nur am Wochenende hatte er frei. Nach den Auskünften, die er eingeholt hatte, verbargen sich hinter dem Wort Anwendungen so wuchtige Dinge und Ereignisse wie: Fangopackung, Massage, Infrarotbestrahlung, Spezialgymnastik und wohl das eine und andere, wovon er sich noch überhaupt keine Vorstellung machen konnte.

Wieder einmal bekam Gideon Walter eine schöne Bestätigung dafür, dass jeder Lebensbereich sich durch eigene Wortschöpfungen ein eigenes Aroma von Wichtigkeit gab. *Anwendung!* Das klang ein bisschen wie *Besorgung* im Milieu von Mathilde. Auch bei den Anwendungen würde er sich ausziehen müssen. Das würde ihm peinlich sein. Die bloße Vorstellung erzeugte schon eine Menge Unsicherheit. Er hatte, vom Arzt einmal abgesehen, bislang nur weibliches Personal zu Gesicht bekommen. Da war nicht schwer abzuschätzen, was er an delikaten Begleitumständen bei den therapeutischen Anwendungen zu erwarten hatte. Ein wenig fürchtete er sich davor.

Doch die Sorgen erwiesen sich schon bald als haltlos. Denn am Ende des ersten Tages, der ihm unverfälschten Kuraufenthalt bescherte, hatte sich Gideon Walter in seinem Gemütszustand gleichsam verwandelt, und manche Unsicherheit, die ihn im Vorfeld der therapeutischen Begegnungen bestürmt hatte, war zerstreut worden. Gleich das erste Handtuch, in das er zu dem Zwecke heftigsten Schwitzens eingewickelt worden war, schien die kleinlichen Symptome seiner Alltagsexistenz abzusaugen mit dem Schwitzwasser aus seinen Poren.

Wie er hilflos prustend und transpirierend auf der schwarzen heißen Paste lag und seine Körperflüssigkeit unter seinem Rücken glucksend in Rinnsalen davonlief, da hörte er in einem schwermütigen Anfall von Verstehen auf, der mit sich selbst vertraute Gideon Walter zu sein, er begann ein Leidender zu werden. Einer unter vielen. Einer unter Gleichen. Einer wie alle anderen, die sich ihrer therapeutischen Nacktheit nicht erfreuen können, sich ihrer aber auch nicht zu schämen brauchen.

Ihn beunruhigte nichts bei diesem ersten Mal in seinem entäußerten Zustand, bis die Anwendung vorbei war, die unbewusst mit einem tiefen Seufzer begonnen hatte und, Ausdruck eines aufkeimenden Verstehens, mit einem solchen endete.

Gleich drei verschiedene Anwendungen bescherten ihm am ersten Kurtag vergleichbare Erlebnisse. Danach war er restlos erschöpft; so erschöpft, dass er sich nicht nur nicht an die Gesichter des weiblichen Personals, das ihm assistiert hatte, erinnern konnte, sondern selbst an Mathilde rein gar nicht denken wollte. Wenn er in seinem früheren Leben gelegentlich von einem Kur-Schatten hatte sprechen hören und sich als Uneingeweihter nichts Fassbares darunter vorstellen konnte noch wollte, so war ihm jetzt, am Ende des ersten Kurtages, klar geworden, was es damit auf sich hatte, zum Kur-Schatten zu werden, zum Schatten seiner selbst im Banne einer energiezehrenden Anwendungstortur. Und all diese Zeremonien sollten sein Rückenleiden mildern?!

Die Erlebnisse seines ersten Kurtages waren nicht unbedingt geeignet, Gideon Walter in eine aufgeräumte Stimmung zu versetzen. In der Nacht schlief er schlecht trotz der Erschöpfung, in die ihn die ungewohnten Prozeduren versetzt hatten. Daher begann der zweite Tag in angespannter, fast möchte man sagen feindlicher Erwartung. Bloß unter das Frühstücksbuffet, das selbst für Gideons kritische Einstellung reichhaltig und schmackhaft war, mischte sich ein Körnchen Tagesvorfreude.

Er gehörte zu den ersten, die sich im Speisesaal einfanden. Während er aus dem Angebot auswählte, hellte sich seine finstere Miene etwas auf. Doch als er seinen Platz eingenommen hatte und mit der Vertilgung der kulinarischen Genüsse begann, schaute er schon wieder angestrengt und verbissen auf seinen Teller.

Auf einmal schallte ein fröhliches „Guten Morgen" zu ihm herunter, und Gideon Walter sah sich bemüßigt aufzuschauen, um das Gesicht des Kontaktbedürftigen zu erfassen. Ein schneller Blick, er verfing sich in den Gardinen des gegenüberliegenden Fensters und musste nach unten korrigiert werden. Der ist einssechzig, wenn überhaupt, fuhr es Gideon durch den Kopf. Er mochte solche zarten Gestalten nicht, wenn sie männlichen Geschlechts waren. Doch halt! Der war ihm gestern Abend schon aufgefallen. In derselben, die Brust skrofulös vorgeschobenen Haltung, war er an der Seite einer Frau stolziert, bei der er gebückt bequem unter den Rock gepasst hätte. Die Erinnerung daran trübte zusätzlich Gideons Morgenstimmung. Wo hatte er das Frauenzimmer jetzt gelassen?

Widerwillig brummelte er seinerseits ein trockenes „Guten Morgen" und fuhr, in seinem Appetit deutlich eingeschränkt, mit dem Essen fort. Auch der Kleine hatte bereits begonnen, beherzt in ein Brötchen zu beißen, als er sich unvermittelt noch einmal erhob:

„Gestatten, mein Herr, Balthasar Kerner, Brüderingshausen. Entschuldigen Sie, dass ich versäumte, mich gleich bei Ihnen vorzustellen."

Gideons Befindlichkeit geriet nun endgültig in Gärung. Am liebsten hätte er dem Kleinen einen Tritt versetzt. Er hasste kleine Männer. Er hasste Störungen aus belanglosen Gründen. Aber Störungen aus belanglosen Gründen durch Zwerge, die konnten ihn zur Weißglut bringen. Er erinnerte sich noch rechtzeitig, dass man ihm zum besseren Anschlagen der Kur von jeder Art Aufregung abgeraten hatte. Der Gedanke daran half ihm, seine Gefühle ein wenig unter Kontrolle zu bringen. Er erhob sich, scheinbar gleichmütig, ebenfalls und sagte, für die Gäste am Nachbartisch deutlich vernehmbar:

„Gestatten, Gideon Walter, Eppeldorf, Größe einsachtundachtzig."

Sein Gegenüber, der sich gerade artig anschickte, seine Hand auszustrecken, wurde blass, dann rot. Sein Brustkorb fiel ein, und der ganze Mensch verlor auch sonst deutlich an Haltung. Dann musste ihm ein Krümel in den falschen Eingang gerutscht sein. In einer der folgenden Hustenpausen entschuldigte er sich leise und eilte davon. Gideon Walter nahm den Augenblick der Peinlichkeit in Kauf. Auch einen plötzlichen Anfall von Mitgefühl für seinen brüskierten Kurkollegen wehrte er erfolgreich ab: „In ICH-Nähe ist die Hitze groß", murmelte er in sich hinein. „Aber was stellt er sich auch mit vollem Mund als halbe Portion bei mir vor!"

Von nun an saß Gideon Walter allein am Essenstisch; jedenfalls beim Frühstück, das den Gästen individuellen zeitlichen Gestaltungsspielraum ließ. Das Mittagessen hingegen musste pünktlich eingenommen werden. Dann nahte der Kleine immer mit Verspätung, schaufelte ohne Unterbrechung alle Gänge in sich hinein und entfernte sich, ohne eine Ruhepause anzuschließen, schnellen Schrittes.

So war es früh dahin gekommen, dass Gideon Walter die Bekanntschaft des kleinen, aber im Übrigen wackeren und treuherzigen Balthasar Kerner vorenthalten blieb. Wir möchten nicht darüber spekulieren, von welcher Art das versäumte Erleben in einer möglichen Bekanntschaft von zwei so verschiedenartigen Männern hätte sein können.

Dem redlichen Balthasar, dessen Frau sich inzwischen schon wieder auf der Heimreise befand, nachdem sie den Gatten zu seinem Kurantritt begleitet hatte, kann zweifelsfrei unterstellt werden, dass er mit innerstem Interesse und mit lautersten Absichten an den Aufbau zumindest einer tragfähigen Frühstücksbeziehung herangegangen war. Von Gideon dagegen wissen wir bereits um seine ausgeprägte Menschenscheu. Eine entgangene Bekanntschaft war ihm so etwas wie ein Lebenssieg. Und niemals hätte er sich unterfangen, über die Beschaffenheit, über Merkmale und Eigenarten einer entgangenen Person nachzudenken oder hätte sich gar damit aufgehalten, deren Meinung über die missglückte Bekanntschaft in Erfahrung zu bringen.

Gideon hätte sich schlichtweg verweigert, Einzelheiten kennen zu müssen. In dem eben geschilderten Fall zum Beispiel wäre doch einem aufgeschlosseneren Menschen erfahrenswert gewesen, dass Balthasar, von seiner Herkunft her Rheinländer, eine unglückliche Kindheit hinter sich gelassen hatte; nicht so sehr der vereinnahmenden mütterlichen Erziehung wegen, das auch, aber vor allem wegen der anderen Kinder, die es ihn immer gehörig wissen ließen, dass er auf jeder Entwicklungsstufe kleiner geraten war als sie und irgendwann ganz aufgehört hatte, sich am allgemeinen Wachstum zu beteiligen.

Seit jener frühen schrecklichen Zeit führte Balthasar einen täglichen Überlebenskampf mit seinem servilen Gemüt, das süchtig war nach Anerkennung. Eine Abfuhr bedeutete ihm so wenig wie dem fallenden Gummiball das erste Auftupfen. Ein stummer Drang nach Gewissheit forderte den Wiederholungsfall, wie auch der Zweifel in die Wahrhaftigkeit des Erlebten sich zu Wort meldete und die Redlichkeit des eigenen Tuns gleich mit hinterfragte: War es überhaupt verzeihlich von dir, dem stattlichen Manne so unvermittelt unter die Augen zu treten und auf einer Begegnung zu beharren, die sich über die kulinarische Notdurft hinaus keines wirklich begründeten Anlasses rühmen konnte?

So fragte sich Balthasar, der Rheinländer, gleich in den ersten Tagen nach seinem Missgeschick mit Gideon. Wäre dieser etwas aufmerksamer gewesen, so hätte er die nachlassende Verzagtheit seines stummen Essenspartners bemerkt; ebenso hätten ihm die von immer weniger Überzeugungsleidenschaft getragenen Rituale der Verachtung auffallen können. Doch Gideon bemerkte nichts von alledem, weil er zufrieden war mit einer Situation, die ihm die Anstrengung einer mitmenschlichen Hinwendung ersparte.

Da war es kaum verwunderlich, dass ihm die neuerliche Bereitschaft von Balthasar Kerner zu einer Bekanntschaft mit ihm vollkommen entging. Denn Balthasar hatte während seiner aktiven Verarbeitung des Erlebten nach und nach und schließlich ganz fest eine kritische Einstellung von der Maßlosigkeit seiner am Anfang gemachten Avance bekommen. Er schauderte im wachsenden Erlebnisabstand vor der schnöden Impression, die seine unzeitgemäße Aufdringlichkeit unbedingt damals hinterlassen musste.

Immer und immer wieder rief sich der von seiner Selbsteinschätzung gedemütigte Mann das peinliche Geschehen in

Erinnerung, um das Törichte seines übereilten Handelns mit aller notwendigen Klarheit zu erfassen. Im Kurpark, bei einer Bronzeskulptur *Weinender Fische* fand der seelische Konflikt ein vorläufiges Ende in der von nachhaltigem Reueverhalten begleiteten Entscheidung, mit einer erneuerten, einer wundervollen zweiten Begegnung seine gewissenlose erste Tat wieder gut zu machen.

Davon konnte Gideon natürlich nichts wissen. Und hätte er es auch gewusst, so hätte ihn sein Wissen gleichgültig gelassen. Überhaupt fiel ihm der Kleine kaum noch auf, obwohl dieser von Tag zu Tag seine Anstrengung verstärkte, Gideons Aufmerksamkeit doch noch auf sich zu ziehen.

Eines Tages, es muss ziemlich genau eine Woche nach dem Frühstücksvorfall gewesen sein, betrat Gideon gegen elf Uhr das Thermalbad und hielt vergeblich Ausschau nach einer der begehrten Unterwasserdüsen, an denen sich der Kurgast nach Herzenslust massieren kann. Alle Plätze waren in Beschlag genommen.

Gideon war ärgerlich. Warten hatte er immer noch nicht gelernt. Der Ärger wiederum trübte seine Wahrnehmung. Er achtete nicht auf die Personen an den einzelnen Düsen, bemerkte also auch nicht, dass gerade in Reichweite von ihm Balthasar, der Rheinländer, einen Massageplatz besetzt hielt und, seit Gideon suchend in seine Nähe getreten war, was der Kleine vielleicht missverstand, eifrig gestikulierte, um vom Frühstücksnachbarn wahrgenommen zu werden. Gerade jetzt war, so empfand Balthasar in einem blitzartigen Überzeugungsanfall, die Gelegenheit der Wiedergutmachung gekommen. Hier bei dem begehrten Wasserstrahl musste der ersehnte Augenblick einer erneuerten wundervollen Begegnung herangereift sein, die den verhassten Augenblick seiner gewissenlosen ersten Tat auslöschte.

„Kommen Sie her", sprach Balthasar den Tischpartner an, der ihn nun doch endlich erkannt hatte und am liebsten sofort davongeschwommen wäre. „Kommen Sie, ich trete Ihnen meine Düse ab. Mir reicht es fürs Erste. Zu viel von dem Wasserdruck soll ja auch nicht gut sein. Nun kommen Sie doch. Übernehmen Sie meine Düse. Es würde mich ungemein freuen, einen würdigen Nachfolger zu finden."

Gideon war jedoch nicht milde zu stimmen. Er bemühte sich noch um einen ausgeglichenen Tonfall, als er zurückwich und dem Kleinen zurief: „Nun düsen Sie sich nur selber mal gesund. Ich bin schon über meine Zeit und düse jetzt ab."

Mit diesen Worten wandte er sich um und schwamm, ohne den anderen noch einmal eines Blickes zu würdigen, dem Ausgang des Wasserbeckens zu.

Dem neuerlichen Affront war selbst das Gemüt des braven Balthasar nicht mehr gewachsen. Er fiel in sich zusammen wie ein Luftsack, der ein Leck bekommen hat. Der Kleine räumte von jetzt an das Feld, wo immer Gefahr bestand, in Gideon Walters Nähe zu geraten. So kam es dahin, dass dieser den Balthasar Kerner gar nicht mehr zu Gesicht bekam. Das störte ihn aber nicht weiter; es fiel ihm nicht einmal auf. Und vermissen tat er ihn nun wirklich nicht.

Kommen wir daher noch einmal auf die ersten Tage von Gideons Kuraufenthalt zurück, als sich ihm eine neue Welt, die Welt der Anwendungen erschloss, und als eine unbekannte Kraft aus seinem seelischen Inneren ihn in eine unaufhörliche Selbstbeobachtung verwickelte.

Eine Anwendung öffnete gleichsam ein Fenster in seinen Körper hinein, durch das nun Signale ein - und austraten. Da war zum Beispiel die erste Spezialmassage, der er sich zu unterziehen hatte und die ihn einem vierschrötigen Kerl in Weiß auslieferte, der wohl einen Teil seiner Berufsfreude daraus schöpfte, dass er andere Menschen quälen durfte. Er schien genau zu wissen, welcher Stelle seines langen Rückens Gideon seinen Kuraufenthalt verdankte, aber, anstatt diese Stelle zu meiden, nahm er sie mit besonderer Leidenschaft immer wieder in den Griff.

In die Anatomie seines Körpers hatte sich Gideon noch niemals vertieft. Dieses Thema gehörte nicht einmal zu seiner beruflichen Pflichtlektüre. Daher hätte er auch auf die Frage, wie viele Wirbel, Muskeln oder Sehnen sein Rückgrat habe, gar keine halbwegs gescheite Antwort gewusst. Auch nach der ersten Spezialmassage kannte er nicht die richtige Antwort, doch ihm war immerhin klar geworden: Es waren sehr, sehr viele. Und sie befanden sich an Stellen seines Körpers, wo er sie niemals vermutet hätte.

Jede neue Anwendung öffnete unserem Eppeldorfer ein neues Fenster. Lag er da auf dem Bauch oder Rücken, allein oder in Bearbeitung eines therapeutischen Quälgeistes, dann wurden seine Blicke unaufhaltsam in das Innere seines Körpers gezogen, sein Gehör wurde auf die Vorgänge unter seiner Körperhaut ausgerichtet, und was er dort zu sehen und zu hören glaubte, erfüllte ihn mit Misstrauen, Furcht und unerträglichem Widerwillen. Er war doch nicht zur Kur gefahren, um sich selbst auszuspionieren!

Nach jeder Anwendung war Gideon so erschöpft, dass er sich auf sein Zimmer begab, sich in sein Bett verkroch und augenblicklich einschlief oder in halbwachem Zustand dahindämmerte. Bei zwei bis drei Anwendungen am Tag blieb nicht viel Zeit für anderweitige Zerstreuungen. Daher kam es, dass Gideon am Ende der ersten Woche seines Kuraufenthaltes nicht viel mehr entdeckt hatte als die therapeutischen Anlagen, sein Zimmer und die Speiseräume.

Ein einziges Mal war er abends auf ein Bier ausgegangen und hatte das Zentrum des Kurortes durchschritten. Die Atmosphäre wirkte auf ihn aber nicht so durchgreifend verführerisch, dass er sich zu einer schnellen Wiederholung entschließen konnte. Außerdem war er doch rechtschaffen müde. Da brach auch schon das Wochenende über ihn herein: Anwendungsfreie Zeit.

Im Gebrechenszoo

Gideon Walter war durchaus kein Mensch, dem es an Neugierde mangelte. Schon rein beruflich lag Neues ihm sehr am Herzen. Ein besonderes Buch zu entdecken, Erzähltes ausfindig zu machen, wie es bisher noch niemals erzählt worden war; das gehörte zu seinem Alltagshandeln, und er hatte im Allgemeinen Freude daran. Über das Berufliche hinaus fühlte Gideon zudem sich in einer Reihe von Wissensgebieten gut aufgehoben. Sich weiter darin zu bilden, seine Kenntnisse zu vertiefen und sich darin auszubreiten, gehörte also zum Wesenskern seiner Daseinsbetätigung. Ohne eine gehörige Portion Neugierde wären solche Neigungen und Vorlieben kaum zu erklären gewesen.

Und doch war das nur die halbe Wahrheit. Denn an seiner gegenständlichen Umwelt schien der Mann in höchstem Maße desinteressiert. Menschen an vorderster Stelle - Gideon schien sie nicht zu mögen. Ihr Tun und Lassen war ihm gleichgültig. Sich mit ihnen abzugeben, bedeutete ihm eine Qual, den Umgang mit ihnen zu meiden, war ihm hingegen eine Lust. Auf fremde Menschen und ihre Lebensumstände war, soweit es sich nicht um Büchergestalten und Bücherwelten handelte, Gideon Walter alles andere als neugierig.

Daran hatte auch eine Woche Kuraufenthalt nichts Grundlegendes geändert. Unser frisch gebackener Kurgast benahm sich, unter den veränderten Umständen, so, wie er es von zu Hause gewohnt war. Er blieb für sich und tat in der von Pflichten unbelasteten Zeit, was ihm nur in den Sinn kam. Das konnte unter den veränderten Umständen aber nicht viel sein. Denn im Besonderen bestimmten die medizinischen Anwendungen seinen Tagesrhythmus. Der Rest war Müdigkeit, hartnäckige bleierne Müdigkeit, die Tätigkeiten der Art, wie sie den einsamen Mann zu Hause entspannten und erfreuten, einfach nicht zuließ.

Mag sein, dass sich hier eine Art Nische gebildet hatte, die sich als aufnahmefähig für neuartige Stimmungen erweisen konnte. Jedenfalls kommen wir an der Beobachtung nicht vorbei, dass in Gideon Walter, von der Müdigkeit erst noch überdeckt, der Keim eines Verlangens aufging, beim Schlendern durch den Kurort, soweit man bereit ist, die von Gideon vorgelegte Gehgeschwindigkeit als Schlendern anzuerkennen, auch noch etwas Anderes wahrzunehmen als nur immerzu die eigenen Schuhspitzen.

Aus dem Anwendungs-Rausch der ersten Kurwoche schließlich erwacht, hatte Gideon die zarten Flügel einer latenten Todessehnsucht abgestreift und Gemütsbausteine zu einem Türmchen von Verlangen aufgebaut, das sich der Teilhabe am prallen Leben eines weithin bekannten Kurortes versichert sein will. In einer solchen Stimmung war er am Samstag aufgewacht, hatte sofort an Mathilde gedacht und bei dem Gedanken an sie einen tiefen Seufzer getan. An diesem Wochenende, so war sein Vorsatz, wollte er den Kurort, der ihm nach einer Woche immer noch schrecklich fremd vorkam, einmal unvoreingenommen auskundschaften.

Doch wie fragil war seine neue Stimmung. Da stand er am nächsten Tag, das war also der Sonntag, beim Fahrstuhl mit einer Reihe anderer Gäste des Hauses und schaute nicht einmal grimmig drein, sondern versuchte ehrlichen Herzens, den Kopf einmal links, einmal rechts wendend, so etwas wie ein Lächeln. Weil er darin ungeübt war, fiel das niemandem auf, obwohl die Damen, die ohne Scheu bei ihm standen - und es handelte sich wirklich nur um Damen - ihn wohlwollend und wachsam ins Visier genommen hatten.

Als die Fahrstuhltür aufgesprungen war, hatte auch Gideon es geschafft, und alle Eintretenden lächelten in einem Gleichklang, wie eigentlich nur ein schöner Sonntagmorgen ihn erzeugen kann. Doch erstarrte, soeben erst aufgesetzt, das Lächeln von Gideon schon wieder zur Fratze, als er in das Fahrstuhlinnere hinein geradewegs in das Gesicht vom Schweinsauge blickte. Die Dame, der er gewisse Stunden einer Bahnfahrt zu verdanken hatte, freute sich augenscheinlich sehr über die Begegnung und wollte zu reden anfangen: Da stieß Gideon einen Schrei aus, prallte zurück und lief eilenden Schrittes der Treppe zu.

So endete an diesem Tag Gideons schöne neue Stimmung, bevor sie sich noch richtig in ihm ausbreiten konnte. Aber das zarte Pflänzchen einer Gideon fremden Gefühlsverwirrung war schon nicht mehr zum Verdorren zu bringen. Noch einmal rollte es sich ein an diesem Tag, verbarg sich und blieb dennoch lebendig - bis es eines nicht mehr fernen Kurtages erneut zum Blühen gebracht und dem Gideon Walter sein Verhängnis bringen würde, wie er sich das an diesem Tag niemals hätte ausmalen können.

Noch einmal der Läuterung entgangen und mit der seinem Gemüt eigenen Portion an Misstrauen vorbelastet, nahm Gideon Walter das Kurörtchen in Beschlag. Er durchstreifte es an diesem hellen Sonnentag von Süden nach Norden und von Osten nach Westen. Er lernte den Kurpark kennen und erprobte die Sitzgelegenheiten in zwei großen und mehreren kleinen Cafés. Er überwand den allerersten Eindruck von seiner Umgebung, der sich so zusammenfassen lässt, als sei er mit dem Kopf in einen frischen Kuhfladen getaucht worden, und führte sich selbst erfolgreich der unumstößlichen Gewissheit zu: *Das hältst du aus bis zum Ende deiner Kur. Daran wirst du wachsen und nicht zerbrechen.*

Wir wollen Gideon Walter an seinen ersten anwendungsfreien Tagen, die er sich redlich verdient hatte, nicht weiter aufdringlich belauschen. Was war auch ein einziger Samstag oder Sonntag, wo er noch eine ganze Reihe davon vor sich hatte. Im Übrigen, ganz so kräftezehrend würden die Anwendungen nicht bleiben. Gewöhnungsprozesse konnten nicht ausbleiben. Anpassung musste den Grad der Erschöpfung spürbar absenken, so dass auch ein normaler Anwendungstag Gideon später Zeit lassen und drohender Langeweile wegen geradezu heraufbeschwören wird, dass er die Klinikatmosphäre mit dem Kurpark vertausche oder das reichhaltige Mittagsmahl um einen Kaffee im ortsnahen Bistro bereichere.

Aus der Sicht des Junggesellen Gideon Walter zählte die Geschlechterverteilung der kurenden Gäste zu den augenfälligsten Signalen. Er als Mann wohnte in einer Klinik der Frauen. Er als Mann lebte in einer Stadt der Frauen. Die männlichen Exemplare der kurenden Spezies mochten ein Viertel ausmachen, wenn überhaupt. Hob er jedoch seine Beobachtung auf die geschlechterspezifische Verteilung von Lebendgewicht ab, dann ging das Verhältnis noch eindeutiger zu Gunsten der Damen aus. Er war, man mochte es drehen und wenden, von gewichtigen Damen umzingelt.

Neulich erst war ihm in seinem Kurhaus eine Frau begegnet: Mitte sechzig vielleicht und blond getönt wie das Schweinsauge, war sie mit gewaltig ausladendem Oberteil und ebenso wuchtigem Unterbau an einer besonders engen Stelle des Ganges auf ihn zugegangen und machte überhaupt keine Anstalten, ihr Tempo abzubremsen oder Richtungskorrekturen vorzunehmen.

Furcht hatte ihn befallen angesichts des Proportionsungleichgewichts der trägen Massen, die zweifellos auf Kollisionskurs waren, doch niemals wäre er, Gideon Walter, der drohenden Gefahr ausgewichen. So bewegten sie sich denn aufeinander zu: Die körperfüllige Blondine und der dürre Gideon. Keines machte dem anderen Platz, und ein Zusammenstoß schien angesichts der gebündelten Sturheit an beiden Enden der Strecke unausweichlich.

Da trug es sich aber zu, dass die Dame, gerade als der Zusammenstoß drohte, nach links auswich und Gideon den Weg wider Erwarten frei machte. Er hätte unbedingt erleichtert sein können, wäre da nicht das verblüfft dreinschauende Männchen gewesen, das hinter dem dominanten Frauenzimmer versteckt Gideons Blick entzogen war, mit dem er nach dem Willen einer perfiden weiblichen Regie nun heftig zusammenstieß, Knochen auf Knochen.

Gideon hatte es schnell herausgefunden und für sich zu einem inneren Bild geformt: Der Kurort glich einem Gebrechenszoo. Hier waren Menschen zusammengekommen, die der therapeutischen Hilfe bedurften; Menschen, die litten und im Leiden ihre Erfüllung fanden. Hinzu kamen Menschen, die zu leiden glaubten und gerade dann am heftigsten litten, wenn andere ihnen ihr Leiden streitig machen wollten. Diese Kombination verschiedenartiger Leidensgestalten und Leidenszustände schuf eine herzzerreißende Atmosphäre der Bedürftigkeit, der sich nur schwer zu entziehen war.

Eine besondere Gruppe der Leidenden war dafür verantwortlich, dass Gideon den Rollstuhl als Verkehrsmittel genauso ernst nehmen musste wie Auto und Fahrrad, die bekanntlich nicht immer des Fußgängers Rechte in der angemessenen Weise achten.

So war er zu außerordentlicher, ihm eigentlich zuwiderlaufender Wachsamkeit herausgefordert. Deshalb auch übte er sich in der Überlebenstechnik, damit einem seiner bevorzugten Wissensgebiete eine nützliche Anwendung gebend, seine Umgebung mit den analytischen Blicken eines Geometrikers zu betrachten. Das erleichterte ihm zweifellos, Entfernung und Geschwindigkeit drohender Gefahren abzuschätzen und Auto, Fahrrad und Rollstuhl im Ortsinnern unbeschadet zu entkommen.

Andererseits schärfte diese Einstellung seinen Sinn für Proportionen und Symmetrien. Mit seinem unbestechlichen geometrischen Blick ausgestattet, ergriff Gideon bei der Beobachtung seiner mitkurenden menschlichen Umgebung in besonderer Weise eine hässliche Unruhe, wie sie ihn wohl auch regelmäßig beschlich, wenn er die Gelegenheit wahrnahm, seine eigene Leibsgestalt in einem großen Spiegel ungeschminkt zu betrachten. Doch was war seine einzelne traurige Gestalt gegen die Vielfalt aller erdenklichen Formen, mit denen der Kurort aufzuwarten wusste.

Seien es die Personen mit der übergroßen Leibesfülle oder, diesen eher erratisch untermischt, jene mit den zartesten Proportionen; seien es solche mit schirmähnlichen Buckeln und Wölbungen oder andere mit kentaurenhaften Schieflagen - für Gideon Walter war es unmöglich, in der praktizierenden Vielfalt im Wirken der Natur einen Mittelwert der Formen zu erahnen oder sich der Vorstellung hinzugeben, dass doch wohl das Rückgrat des Menschen so etwas wie die Symmetrieachse seines Körpers sei.

Am ehesten ließ noch jene Menschengruppe etwas von den Gesetzmäßigkeiten der Körpersymmetrie erahnen, deren Leiden hauptsächlich im Glauben an ihr Leiden bestand. Aber diese Gruppe war dafür in ihren seelischen Proportionen zutiefst ruiniert.

Von Caféhaus zu Caféhaus ziehend, von Sahnetorte zu Eiscreme und auch andersherum hastend, verbreiteten vornehmlich sie ein Fluidum des Leidens, das von einem Gewebe leidensorientierter Geschwätzigkeit engmaschig durchzogen war.

Niemand, der in ihre Nähe geriet, konnte sich ihrem Sog entziehen. Angelockt durch den Glaubenseifer, mit dem sie ihr einzigartiges Leiden bis in die kleinsten Symptomverästelungen hinein diagnostisch verteidigten, war so einer schnell eingefangen in einen Stimmungsäther von Leidenseuphorie und Leidenswettbewerb, der für niemand einen anderen Ausweg ließ, als mit größter Überzeugungsleidenschaft jenen pointierten Standpunkt zu vertreten, dass sie alle gemeinsam es maßlos schwer hätten, er aber als Einzelner es unwiderlegbar am schwersten habe.

Die Witterung zeigte sich bisher von der vorteilhaftesten Seite und nahm den kalendarischen Sommer einmal gönnerisch vorweg. Im warmen Sonnenschein aber ist manches leichter, und vieles sieht schöner aus als in einem kalten, nassen und von Luftturbulenzen heimgesuchten Ambiente.

Zuvorderst sind es die Leute selbst, in deren Gesichtern sich schönes Wetter spiegelt; und mit ungleich größerem Antrieb ergehen sie sich in den Straßen und Gässchen, durchstreifen sie den Kurpark oder belieben sich, in Restaurants und Cafés jene Plätze in Beschlag zu nehmen, die, je nach Bedarf, dem erfrischenden Luftzug und der wärmenden Sonne in besonderem Maße ausgesetzt sind. Sein Leidwesen hat dann leicht so einer wie unser Gideon Walter, der nicht nur nicht die freundlichen Witterungsverhältnisse im Gesicht trägt, sondern prinzipiell keine Geneigtheit zeigt, sich um eines Sitzplatzes willen zu überflüssigem Konversations- und Kooperationsverhalten verleiten zu lassen. Der trinkt dann lieber schon mal im Stehen sein Tässchen oder gar nichts, als dass er sich der Belästigung einer Sitzplatzverhandlung aussetzt.

Glücklicherweise gab es da die kurorteigentümlichen Strömungsverhältnisse, die, wenn sie einmal durchschaut waren, dem spröden Typus zu ansprechender Sitzgelegenheit in einer Restauration seiner Wahl verhalfen, wenn er sich nur zu einer zeitlichen Anpassung seiner Bedürfnisbefriedigung bereitfand. Ein der ortstypischen Strömungsverhältnisse Unkundiger konnte hingegen seine liebe Not haben, wenn er in einen Sog geriet, auch wenn er vielleicht gerade nicht mit speziellen kulinarischen Absichten in Verlockung gehalten war.

Er mochte ungezwungen bei einem Schaufenster oder an einem Fußgängerüberweg stehen und die Umgebung nicht besonders beachten, die bereits unter der Oberfläche in Gärung geraten war, auch wenn das Opfer davon noch nichts bemerkte oder die frühen Zeichen der Gefahr achtlos übersah.

Vielleicht war es aber auch schon von einer schlimmen Ahnung befallen worden oder hatte beunruhigende Anzeichen für ein künftiges Ungemach erkannt, aber nicht hinreichend zu bestimmen vermocht, woher Gefahr drohte und wohin sie sich wenden könnte.

Wenn schon das leise Vibrieren begonnen hatte, war im Allgemeinen der letzte Augenblick zugunsten der eigenen Vorsorge vertan. Binnen kurzer Zeit würde das Vibrieren in ein Brausen übergehen, die Erschütterung würde zunehmen und alsbald in eine Bewegung einmünden, die alles mitriss, was sich in ihrem schlauchartigen Leib, gewollt oder ungewollt, angesammelt hatte. Ein Entrinnen gab es nicht. Vielleicht ein Herausgeschleudertwerden, wenn ein Widerwilliger über große Körperkraft verfügte. Meistens aber blieb nur eine Möglichkeit: Mit dem Menschenstrom schwimmen, der sich, wie aus dem Nichts erschaffen, eine Verkehrsader entlang ergoss. Wie lange? Und wohin?

Das kam darauf an. Schon ein Blick auf die Uhr konnte erste Klarheit bringen. War es zum Beispiel mittags halb eins, dann war man gewiss in einen Menü-Strom geraten, der in das Gasthausviertel mündete und sich dort über schätzungsweise ein halbes Dutzend Lokalitäten verteilen konnte. Drei Uhr: Dann war sicher der Kaffeestrom unterwegs, der meist recht schnell in viele kleine Einzelströme zerfiel und die Gastronomieflächen der meisten Cafés so mit Menschen zudeckte, wie Heuschrecken das mit einem Erbsenfeld tun können. Fügt man für siebzehn Uhr noch den Speiseeisstrom hinzu, dann hat man in etwa die Hauptströme in Gideons Kurort erfasst.

Natürlich ist damit noch bei weitem nicht die gesamte Strömungsvielfalt beschrieben, die zum Teil ganz unberechenbare Bewegungen zu unvorhersehbaren Zeiten hervorbrachte und bisweilen mit chirurgischer Präzision nur in einem Hinüberschießen von einem Café zu einem Nachbarcafé bestand. Aber der Leser gewinnt vielleicht einen Eindruck davon, dass ein mit den Strömungsverhältnissen vertrauter Kurgast, der es auf ein leider vollbesetztes Café abgesehen hatte, nur den geeigneten Augenblick abpassen musste, um in dem von einem auf den anderen Augenblick leergefegten Etablissement sich nach Herzenslust einen ansprechenden Platz auszuwählen.

Abends freilich funktionierte diese Taktik nicht mehr. Da waren alle Ströme versiegt und vereint, und nur ein einziger zäher Menschenstrom wälzte sich durch den Kurort, dem eine genusssüchtige, wenngleich kranke Menschenschar aus allen Poren quoll.

Dank seines geometrischen Blicks war Gideon also beizeiten auf die örtlichen Strömungsverhältnisse aufmerksam geworden, und er hatte gelernt, mit ihnen zu seinem Vorteil umzugehen. Bei der Auswahl seiner Cafés war er nämlich eigen. Da sagte ihm nicht alles zu. Da mochte er auch nicht gern Verzicht leisten, wenn er sich eine Sitzperspektive einmal vorgenommen hatte. Wegen der Strömungsverhältnisse und der unbedingten Anerkennung ihrer Gesetzmäßigkeiten war es ihm möglich geworden, sich meistens konfliktfrei zu positionieren.

Kurorchester auf Abwegen

In der zweiten Kurwoche waren dem eigenbrötlerischen Eppeldorfer seine Cafébesuche zur liebsten Beschäftigung geworden. Die Anwendungen, wiewohl immer noch anstrengend, hatten, wie vorauszusehen war, nicht mehr eine so verzehrende Wirkung, dass anderweitige Aktivitäten sich ausschlossen. Einer Bereicherung an der Teilhabe im Spektrum der kurabhängigen Begebenheiten stand also nichts mehr im Wege.

Andererseits war bereits Unerhörtes mit Gideon Walter geschehen. Eine neue, eine irritierende Erfahrungswelt hatte sich ihm aufgetan. Hatte er doch entdeckt, ja, schmerzlich erfahren müssen, dass ihm ein Körper mit allerlei physischen Eigenarten anhaftete, der zudem mit allerlei empfindsamen Baustoffen ausgestattet war. Die Resultate von dem, was er über die Jahre teils lustvoll, bisweilen widerwillig, meist aber gleichgültig in sich hineingestopft hatte, waren zu einer Masse verarbeitet und verformt worden, die auf einmal eine eigene, gewissermaßen abgesonderte Identität für sich reklamierte.

Diese Identität hieß zwar immer noch Gideon Walter, sah sich selbst aber inmitten des Kurabenteuers bereits mit anderen Augen. Eine in befremdlicher Weise geläuterte Selbstbeschau hatte mit dem doppelten Schrecken fertig zu werden, dass die erdverhaftete Körperlichkeit unbestreitbar vorhanden und inzwischen merklich gealtert war, bevor sie vom Eigentümer noch recht zur Kenntnis genommen wurde. Wo war nur die Zeit geblieben? Was hatte sie mit ihm angestellt? Und, ernüchternder noch, was hatte er mit ihr angestellt?

Diese gewaltigen Fragen, wenn sie, was sie seit Tagen immer häufiger taten, in sein Bewusstsein traten, riefen einen etwas hilflosen Gesichtsausdruck bei unserem Helden hervor. Dann blickte Gideon, als sei er bei etwas Unartigem ertappt worden, verstohlen um sich und vergewisserte sich, dass niemand ihn beobachtete und womöglich seine Unsicherheit bemerkte.

Oft lagen die misslichen Fragen aber mit ihm gemeinsam in einer Fangopackung; dann konnte er nur die Augen schließen, wenn er sie nicht sowieso zu hatte. Am liebsten hätte er, so wie er das von zu Hause gewohnt war, nach einem Buch gegriffen und alle Zweifel und Unsicherheiten einfach hinweggelesen.

Zweifel waren nichts für sein Leben. Er konnte sich deshalb auch nicht gut vorstellen, dass so eine Kur für ihn gesundheitsförderlich sein könnte. Außerdem hatte er sich das Unternehmen ganz anders vorgestellt: Eine Reihe klarer, einsichtiger Maßnahmen, unbedingter Schutz vor anderer Leute Zudringlichkeit, schnelles Verschwinden seines Rückenleidens und schließlich wieder sein gewohntes Leben. Stattdessen das hier.

Sicher, Kaffeetrinken konnte man ganz gut in dem Ort. Doch sich zweckmäßig zu schützen war unmöglich. Am frühen Nachmittag zum Beispiel war er in den Fahrstuhl gestiegen, um sich auf ein Stündchen im Kurpark zu ergehen. Weil er beim Einsteigen den Blick gewohnheitsgemäß gesenkt hielt und nicht einmal mit stummen Lippen grüßte, eigentlich auch gar nicht damit rechnete, dass der Fahrstuhl noch jemand anderen befördern könnte als ihn in Person, war er regelrecht aufgeschreckt, als ihn unvermutet ein hell tönendes „Guten Tag" beschallte.

Das Persönchen war über zwei Köpfe kleiner als Gideon und von oben bis unten in Hellblau gekleidet. Hellblaue Hose, hellblaue, verführerisch durchscheinende Bluse, ein Hütchen in derselben Farbe und über das rechte Handgelenk einen Sonnenschirm gehängt, natürlich auch mit hellblauer Bespannung.

Gideon hatte nur deshalb so genau und aufs Höchste verschreckt hingesehen, weil die Dame eine übertrieben normale Körperform hatte mit überaus animierenden Proportionen. Sie war nicht dick, auch nicht übermäßig dünn, hatte keine ersichtliche Schieflage zu korrigieren und sah ihn bei ihrem *Guten Tag* gewinnend freundlich an. Was wollte so eine in Bad Gesundheitsbrunn?

Da Gideon noch vom Schweinsauge her gut in Erinnerung hatte, wohin der freundliche Blick eines Frauenzimmers führen konnte, hatte er keine weitere Reaktion gezeigt. Das hatte zwar nicht verhindert, dass die Dame in Hellblau ihn unverwandt ansah; aber gesagt hatte sie nichts, obwohl es für einen Augenblick so schien, als ob genau das sie vorgehabt hätte. Ihr Blick, darin war sich Gideon auch nachträglich noch ganz sicher, war eine Zumutung.

Er hatte niemand erlaubt, ihn anzusehen, auch nicht im Fahrstuhl. Das am meisten Beunruhigende an dem Vorgang war allerdings, dass er sich nicht gegen die Anmaßung der Dame gewehrt hatte. In passiver Haltung hatte er den Blick über sich ergehen lassen und nicht vermocht, aufzubegehren. Dergleichen hätte ihm zu Hause nicht passieren können. Die Kur war offenbar im Begriff, bewährte elementare Verhaltensweisen in ihm zu zersetzen.

Noch funktionierte allerdings das Kaffeetrinken. Stets in antizyklischer Bewegungsrichtung, den Strömen ausweichend unterwegs, genoss Gideon Walter das für ihn unverzichtbare Getränk in den vorteilhaftesten Konsumentenpositionen. Der Trank regte ihn zum Nachdenken an, inspirierte ihn zu ständiger Auseinandersetzung mit den tagtäglich kaum unterscheidbaren Kur-Erfahrungen. Beim Kaffeetrinken machte er sich bewusst, dass wohl etwas Merkwürdiges in ihm vorging und er vielleicht Gefahr lief, sein bisher gewohntes Leben hernach nicht mehr mit der nötigen Sicherheit und dem gewohnten Selbstverständnis führen zu können.

An einem Nachmittag hatte Gideon Walter seine letzte Anwendung fast fluchtartig verlassen. In einer Fangopackung wie in einem Sud aus Körpersäften liegend und dampfend, waren Erinnerungen und Eindrücke aufgestiegen, die er nicht mehr sortieren konnte. Es begann unverfänglich mit einer leichten Müdigkeit, die ihn aufnahm wie die Moorpaste seine morschen Knochen.

Da fanden sich jeweils zwei Aggregatzustände zusammen, und sie schienen eine Weile miteinander zu harmonieren, weil eins sich dem anderen unterordnete und sich willig zeigte, vom anderen Element einverleibt zu werden. Bereits in der ersten Woche hatte Gideon erkannt, dass es zwecklos war, sich gegen eine Fangopackung zu sträuben, mochte sie ihm auch noch so unangenehm erscheinen. Augen schließen, an nichts denken, aufatmen, wenn der schleimige Eindruck vorbei war; das hielt er für eine angemessene Taktik gegenüber der breiwarmen Vereinnahmung seines Körpers.

Einige Tage lang war das auch gut gegangen. Doch dann hatte das unabwendbare Grübeln eingesetzt und ließ sich nicht mehr von einer Fangopackung trennen. Was machte die Paste bloß mit ihm? Wieso ließ sie erst seinen Körper verschwinden, um hernach jeden einzelnen Knochen und Knorpel sinnlich aufgeladen wieder in sein Empfinden zu spülen?

Wäre es nur das gewesen. Das feuchtwarme Unternehmen ließ den Mann auch am Zustand seines Bewusstseins zweifeln; dieses Bewusstsein hielt auf einmal gegen inneren Widerstand den Anspruch aufrecht, mehr wissen zu wollen von dem nackten dürren Wesen im Heilschlamm, dessen vollständiger Lebensinhalt bis vor wenigen Tagen hinter einigen Metern Bücherrücken Platz gefunden hatte. Erleichterung fand er, wenn er wirklich einschlief. Doch das passierte kaum noch, seit die körperliche Erschöpfung der Anfangszeit nachgelassen hatte. Er war augenscheinlich zum fruchtlosen Grübeln verdammt worden.

An diesem angesprochenen Nachmittag wurde die Heilbehandlung schier unerträglich. Die diffusen Gedanken im Kopf, fehlende Bewegungsfreiheit und eine unerträgliche Hitze im Körper wurden dem kurgetriebenen Mann zu viel. Gideon strampelte sich in einem panikartigen Anfall aus den Tüchern, kleidete sich an und entschwand, an der verdutzt dreinschauenden Pflegekraft vorbei, aus der Anwendungshalle. Er hastete durch den Ort, durchstreifte den Kurpark und verließ ihn an der dem Kurort abgewandten Seite in Richtung der Flussauen. Sie boten im abgeschrägten Sonnenlicht ein allerliebstes Bild, das selbst auf das spröde Gemüt unseres Helden seinen Eindruck nicht verfehlte.

Vom naturhaften Empfinden angeregt, steuerte er zum Zwecke des bloßen Verweilens ein Holzbänkchen an, das neben einer Gruppe von Trauerweiden stand, ließ sich dort nieder und starrte auf die schimmernde Oberfläche eines reichlich verwachsenen Tümpels, dem flinke Wasserläufer und tanzende Mücken über dem grünstichigen Untergrund eine Atmosphäre von untergründigem, verwunschenem Leben stifteten.

Es herrschte eine für Gideons Empfinden ungewohnte Stille. Nur gelegentlich war Vogelgezwitscher zu hören. Ab und zu entrang sich dem Tümpel ein leises Glucksen, dessen Ursprung Gideon, neugierig geworden, nicht erfolgreich zu erkunden vermochte. Schließlich gab er seine Bemühungen auf und blickte interessiert zu den Trauerweiden hin.

Diese in ihrer Form so eigenwilligen Gebilde lösten unerwartet eine verschwommene Assoziation aus. Verwaschene Bilder aus der Kindheit wollten aufsteigen. Doch sie hatten es schwer, gegen einen Deckel von Vergessen und Verdrängen anzukommen. Gideon war es auf einmal, als ob er eine leichte Berührung auf den Lippen verspürte. Ein Jungengesicht mit Brille suchte hartnäckig Gestalt anzunehmen. Dann ein plötzlicher Schmerz in der Zunge. Jemand lachte hell, und es klang schadenfroh. Gideon erhob sich mit einem Ruck, um die Verwirrung abzuschütteln. So leicht wollte er es den Gespenstern der Vergangenheit nicht machen, von seinem Leben Besitz zu ergreifen und es womöglich in fremde Bahnen zu zwingen.

Er verließ die Flussauen und wandte sich wieder dem Kurpark zu. In Kürze würde das Kurorchester spielen. Er entschloss sich, dem verhaltenen Spektakel beizuwohnen. Von den offiziellen Zerstreuungsangeboten fand vor allem das Kurorchester sein gelegentliches Interesse. Das Ensemble riss ihn nicht gerade aus dem Sessel, doch eine gemäßigte Vereinnahmung stand immerhin zu erwarten, wenn das Programm nur stimmte. Nach dem Aushang zu urteilen, den er vorhin im Vorbeigehen überflogen hatte, war an diesem Nachmittag gegen das Programm kaum etwas einzuwenden.

Daher setzte er sich im Schatten einer ausladenden Platane in einer entspannten Position bequem hin und harrte aus einer die Musizierenden gut zu beobachtenden Perspektive der Dinge, die da kommen mochten. Die Stuhlreihen waren nur spärlich besetzt. Der Konkurrenz der Speiseeisdepots war an einem von der Sonne verwöhnten Sommertag kein musikklassisches Programm gewachsen.

Gideon war das nur recht. Als er einen hellblauen, auf und ab wippenden Sonnenschirm zwischen dem Geäst seiner Platane erblickte, duckte er sich unwillkürlich weg, blickte dann aber doch verstohlen der vorbeischreitenden Erscheinung hinterdrein. Es war die Dame aus dem Fahrstuhl, die dem

Kurorchester jedoch keinen Blick gönnte und mit anmutigem Schritt in Richtung des Kurzentrums verschwand. Wenn jemand in diesem Augenblick ganz nah an Gideon herangetreten wäre, hätte er womöglich ein leises Seufzen vernommen.

Dem Kurorchester bei der Arbeit zuzusehen, war nicht unbedingt ein Augenschmaus. Der übergeordnete Standpunkt bei der Auswahl der Musiker musste wohl darin bestanden haben, vom körperlichen Erscheinungsbild her keinen zu großen Kontrast zum allgemeinen Kurpublikum zuzulassen. Die ausgewählten Damen und Herren - auch hier die Anzahl der Damen beträchtlich, wenngleich wohl nicht in der Überzahl - waren zumeist recht angetagt und hatten im jahrelangen Banne der Schwerkraftbedrückung beim Musizieren oftmals die Form des von ihnen bespielten Musikinstrumentes angenommen. Doch in ihrer Symbiose von Mensch und Klangkörper machten sie im Kurpark, das fand sogar Gideon mit seinem verwöhnten musischen Geschmack, einen ordentlichen Job.

Dem Charisma der spielenden Truppe wäre es vielleicht bekommen, wenn bei der Auswahl von Kleidung und Farbkomposition der übergeordnete Standpunkt etwas weniger strenge Maßstäbe angelegt hätte. So aber herrschte ein herber Grauton vor, dem auf der Herrenseite eine einzige wild gescheitelte Mähne in Silbergrau zu trotzen vermochte.

Auf der Damenseite sah man hier und da, wenn die Haartracht für das Arrangement geeignet schien, ein rotes Schleifchen. Dem Blick des Betrachters mochte es gut tun, diesen Anblick eines gezierten weiblichen Haupthaares nicht zu missen; denn unternahm er es, sich herabzusenken, so verlor er sich recht bald in einem Meer von schwarzen klobigen Schuhen, dickbestrumpften grauen Waden mit darüber hängenden langen Röcken in demselben Farbton. Wer also auf das musikalische Erleben aus war, dem war die schöne Gewissheit zuteil, durch keine anderweitige Verlockung im Bereich der sinnlichen Gewissheit bei der Konsumation des erstrebten Hörgenusses gestört zu werden.

Bereit für den kommenden kontemplativen Genuss, hielt Gideon seine Augen geschlossen, als die Musiker in Stellung gegangen waren. Eröffnet wurde das kleine Konzert mit einer heiteren, beschwingten Weise aus dem Mozartschen Schaffen. Der musikalische Eindruck tat dem Kurgeplagten erst einmal wohl, zumal er auch geeignet schien, seine schwer kontrollierbare, chaotische Erinnerungsarbeit einzudämmen. Die Luft, obwohl geschützt vor der direkten Sonneneinstrahlung, staute sich etwas schwülwarm unter dem großen Baum und rief in Gideon eine ähnliche Müdigkeit hervor, wie sie ihm von der regelmäßigen Fangopackung her bekannt geworden war. Doch tapfer hielt er seine Sinne geschärft, damit ihm kein zarter Eindruck in der Klangwelt des dargebotenen Repertoires entgehe. Hin und wieder blinzelte er aus seiner vorteilhaft schläfrigen Position in das Kurorchester hinein.

Halt suchten seine Augen dann meist bei einem Mädchen vorn unter den Geigen, das in einer vielleicht sonderbaren Weise über die Reifezeit hinweggeführt worden war. Es schien das Großmutter- und das Enkelstadium gleichermaßen in sich zu vereinen und alle Welt im Unklaren darüber zu lassen, welche objektive Wahrheit an gelebten Jahren sich hinter der chamäleonhaften Fassade verbarg. Die Haare waren streng nach hinten geführt und mit einem der erwähnten roten Schleifchen verziert worden. Die züchtige Absicht legte eine hohe und etwas vorspringende Stirn frei, die mit geröteten Pusteln bedeckt war. Dem breiten Gesicht war eine dicke Hornbrille einverleibt worden, die für alle sonstigen Eigenschaften der Physiognomie keck die repräsentative Deutung des Gesamterscheinungsbildes übernommen hatte. Man mochte sich so eine fünfzig- oder auch hundertjährige, in ihrem Beruf abgefüllte und gehärtete Schulmeisterin vorstellen, die von einem breiten Untersockel durch alle Wechselfälle des pädagogischen Gewerbes gestützt und getragen wurde.

Hier und heute unter dem schläfrigen Blinzeln des Verlagsangestellten Gideon Walter bot dieser Typus musikalische Dienstleistung an, an der nichts auszusetzen war. Gideon fand es nur etwas seltsam, dass sich die Dame ihres klobigen Schuhwerks entledigt hatte und auf den dicken grauen Stulpen, die feste, breite Waden umspannten, drauflos musizierte, als gäbe sie den Ton und auch den Ton der abgestimmten Kleiderordnung an.

Gideon musste mehrmals blinzeln, um den Eindruck zu bestätigen, dass die Füße nackt waren. Sie hoben und senkten sich im musikalischen Rhythmus auf einem Haufen feuchter, angefaulter Ahornblätter. Was waren das aber auch für Füße, die vielleicht in gar keinen Schuh passten! Groß, breitgetreten, mit riesigen, verkrümmten Zehen, zwischen denen an einigen Stellen Schwimmhäute gewachsen waren. Gideon überfiel ein leichter Ekel, als er bemerkte, dass die Dame ihn angrinste und dabei ein großes, vorspringendes Gebiss freilegte. Unwillkürlich blickte er um sich, um sich zu vergewissern, ob auch die anderen Gäste auf das unwürdige Erscheinungsbild eines Orchestermitglieds aufmerksam geworden waren. Doch das kleine Publikum starrte ihn an, und zwar so böse, dass Gideon sich mit seinem Gesicht schleunigst wieder der Bühne zuwandte.

Inzwischen war ein leichter Wind aufgekommen, der die Orchesterklänge etwas zu verzerren schien. Gideon hatte auf einmal keinen ungeschmälerten Musikgenuss mehr. Er war sich absolut darüber klar, dass die dissonanten Klänge in der Partitur des gerade angespielten Stückes nicht vorgesehen waren. Irritiert blickte er in das Ensemble hinein und stellte zu seinem Entsetzen fest, dass auch die anderen Musiker ihre Schuhe ausgezogen hatten und mit ebensolchen Füßen wie die der Dame auf der Bühne allerlei Verrenkungen machten.

Bei so viel Unruhe der Interpreten konnte die Qualität des Programms nur leiden. Gideon beschloss zu gehen, doch eine starke Kraft hielt ihn auf seinem Sitzplatz fest und zwang ihn, sich den skandalösen Geschehnissen auf der Bühne erneut zu stellen. Warum nur protestierte niemand gegen das konzertunangemessene Treiben?

Einige der Violinisten hatten ihre Notenständer umgestoßen, andere waren aufgestanden und gingen musizierend auf der Bühne umher; das heißt, sie sprangen umher, denn inzwischen hatten ihre Körper eine vollständige Schiefhaltung eingenommen, in der die Hüften neben dem Rumpf standen und von bocksbeinartigen Gebilden gestützt wurden. Alle Köpfe waren irgendwie, allerdings in verschiedenen Richtungen, verdreht. Gideon war es unerklärlich, woher sie plötzlich den Wein hatten. Auf die richtige Melodie achtete wohl niemand mehr, dennoch gaben sie das Musizieren nicht auf, sondern wandten sich, wenn sie einen kräftigen Schluck genommen hatten, immer wieder ihren Instrumenten zu.

Unauffällig hatten sich Frauen und Männer zu Paaren zusammengefunden und ihre Kleidung abgestreift. Die Männer waren über den ganzen Körper auffällig stark behaart, und sie hielten mit den Fäusten ihre riesigen erigierten Zeugungsglieder umspannt. Noch einmal wandte sich die Dame von vorhin Gideon Walter mit einer Fratze zu und lachte dabei so obszön, dass es dem verklemmten Manne heiß und kalt wurde. Doch dann starrte er fassungslos auf eine Frau, die er hier am wenigsten erwartet hätte. Sie hatte sich, ebenfalls nackt, auf den Schoß des Weißhaarigen gesetzt und hielt seinen riesigen Oberkörper mit überlangen Armen umschlungen. Das war doch Mathilde!

Plötzlich ging ein Schrei durch die Kehlen der verwilderten Gesellen, und alle standen sie mit einem Ruck auf. Sie stießen aneinander an, schoben sich gegenseitig weg und hasteten hinter einer kleinen Gestalt her, die auf der Bühne vor den zudringlichen Leibern Zuflucht suchte. Gideon erkannte einen kleinen Jungen mit Brille, der ängstlich hin und her lief, um dem Zugriff der ungeschlachten Gestalten zu entkommen. Vergebens. Gideon schüttelte sich vor Zorn, als der erste Fangarm sich um den erschreckten Kleinen legte. Dann griffen auch andere nach dem Kind, für das ein Entrinnen nach allem Ermessen unmöglich geworden war. Selbst Mathilde beteiligte sich an der Hetzjagd. Als die Meute den Jungen zu Boden riss, sprang Gideon auf und schrie in das berstende Orchester hinein: „Aufhören!"

Da legte sich eine Hand auf seine Schulter. Gleich darauf löste sie sich wieder und der Zeigefinger wurde nach vorn gerichtet. „Pssst!", machte eine Stimme hinter Gideon. Sie klang nicht böse, aber energisch. Er musste eingeschlafen sein. Gideon starrte auf die Geigerin mit den breiten Füßen. Ihre Schuhe saßen tadellos und glänzten von frischer Schuhcreme. Er musste geträumt haben. Das Adagio war noch nicht einmal zu Ende. Gideon fühlte sich auf einmal furchtbar schlapp. Er verließ das Konzert, ging in sein Kurhotel zurück und schloss sich für den Rest des Tages in sein Zimmer ein.

Begegnung bei den Flussauen

Der kurze Traum im Kurpark hatte Gideon gehörig verstört. Das hatte unter anderem damit zu tun, dass er gewöhnlich nicht träumte. Beiläufig kannte er wohl aus seinem Umgang mit lehrreichen Büchern die Auffassung, dass Träumen zum Schlaf gehöre wie das Atmen zum Leben, doch um derlei Wichtigtuereien gab er nichts. Er träumte nicht. Jedenfalls konnte er sich keiner Situation erinnern, in der er nach dem Aufwachen von irgendwelchen Bildern hätte erzählen können, die während der Nacht in seinem Kopf herumgegeistert waren. Dass nun aber ein Traum-Erlebnis ihn nicht nachts heimsuchte, sondern am hellen Tag überwältigte, das erschien ihm geradezu ungeheuerlich. Als noch ungeheuerlicher empfand er, dass es zum wiederholten Mal der kleine Kerl mit Brille war, der um seine Aufmerksamkeit buhlte und sich aufdringlich in die Erinnerung spülte.

Gideon glaubte sehr wohl, so etwas wie Erinnerung am Werke zu sehen. Die Indizien sprachen diesmal dafür. Als Kind hatte er nämlich zeitweise eine Brille getragen. Und etwas pummelig war er auch gewesen. Beides hatte er überwunden. Der Kleine im Traum aber nicht. Wenn ihm die knabenhafte Erscheinung diese Bestätigung hatte geben wollen, mit den Makeln der Kindheit erfolgreich fertig geworden zu sein, dann sollte es nun aber auch gut sein. Mehr war beim besten Willen aus der Erinnerung nicht zu saugen. Schließlich hatte er seine Kindheit schon längst für tot erklärt.

Der verrückte Tag war aber so leicht nicht wegzustecken. In seinem Gefolge wurde Gideon von einer gedrückten Stimmung erfasst. Er kam sich nun doch recht verloren vor zwischen den verschiedenen Anwendungen und überhaupt. Das Alleinsein zumal umspannte ihn wie eine fremde kalte Haut. Da wollte sich vorübergehend sogar ein gewisses Bedauern einstellen, den Balthasar Kerner schnöde abgefertigt und als Ruine einer Bekanntschaft kaltherzig dem Kurbetrieb hinterlassen zu haben.

Wenn man es recht besah, stand Gideon im Begriff, einem Zustand von Traurigkeit anheim zu fallen, der unter ungünstigen Umständen von großer Hartnäckigkeit sein kann. Sich selbst und seine Umgebung sieht man oftmals dann mit besonders misstrauischen Augen. In dieser Art ging es denn auch unserem Kurenden Gideon Walter, der auf einmal verbittert hinsah und dabei einen höchst bizarren Eindruck von den kuralltäglichen Dingen und Erscheinungen bekam.

Besonders auffällig zeigte sich eine Art von *Schweinsaugensyndrom*, das es mit sich brachte, dass er ausnahmslos alle übergewichtigen Damen - und die waren nun einmal in der Mehrzahl - für sich genauso als Bedrohung empfand wie seinerzeit die überwältigende Dame im Zug. Er gewann die Vorstellung, einer Phalanx von Evolutionsgewinnlerinnen gegenüberzustehen, die ihm als Mann die Luft zum Atmen nahm.

Bestimmt die Hälfte der kurerprobten Damen immerhin war allein einquartiert, mit oder ohne ein trauerumflortes Bildnis des längst verstorbenen Gatten im Handgepäck. Nichts so wie eine Kur vermochte augenscheinlich die Trauerarbeit des hinterbliebenen Geschlechts zu optimieren und den Witwenstatus lebensfroh zu krönen.

Allerdings waren auch andere von denen am Kurort, die diesem privilegierten Status erst entgegengingen. Eine davon wohnte auf Gideons Etage, und sie war eine ungewöhnlich große Frau mit einem teilnahmslosen Raubvogelgesicht. Wenn sie ihr Zimmer verließ, zog sie immer ein rotgesichtiges Männchen hinter sich her, welches ihr artig folgte. Hatte sie die Tür verschlossen, setzte sich die Frau erhobenen Hauptes in Bewegung, und das Männchen ging ihr im Abstand von etwa zwei Schritten schlurfend nach. Doch war sie wachsam. Ihre Augen schielten im Zehnsekundenabstand über die Schultern zum Gatten hin, und auch sonst machte die ganze mächtige Person den Eindruck, als warte sie jeden Augenblick auf seinen zweiten Schlaganfall.

Soweit also die Damen ihre Ehemänner dabeihatten, ließen sie diese nicht aus den Augen. War so einer noch rüstig dazu, dann hing sie an ihm wie ein Wachhund, und mit der anderen Hälfte ihrer Aufmerksamkeit belauerte sie die anderen Damen, die Anstalten machen könnten, in seine Nähe zu kommen.

Je klarer Gideon diese furchtbaren Zusammenhänge durchschaute, die für ihn zweifellos auf eine schwere Benachteiligung des Mannesdaseins hinausliefen, desto eher konnte er sich, so möchte man glauben, in seiner eheabstinenten Lebensweise bestätigt sehen. Er hatte nicht darum zu fürchten, im eigenen Haushalt misstrauisch beäugt, schnöde überlebt und am Ende raffgierig beerbt zu werden. Sollte ihn dieser Gedanke nicht erleichtern?

Aber nein, wirklichen Frohsinn wollte ihm seine Überlegung nicht mehr stiften. Darin war aber zweifellos eine weitere Facette seines Gemütswandels zu sehen: In dem Unvermögen nämlich, zur Mitte der Kur hin noch eine realistische und bejahende Vorstellung von seiner Lebensweise jenseits des Kurdaseins übrig behalten zu können. Sein Leben der Vorkurzeit verdünnte sich in seiner Erinnerung zusehends zu einem Nebel, der um eine versunkene Welt waberte.

Anfangs hatte der Kurschock sein gewohntes Dasein noch in verklärtem Licht erstrahlen lassen, und er war in den ersten Tagen seines Aufenthalts von dem Wunsch beseelt gewesen, so schnell wie möglich die absurde Zeit mit den närrischen Gesundheitsritualen hinter sich zu bringen. Wider Erwarten hatte diese Zeit sich als zähflüssig erwiesen und angefangen, mit so überraschenden, schmerzlichen Erinnerungen aufzuwarten, dass er sich seines Daseins nicht mehr mit der gewohnten Selbstgewissheit erfreuen konnte. Der davon aufgeschwemmte Missmut beeinträchtigte aber nicht nur den Kuraufenthalt, sondern er ließ Gideon sein Leben überhaupt auf einmal blass und belanglos erscheinen.

Wie sollte er zur gewohnten Ordnung zurückfinden, wenn ihn zum Beispiel der langweilige kleine Kerl mit Brille womöglich später bis nach Hause verfolgte? Der würde sich durch einen Ortswechsel seines Wirtes kaum davon abschrecken lassen, in dessen Fantasie weiterhin sein kindisches Unwesen zu treiben.

Es stand durchaus nicht zu erwarten, dass Gideon das Kerlchen vielleicht einmal liebgewinnen könnte. Dafür hasste er es doch zu sehr, auch wenn er den unüberlegten Versuch unternommen hatte, es vor dem Zugriff des außer Rand und Band geratenen Kurorchesters zu schützen.

In Gideons Hass gegen den Kleinen sehen wir freilich den Grund dafür, warum er ihn über die Mannesjahre hinweg so erfolgreich aus seinem Gedächtnis ausgesperrt hatte, dass er ihn bei seinem ersten Erscheinen gar nicht wiedererkannte. Einmal etabliert, hatte das Früchtchen dann eine so große Anhänglichkeit entwickelt, dass es sich sogar in Tagträumen zur Geltung brachte. Vielleicht lag das aber nur daran, dass es in den Träumen des Nachtschlafs keine Aussicht hatte, von Gideon jemals erinnert zu werden und deshalb den vielversprechenden Ausweg über Fantasie-Turbulenzen bei Tageslicht wählte.

Wie dem auch sei: Der Kurgast Gideon Walter steckte in der Mitte seines Kuraufenthaltes in einer existentiellen Dunkelwolke. Aus dieser traten nicht nur bebrillte Buben hervor, auch andere Gestalten kamen gelegentlich zum Vorschein. Die Flussauen mit den Trauerweiden schienen ein begünstigter Ort zu sein, an dem Tagträume dem schwierigen Manne leicht geschahen und wo seltsame Begegnungen für ihn arrangiert wurden.

Dort unten bewegte sich die schwere Luft über den trägen Wassern im Allgemeinen kaum. Allerdings sammelte sie in sich betörende Düfte, die der naturhaften Üppigkeit des Biotops in Schüben entstiegen. Da mochte sich das herzhafte Aroma eines frisch aufgetürmten Holzschlages mit dem fauligen des Brackwassers mischen und im Gewirr der Flugbahnen emsiger Honigbienen süßlicher Hauch mit der olfaktorischen Grundsuppe der Umgebung zu einer ätherischen Melange verwirbeln, von der Gideon unweigerlich vereinnahmt wurde.

Nach Minuten abgedämpfter Besinnlichkeit in dem Potpourri der Gerüche verbreitete sich nicht selten eine wohlige Lähmung in seinen Gliedern. Die Lebenssinne zogen sich diskret aus ihrer Gesamtverantwortung zurück und fokussierten auf winzige Segmente des Erlebens. Nur allerfeinste Empfindungen wurden angesprochen und vibrierten im verhaltenen Rhythmus der abgefilterten Eindrücke. Gideon geriet dabei in den Zustand eines erklärten Friedens, der von den gewaltigen Trauerweiden abgeschirmt und fürsorglich bewacht wurde.

Die vorteilhafte Stelle, die Gideon zum Zwecke des unbeschwerten Verweilens für sich gefunden hatte, zog augenscheinlich keine weiteren Liebhaber auf sich. Immer blieb er bei seinen Ausflügen in die schöne Au allein.

Wäre nur nicht der Alte gewesen, der jedes Mal den besonderen Zeitpunkt einer ausgereiften Schläfrigkeit bei Gideon ausmachte, um, nur leicht mit dem Kopfe nickend, vorbeizuschlurfen, dann hätte der Grad vorübergehender Abgeschiedenheit sicher einen nicht zu überbietenden Höhepunkt erreicht. Unter dem störenden Einfluss des Alten verblasste aber der Frieden und nicht selten auch die Erscheinung des bebrillten Kerlchens; aber dann war es ohnehin schon an der Zeit, sich die Frage nach der letztendlichen Dauer des Aufenthalts in dieser Abgeschiedenheit zu stellen. Gideon war auch ein wenig pikiert, wenn der Alte ihn in seiner schlaffen Haltung antraf, doch beruhigte er sich schnell, weil dieser keine Anstalten machte, von der Begegnung auffällig Notiz zu nehmen.

Doch dann passierte es. Der Alte stutzte, schien sich auf etwas zu besinnen und trat an die Bank heran, auf der Gideon entspannt und etwas zusammengekauert hockte.

„Was wollen Sie?", fragte Gideon betont unwirsch.

„Sie kennen mich sicher nicht", kam die Antwort aus dem ausdruckslosen Gesicht des Alten. „Nehmen Sie mir deshalb meine Beobachtung nicht übel. Sie halten Ihr Leben an einer sehr kurzen Leine. So etwas sehe ich gut."

Gideon wollte aufbrausen. Doch ein lähmendes Gefühl beherrschte ihn plötzlich.

„Ich wüsste nicht, dass Sie mein Leben etwas angeht." Er hatte Mühe, die Zurechtweisung an den Alten herauszulassen. Der blieb ungerührt.

„Mich geht jedes Leben etwas an. Ganz besonders, wenn es nur noch kurz ist und bis zum Ende hin belanglos war."

Für Gideon war es, als ob eine eiskalte Hand sich auf seine Brust gelegt hätte. Es entstand eine lange Pause, bevor er antworten konnte.

„Sie wollen mit mir über den Tod reden? Als Fremder nehmen Sie sich gehörig etwas heraus."

„Ab heute bin ich für Sie kein Fremder mehr. Das wissen Sie genau."

Gideon war auf einmal nicht mehr verblüfft, als ihn diese Bemerkung erreichte. Die Umklammerung in seiner Brust hatte sich plötzlich gelöst, und die Kälte war aus seinem Herzen gewichen. Er verfiel in einen lebhaften und überhaupt nicht unfreundlichen Tonfall gegenüber dem Alten, in dem er auf einmal so etwas wie eine Vertrauensperson in seinem Zustand der Einsamkeit sah.

„Ich denke noch nicht ans Sterben. Aber seit ich hier bin, bekümmert mich mein Älterwerden. Du bist älter als ich. Sage mir, wann man alt ist! Wenn die Leidenschaft einen nicht mehr umtreibt?"

Der Alte wiegte den Kopf.

„Wenn die Leidenschaft dich nicht mehr umtreibt, dann bist du tot."

„Ohne Leidenschaft begänne ich neu zu leben", sagte Gideon. Seine Bemerkung hatte einen bittenden Unterton. „Was kann denn einer wie du noch für Leidenschaften haben?"

Gideon hing an den Lippen seines Gegenübers, als er auf eine Antwort wartete. Der Alte sann aber lange nach.

„Wenn du tot bist, beginnst du neu zu leben. Der Tod ist gar nicht wichtig, wenn nur das Sterben einigermaßen erträglich kommt. Ein unvergleichliches Gefühl wird wie ein Frühlingshauch dich umschweifen. Und einem Schneemann gleich wirst du in einen neuen Aggregatzustand hineinschmelzen. Für eine

Weile, während noch alle Sinne ausgezeichnet arbeiten und das zur Neige gehende Dasein ein letztes Mal verdauen, wird dir das Höchste beschert, was die menschliche Existenz zu bieten vermag: Die Leidenschaftslosigkeit in der Sinnenlust; ein Auskosten des Gehabten bis zur Neige ohne ein Verlangen nach mehr."

Zweifelnd war Gideon diesen Worten gefolgt. Er hatte einen ganz bestimmten Verdacht geschöpft.

„Sie kommen mir doch irgendwie bekannt vor. Mir ist, als hätte ich Sie schon einmal gesehen."

Zum letzten Mal wiegte der andere den Kopf.

„Wer Augen hat zu sehen, der sieht mich. Sie müssen in einer bemerkenswerten Verfassung sein, dass Sie mich so früh schon zur Kenntnis nehmen."

Mit diesen Worten wandte er sich von Gideon ab und suchte den Anschluss an den Spazierweg. Mit seinen schlurfenden Schritten verschwand er langsam hinter dem Buschwerk, das den weiteren Weg verdeckte. Doch nach der Begegnung jenes Tages kehrte er nicht wieder zu Gideon zurück.

Als dieser am nächsten und am übernächsten Tag wiederum zur gewohnten Zeit an der nämlichen Stelle auf den Alten wartete, um noch einmal etwas nachzufragen, harrte er vergebens aus. Erst am dritten Tag widerfuhr ihm eine Begegnung. Doch der Alte, der an seiner Bank vorbeischlurfte, war ein anderer als der, auf den er wartete.

Sicherheitshalber sprach Gideon ihn an und erkundigte sich, ob sie beide nicht vor ein paar Tagen miteinander geredet hätten. Der Angesprochene, gesenkten Hauptes, der einen Zettel in den Händen hielt, von dem er etwas ablas und unverständlich vor sich hinmurmelte, sah auf und meinte, er sei doch gestern erst in Bad Gesundheitsbrunn angekommen.

In Gideon, in dem das milde Gefühl nachwirkte, welches das letzte Gespräch in ihm hervorgerufen hatte, brachte sich zudem eine zarte berufliche Neugierde zur Geltung.

„Was lesen Sie denn da?", fragte er unwillkürlich, vielleicht auch nur deshalb, weil er immer noch an eine Begegnung mit seiner vermissten Bekanntschaft glaubte.

„Ein Gedicht", erhielt er zur Antwort.

„Sie schreiben Gedichte?"

„Ja."

„Und wie viele haben Sie geschrieben?"

„Eins."

„Wie lange schreiben Sie denn schon?"

„Vierzig Jahre."

Gideon war beeindruckt.

„In den letzten vierzig Jahren haben Sie dieses eine Gedicht, das Sie mit sich herumtragen, geschrieben?"

„Ja, aber das hat es auch in sich, wissen Sie", versetzte lebhaft der Alte.

„Wie heißt denn Ihr schwerwiegendes Gedicht?", fragte Gideon weiter, bei dem das brachliegende berufliche Interesse nunmehr ganz die Überhand gewonnen hatte.

„Fisch", sagte der Alte. „Also, das, was im Meer so häufig vorkommt. Ich lese es Ihnen einmal vor."

Ohne eine Erwiderung abzuwarten, begann er von seinem Zettel abzulesen:

„Auf der anderen Seite des Flusses entstand mein Verlangen
Nach Fisch. Doch diesseits habe ich keinen gefangen.
Bei Tisch war der Vorsatz längst vergessen,
Und es behagte mir vegetarisch zu essen.

Hernach, als ich wieder den Auwald betrat
Im Revier und inmitten von all dem Salat
Und Getier den Fluss hab' zum zweiten Mal überquert,
Da ward mir auf einmal ein Fisch beschert.

Wie soll ich mit meinen Worten es sagen?
Oh je! Denn ich will mich mitnichten beklagen,
Oh weh! Aber als ich die Frau aus dem Wasser zog,
Die mich mit dem besten Freund betrog,

Da schwamm in der Konfektion, am Arm,
Oh Schreck, ein Fischlein herum und es kam
Nicht weg. Es hatt' sich verfangen im nassen Kleid.
Ach, wie tat das verwirrte Tier mir so leid."

Gideon Walter nickte anerkennend mit dem Kopf. Doch er fing an zu frösteln, und die berufliche Neugierde ließ von ihm ab. „Was haben Sie beruflich gemacht?", ließ er sich noch herbei, zu fragen.

„Kapitän", gab der Alte bereitwillig Auskunft.

„Sie sollten unbedingt weiterschreiben. Das ist ein vielversprechender Anfang", sagte Gideon noch und nickte, ganz gegen seine Gewohnheit, seiner flüchtigen Bekanntschaft zu. Damit verließ er die Flussauen, die er von da an lieber mied.

Missglückte Attacke

An einem schwülen Morgen saß Gideon Walter lustlos vor seinem Frühstücksgedeck. Er dachte daran, dass noch immer dreizehn Tage Kuraufenthalt vor ihm lagen. Damit war zwar Licht am Ende eines Tunnels sichtbar geworden. Doch was kam nach dem Ende des Tunnels? Vielleicht nichts anderes als ein neuer Tunnel. Der war womöglich länger noch als sein Vorgänger und genauso dunkel. Keine rosigen Aussichten. Gideon blickte gequält drein.

Seine Stimmung hatte sich in den letzten Tagen wahrlich nicht gebessert. Er fühlte sich aufgebraucht. Er litt an Überdruss gegenüber seinem Kurleben. Und eine heimtückische Verzagtheit hatte sich in ihm eingenistet bei dem Gedanken an seinen gewohnten Alltag im Anschluss an die Kur, dem er sich im Augenblick nicht gewachsen fühlte. Er vermisste aufbauende Impulse. Wie eine Mangelerscheinung hatte sich ein depressives Wölkchen in ihm ausgebreitet. Kein Brötchen mit Wurst oder Käse, keine Marmelade und kein Müsli vermochten die Symptome zu kurieren.

Sein Mangelzustand trat ihm umso klarer vor das innere Auge, je öfter sich sein Blick auf jene Stelle heftete, die augenscheinlich schon eine ganze Weile seine Aufmerksamkeit auf sich gezogen hatte. Dort drüben, in den gefalteten Weiten des Fenstervorhangs, hatte sich eine Stubenfliege friedlich niedergelassen. Sie verharrte reglos. Von der Seite sah ihr eckiger Kopf wie ein Splitter von einem Stückchen Kandiszucker aus. Die Beinchen klammerten sich an dem schweren Stoff fest. Sie schien wie auf der Lauer zu liegen.

Gideon, der keinen Appetit mehr hatte, starrte sinnend auf das Insekt. Er ergriff einen Zahnstocher und rückte seinen Stuhl näher an den Vorhang heran. In diesem Augenblick schob sich eine schwergewichtige Dame von der Seite her zwischen Gideon und den Vorhang, um auf diesem für ihr massiges Hinterteil eigentlich viel zu engen Weg zum Büffet zu gelangen. Sie grüßte nicht einmal. Eine Lampe, die wie ein fader Mond über dem Nachbartisch hing, störte aber beim Vorwärtskommen, so dass die gewichtige Person sich nach vorn bücken musste. Gideon brauste innerlich auf und hätte dem Störenfried am liebsten die Wurstreste aus den Backentaschen ins wogende Dekolleté gespuckt.

Der Vorhang war unter den Strapazen der ihm aufgezwungenen Begegnung weit zur Seite geschoben worden. Nun rutschte er, wieder in die Freiheit entlassen, in seine alte Position zurück. Er schwang noch etwas hin und her, dann fiel der schwere Brokat träge in die zuschnappende Schwerkraftfalle.

Gideon blickte mit höchster Aufmerksamkeit hin. In stoischer Ruhe hatte die Fliege die Fahrt mitgemacht. Sie hatte ihren Platz nicht preisgeben wollen. Durch das Fenster fiel ein Lichtschwamm auf das robuste Tier, dessen Kandiskopf jetzt von einem feinen Staubwirbel umhüllt wurde. Der Staub stammte aus dem Vorhang. Man musste befürchten, dass die Stubenfliege in der Staubwolke vielleicht niesen musste. Nichts dergleichen aber geschah. Die Fliege blieb verstockt.

Das hatte einen einfachen Grund: Die Fliege war tot. Nichts jedenfalls zeugte an ihr von Leben. So gut konnte sich auch eine Fliege nicht verstellen. Gideon nahm den Zahnstocher und schob ihn unter den Leib der Verstorbenen. Der Vorhang geriet etwas in Bewegung, gab aber den Leichnam nicht sogleich preis. Ein Flügel sprang ab und schwebte dem Erdboden zu. Das sah aus wie beim Herabtrudeln einer Ahornkapsel, die Kinder in früheren Zeiten einmal Schnapsnasen genannt haben.

Gideon geriet in Erregung und prockelte mit leidenschaftlicher Vehemenz an dem Ding im Vorhang herum. Plötzlich, ohne einen Laut von sich zu geben, schnellte der ausgetrocknete Körper in die Höhe und plumpste geradewegs auf die Untertasse, die Gideon schon eine Weile in der linken Hand hielt. Er näherte, augenscheinlich ganz dem Jagdfieber erlegen, sein Gesicht dem Objekt seiner Begierde. Fliegen mussten eine unwiderstehliche Anziehungskraft auf ihn ausüben. Auch tote Fliegen. Ganz nah war er jetzt an den pummeligen Leib des Insekts herangekommen; auf dem Porzellan lag das Tier schicksalsunempfindlich auf dem Rücken.

Noch einmal blickte Gideon verstohlen um sich und rollte nach beiden Seiten die Augen. Ein schnelles Herausstrecken der Zunge. Das wäre es fast gewesen. Doch noch rechtzeitig erkannte er, dass man ihn von der Seite beobachtete. Sofort fing er sich wieder. Mit gleichmütigem Schafsgesicht, aber innerlich aufgewühlt, schüttete er die Fliege vom kleinen Teller auf den Fußboden. Dann lehnte er sich zurück, als wäre nichts geschehen. Mit weit ausgestreckten Händen griff er zum Obst, das noch unberührt auf dem Tisch lag. Zwar war er nicht an das Ziel seiner Wünsche gelangt. Doch die Begegnung mit der Fliege hatte ihm noch einmal richtig Appetit gemacht. Er fasste einen einfachen Plan, der angetan sein musste, die unerträgliche und gefährliche Mangelerscheinung zu beseitigen und sein umgekipptes Gefühlsleben wieder ins Lot zu bringen.

Am nächsten Tag war Gideon unter den ersten, die den Frühstücksraum betraten. Er sah blass und erschöpft aus, doch seine Augen flackerten vor innerer Anspannung. Mit unsicheren Schritten steuerte er einen etwas entlegenen Platz in Fensternähe an und nahm ihn für sich in Beschlag. Dann ging er aber nicht zum Büffet, sondern trat an den Vorhang heran, schob ihn ein wenig zur Seite und blickte an ihm herunter.

Was er dort sah, musste ihn aufs höchste befriedigt haben, denn seine Wangen füllten sich mit Blut, und über sein Gesicht legte sich eine Folie von Erleichterung; ja, eine Spur von Heiterkeit trat in seine Züge und belebte den ganzen Gideon Walter mit einem Ausdruck von Warmherzigkeit, die man gewöhnlich ganz und gar an ihm vermisste. Wahrlich, der spröde Mann lächelte, als er mit einem zärtlichen Nachfassen vom Vorhang abließ und den Gang zum Büffet nachholte.

Doch wie bescheiden fiel heute sein Frühstück aus: Nur eine einzige Scheibe Brot schien er sich gönnen zu wollen. Diese aber bestrich er umso dicker mit guter Butter und legte sie, erneut lächelnd, verzehrbereit auf seinen Teller. Unvermittelt schien die Aufregung wieder von ihm Besitz ergriffen zu haben.

Er hastete zum Vorhang, bückte sich und hob etwas auf. Das Fundstück war ihm so wertvoll, dass er es mit seinem Körper abschirmte; vorsichtig rückwärtsgehend und scheu sich umblickend erreichte er seinen Frühstücksplatz mit dem gelblich glänzenden Butterbrot und einer dampfenden Tasse Kaffee.

Er setzte sich und holte wie ein Kleinod den länglichen Gegenstand, den er aus der Vorhangecke mitgebracht hatte, unter seinem Jackett hervor. Er glänzte an den frei gebliebenen Stellen gelblicher noch als das Butterbrot. Ansonsten war der etwa einen halben Meter lange Papierstreifen mit vielen schwarzen Pusteln bedeckt, die mehr oder weniger dicht beieinander lagen, stellenweise aber auch übereinander hockten, als hätten sie an der Stelle ihrer vorläufigen Endlagerung einen Kampf ums Überleben geführt.

Die Fliegenfalle, denn um eine solche handelte es sich bei Gideon Walters Fundstück, hatte ganze Arbeit geleistet und eine erhebliche Anzahl der lästigen Tierchen auf die giftig-klebrige Folie gebannt. Gideon blickte fasziniert auf den vor ihm liegenden Todesstreifen. Dann besann er sich wieder auf sein Frühstück. Als er das Butterbrot in zwei Hälften geteilt hatte, bugsierte er aus seiner Hosentasche ein kleines, ziemlich schmales Taschenmesser, an dem die Klinge wie auf ein geheimes Kommando des Besitzers lautlos aufsprang.

Auf dieses Erbstück seines Großvaters war Gideon besonders stolz, und er hütete es wie seinen Augapfel. Wohin auch immer er ausging und was auch immer er am Leibe trug - das Messer durfte ihn nicht verlassen. Selbst beim Kauf seiner Badehose hatte er darauf geachtet, dass sie mit einem verschließbaren Täschchen ausgestattet war, damit er auch im Schwimmbad sein teures Andenken nicht entbehren musste.

Von der Güte der Klinge konnte ein geneigter Beobachter sich mühelos ein qualifiziertes Urteil bilden, als Gideon das Instrument ansetzte und an dem Klebestreifen entlangführte. Wie von einer Rasierklinge wurden die unförmigen Fliegenleiber von der Folie abgetrennt und fielen auf den zweiten Teller, den Gideon bereitgestellt hatte. Er schien mit nichts anderem mehr beschäftigt als mit seiner seltsamen Prozedur, von der man immer noch kein rechtes Bild bekam, wohin sie führen sollte.

Das änderte sich nun rasch. Plötzlich kam Klarheit in die Sachlage, als Gideon die Insektenkörper vom Teller auf die beiden Butterbrothälften rollen ließ und unter Zuhilfenahme des Messers den ungewöhnlichen Belag gleichmäßig verteilte. Er stellte sich außerordentlich geschickt dabei an; kein Krümel, wenn man diesen Ausdruck einmal gebrauchen darf, geriet ihm bei seinen Handgriffen daneben. Sein Werk krönte er mit einem Teelöffel Zucker, den er vorsichtig über die Brothälften ausstreute und ihnen damit eine Geschmacksrichtung auferlegte, wie sie auch Fliegen gerne mögen.

Nun war es aber um die letzten Reste seiner Selbstbeherrschung geschehen. Gideons Zunge leckte gierig über die Lippen und bekam noch rechtzeitig den feinen Speichelfaden zu fassen, der sich im linken Mundwinkel gebildet hatte. Seine Augen fixierten blitzend das frisch belegte Backwerk, und mit einem schnellen, doch sicheren Griff führte er dasselbe dem geöffneten Munde zu, dem sich ein aufs höchste befriedigt klingendes „Hmmm!" entrang.

Gideon schien beim Ziel seiner Wünsche angelangt zu sein, als er den ersten großen Bissen seiner Mahlzeit verschlang, die ihn endlich von seiner Mangelerscheinung befreien sollte. So sehr war er auf den zugleich kulinarischen, wie therapeutischen Zweck seines augenblicklichen Daseins fixiert, dass ihn auch der gellende Schrei hinter seinem Rücken gewiss nicht abgelenkt hätte. Nicht der Schrei allein.

Dieser entrang sich der Kehle einer Frau, die offensichtlich Schreckliches damit zum Ausdruck bringen wollte. Ach, zum Leidwesen von Gideon Walter war gerade eben seine *furchtbare* Zugbekanntschaft auf ihn aufmerksam geworden, als er sich mit seinem Fundstück aus der Vorhangecke auf den Weg zum Frühstücksplatz gemacht hatte. Es dünkte der Dame dies der rechte Augenblick, um dem stattlichen Herrn endlich die in Aussicht genommene Aufwartung zu machen und dabei von ihren bisher erlebten Kurfreuden zu erzählen.

Doch unweit des Tisches, an dem ihre zurückhaltende Bekanntschaft mit angespannter Aufmerksamkeit beschäftigt war, hatte sie gestutzt und ihren Gang angehalten. Dabei war sie Zeugin der Vorgänge geworden, von denen wir soeben berichteten. Die ganze Zeit und mit hochrotem Kopf hatte die verstörte Frau geglaubt, es mit einem Versehen, einem Missverständnis, einem bösen Scherz vielleicht zu tun zu haben. In den Arm hatte sie sich gekniffen, um sich ihr Dasein zweifelsfrei zu beweisen. Ganz zuletzt noch, als alle toten Fliegen zum Verzehr bereit lagen, war ihr immerhin noch die Möglichkeit eines wissenschaftlichen Untersuchungsvorgangs durch den Kopf gegangen. Doch dann hatte Gideons herzhafter Biss ins Fliegenbutterbrot alle ihre Irrtümer bloßgelegt und alle Wünsche und Hoffnungen in ihr auf immer zerstört.

„Sie Schwein!!!", rief sie nach ihrem gellenden „Ohhh", und sie machte damit noch den hintersten Gast im Speisesaal auf die Vorgänge am Fenster aufmerksam. Dann ging ihr Temperament mit ihr durch. In ihrem furiosen Drang, sich in die Verhältnisse anderer Menschen einzumischen, ergriff sie den nächstbesten Löffel vom Nachbartisch und schlug Gideon Walter sein Frühstücksbrot aus der Hand. Dem erschreckten Manne flogen nun im wahrsten Sinne des Wortes die Fliegen um die Ohren. Eine davon landete unbemerkt in seinem spärlichen Haupthaar. Und in dem Mundwinkel, dort, wo sich vormals der feine

Speichelfaden gebildet hatte, klebte am Ende der erlebten Erschütterung ein trockener Flügel fest.

Das war nun nicht das, was sich Gideon von seinem Frühstück erhofft hatte. Er fand aber nicht den Mut, seiner Peinigerin beherzt entgegenzutreten und auf den Fortgang seiner frei gewählten Mahlzeit zu beharren. Die war ohnehin zu arg verstreut und ramponiert, um noch in der geplanten Art verwertet werden zu können.

In dem Frühstücksraum war es mucksmäuschenstill geworden. Viele Augenpaare richteten sich auf Gideon Walter, obwohl noch keiner der Beobachter sich ein angemessenes Bild von den Vorgängen machen konnte. Gideon war nach der Attacke förmlich erschlafft. Seine eben noch sprühenden Augen hatten jeglichen Glanz verloren. Als er seinen Stuhl an den Tisch heranrückte, zitterten seine Hände.

Ohne das unbarmherzige Wesen anzusehen, das ihm in den wenigen Wochen schon so viel Kummer bereitet hatte, setzte er sich in Bewegung. Langsam und schlurfenden Schrittes, dabei den Kopf tief zum Erdboden gesenkt, ging er an den gaffenden Leuten vorbei und dem Ausgang des Speisesaales zu. Den Rest des Tages verbrachte er, alle Anwendungsverpflichtungen ignorierend, im Bett. Er schlief phasenweise, dämmerte zeitweise dahin, schwitzte heftig und wurde von Bildern gequält, die er beim Aufwachen nicht mehr erinnern konnte.

Wie ein heftiger Infekt hatte es von ihm Besitz ergriffen. Doch er war von kurzer Dauer. Am nächsten Tag war Gideon wieder auf den Beinen. Er schaute wie gewohnt grimmig drein und fühlte sich den Umständen entsprechend wohl, machte aber einen resignierten Eindruck. Die Mangelerscheinung beanspruchte ihn mehr denn je. Doch nach dem gestrigen Erlebnis machte er sich nun keine Hoffnung mehr, sie noch während seines Kuraufenthaltes beseitigen zu können.

Die Ereignisse um Gideons merkwürdiges Verzehrverhalten machten rasch die Runde in dem Kurhotel, und sie erhitzten tagelang die Gemüter. Empörten sich die einen und an ihrer Spitze die kurerprobte Dame, die als das *Schweinsauge* sich in Gideons

Leben gedrängt hatte, über das ganze Ausmaß der Sauerei und forderten unverhohlen die strengsten Konsequenzen seitens der Klinikleitung, so warben andere, zugegebenermaßen eine kleine Minderheit, um kulturelle Toleranz und pochten auf das Recht jedes Einzelnen, sein Ernährungsverhalten nach eigenem Dünken auszurichten.

Selbstverständlich mochte niemand Gideon Walter direkt in Schutz nehmen. Die Abneigung gegen seine zur Schau getragene Geschmacksvorliebe war allgemein. Wohl brachten Einzelne die Ernährungsgewohnheiten fremder Völker als moralische Messlatte ins Gespräch, doch dies eher als eine Bestätigung der gottlob haushoch überlegenen eigenen kulturellen Identität. Fliegen aß man eben nicht. Mochte ihre Population auch noch so reichhaltig zur Verfügung stehen. Fische konnte man essen; auch Schwein und Rind. Bei Heuschrecken gingen die Meinungen schon weit auseinander. Fliegen jedoch hatte niemand zum Freund.

So blieb denn am Ende nur ein einziger Umstand in der ganzen peinlichen Geschichte, der dem Gideon als ein mildernder zugutegehalten wurde: Das war der Tatbestand des vorherigen Totseins der für den Verzehr vorgesehenen Tiere. Sie lebend sich einzuverleiben wäre denn doch zu arg gewesen. Darin bestand einhellige Meinung. Einige zeigten unverkennbar Erleichterung, dass der sonderbare Mann jene schreckliche Schwelle nicht überschritten hatte.

Interessanterweise waren neben den Empörten und den Schmähern auch schnell die Spötter am Werk, und so, als hätte sich ein Arbeitskollege von Gideon Walter an den Kurort verirrt und wäre dort in der Art eines Souffleurs tätig geworden, haftete dem Gast aus Eppeldorf plötzlich der Spitzname *Herr der Fliegen* an.

Wie ein Herr fühlte sich Gideon Walter nach den derben Ereignissen nun gerade nicht. Ihm war es höchst miserabel in seiner Haut zumute, und diese Zustandsbeschreibung darf man getrost auf seine seelische wie seine leibliche Verfassung verwenden.

Der einen fehlte nach wie vor die nötige Grundfestigkeit, der jede von sich selbst überzeugte Lebensführung bedarf. Die andere war durch den bereits erwähnten Mangelzustand mehr denn je in Anspruch genommen. Immer wieder auch verschoben sich die Symptome in die eine oder in die andere Richtung.

Der Erschöpfung war es zeitweise kaum anzumerken, ob ihre Wurzeln körperlichen oder seelischen Ursprungs waren. Ein Zittern in den Gliedern, wie es nach der gescheiterten Fliegenmahlzeit auftrat, kann gut und gerne als die Folge eines seelischen Vibrierens, eines Flimmerns im Gemüt, angesehen werden, das bereits vor dem erwähnten Frühstück aufgetreten war.

Es hatte den Anschein, als sei der ganze Gideon in allen seinen Facetten einem mangelbedingten Kollaps anheimgefallen. Wichtige körperliche und geistige Funktionen versagten ihren Dienst oder waren zumindest in ihrem Gebrauch so eingeschränkt, dass der Mann sich gehörig zusammennehmen musste, um nicht bei jedem Verlassen seines Zimmers die Aufmerksamkeit seiner Mitmenschen auf sich zu ziehen.

Das tat er ohnehin schon zur Genüge durch seine bloße Erscheinung, die jedermann im Umkreis seines Kurhauses leicht als die des Fliegenhelden zu identifizieren in der Lage war. Sein Kurleben war, so gesehen, nicht leichter geworden. Einer wie er, der die Zurückgezogenheit liebte und jedes Aufsehen um seine Person verabscheute, sah sich auf einmal ins Rampenlicht der Öffentlichkeit gestellt. Das konnte nur zur Destabilisierung des Persönlichkeitsempfindens beitragen. Es beschwor sogar die Gefahr herauf, dass sich die Lebenskrise befestigte, in der sich unser Held augenscheinlich befand.

Die Dame in Blau

Das vorletzte Wochenende von Gideons Kuraufenthalt brach an. Hinter ihm lagen Tage, in denen er mit sich und seinem Leben ernsthaft ins Gericht gegangen war. Über alle Gemütsverwerfungen hinweg und gegen die Attacken der Zerknirschung den Beharrungszustand ausrufend, hatte er in sich eine gewisse Festigkeit verbreiten und das Fortschreiten der Lebenskrise zugunsten eines erträglichen Gleichgewichtszustandes eindämmen können. Er schöpfte jetzt wieder etwas Hoffnung, auch ohne die begehrte Nahrungsergänzung bis zum Ende der Kur durchhalten zu können. Danach würde er weitersehen.

Ein anwendungsfreier Samstag stand bevor, dem der durch die zurückliegenden Ereignisse gehandicapte Mann unbedingt etwas Schönes, wenn möglich sogar eine Portion Frohsinn abringen wollte. Durch gute Vorsätze innerlich gestärkt und aufgebaut hatte er zum Zwecke des Gelingens ein besonderes Vorhaben angebahnt, das ihm in seiner Lage den erstrebten Zugewinn an unverfälschter Lebensfreude zu bescheren versprach: Die Teilnahme an einem Fest-Konzert in einem der kleineren Säle der Kuranlagen.

Eine mit Handzetteln und Aufklebern angekündigte Veranstaltung fand seine Aufmerksamkeit wegen der bescheidenen Erlesenheit des Programms, das sich von vornherein an ein begrenztes Publikum wandte. Nur der wirkliche Kenner war auf den ersten Blick animiert. Da schien ein Arrangement vorbereitet, das dem mutig interessierten Laien unbedingt etwas mitgeben musste.

Weidlich erstaunt hatte Gideon für sich vermerkt, es habe mit dem ungewöhnlichen Potpourri der kleinen Kompositionen speziell sich jemand an jene wenden wollen, die, vom Leben schwermütig bedrängt, zwar in die Verbitterungsfalle gezwungen worden waren, doch daselbst über ein noch hinreichend gefülltes Maß an Neuerungsmut verfügten, um sich ihrem Lose nicht unbedingt und unwidersprochen willenlos zu fügen. Wie seinem wunden Herzen entsprungen war ihm das musikalische Angebot erschienen, und er hatte herzlich Ja gesagt zu der Möglichkeit, sich der kulturellen Herausforderung zu therapeutischem Zweck, ohne eine Spur von Verzagtheit zu stellen.

In einer gelösten Stimmung fand sich Gideon an dem zu erzählenden Samstagabend frühzeitig beim Konzertsaal ein, wo er sich seinen Platz im Auditorium sorgfältig wählte. Die

Aussichten standen gut, die geliebten Freiräume in seiner unmittelbaren Nachbarschaft zu sichern, denn einerseits bestätigte sich ganz und gar der Verdacht auf ein begrenztes Publikumsinteresse an dem Konzertereignis, zum anderen war die Schar derjenigen recht ansehnlich geworden, die Gideon auf Grund der Fliegenkolportage sicher identifizieren konnten und von daher so gar keine Lust darauf verspürten, sich ausgerechnet an der Seite jenes Perversen niederzulassen.

Unserem Manne war das nur recht. Er erwartete heute ungeduldig die musikalischen Impulse. Eine hartnäckige Aufregung hatte sich vor Konzertbeginn seiner bemächtigt, die erst zu weichen beginnt, als eine hochgewachsene Frau in blauer Bluse und silberdurchwirktem, nur knapp über dem Boden schwebendem Taftkleid auf die Bühne schreitet. Sie mag um die siebzig sein, und ihr Gang ist nicht mehr ganz sicher. Aber aufrecht und mit Stolz trägt sie ihren mageren Körper, der durch ausgepolsterte Schulterpartien nicht unvorteilhaft betont wird, dem mächtigen schwarzen Flügel zu und vor das erwartungsvoll harrende Publikum, das sich offensichtlich etwas Jüngeres und Graziöseres für den heutigen Musikabend erwartet hat. Ein wenig scheu blinzelt die Interpretin durch dicke Brillengläser zum Publikum hin, lächelt fein, ohne alle Aufdringlichkeit, und setzt sich wortlos vor das Musikinstrument.

Ohne weitere Umschweife beginnt sie zu spielen; einfach, schlicht, mit äußerst sparsamer Gestik. Und nach wenigen Minuten beendet sie das erste, kurze Stück, ehe man es recht gewahr wird, und sie nestelt an den Notenblättern herum, nachdem sie mit einer knappen Neigung des Kopfes zum Publikum zu erkennen gegeben hat, dass es das fürs Erste war. Applaus. Sehr gemäßigter Applaus.

So ging es fort bis zur Pause: Zurückhaltende Wortlosigkeit zwischen dem verhaltenen, zarten Spiel. Wer nicht auf das Schauen aus war, vermisste keine Gestik, kein Gehabe, weil die Musik ihn voll zufrieden stellen konnte. Aber die suchenden Augen so vieler im Saal verlangten nach einem dem Konzertbetrieb um jeden Preis einzuverleibenden Schönen und äußerlich

Brillierenden. Es war die Minderheit, welche das Glück genoss, die Augen schließen zu dürfen, ohne Angst haben zu müssen, entscheidende Bewegungen zu verpassen; um sich ungeniert hineinzuhören in eine wunderbare, einfühlsam, aber mit schlichter Pose vorgetragene Klaviermusik. Dann, wie gesagt, war Pause, in der die betagte Dame, wiederum mit scheuer Verbeugung und leichtem Blinzeln, wortlos das Publikum entließ.

Es ist aber die wunderschöne d-Moll-Fantasie von Mozart, die als letztes Stück vor der Pause über Gideon das Verhängnis hereinbrechen lässt. Ein Klavierstück, das ihn emotional zu Beginn immer zuerst auf falsche Gleise führen will, stimmt ihn auf eine seiner Lebensführung zuwiderlaufenden Weise auf einmal neu ein. Sie macht sein sprödes Herz mild und weich und spült ungewöhnlich freundliche Gedanken in seinen Kopf.

„Ist der Platz neben Ihnen noch frei?", hört er zerstreut eine Stimme fragen, und er vergisst, dass er für solche Fälle stets die Antwort bereithält: *Ja, aber das soll er auch bleiben.*

„Aber selbstverständlich", fließt es stattdessen wie Milch mit Honig aus ihm heraus, und mit einem Lächeln, wie es ihm seit Jahren nicht mehr geglückt ist, begleitet er seine Worte und strahlt dabei für verhängnisvolle Sekunden in dem romantischen Glanz des viel zu kurz jung Gewesenen.

Das fasste die verspätete Person wohl als Ermutigung auf, um Aufschlussreiches über den bisherigen Programmablauf in Erfahrung zu bringen. Jedenfalls wandte sie sich ohne Umschweife an ihren Sitznachbarn:

„Sie scheinen zufrieden mit der Musik."

Gideon schrak bei ihren Worten zusammen. Erst jetzt wurde er sich der Tragweite des Umstandes bewusst, die Abgrenzung seiner Privatsphäre versäumt zu haben. Er war verwirrt, weil er sich nicht einmal im Klaren darüber war, ob eine Frage oder eine bloße Feststellung an ihn herangetragen worden war. Er sah die Person an. Als er wahrnahm, es mit einer Frau zu tun zu haben, senkte er den Blick und errötete. Sie kam ihm bekannt vor.

Die Dame schien mit derartigen Konversationsschwierigkeiten vertraut zu sein. Sie vergaß ihre Bemerkung und schlug einen

Plauderton an, der Gideon mit allerlei Belanglosigkeiten überschüttete, die ihm Gelegenheit gaben, sich zu fangen. Um in seine vertraute Igelstellung zu gehen, war es bereits zu spät. Diese Gelegenheit hatte er versäumt. Er bewerkstelligte eine Art Flucht nach vorn und begann seine persönlichen Eindrücke vom bisherigen Konzertverlauf zu schildern; schließlich stellte er die einzelnen Stücke mit knapp gehaltenen Informationen vor.

Möglicherweise hatte die Dame das Programmheft gar nicht gelesen. Steif in der Körperhaltung, verkrampft im Ton, nervös in Gestik und Mimik, doch kenntnisreich in der Sache, trug er vor, was zu sagen ihm angebracht und schicklich erschien. Endlich erlöste ihn das Ende der Pause.

Die Dame, die ihn, während Gideon sprach, aufmerksam und mit einem feinen, etwas spöttisch wirkenden Lächeln angesehen hatte, sagte leise: „Danke", lehnte sich auf ihrem Platz zurück und gab sich im zweiten Konzertabschnitt der Musik hin, als hätte sie den ganzen Abend nichts anderes getan.

Gideon hingegen war nach seinem ungewohnten Monolog so aufgewühlt, dass er nur schwer wieder einen Zugang zum Programm finden konnte. Es funkelte in seinem Kopf von tausend Sternbildern. Krampfhaft klammerte er sich an der Frage fest, woher er die Frau nur kenne; bis ihm die erlösende Erinnerung kam: Das war die Dame in Hellblau, der er schon einmal im Fahrstuhl begegnet war. Kaum wiederzuerkennen war sie in ihrer strengen Abendgarderobe. Das war eine von denen, die tragen kann, was sie will; sie macht in allem eine tadellose Figur.

Auch in seinem zweiten Teil hielt das Konzert, was Gideon sich davon versprochen hatte. Im Prinzip war das so. Allerdings waren die Umstände dazu angetan, seinen musikalischen Genuss entschieden zu schmälern. Seine Aufmerksamkeit war es, die sich nicht in der gewohnten und gewünschten Art an den Klängen festhalten konnte. Rundheraus gesagt: Gideon hatte nicht mehr viel von der Musik, weil er gedanklich immerzu mit der Dame in Hellblau neben sich beschäftigt blieb, die heute Abend eher als eine Dame in Schwarz und Weiß durchging und von der bemerkenswerte   weibliche   Reize   ausgingen,   die   dem

Eppeldorfer, der den Fehler begangen hatte, die Person zu nahe an sich heranzulassen, den Kopf verseuchten.

Nachdem das Problem der Identität der Person fürs Erste gelöst war, baute sich wie ein Alpdruck für Gideon die Frage auf, wie er sich verhalten sollte, wenn das Konzert sein Ende gefunden hatte. Um die Person kalt zu ignorieren, war er bereits zu tief in die Bekanntschaft hineingerutscht. In eigener Initiative den Kontakt aufzunehmen, war unvorstellbar; für eine derart tollkühne Tat sah er sich außerstande. Er musste eine unverfängliche Haltung finden, in der die Sache für ihn auslaufen konnte. Denn das stand doch wohl fest: Für die Dame bestand keinerlei Veranlassung, mit einem wie ihm noch einmal in einen Gedankenaustausch zu treten, nachdem er auf das Umfassendste ihr Informationsbedürfnis gestillt hatte. Oder doch?

Plötzlich hatte sich eine winzige Kammer in den Tiefen seiner Gehirnwindungen aufgetan, aus der es raunte: *Vielleicht ist etwas Unerhörtes im Begriff sich zu fügen. Warum hat sie ausgerechnet neben dir Platz genommen, obwohl noch so viele andere Stühle frei sind?*

Applaus, so verhalten wie zur Pause, kündete vom Ende des Konzerts. Nun war es so weit. Eine schwere Last, der das verstörte Herz mit einem vermehrten Klopfen entgegentrat, legte sich auf Gideons Brust. Als das Klatschen des Publikums abgeebbt war und die ersten Konzertteilnehmer ihre Plätze verließen, machte auch Gideon Anstalten, sich zu erheben. Die wenigen Worte und das Lächeln hatte er sich schon zurechtgelegt, mit denen er seinen Aufbruch begleiten und die Trennung von der Dame besiegeln wollte.

Bevor es dazu allerdings kam, legte die Dame ganz dezent eine Hand auf seinen Ellenbogen und ließ sich so vernehmen:

„Das hat mir sehr gefallen, was Sie mir eben über die Musikstücke erzählt haben. Falls Sie nichts anderes vorhaben, könnten wir das Gespräch in einem anderen Ambiente fortsetzen."

So kam es dazu, dass Gideon Walter an einem Abend, dem er Frohsinn hatte abgewinnen wollen, die Bekanntschaft der Dame in Blau machte. Wir lassen einmal dahingestellt, ob das nun die Art von Frohsinn war, die er sich vorgestellt hatte. Leicht war es

jedenfalls nicht für ihn, die angenehmen Seiten einer Damenbe-
kanntschaft ausreifen zu lassen. Schließlich hatte er mit so etwas
in seinem Leben keine erwähnenswerte Erfahrung machen können.

Daher ist es nicht verwunderlich, dass der Vorschlag seiner attraktiven Zufallsbekanntschaft ihn zunächst in Fassungslosigkeit versetzte, die ihm jede gestalterische Initiative raubte. Das
Vorhaben, gemeinsam etwas zu unternehmen, wäre zweifellos
gescheitert, wenn die Dame nicht die weitere Entwicklung, mit
geschickter und unaufdringlicher Zielstrebigkeit, in die von ihr
wohl vorgesehenen Bahnen gelenkt hätte.

Unter ihrer Regie geschah dem Einzelgänger Gideon Walter in
eleganter weiblicher Begleitung ein Barbesuch mit kostspieligem
Verzehr, wie er ihn, mit Verlaub, vormals nicht einmal im Traum
für möglich gehalten hatte, weil er eingestandenermaßen gar
nicht träumte. Aber weder Bar noch exotische Getränke konnten
verhindern, dass Gideon sich seine gesammelten Musikkennt-
nisse in Erinnerung rief, die er als monotonen Vortrag seinem
Munde gewissermaßen gelehrsam entweichen ließ. Dabei unter-
brach ihn die Dame nur selten mit gezielten Fragen und hielt im
Übrigen als standhafte Zuhörerin mit verspielt spöttischem Lächeln die Belehrung aus. Doch nach und nach erschöpfte sich
Gideons Repertoire, und mit Bangigkeit erfüllte ihn die Frage,
wie es denn bloß weitergehen sollte.

Als sein Vortrag stockte, nahm die Dame erbarmungslos die
Gesprächsführung in die Hand und lenkte sie auf persönliche
Gegenstände hin, die Gideon peinlich waren und ihm Furcht ein-
flößten. Von da an trug er nur noch wenig bei zum Gespräch und
sank immer tiefer in sich zusammen, je mehr Informationen er
von sich preisgeben musste, bis die eine, unerwartete Frage ihn
elektrisierte und die Eintracht der beiden vom Erscheinungsbild
so ungleichen Personen sprengte:

„Was hat es denn nun wirklich damit auf sich, dass Sie Fliegen
verspeisen?"

In der Panikattacke, die ihn überkam, sprang Gideon auf, sah
seinem Gegenüber entsetzt ins Gesicht und verließ ohne Gruß

beinahe im Laufschritt das Lokal. Gerade noch fand er die Geistesgegenwart, dem Kellner für den Verzehr einen großen Geldschein in die Hand zu drücken.

Die Dame aber büßte auch nach Gideon Flucht nichts von ihrer eleganten Haltung ein. In aller Ruhe nippte sie an ihrem Getränk und verfiel in ein konzentriertes Nachdenken. Als sie ausgetrunken hatte und das Nachdenken beendet war, sammelte sie ihre wenigen Utensilien ein und verließ langsam und mit dem ihr eigenen wiegenden Schritt die Bar.

Am nächsten Tag erwachte Gideon mit dem Gedanken, dass die gestrige Begegnung nur eine nächtliche Wahnvorstellung gewesen sei. Dabei war er sich nicht ganz sicher, ob er das wünschen sollte oder nicht. Dann stellte sich aber nach und nach die Erinnerung ein, und sie überschüttete ihn so sehr mit Details von seinem unglaublichen Erlebnis, dass er nicht mehr umhinkonnte, sich der beschämenden Wirklichkeit zu stellen.

Einen Augenblick lang war er froh, mit seiner Flucht die dumme Geschichte los geworden zu sein. Dann wieder nicht. Schließlich wurde ihm klar, dass er sie überhaupt nicht los geworden war. Der Zettel in seiner Tasche. Warum in aller Welt hatte er so überstürzt das Weite gesucht? Die Nerven. Sie waren ihm durchgegangen. Er hatte sich alles andere als erholt. Er musste den Eindruck eines Verrückten gemacht haben. Aber den hatte er bestimmt schon vor seinem Abgang gemacht, so, wie er sich benommen hatte. Bestimmt hatte er sie abgeschreckt. Oder auch erst recht neugierig gemacht? Es gab unglaublich hartnäckige Frauen. Sollte er nun hingehen oder nicht?

Gideon stand auf und ging zu seinem Jackett, das achtlos über einen Stuhl geworfen war. Im letzten Augenblick, bevor er in die Taschen griff, klammerte er sich noch einmal an den Gedanken, dass alles nicht wahr gewesen war. Doch dann spürte er das Papier in seiner Hand. Er zog den Zettel hervor und las: *Genoveva Richter, Hotel Weißenstein*. Es folgte eine Telefonnummer, dann die Notiz: *Sonntag, 11 Uhr, Kurpark, linker Eingang*. Kein Zweifel, er hatte sich hoffnungslos verstrickt.

Ehe man sich versah, war aus der Konzertbegegnung von Genoveva und Gideon eine vielversprechende Kurromanze geworden, welche nicht wenig die Aufmerksamkeit der Mitkurenden auf sich zog. *Der Fliegenfresser und das Flittchen;* so tuschelte man auf den Gängen der Etablissements, in denen die beiden einquartiert waren.

In den Kommentaren lag, ach, viel Gehässigkeit, besonders bei den Damen, auf welche Gideon Walter vor seiner Frühstücksszene, trotz seines abweisenden Verhaltens und ohne selbst davon auch nur zu ahnen, den respektabelsten Eindruck gemacht hatte.

Der Eindruck war augenscheinlich umso nachhaltiger, je weiter die Seele geöffnet war, in der er hinterlassen wurde. Und weite Seelen in breiten Körpern, damit war der Kurort reich gesegnet und dank dieses Umstandes von einer Vereinigungsleidenschaft weiblicher Ehehälften mit und ohne Witwenstatus erfüllt, die ein so emotional verarmtes Mannsbild wie Gideon Walter früher oder später überspült hätte. Vor einem solchen Schicksal hatte ihn nun Genoveva bewahrt. Und natürlich hatten das auch seine Fliegen.

Dabei war die Sache zwischen den beiden schon aus gewesen, bevor sie noch richtig beginnen konnte. Klipp und klar hatte sich Gideon, als er den Zettel aus seiner Tasche wieder und wieder studiert hatte, gesagt: *Das machst du nicht mit! Da gehst du nicht hin!* Diesen Vorsatz hatte er eingehalten. Das muss zu seiner Ehrenrettung gesagt werden.

Das heißt nun nicht, dass er auf sein Recht auszugehen verzichtete. Und auch keine Rede kann davon sein, dass er die Kontrolle vernachlässigte, ob jene Person, die sich Genoveva Richter nannte, ihr schriftlich festgehaltenes Versprechen auf eine Verabredung mit ihm, Gideon Walter, auch wirklich einhalten und nicht etwa schnöde brechen wollte. Sein Plan war ihm genial erschienen: Aus einer unsichtbaren Position heraus und abseits des vereinbarten Treffpunktes als Beobachter den Auftakt des

Abenteuers kennen zu lernen, wie es sich hätte abspielen mögen, wenn er hingegangen wäre.

Der Plan war auch wirklich gut, und zu neunzig Prozent hatte er geklappt und Gideon die Vermutung schon zur Gewissheit werden lassen, dass die Person ihn sitzen gelassen hätte - als sich plötzlich jemand von hinten bei ihm unterhakte und mit einem milden Vorwurf im Tonfall ausrief:

„Hier sind Sie also! Na ja, vielleicht haben wir die Örtlichkeit nicht genau genug abgesprochen."

Das war der Augenblick gewesen, der Gideon Walter von seiner Verklemmung befreite und ihn mit dem Bewusstsein ausstattete, mit dieser Frau unabwendbar ein Schicksal auf sich gezogen zu haben, das im Begriffe stand, sich an ihm zu erfüllen.

Sie trafen sich von nun an jeden Tag. Das schien ihnen angesichts der streng bemessenen Anzahl von Tagen, die Gideon noch zu kuren hatte, die vielversprechendste Vorgehensweise, um sich gegenseitig besser kennen zu lernen.

Dieses Kennenlernen war aber der delikate Punkt, der Gideon immer dann viel Kopfzerbrechen bereitete, wenn er nicht mit Genoveva zusammen war. Und je häufiger sie sich trafen, desto reichhaltiger sammelten sich die Schwebstoffe einer Empfindung, die als Verunsicherung oder auch als melancholisch verschnittenes Unfrohsein an dieser Stelle hinreichend charakterisiert sein mag.

Natürlich, wenn er mit Genoveva zusammen war, zog sich die Empfindung scheu zurück. Im Beisammensein mit seiner jungen Bekanntschaft geriet er immer wieder schnell in den Bann der weltoffenen Frau und schien nichts zu missen in einer Beziehung, in der die gemeinsamen Unternehmungen gewöhnlich aufs Beste für ihn arrangiert wurden und auch die Auswahl der zu besprechenden Themen ihm keinerlei Kopfzerbrechen bereiten musste, weil Genoveva die Fließrichtung des gesprochenen Wortes fest im Griff hatte.

Dabei schien sie von dem Drang beseelt, ihren männlichen Gegenüber voll und ganz verstehen zu wollen; jedenfalls war ihr Wissensdurst unstillbar, wenn es darum ging, Herkunft,

Lebensumstände und Innenleben unseres Helden in möglichst vielen und genauen Details kennen zu lernen. So akribisch gestaltete sich ihre Neugierde, dass Gideon beim besten Willen überfordert war, ihr vollauf Genüge zu tun.

Schon nach wenigen Tagen, in denen er in einer für seinen Charakter unerhört freimütigen Weise alles preisgegeben hatte, was man den äußeren Lebensrahmen eines Menschen zwischen Geburt und Gegenwart nennen kann, trat er in das Minenfeld seiner Erinnerungssperre; dann druckste er herum, verhaspelte sich, geriet in Erklärungsnotstand, so dass Genoveva ihn streng und vorwurfsvoll ansah. Aber sie vermied jede Anklage und ließ Gideon ganz und gar darüber im Unklaren, ob sie seine Ausflüchte von einer angeblichen Erinnerungsblockade nun gelten ließ oder nicht.

Gelegentlich kam Gideon schweißnass in sein Kurhotel zurück, weil die Mitteilungs- und Erinnerungsarbeit ihn außerordentlich angestrengt hatte. Dann warf er sich in einem Anfall von Unwohlsein auf sein Bett und fragte sich, wer diese Frau bloß war, die sich über sein Leben hermachte wie der Adler des Zeus über die Leber des Prometheus.

Dann mochte ihn vielleicht eine Furcht, ja, eine Art von Beschämung befallen, die in der belastenden Ungewissheit begründet lag, inwieweit Genoveva nicht besser über ihn Bescheid wusste als er ahnte. Sie stammte aus derselben Kleinstadt wie er. Das hatten ihre Unterhaltungen zweifelsfrei ergeben. In ihrer ungezwungenen Art, zu reden, wusste sie so viele Einzelheiten darüber vorzubringen und Anekdoten über ihrer beider Heimatgemeinde zu erzählen, dass für Gideon der peinliche Eindruck entstand, er habe seine Kindheit und Jugendzeit irgendwie verschlafen. Andererseits wurde doch manches in der Erinnerung längst Verblichene durch die Gespräche wieder an die Oberfläche gebracht: Die alte Schule, einzelne Lehrer, der langweilige Eindruck des dahindämmernden Gemeinwesens, in dem er sich niemals wirklich heimisch gefühlt hatte.

Für Gideon ergaben sich die allergrößten Schwierigkeiten, Genoveva mit seiner längst gestorbenen Vergangenheit in

Verbindung zu bringen. Mit ihrem äußeren Erscheinungsbild an jenem denkwürdigen Konzertabend war sie als attraktive junge Frau in sein Leben getreten, die mit einem einzigen raschen Überfall seine abweisende, bärbeißige Schroffheit zur Strecke brachte. Bei den späteren Begegnungen war er sich wohl darüber klar geworden, dass der jugendliche Eindruck seiner Freundin sicher auch mit der intensiven Körperpflege zusammenhing, die sie betrieb.

Er getraute sich von Verabredung zu Verabredung schon mal eher, sie genauer zu betrachten und Spuren eines Alterungsprozesses wahrzunehmen. Doch machte es nach allem Augenschein keinen Sinn, die Lebensjahre seiner weiblichen Bekanntschaft von der Größenordnung her mit seinem Alter zu vergleichen. Nein, er kannte aus seiner Vergangenheit kein Mädchen namens Genoveva. Weder in seiner noch in einer anderen Altersgruppe. Wollte sie ihm diskret etwas einreden oder litt er an Einbildung im Gefolge seiner überreizten Nerven?

Er hätte Genoveva rundheraus fragen können, ob sie sich früher schon einmal begegnet waren. Davor schreckte er zurück, weil es ihm peinlich war, bei einer dummen Frage ertappt zu werden. Außerdem hätte Genoveva die Frage leicht als eine Unhöflichkeit auffassen können, lag in ihr doch das Eingeständnis versteckt, dass er sie für älter hielt, als sie nach außen zur Geltung bringen wollte.

So behielt er denn seine Zweifel für sich und strengte sich an, zu ihren Unterhaltungen anderweitigen Gesprächsstoff beizusteuern, was ihm ganz und gar nicht leicht fiel. Zu seiner Verwunderung schlug sein Bemühen an. Vielleicht war aber auch Genoveva selbst auf den Gedanken verfallen, eine neue Seite in ihrer Beziehung aufzuschlagen. Jedenfalls schweiften von einem Tag auf den anderen ihre Gedanken und Mitteilungen nicht mehr in die weit zurückliegende Ferne, sondern hielten sich bei den geläufigen Ruhepunkten des Kuralltags auf, wohin seine neue Bekanntschaft Gideon im wahrsten Sinne des Wortes hin verschleppte.

Des bloßen Redens war Genoveva wohl müde geworden. Sie suchte nach Abwechslung und Betätigung. Jeden Tag ersann sie einen neuen Einfall, was von ihnen beiden nach den Anwendungen des strengen Kurtages zu unternehmen sei. Dabei nahm sie auf seine Müdigkeit nach Absolvierung des Programms, die er immer noch nicht völlig überwunden hatte, so gar keine Rücksicht. Gewöhnlich wurde Gideon nach einem flüchtigen Kuss auf die Wange bei der Hand genommen und vom Treffpunkt weggezerrt, einer Belustigung oder Erbauung zu, die er für sich allein bestimmt nicht entdeckt hätte.

An einem Nachmittag legte Genoveva ihm mit einem vielsagenden „Pssst!" ihren Zeigefinger auf den Mund. Dieses Zeichen kannte er inzwischen, signalisierte es ihm doch, dass etwas Besonderes, jedenfalls etwas Besonderes in der Auffassungswelt von Genoveva bevorstand. Er solle nicht fragen, meinte das „Pssst", sondern sich angenehm überraschen lassen. Das tat er denn auch, hakte sich unter und ließ sich ungezwungen des Weges leiten, der im warmen Sonnenschein lag und viele Spaziergänger angelockt hatte. Noch immer keinen Verdacht schöpfte er, als sie den Kurpark durchquerten. Als sie diesen aber auf der dem Eingang gegenüberliegenden Seite wieder verließen, hatte Gideon sich versteift.

Eine Unruhe befiel ihn, als ihm klar wurde, dass Genoveva ihn hinunter zu den Flussauen führen wollte. Dort war er nicht mehr gewesen, seit sie beide sich kannten. Auch hatte er ihr nichts von dem Ort erzählt, an dem ihn Kindheitserinnerungen heimsuchten und seltsame Erscheinungen narrten.

Unwillkürlich verlangsamte Gideon seinen Schritt und suchte nach einem Vorwand, um sich aus der Armverschränkung mit Genoveva zu lösen. Doch diese zog ihn unerbittlich vorwärts und hielt ihn fest umklammert. Woher hatte sie auf einmal diese Kraft? Und warum verfolgte sie derart verbissen ihren Weg? Sie hatte kein Wort mehr gesprochen, seit sie den Kurpark betreten hatten. Sie schien ihm verwandelt. Mit verhärteten Gesichtszügen blickte sie starr geradeaus.

Auf einmal ließ sie seinen Arm los und bewegte sich im Laufschritt den abschüssigen Weg hinunter. „Komm!", rief sie Gideon zu. „Folge mir zum Höllenschlund!" Der Angerufene zuckte bei dem Klang ihrer Stimme zusammen. Hatte er sich verrannt? War schon wieder die Einbildung mit ihm durchgegangen? Nichts klang vertrauter als die Stimme der Frau, die in ihrer verspielten Art einen harmlosen Ausflug zu einem Abenteuer werden lassen wollte.

Etwas atemlos kamen sie unten an. Sofort erwachte sein Misstrauen wieder, als sie ohne zu zögern den kleinen Pfad einschlug, der bei den Trauerweiden einmündete. Dort auf der Bank, von der er glaubte, dass er als einziger Kurgast sie kennen würde, ließ sie sich nieder und zog ihn hinunter an ihre Seite. Minutenlang versanken beide in ein tiefes Schweigen.

Gideon fühlte sich unbehaglich. Ein beklemmendes Gefühl hatte sich eingestellt. In seinem Inneren haderte er, der fremden Frau, die neben ihm saß, erlaubt zu haben, ihn hierher zu führen. Jeden Augenblick erwartete er, von seinen diffusen Erinnerungen attackiert zu werden. Trauerweiden bargen ein Geheimnis seines Lebens. So viel erschien ihm inzwischen als sicher.

Aber das hatte er mit sich allein abzumachen. Er schämte sich vor Genoveva. Seine Seele rundete sich und ging in Igelstellung. Am liebsten wäre er aufgesprungen und weggelaufen, wie damals in der Bar, als ihn ihre Frage nach den Fliegen in Panik versetzt hatte. Doch diesmal hielt ihn eine innere Kraft auf der Bank fest. Als Genoveva plötzlich das Wort ergriff, löste sich ein Knoten. Es gelang ihm wieder, etwas freier zu atmen.

Doch auch bei Genoveva schien der Ort, an dem sie sich aufhielten, eine Veränderung hervorgerufen zu haben. Der sonst immer sichtbare heitere Zug um ihre Mundwinkel war verschwunden. Sie schlug einen ungewöhnlich ernsten Tonfall an und sprach auch nicht zu Gideon hin, sondern verfiel, abgewandt, in einen Monolog, dem es gleichgültig schien, ob er einen Zuhörer fand oder nicht.

Immer wieder ihren eigenen Worten nachsinnend, beschrieb sie eine naturbelassene Stelle am Rande von Reinigenheim: Drei

Trauerweiden von den Ausmaßen dieser, bei denen sie gerade saßen, waren im Halbkreis um einen Felsblock mit abgeplatteter Oberfläche herum gewachsen. Ein beliebter Platz bei den Halbwüchsigen beiderlei Geschlechts; konnten sie doch nicht nur in dem wilden und starken Geranke der Bäume auf das Vortrefflichste turnen, sondern in der lauschigen Abschirmung der hereinbrechenden Dämmerung auch ihren aufkeimenden, noch widerspruchsvollen Neigungen nach der zärtlichen Vereinnahmung durch das jeweils andere Geschlecht nachgehen.

„Jener Ort ist mir in unauslöschlicher Erinnerung verblieben. Ich war fünfzehn, als ich mich zum ersten Mal unsterblich in einen Jungen verliebte. Wir trafen uns oft bei den Trauerweiden, bis er von einem auf den anderen Tag wegblieb."

Genoveva stockte und schielte Gideon von der Seite an. Der saß noch immer in derselben versunkenen Körperhaltung da und starrte zum Erdboden. Doch in seinem Inneren hatte es angefangen zu brodeln.

„Es kann doch nicht sein, dass du die Stelle nicht kennst. Jedes Kind in Reinigenheim kennt die Stelle. Das wird auch heutzutage nicht anders sein."

Mit diesen Worten hob sie Gideons Kinn und sah ihm fest in die Augen. Doch Gideon sah an ihr vorbei ins Leere. Mit Mühe rang er sich die Frage ab:

„Was war mit dem Jungen?"

„Ich habe erst Wochen später erfahren, dass er bei einem Verkehrsunfall ums Leben gekommen war."

Nach einer Pause fügte sie noch hinzu:

„Er konnte also gar nicht mehr zu unserer Verabredung kommen."

Das klang wie ein etwas unpassender Scherz. Doch man konnte auch den Eindruck gewinnen, Genoveva wollte eine Rechtfertigung dafür vorbringen, dass man sie hatte sitzen lassen.

Als Gideon auch jetzt noch seine verstockte Haltung beibehielt, riss Genoveva der Geduldfaden. Sie erhob sich mit einem Ruck von der Bank, stellte sich breitbeinig vor Gideon auf und fuhr ihn, beide Hände in die Hüften gestemmt, mit vor Erregung bebender Stimme an:

„Mit dir ist heute nichts anzufangen. Du benimmst dich stur und unhöflich. Wenn dieses hübsche Plätzchen auf dich in keiner Weise einen Eindruck macht, dann ist es wohl besser, von hier zu verschwinden. Alter Stockfisch!"

Ihr Vorwurf war ganz ernst gemeint. Noch niemals, seit sie sich kannten, hatte sie sich derart verstimmt gezeigt. Doch tat sie Gideon unrecht, als sie vermutete, der Ort würde bei ihm keinen Eindruck hinterlassen. Der Eindruck war im Gegenteil überwältigend. Und daran hatte Genoveva neben den erinnerungsträchtigen örtlichen Gegebenheiten einen entscheidenden Anteil. Was sie nicht durchschauen konnte beim Anblick von Gideons gleichgültig und abweisend wirkender Fassade, das waren die Turbulenzen, die sich in seinem Inneren abspielten, seitdem sie das Gespräch an diesem Ort begonnen hatte.

Genovevas Bemerkungen über die Trauerweiden von Reinigenheim hatten gleichsam eine der Erinnerungssperren gesprengt, die Gideons Blick in die eigene Vergangenheit aufhielten. Eine bislang im Dunkeln liegende Kammer wurde auf einmal grell beleuchtet, und heraus sprang der bebrillte Bube, wie von Furien gehetzt, und suchte Zuflucht in den Trauerweiden; vergeblich. Natürlich! Der Schwingplatz mit dem Felsentisch, eines der schönsten Flecken im Minz-Röhricht-Kreis. Tagsüber spielten dort die Kinder, und in den späten Nachmittagsstunden stellten sich die Pärchen ein.

Die Knutschkuchen, wie sie von den kleinen Jungen halb mitleidig, halb verächtlich genannt wurden, bis sie selber groß geworden waren und mit dem Knutschen in eine neue, unbekannte Dimension ihres Lebens einbrachen; jedenfalls die anderen, zu denen er nicht dazugehörte und es irgendwann ganz aufgegeben hatte, dazugehören zu wollen; der Brillenkieker aus der Heilandstraße, der nicht nur kurzsichtig war, sondern auch noch schielte.

Sie johlten immer, wenn sie ihn jagten. Allerdings hörten sie mit dem Prügeln auf, sobald er seine Brille verloren hatte. *Ehrensache* hatten sie immer gesagt. *Wir schlagen uns mit keinem, der uns nicht sieht.* Selten waren Mädchen dabei. Sie zogen ihre eigenen Kreise. Einmal hatte sich eines in das Rudel der Jäger verloren. Als er seine Brille verlor, hob das Mädchen sie auf.

Plötzlich stand die Kleine vor ihm mit ihren langen Zöpfen. Schemenhaft entrückt hielt sie ihm die Brille entgegen, die schon so viel mitgemacht hatte. Die Rührung saß ihm wie ein Kloß im Hals. Artig sagte er *Danke.* Da ließ die Kleine die Brille fallen und lief kichernd davon. Wie hatte sie ihn bloß genannt? *Brillen...*, *Brillen...* . Er würde schon noch darauf kommen.

Genoveva war zu sehr von Zorn erfüllt, als dass sie hätte bemerken können, in welche Abgründe von Verunsicherung ihr Begleiter gefallen war. Ihre Gegenwart war ihm peinlich geworden. Der schöne Ort lastete auf ihm wie ein Alpdruck. Er sehnte sich nach nur einem einzigen Zustand: Allein und von allen Konversationsverpflichtungen frei zu sein.

Natürlich spürte sie mit der emotionalen Sicherheit einer einfühlsamen Frau, dass irgendetwas mit Gideon nicht in Ordnung war. Doch in ihrer gerechten Empörung über den *Stockfisch* war ihr das für diesmal egal. Sollte er doch mit sich klarkommen. So war es denn zu ihrer beider Zufriedenheit, als Gideon auf ihre Vorhaltungen hin einlenkte und ihrem Vorschlag beipflichtete:

„Ja, lass uns von hier verschwinden. Ich habe heute auch noch einige Formalitäten zu erledigen, die mit meiner Abreise zusammenhängen. Besser, wenn wir uns gleich oben im Kurpark trennen."

Verwirrung und Verlangen

So klang denn dieser gemeinsame Tag, der vielversprechend begonnen hatte, in einem beiderseits unterkühlten Abschied aus. Gideon, der einen verstörten Eindruck machte, hastete auf dem kürzesten Weg seiner Unterkunft zu. Mit dem Eintritt in das Alleinsein löste sich schon bald die seelische Verkrampfung, ohne dass eine Spur von echter Erleichterung sich einstellte. Einmal in die Gedächtniskammer eingelassen, welche durch Genovevas

Reminiszenzen zur Ausleuchtung gebracht worden war, konnte sein Bewusstsein gar nicht anders, als bis in die Nacht hinein die Eindrücke der Erinnerung zu sichten, die ihm ein unerwartetes Geschick zugänglich gemacht hatte.

Dabei fiel es ihm bleischwer, sich der schmachvollen Opferrolle zu stellen, in die ihn die Umstände seiner Kindheit hineingezwängt hatten. Es mag als eine Ironie des Schicksals erscheinen, dass Jung-Gideon schon zur Abiturprüfung der dicken Augengläser nicht mehr bedurfte und der reife Mann auch jetzt noch gut ohne Sehhilfe zurechtkam. Allerdings auch ohne Mitmenschen, denen er nach einem tief verinnerlichten Verhaltensmuster noch immer mit demselben Misstrauen begegnete wie der Bub seinen kleinen Peinigern damals bei den Trauerweiden.

Hervorzuheben ist der Eindruck, den das Mädchen mit den Zöpfen bei dem Grübelnden hervorrief. Als es die Brille fallen ließ, muss der kleine dickliche Gideon seinerzeit ganz traurig geworden sein, so wie an diesem Abend des Nachsinnens der große dürre Gideon, wenn er Mal um Mal versuchte, sich jene weit zurückliegende Begebenheit deutlicher in Erinnerung zu rufen.

Er spürte, dass er dem Mädchen später noch einmal begegnet war, doch mehr als eine unangenehme fliegende Körperhitze rief sein Verdacht nicht hervor. Die der Körperreaktion zugrunde liegenden Ereignisse steckten wohl in einer anderen Kammer, vor deren Eingang die zurückliegenden Turbulenzen die Erinnerungssperre unversehrt gelassen hatten.

Ziemlich am Ende dieses Tages, der schon in einen neuen Tag übergegangen war, unmittelbar vor dem Einschlafen, stellte sich Gideon Genoveva mit langen Zöpfen vor. Das erklärt, warum er ein verhaltenes Schmunzeln auf seinem Gesicht während der Schlafphase beibehielt und erst dann zu seinem gewohnt grimmigen Dreinschauen zurückfand, als ihn Harndrang zur Unterbrechung der Nachtruhe nötigte.

Noch vor dem Frühstück rief Genoveva bei Gideon an. Auf den Konflikt des vergangenen Tages ging sie nur insofern ein, als sie für den Abend ein gemeinsames Essen vorschlug, um, wie sie sich ausdrückte, die Kummerwolken zu vertreiben. Obschon er das niemals offen eingestanden hätte, war Gideon erleichtert über die unverhoffte Wendung der Dinge.

Bei allem Misstrauen, das immer wieder gegen Genoveva als einer möglichen Zeugin seiner Vergangenheit in ihm wach wurde, und trotz der gelegentlichen Anwandlungen von Beschämung war das Beisammensein mit der Frau in der kurzen Zeit schon so etwas wie eine vertraute Komponente seines Lebens geworden. Sie war, wenn nicht weitere verborgene Erinnerungssperren ihn Lügen straften, die erste erotische Beziehung, in der er in seinem Leben stand; von der geschäftlichen Beziehung zu Mathilde, die seine rhythmischen Leiden milderte, einmal abgesehen.

Mit versöhnlichen Gedanken war er am nächsten Morgen aufgewacht. Reue über sein abweisendes Verhalten und herbe Trennungsängste setzten ihm zu. Vielleicht hätte er selbst einen Schritt der Versöhnung gewagt; aber da war ihm die Freundin diesmal zuvorgekommen. Wenn er Genovevas Geschmeidigkeit im mitmenschlichen Umgang mit seinen eigenen spröden Verhaltensmustern verglich, schnitt er schlecht ab. Das war ihm bewusst. Auch ihrer lebensfrohen Einstellung und der spielerischen Entdeckungsfreude gegenüber den Alltäglichkeiten des Lebens fühlte er sich nicht gewachsen.

Doch was sollte aller kleinlicher Vergleich! Er war und blieb eben ein Einzelgänger. Auch diese Spezies hatte, so empfand er, ein Daseinsrecht. Desungeachtet nahm er sich vor, in die heutige Begegnung ein besonderes Maß an Aufmerksamkeit und Freundlichkeit einzubringen. In lockerer Grundstimmung legte er sich gleich nach dem Frühstück in die erste Fangopackung des Tages.

Am Nachmittag dann, von den Anwendungsverpflichtungen erlöst, begab sich Gideon auf sein Zimmer, um sich für das spätere Beisammensein mit Genoveva einzustimmen. Ein Nickerchen schien ihm besonders zuträglich, um die Überleitung zum festlichen Teil des Tages zu besiegeln.

Aus dem Schlummer wurde aber nichts. Unruhe befiel erneut den in seinen Stimmungen wechselfälligen Mann. Die vorübergehende Gelöstheit nach der unerwarteten Versöhnung war jetzt einer nervösen Betriebsamkeit gewichen, die ins Leere stieß und das innere Gleichgewicht wieder einmal ruinierte.

In der Art kündigten sich gewöhnlich Gideons rhythmische Störungen an. Er wurde sich, auf dem Bette liegend, des Umstandes bewusst, dass er in seiner Beziehung zu Genoveva etwas vermisste; eine Kleinigkeit nur, eine Nebensache, die aber im Leben eines Mannes ihr eigenes Gewicht hatte und auch bei allem guten Willen nur schwer zu ignorieren war.

Wenn Gideon Genoveva mit Mathilde verglich, wie er das gelegentlich tat, dann hatte Genoveva alle Vorteile auf ihrer Seite. Wie ein Traumgebilde, wie eine verspätete Fee war sie in sein vermoderndes Schicksal getreten und hatte ihn betört, überwältigt und aus den vertrauten Bahnen seines abfließenden Lebens gerissen. Genoveva war ihm aus peripherer Entrückung eine vollendete Attraktion der Sinne geworden. In einem unaufmerksamen Augenblick seines abenddämmernden Daseins war er den Liebreizen einer Frau ins Garn gegangen, die ein leichtes Spiel hatte, den Überrumpelten zu umwickeln und ihren Zwecken, welche immer das sein mochten, verfügbar zu machen.

Genoveva sah nicht nur gut aus, obgleich ihr Alter schwer abzuschätzen war; sie kannte nicht nur die Mittel, um ihrer körperlichen Äußerlichkeit eine ganz besondere Ausstrahlung aufzuerlegen; sie beherrschte auch die Werbetechniken, um - man ist geneigt zu sagen - einem beliebigen Mannsbild das Verlangen einzupflanzen, alles auf sich zu nehmen, um in den leidenschaftlich inszenierten Besitz des verlockenden Wesens zu gelangen. Ein so sehr im erotischen Leben Zu-kurz-Gekommener wie Gideon Walter hatte keine Chance, einem trüben Schicksal zu entrinnen, wenn es denn von der charmanten Akteurin darauf abgesehen war. Doch worauf hatte Genoveva es eigentlich abgesehen?

In gelegentlichen Augenblicken, die einem flüchtigen Abstand vom Geschehen ähnlich waren, ahnte Gideon die Absurdität einer Liaison zwischen derart ungleichen Voraussetzungen und gegensätzlichen Charakteren. Keine gemeinschaftliche Lebensform konnte eine so extreme Polarität überspreizen. Dann krümmte er sich unter der inquisitorischen Frage: *Was will eine solche überhaupt von dir*? Um im nächsten Augenblick schon wieder dem vollendeten Zauber der weiblichen Persönlichkeit zu erliegen, die mit einem bloßen Blick, durch eine zärtliche Geste auch alle Fragen, Einwände und Verdächtigungen zum Ersterben brachte und in sublimer Weise jenen Trieb aufschwemmte, dem von der Natur her zugedacht ist, in einem ekstatischen Vereinigungsakt den Fortbestand der Gattung zu gewährleisten.

Nur war es zu einem solchen Vorgang bisher noch nicht gekommen. Noch zappelte Gideon im Vorgarten eines heftigen Verlangens, verlief sich darin und stakste ungelenk umher im Fegefeuer erotischer Impulse; hoffnungslos von dem Gefühl gebannt, nicht würdig zu sein, in das ungeheuerliche Zentrum der Erfüllung zu gelangen, das letztendlich nur diese Person imstande war ihm zu öffnen.

Dass er sich selbst für ein solches Begehren mitteilen könnte, daran hinderten ihn glühende Klammern, die ein widerspenstiges und weiches Seelenfleisch umspannten. Jedoch weit weg von ihr, die ihn mental zu beherrschen begonnen hatte, überschlug sich gelegentlich die Fantasie. So wie heute, vor ihrem vereinbarten Versöhnungsabendessen, auf dem Bette liegend - da schüttelte wie einen lästigen Floh das Unterfutter seines vergleichenden Sinnierens jenen einzelnen und einzigen Aspekt heraus, der für Mathilde gegen Genoveva sprach. Endlich entspannte sich Gideon und machte sich zum Ausgehen fertig.

Versöhnungsessen

Der milde Abend warb dafür, im Freien verbracht zu werden. Genoveva hatte ein Lokal am Ortsrand ausgesucht, das in seinem ruhigen, von Platanen eingefassten Garten einen beschaulichen Aufenthalt versprach. Ganz gegen ihre sonstige Gewohnheit drängte sie Gideon zu einem abseits stehenden Tisch. Es kam ihm so vor, als ob die Freundin etwas nervös sei. *Einbildung*! schalt er sich und suchte ihr ins Gesicht zu sehen. Doch Genoveva wich seinem Blick aus. Sie schien erleichtert, als sie endlich Platz genommen hatten.

„Du musst mir heute erlauben, dich zum Essen einzuladen. Ich möchte, dass du ein ganz besonderes Gericht kennen lernst. Dies ist die beste Pizzeria im Umkreis. Vertrau mir bei der Auswahl für uns beide!"

Sie suchte ihren Worten Nachdruck zu verleihen, indem sie ihre Hand mit der seinen zusammenführte, was Gideon augenblicklich elektrisierte. Dabei hätte er auch ohne Genovevas zärtliche Zugabe gegen ihren Vorschlag nichts einzuwenden gehabt. Er war in Essensangelegenheiten nicht sonderlich wählerisch, hätte sich auch niemals für einen Kenner kulinarischer Besonderheiten auszugeben gewagt. Der Vorschlag, auf ein Blankovertrauen hin sich Genovevas Feinschmeckerallüren auszuliefern, erheiterte ihn. So nickte er zustimmend und setzte ein etwas gezwungenes Grinsen auf.

Nach einer Weile kam der Kellner, um die Bestellung aufzunehmen. Er begrüßte Genoveva ausgesucht höflich. Sie flüsterte ihm die Bestellung ins Ohr. Für einen Moment schielte der Ober zu Gideon hinüber, verzog aber weiter keine Miene. Gideon konnte eine leichte Unruhe nicht ganz unterdrücken. Sie war aber nicht hartnäckig genug, um vor Genovevas begonnener Plauderei bestehen zu können.

„Weißt du eigentlich, dass ich eine Schwester habe?"

Gideon verneinte. Woher sollte er das auch wissen. Genoveva hatte bisher nicht davon gesprochen. Er blickte sie fragend an.

„Sie ist ziemlich genau zehn Jahre älter als ich."

Gideon horchte auf. Der Altersunterschied. Sein altes Misstrauen lebte wieder auf. Doch Genoveva zog ihr Thema zurück. Sie bemerkte noch, dass die Schwester irgendwo in Norddeutschland mit einem Arzt verheiratet sei und familiär kaum noch ein Kontakt bestehe. Dann kam sie auf etwas anderes zu sprechen, blieb aber auch da nicht bei der Sache, sondern ließ sich auf einmal über das Wetter aus. Kam es Gideon nur so vor, dass die Freundin heute etwas durcheinander war?

Sie mochte wirklich zerstreut sein, denn sie wechselte noch mehrfach das Thema oder verlor den Gesprächsfaden, was ihr, wie Gideon meinte, noch niemals passiert war. Auch war ihr Kopf andauernd in Bewegung, wandte sich mal hier-, mal dorthin, immer häufiger aber jener Richtung zu, woher der Kellner mit den Speisen auftauchen musste. Schließlich begriff Gideon, dass die Freundin Hunger hatte.

Als er sie darauf ansprach, stutzte sie für einen Augenblick, dann huschte ein befreites Lächeln über ihr Gesicht.

„Du hast Recht, Gideon! Ich habe seit Mittag nichts mehr zu mir genommen. Nun scheint mein Verlangen nach etwas Nahrhaftem die Oberhand gewonnen zu haben. Doch schau, mit dem Warten hat es wohl ein Ende."

Der Kellner nahte mit den bestellten Speisen. Er setzte die Teller vor ihnen ab, einen vor Gideon, den anderen vor Genoveva, und er schien keinen Augenblick im Zweifel darüber, dass die Konstellation auch die richtige sei. Gideon bemerkte sogleich, dass entgegen seiner Erwartung Genoveva bei der Bestellung eine differenzierte Auswahl getroffen hatte. Wie um seinem Vorwurf zuvorzukommen, bemerkte die Freundin sogleich:

„Ich hielt es für richtig, dich mit der unschlagbaren Pizza für spezielle Gäste bekannt zu machen." Sie stockte ein wenig und setzte ihr verführerischstes Lächeln auf, als sie hinzufügte: „Sei beruhigt; auch mir habe ich etwas bestellt, was ich zuvor noch nicht gekostet habe. Nun denn, guten Appetit, mein lieber Gideon."

Mein lieber Gideon - das traf seinen Nerv. Augenblicklich war er versöhnt und wandte sich dem Essen zu. Er mochte es lieber heiß. Reden konnten sie hinterher immer noch.

Pizza mit Rosinen - die Kombination kannte er in der Tat noch nicht. Das sah jedenfalls aus wie Rosinen, was da und dort in dem dampfenden Teig unter dem geschmolzenen Käse verlockend hervorlugte. Möglicherweise hatte er es aber auch mit einem ihm unbekannten exotischen Belag zu tun. Die

Variationsbreite in der Geschmackskomposition dieser italienischen Teigspezialität war nun einmal schier unerschöpflich.

Gideon zögerte noch einmal, um Genoveva fragend anzusehen. Da sie seinen Blick aber nicht erwiderte, sondern, wie es schien, mit kalter Leidenschaft ihrem eigenen Teller zusetzte, griff auch er zum Besteck, um das kulinarische Neuland in Beschlag zu nehmen. Er schnitt sich ein ordentliches Stück aus der Mitte heraus, dort, wo eine gewisse Konzentration der fettglänzenden schwarzen Augen am ehesten zur Lüftung des Geheimnisses um den Belag beitragen konnte. Überfallartig wurde ihm bewusst, wie groß sein eigener Hunger war.

Ungeduldig schob er sich die mit der Gabel aufgespießte Portion in den Mund. Doch kaum, dass er zu kauen begonnen hatte, ging ein heftiger Ruck durch seinen Körper. Für einen Augenblick schien es, als sei der in seinem Stuhl kerzengerade aufgerichtete Mann zu einer Salzsäule erstarrt, bevor ein zweiter Ruck ein heftiges Zittern der Hände auslöste. Ähnlich erging es dem Mund, der sich, wie von dem verborgenen Mechanismus im Inneren einer Puppe gesteuert, abwechselnd öffnete und schloss, öffnete und schloss. Die einförmige Bewegung erzeugte einen feinen Speichelfaden, der sich im rechten Mundwinkel ansammelte, um schließlich zähflüssig abzutropfen und auf dem Teller mit der angeschnittenen Pizza zu landen.

Das war ein unscheinbarer, kaum wahrzunehmender und zudem geräuschloser Vorgang, der aber im Kopf des wie von einer Vergiftung Befallenen wie eine Detonation wirkte. Gideon murmelte etwas Unverständliches. Dann wiederum lachte er boshaft auf. Für eine kurze Dauer richtete sich sein Blick auf Genoveva, die nicht von ihrem Teller aufsah. Dieser Blick, den man bislang noch nicht an Gideon beobachtet hatte, durchbohrte sie förmlich, bevor er kraftlos an ihrer Gestalt herabfiel.

Mit einem einzigen Bissen hatte sich, völlig unerwartet und unvorbereitet, das Geheimnis der Rosinen erschlossen. Es waren Fliegen, die, zart gebacken und mit Käse unvollkommen ummantelt, ihr Schicksal im heißen Herd des Restaurants gefunden hatten und eine allergische Reaktion auslösten, die Gideon nicht unter Kontrolle bringen konnte.

Wie wir wissen, war er mehrfach in der Vergangenheit mit seinem Bestreben aufgelaufen, seiner Mangelerscheinung abzuhelfen. Widrige Umstände hatten es mit sich gebracht, dass er mit der vielversprechendsten Unternehmung dicht vor seinem Ziel gescheitert war. Danach hatte er resigniert, hatte die Symptome so gut es ging verdrängt und in der Bekanntschaft mit Genoveva zu einem oberflächlichen Gleichgewicht gefunden, das der Zufuhr der benötigten Ingredienzien scheinbar nicht mehr bedurfte. Und nun auf einmal diese überraschende Üppigkeit der Versuchung. Ausgerechnet in einer gut beleumdeten Gaststätte sollte sich jemand gefunden haben, sein tiefstes und geheimes Verlangen zu bedienen. *Wer, wenn nicht Genoveva ...* !

Die Umstände waren allerdings nicht dazu angetan, den angedachten Gedanken folgerichtig zu Ende zu denken. Die frisch und schmackhaft zubereiteten Fliegen rissen Gideon mit und beraubten ihn der letzten Reste einer kulturell im Allgemeinen doch recht zuverlässigen Ernährungshemmung in dieser Richtung.

Wie in einem Anfall von aggressivem Wahn hieb er auf seine Mahlzeit ein und zerstückelte sie in einer für das Auge eher unappetitlichen Weise. Fahrig in der Handhabung des Bestecks, gierig beim Verschlingen der vom Pizzalaib abgetrennten Stücke, galt aber den wehrlosen plumpen Fliegenleibern seine ganze nervöse Aufmerksamkeit; ja, beinahe möchte man es für eine dieser Spezies gegenüber ansonsten vom Menschen nicht dargebrachten Fürsorglichkeit halten, mit der Gideon die steifgebackenen Tierchen vom übrigen Zerstörungswerk abschirmte, sie unversehrt aus ihrem klebrigen Teig-Käse-Grab barg, um sie seinem Munde zuzuführen, argwöhnisch dabei aus den Augen lugend, als könnte ihm seine Beute in der letzten Sekunde noch davonfliegen.

Gideons Organismus war außen und innen heftig in Arbeit. So ergossen sich in breiten Schwällen aus beiden Mundwinkeln die für eine zuverlässige Verdauung der chitinhaltigen Kost

dienlichen Säfte. Gideon wurde unempfindlich für alle von außen kommenden Reize und widmete sich dem einzigen Ziel, die
dargebotene Mahlzeit schnell und restlos zu vertilgen. Als sein
Werk beendet war, fiel er, fast betäubt, in einem Zustand der Erschöpfung in seinen Stuhl zurück. So verharrte er minutenlang
mit geschlossenen Augen. Genoveva hütete sich, dem übel mit-
gespielten Freund jetzt in irgendeiner Weise nahe zu treten.

Es war geradezu sonderbar, in welcher Haltung die Gefährtin
der exzessiven Nahrungsaufnahme ihres Begleiters beiwohnte.
Als die Gerichte vom Kellner serviert worden waren, hatte Genoveva nach ihrem freundlichen *Guten Appetit* sogleich das Besteck aufgenommen und sich voll und ganz der Verkostung hingegeben. Mit ruhigen, konzentrierten Bewegungen handhabte
sie Messer und Gabel, um sich einen kleinen Vorrat an mundge-
rechten Stücken zurechtzuschneiden, bevor sie das erste davon
ihrem erwartungsvollen Appetit zuführte.

Ihren Kopf hielt die Frau dabei gesenkt, weshalb Gideon außerstande war, den von ihm gewünschten Blickkontakt herzustellen. So hatten sich denn schweigsam, mit zweigeteilter Geschäf-
tigkeit, ja, fast ein wenig feierlich, die ersten Augenblicke der be-
gonnenen Mahlzeit zugetragen.

In Wahrheit jedoch ließ Genoveva ihren Gegenüber keine Sekunde aus den Augen. Unter den gesenkten Lidern war ihr Blick
gespannt auf den Verführten gerichtet. Er krallte sich angriffs-
lustig an ihm fest und verfolgte den ersten verhängnisvollen Bissen noch bis in den Rachenraum hinein.

Als Gideon zu kauen begann, war Genoveva in ihrer Bewegung
erstarrt. Sie schien auch kaum mehr zu atmen. Eine auffallende
Blässe hatte sich über ihr Gesicht gelegt, das gleichsam verstei-
nert war. Gleich darauf ging durch Gideon der erwähnte Ruck,
der nur schwer für sich glaubhaft machen konnte, dass er auf ein
paar tote Fliegen zurückzuführen sei.

In der Beobachtungshaltung von Genoveva war aber kein Misstrauen, keine Spur von Ungläubigkeit zu erkennen. Die Frau
stutzte nicht und war auch nicht erschreckt über den Anfall ihres
Essenspartners. Über die ganze Zeit, in der sich die geschilderten

Vorgänge abspielten, blieb sie aber aufmerksam, angespannt und konzentriert, um sich nicht eine Einfärbung in der Ereigniskette, ein Raunen des Gideonschen Schicksals entgehen zu lassen. Selbst als sie der Blick des infizierten Freundes durchbohrte, blieb sie fest und ungerührt.

Schließlich kam die erlösende Konvulsion, und der lustvoll Gepeinigte versank in den entspannten Zustand einer Erschöpfung. Ohne Hast griff Genoveva nach ihrer Handtasche und entnahm ihr Schreibstift und Notizblock. Und mit derselben Konzentration und Zielstrebigkeit, mit der sie zuvor Messer und Gabel gehandhabt hatte, machte sie sich jetzt Notizen, die sie fertig stellte, bevor der Freund ins Leben zurückfand. Als unser Fliegenheld die Augen wieder öffnete, hatte Genoveva Stift und Notizblock längst zurück in die Tiefen ihrer Handtasche versenkt.

Man hätte nach dem Vorgefallenen meinen können, Gideon werde Anzeichen einer Scham oder Gesten der Reue zeigen, zumindest doch pikiert dreinschauen, um die Wirkung, die sein Anfall auf jeden Beobachter gehabt haben musste, etwas abzumildern. Doch nichts dergleichen trug sich in seinem Gebaren zu. Er lächelte nur, und es war ein selbstsicheres, fast schon herausforderndes Lächeln, mit dem er Genoveva für sich einzunehmen suchte.

„Danke", sagte er in einem bestimmten, doch ausgesucht höflichen Tonfall.

Genoveva runzelte die Stirn.

„Wofür hättest denn du mir zu danken?"

„Du musst dich nicht verstellen. Niemand sonst hätte so treffgenau meine leidenschaftliche Vorliebe bedienen können. Auch wenn die Geheimhaltung gemein von dir war: In der Sache bin ich zufrieden gestellt."

„Du meinst die Fliegen", bemerkte sie leichthin, und man war sich nicht sicher, ob ein Anflug von Häme in dem Blick steckte, mit dem sie Gideon scheinbar teilnahmslos musterte. Dieser ließ sich aber nicht beirren. Er zuckte beiläufig die Schultern und fuhr in demselben Tonfall fort:

„Es geht um etwas viel Grundsätzlicheres als um dieses oder jenes Exemplar im Reich der Fauna. Ich kann mich auch anders ausdrücken: Ich danke dir für deine Hilfe bei der Bewältigung gesundheitlicher Probleme. Ich leide an einer Abhängigkeit. Allerdings sollten wir damit nicht unseren gemütlichen Abend befrachten."

Es war für einen mit dem Leben Gideon Walters vertrauten Beobachter gewöhnungsbedürftig, den Mann derart ruhig sprechen zu hören. Es lag keinerlei Hast mehr in seinem Wortfluss. Keine Beschwernis schwang wie sonst in seiner Stimme mit. Am überraschendsten aber war der verwandelte Tonfall, mit dem sich der aktuelle Gemütszustand des auf eine geheimnisvolle Weise Geläuterten mitteilte.

War der durch einen absonderlichen Streich Beschenkte der Missetäterin etwa dankbar? Das wäre möglicherweise zu stark ausgedrückt. Man mochte schon eher an eine Wallung aufkommender Anhänglichkeit denken, die sich nicht aufdrängen, aber auch nicht verleugnen will, stattdessen sich selbständig und selbstbewusst in einen Gefühlsstrom einspeist, dem an der Verstetigung einer noch wankelmütigen Bindungsleidenschaft gelegen ist.

Eine solche Richtung für den erst angebrochenen Abend schien Gideon wichtig zu sein, und zu Gunsten eines Gelingens in seinem Sinne war er augenscheinlich geneigt, das lästige Thema zu opfern. Genoveva, die sicher gern noch weiter über die Fliegen gesprochen hätte, sah ein, dass ihr Gegenüber sich nicht darauf einlassen würde. So nahm sie denn noch eine Chance wahr, indem sie zarten Druck auf Gideons Handfläche ausübte und das aussprach, was ihr am meisten am Herzen lag:

„Eins noch musst du mir heute billigerweise anvertrauen: Wann hast du deine Vorliebe für jene Geschmacksrichtung entdeckt? Wie lange bedienst du schon deine sonderbare Ernährungsgewohnheit? Und woran erkennst du, dass es sich um eine Abhängigkeit handelt?"

„Du fragst viel auf einmal", sagte Gideon. „Es war ein Betriebsausflug, den ich als junger Angestellter meines Verlags mitmachte. Ich hatte getrunken, obwohl ich nicht viel vertragen kann. Irgendwie kam die Idee mit der Wette auf; ich könne ein mit Fliegen belegtes Brötchen verspeisen, verkündete ich damals großspurig in meinem angeheiterten Zustand. Was glaubst du: Die Wette gewann ich. Gott, hat das ein Gerede gegeben! Nur wegen der insgesamt feucht-fröhlichen Umstände wurde ich entlastet."

„Aber so einen dummen Streich wiederholt man doch nicht", warf Genoveva ein.

„Die Wirkung der Kost war überwältigend. Ich war für Stunden und noch am Tag danach wie ausgewechselt; ein anderer Mensch geradezu. Der Kollegenkreis hat das auf die Wirkung des Alkohols zurückgeführt. Ich weiß es aber besser. Seither kommt das Verlangen in unregelmäßigen Abständen immer wieder. Eine Fliegenmahlzeit stärkt mein Gemüt. Wenn ich das Verlangen nicht bediene, gerate ich in eine Krise."

Genoveva schüttelte ungläubig den Kopf.

„So eine Sucht kommt doch nicht von heute auf morgen. Die hat ihren Ursprung meist in der Kindheit."

„Ich erinnere mich nicht an die frühen Zeiten." Gideon hielt inne. Erst nach einer Weile fuhr er fort:

„Deine Geschichte mit den Trauerweiden hat eine erste Bresche in die Mauer meines Vergessens geschlagen. Fliegen in meiner Kindheit? Ich glaube eher nicht."

Es sah so aus, als ob Genoveva etwas einwenden wollte. Sie öffnete den Mund, schwieg dann aber doch. Gideon hatte einen abweisenden Gesichtsausdruck aufgesetzt. Es war ihm anzusehen, dass er im Augenblick nicht mehr von sich preisgeben würde.

Unterdessen hatte er aber seinen Stuhl immer näher an Genoveva herangerückt. Seine Stimme wurde rau, als er herausplatzte:

„Wir sollten das Thema lassen. Wenn an einem wunderschönen Abend Mann und Frau beieinandersitzen, hätten sie wohl Besseres zu tun."

Mit diesen Worten schlang er seine Arme um Genoveva und versuchte, sie an sich heranzuziehen. Sie wehrte ihn jedoch ab und entwand sich geschmeidig seinem plumpen Griff.

„Nicht doch, Gideon! Nicht hier!"

Sie lächelte, um ihrer Verweigerung ein wenig die Spitze zu nehmen. Gideon ließ sich nicht beirren. Er lächelte ebenfalls, verkrampft zwar, aber nicht ohne Verheißung.

„Wir haben noch nicht ein einziges Mal miteinander geschlafen. Hältst du das in einer Beziehung für normal?"

Genoveva lachte hell auf.

„Also das ist es! Was für eine Beziehung hätten wir denn deiner Meinung nach?"

Vielleicht hätte Gideon jetzt eine zweite Spezialpizza benötigt, um bei Genovevas Frage in seinem neuen Gleichgewicht bestehen zu können. So aber kehrte seine gewohnte Hilflosigkeit erst einmal wieder zurück. Er sah die Begehrte an, senkte den Blick, druckste herum. Schließlich zog er seinen Stuhl Zentimeter um Zentimeter zurück. Es war kaum hörbar, als er murmelte:

„Ich dachte, wir hätten uns ein wenig gern."

Genoveva hatte ihn scharf beobachtet. Bei seinem Rückzug spielte ein feines Lächeln um ihre Mundwinkel. Sie war wieder völlig Herrin der Lage und rückte nun ihrerseits den Stuhl näher an Gideon heran.

„Natürlich bin ich sehr froh, deine Bekanntschaft gemacht zu haben. Wir sollten weiteres Vertrauen aufbauen, bevor wir uns intensiver binden. Sieh, auch ich vermisse etwas in unserer Beziehung: Du bist so verschlossen und zu wenig aufrichtig, wenn es um deine Person geht."

„Das stimmt nicht ganz", warf Gideon ein. „Ich bin dir gegenüber nicht weniger aufrichtig als zu mir selber. So tief wie heute Abend durfte mich noch niemals ein Mensch durchschauen."

„Das erkenne ich an, wenngleich nicht unerwähnt bleiben sollte, dass erst die von mir arrangierten Umstände deine Aufrichtigkeit herbeigeführt haben. Versteh aber auch, dass ich deinen Geschmack nicht teile und Hemmungen hätte dich zu küssen, bevor deine Pizza restlos verdaut ist. Was hältst du davon, wenn ich dich morgen besuche?"

Gideon erkannte, dass er durch Genovevas letztes Argument entwaffnet war. Missmutig zuckte er mit der Schulter, brummte noch einige unverständliche Bemerkungen in sich hinein, schickte sich aber insgesamt erstaunlich gleichmütig drein. Seine Finger spielten mit der Tischdecke. Er warf den Kopf in die Runde, um, was überhaupt nicht seine Gewohnheit war, die Gäste an den entfernteren Tischen zu mustern. Dann richtete er in einem scharfen Tonfall an Genoveva die Frage:

„Was schlägst du vor, was an diesem fortgeschrittenen Abend noch unternommen werden kann?"

„Nichts", erwiderte sie gleichmütig. „Ich werde noch kurz ein Thema anschneiden, das dich interessieren dürfte. Dann werde ich die Zeche hier bezahlen und meinen Heimweg antreten. Ich plage mich schon den ganzen Tag mit Kopfschmerzen und bitte dich wirklich um Nachsicht, wenn ich mich deshalb heute zeitig zurückziehe."

Die Ankündigung eines neuen Themas versetzte Gideon wieder in Unruhe. Er richtete seinen Blick fragend auf Genoveva. Sie wollte indes schnell zur Sache kommen, denn ohne Umschweife fing sie an zu erzählen:

„Ich erwähnte vorhin meine Schwester. Ich verschwieg dir, dass wir als Kinder, auch wenn sie älter war als ich, ein ziemlich vertrautes Verhältnis zueinander hatten. Aus ihren Erzählungen weiß ich, dass es in unserem Städtchen einmal einen kleinen Jungen gegeben hat, der Fliegen fing und sie dann in den Mund steckte. Es war nach der Beschreibung meiner Schwester ein blonder, etwas dicklicher Junge mit runder Hornbrille gewesen, der oft von anderen Jungen gehänselt wurde. Meine Schwester hat zwar nie behauptet, dass er die Fliegen gegessen hat; sie war, als sie einmal einen solchen Vorfall mitbekommen hat, sofort davongelaufen. Aber ich denke mir meinen Teil. Gideon, du musst ungefähr so alt sein wie meine Schwester. Hast du den Jungen gekannt?"

Wir wüssten nichts über Gideons Verhalten, wenn er an diesem Abend nicht so gut gegessen hätte. Nun wurde ganz deutlich, dass ihn die Mahlzeit außerordentlich gestärkt hatte. Wohl verfärbte er sich um eine Nuance. Und er hörte auf, mit der Tischdecke zu spielen. Aber sein Tonfall war ruhig, wenngleich ziemlich vertrocknet, als er gleichgültig sagte:

„Nein, ich habe keine Ahnung von derartigen Jungens und derartigen Vorfällen. Doch lass uns jetzt wirklich gehen! Auch ich habe Kopfschmerzen."

Genoveva ließ ihn nicht sofort aus den Augen. Sie hielt ihren Blick noch eine Weile starr auf Gideon gerichtet. Schließlich seufzte sie und winkte den Kellner herbei, der gerade in ihre Nähe gekommen war.

Ein Rückfall ...

Am nächsten Morgen, kurz nach neun Uhr, stand Genoveva bei Gideon vor der Tür. Sie klopfte, erhielt aber keine Antwort. Auch ein stärkeres Klopfen erzielte kein besseres Resultat. Sie war beunruhigt, denn bereits um acht Uhr hatte sie den Freund vergeblich angerufen. Etwas ratlos stand sie nun vor dem Eingang seines Appartements. Schließlich drückte sie energisch die Klinke nieder; die Tür sprang auf. Damit hatte sie nun nicht gerechnet. Unschlüssig verharrte sie auf der Schwelle.

„Gideon!", rief sie ins Zimmer hinein. Es blieb still. Da tat sie einen großen Schritt, ließ die Tür hinter sich aber vorsichtshalber offenstehen.

In dem Raum, den sie betreten hatte, war es dämmrig. Die Vorhänge waren zugezogen. Aus dem Hintergrund erklang leise Musik. *Hier geht irgendetwas nicht mit rechten Dingen zu*, dachte Genoveva. Sie ertastete den Schalter und machte Licht.

Nun konnte sie sich wenigstens orientieren. In der abgestandenen Luft lag ein klebriger Geruch. Gleich darauf wurde ihr klar, wo er seinen Ursprung hatte. Sie stand vor dem unaufgeräumten Esstisch, der mit Lebensmitteln überladen war: Brot, Butter,

Aufstrich, Reste einer Quarkspeise mit Rosinen. Sogar ein Handstaubsauger, in seine Hauptbestandteile zerlegt, lag wuchtig inmitten der Lebensmittel.

Genoveva war durch die Erfahrungen der letzten Tage misstrauisch geworden. Sie schaute aufmerksamer hin und konnte ihren Anfangsverdacht sogleich erhärten: Das waren tote Fliegen inmitten der Essensreste. Fliegen im Quark, Fliegen auf Butterbrothälften, Fliegen auf dem Tisch. Und auf dem Fußboden lagen auch noch einige herum. Genoveva schüttelte sich. Sie konnte nur schwer einen aufkommenden Ekel unterdrücken. Rasch zog sie die Vorhänge zurück und öffnete das Fenster.

„Gideon!"

Immer noch keine Antwort. Von einer bösen Ahnung befallen, betrat sie den kleinen angrenzenden Schlafraum. Das Bettzeug war völlig durcheinandergebracht worden, aber es lag niemand darin. Genovevas Blick wanderte zum Fußboden. Seitlich der Bettkante lag ein regloses Bündel. Sie musste zweimal hinsehen, um in dem verdächtigen Bettvorleger ihren Gideon zu erkennen. Zusammengekrümmt lag er da und bewegte sich nicht. Aber sie erkannte sofort, dass er lebte. Denn was zunächst wie leise Hintergrundmusik geklungen hatte, kam in Wirklichkeit von der steif daliegenden Gestalt. Es war ein leises Wimmern, das jetzt, da es enttarnt war, umso herzzerreißender klang.

Genoveva trat an den wie leblos wirkenden Körper heran und brachte ihn in Rückenlage. Mit glasigen Augen starrte der Freund sie an. Als er sie nach einer Weile erkannte, glitt ein warmes Lächeln über sein Gesicht.

„Ach, Genoveva, du bist es. Wie schön du bist! Wie schön auch, dich bei mir zu sehen. Du hattest es ja versprochen. Bitte lass mich nicht mehr allein!"

Genoveva ging nicht auf sein Gerede ein. Mit geübtem Griff befühlte sie seinen Puls und machte dabei ein bedenkliches Gesicht.

„Sicher ist sicher", murmelte sie und trat zum Haustelefon, das gleich nebenan auf einer Konsole stand. Das Weitere war eine

Folge von Routinehandlungen, für die man in dem Hause bestens vorbereitet war.

So wurde denn dieser Tag für Gideon Walter ein anwendungsfreier Tag. Der herbeigerufene Notarzt beförderte unseren Helden auf dem schnellsten Weg ins örtliche Krankenhaus. Eine Stunde später, nachdem sie ein paar Erledigungen gemacht hatte, war auch Genoveva an Ort und Stelle und verlangte den behandelnden Arzt zu sprechen.

Der war ein älterer Herr, der im Gespräch viel Sorgfalt darauf verwendete, seinen überaus gepflegten Spitzbart zu streichen. Man gewann aber nicht den Eindruck, dass die Qualität seiner Gedanken darunter litt.

„Merkwürdig, sehr merkwürdig, junge Frau. Bei dem Eingelieferten deutete alles auf eine Vergiftung hin. Wir haben aber nichts gefunden. Nur der Mageninhalt, wenn ich das einmal so sagen darf, war nicht ganz von dieser Welt. Voller Fliegen! Da soll sich einer einen Reim drauf machen."

„Überdosis, Herr Doktor", erwiderte Genoveva mit einem feinen Lächeln.

„Wie belieben?" Der Arzt schüttelte verständnislos den Kopf.

„Ein Scherz, Herr Doktor. Ich bitte um Verzeihung. Worin sehen Sie das Problem?" Genoveva war sofort wieder ernst geworden und suchte nun eine aufrichtige Wissbegier in ihre Frage zu legen.

„Ein Problem möchte ich meine Beobachtung nicht nennen. Jedenfalls kann ich ein solches nicht erkennen. Als Erste-Hilfe-Fall ist die Sache im Grunde erledigt. Doch wenn ich meinen Forschersinn einmal ausschweifen lassen darf, dann haben wir es medizinisch mit einer Abnormalität zu tun. Der Verdauungsvorgang des Mannes mit den Fliegen im Magen-Darm-Trakt: So funktioniert das nicht bei einem normalen Menschen."

„Wieso?" Genoveva war hellhörig geworden. Sie hing förmlich an den Lippen ihres Gesprächspartners.

„Unsere Aufgabe war es, einen Notfall zu behandeln. Für darüber hinaus gehende Untersuchungen haben wir keinen Auftrag bekommen. Und eigenmächtiges Handeln liegt mir fern. Man mag es dem Zufall zuschreiben, wenn ich das Folgende nicht übersehen konnte: Das Zeug, das sich der Mann zugeführt hat, ist im Großen und Ganzen unverdauliches Chitin. Unverdaulich, wohlgemerkt! Ihm geht das aber weg, als würde es durch die Schleimhäute und die Außenhaut rückstandslos verdunsten. Wahrlich, ein Phänomen. Mehr weiß ich nicht. Mehr sag ich nicht. Mehr geht mich auch nichts an."

„Also, er ist über den Berg?" Genoveva hatte Mühe, ihre Aufregung, in die sie durch die Informationen des Arztes augenscheinlich geraten war, hinter einer Frage zu verbergen.

„Sie könnten ihn eigentlich schon mitnehmen. Doch ich darf die vorgeschriebene Beobachtungszeit nicht unterschreiten. Wir werden den Mann gegen Mittag entlassen. Aber gehen Sie nur zu ihm. Er macht ganz den Eindruck, als würde er sich über Ihren Besuch freuen."

Genoveva erkundigte sich noch nach der Zimmernummer, dann verabschiedete sie sich von dem Mediziner. Sie hatte, wie es schien, keine besondere Eile, zu Gideon zu gelangen. In einer nahegelegenen Sitzgruppe nahm sie Platz und machte über längere Zeit Eintragungen in ihr Notizbuch. Dabei blickte sie gelegentlich auf und dachte konzentriert nach, bevor sie mit dem Schreiben fortfuhr. Schließlich schien ihr Werk zur Zufriedenheit gediehen zu sein. Sie klappte das Büchlein zu und verstaute es sorgfältig in ihrer Handtasche. Leichten Schrittes strebte sie über die Treppe der ersten Etage zu, wo Gideon in einem der zahlreichen Krankenzimmer seinen unfreiwilligen Aufenthalt gefunden hatte.

„Na, mein Lieber", ergriff sie beim Eintreten sogleich das Wort, „du hattest wohl mit der Pizza noch nicht genug?"

Er hatte vor sich hingedöst; nun schreckte er bei ihren Worten hoch. Über sein Gesicht glitt ein erlöstes Lächeln.

„Du musst mir nicht böse sein, Genoveva. Es ging mir sehr zu Herzen, dass du den wunderbaren Abend so schnell beendet hast."

Seine Stimme klang sonderbar. Wie ein Samtrock den zarten Körper, so umschmeichelten die in der Frequenz leicht

abgesenkten Töne die Gehörgänge der Angesprochenen. Genoveva blickte ihren Gesprächspartner verwundert an. In Gideons
Augen lag ein werbender Schimmer ohne alle Tünche von Zudringlichkeit. Die etwas hohlen Wangen waren leicht gerötet
und unterstrichen in dem in seinen Grundzügen sonst eher abweisenden Gesicht den Eindruck von intensiven seelischen Aktivitäten. Als Genoveva sein Bett erreicht hatte, ergriff er sogleich
ihre Hand und schien sie gar nicht wieder loslassen zu wollen.
Sie ließ es unbeteiligt geschehen.

„Du musst mir alles ganz genau erzählen, was sich zugetragen
hat. Denke daran: Vertrauen! Auch das war ein Thema unseres
gestrigen Abends.“

„Ich will gewiss ganz aufrichtig sein“, beteuerte Gideon. „So
höre denn zu, was mir nach unserer Trennung widerfahren ist.“

Das Erzählen schien ihm Spaß zu machen. Seine heitere Gelöstheit in der Stimme kam dem Arrangement seiner Worte zugute,
und nicht ohne Kurzweil, wie ihr wechselnder Gesichtsausdruck
erkennen ließ, erfuhr Genoveva Einzelheiten einer Begebenheit,
die sie im Großen und Ganzen schon vermutet hatte. Doch wie
so oft im Leben macht erst die Summe der Details das Ganze aus,
ohne dass dieses aber sich darin erschöpft.

Wenn wir nun dem Erzählgang Gideons folgen, so hatte dieser
sich nach der Trennung von Genoveva noch eine Weile im Kurpark aufgehalten, um das gemeinsame Mahl in seinem Kopfe
nachzuarbeiten. Dabei hatten sich seine Schritte wie zufällig zu
einem kleinen Bistro hin verirrt, wo die Entscheidung gereift
war, noch einen Schluck zu trinken, um die Gedankenarbeit zu
vervollkommnen und zu vertiefen und ihr, wenn möglich, ein
Zusätzliches an Ergiebigkeit zu entlocken, wie das denn mit einem Tröpfchen Alkohol oftmals im Leben eher möglich ist als im
Zustand strenger Abstinenz.

Es erwies sich aber nach Gideons zerknirschter Selbsterkennt-
nis jener Schritt gerade als der falsche und als dem Ausmaß der
seelischen Erschütterung überhaupt nicht angemessen. Denn
von dem nicht einmal übermäßigen alkoholischen Verzehr sti-
muliert, bekam das Verlangen nach der den Mangelzustand

attackierenden Substanz nachgerade die Überhand, und jene zurückliegende befreiende Pizza-Mahlzeit konnte am Ende umso
weniger die erfolgreiche Befriedigung eines verhängnisvollen
Bedürfnisses für sich zu Gute halten, als ihr die Verantwortung
für eine Woge von freigesetzter Gier zufiel, der die Genügsamkeit am Gehabten so gleichgültig wurde wie die Obsession für
ein mögliches Mehr an Mächtigkeit gewann.

Kurz und gut: Gideon wurde von der Sucht überwältigt, am
fortgeschrittenen Abend erneut eine Erwerbsquelle für den von
ihm dringlich benötigten Stoff anzuzapfen; koste es, was es
wolle. Hier kam ihm im Ringen um eine erfolgreiche Fangstrate-
gie noch einmal der Alkohol zu Hilfe, der zweifellos eine die
Fantasie anregende Wirkung entfaltete. Gideon entsann sich
nämlich jenes Handstaubsaugers, der als Zimmerausstattung
beigegeben war und die Bewohner ermutigen sollte, kleinere
Reinigungsvorgänge, sei es in den Zimmern oder auf dem Bal-
kon, zum Nutzen der Wohnqualität selbst zu bewerkstelligen.
Dass das Gerät auch im Akkubetrieb zu handhaben war, bedeutete nicht weniger für Gideon als die Lösung eines kardinalen
Problems.

Einmal in der Richtung angebahnt, fügten sich verschiedene gedankliche Ansätze zu einem vielversprechenden Plan zusammen, an dessen Ausführung er sich sogleich zielstrebig heran-
machte. Den Staubsauger, in den er noch schnell einen frischen
Beutel einsetzte, besorgte er sich aus seinem Zimmer. Jetzt noch
den begehrten Stoff zu finden, war dem enthemmten Mann ein
leichtes; schließlich gehörte die Beobachtung von Örtlichkeiten,
an denen Fliegen in Massen sich zusammenfinden, zu seinen
obersten Leidenschaften.

Der Rest ist nun schnell erzählt: Der Übermacht der menschlichen Technik hatten die an verschiedenen Fundorten aufgestö-
berten Tierchen nichts Gleichwertiges entgegenzusetzen. Erbarmungslos wurden sie an ihrem Aufenthaltsort von einem warmen Luftstrom abgesaugt und in den frischen Staubsack hinein-
gerissen, wo ein Teil von ihnen erst einmal betäubt verharrte, ein
anderer, widerstandsfähigerer, in stressbedingter Aufregung

fliegend und purzelnd durcheinander tobte, ohne aus der schicksalhaften Verbannung nur irgendeinen Ausweg zu finden. Aus diesem Gefängnis, gleichsam eine perfide ersonnene Zwischenlagerung, gerieten sie ohne die Chance einer ernsthaften Gegenwehr später in eine süße, honighaltige Lösung, die ihr Verfolger ihnen zubereitet hatte. Die weitere Verarbeitung der gewonnenen Biomasse war reine Routinesache, beziehungsweise sie hing von der Geschmacksrichtung ab, die Gideon an jenem Abend bevorzugte. Einiges dazu war ja schon im Laufe unserer Berichterstattung angedeutet worden.

Seine Essgier war, wie er schamhaft eingestand, so groß gewesen, dass er die Nahrungsgüter pausenlos in sich hineinstopfen musste. Binnen kurzer Zeit war der Inhalt des Staubsaugerbeutels verarbeitet und seiner von dem Heißhungrigen ausersehenen Bestimmung zugeführt worden. Nur wenige Reste waren noch nicht vertilgt, als eine heftige Schmerzattacke ihn vom Esstisch riss. Er warf sich gepeinigt auf sein Bett und presste das Bettzeug an den Leib, als könnte er davon Linderung seiner Schmerzen erwarten. Nur konnte davon keine Rede sein, genauso wenig wie ein mechanisches Hin- und Herrollen etwas fruchtete.

Bei einer dieser unkontrollierten Bewegungen geriet er über den Bettrand hinaus und plumpste auf den Teppichboden. Weil er nicht die Kraft zum Aufstehen fand, blieb er liegen, krümmte sich, da das etwas half, zusammen und verlor irgendwann die Besinnung oder schlief ein; ganz war sich Gideon darüber nicht im Klaren. Wie wir wissen, hatte Genoveva ihn in dieser Lage aufgefunden.

„Eine schlimme Geschichte, die du anregend erzählt hast. Wie haben wir uns den Schmerzanfall denn wohl zu erklären?" Eine gewisse Skepsis schwang in Genovevas Frage mit.

„Ich weiß es nicht", antwortete Gideon treuherzig. „Ich bin im Allgemeinen, von meinen Wirbelsäulenproblemen abgesehen, körperlich gesund. Die plötzliche Unpässlichkeit kann ich mir nun wirklich nicht erklären."

Es entstand eine Pause, während der Gideon Genoveva unverwandt ansah. In seinem Blick lag eine Wärme und Sanftmütigkeit, als müsste er all die langen Jahre im Banne seiner unfrohen Schroffheit in diesen Augenblicken wiedergutmachen. Genoveva tat, als bemerke sie nichts. Schließlich nahm sie das Gespräch wieder auf.

„Mir ist aufgefallen, dass du nicht über deine Gefühle gesprochen hast."

„Was sollte ich darüber erzählen? In einer Suchtattacke sind bei mir die Gefühle ausgeschaltet. Der Organismus ist voll und ganz damit beschäftigt, den begehrten Stoff zu erlangen. G e n o v e v a ...“

Er sah ihr unterwürfig in die Augen. Ein derart hündischer Blick kann einen Menschen unter gewöhnlichen Umständen nicht von heute auf morgen befallen.

„... Ich habe wirklich alles gesagt. Noch niemals in meinem Leben bin ich so aufrichtig gewesen."

Genoveva verzog das Gesicht. Es war nicht klar, ob ein Lächeln daraus werden sollte. Augenscheinlich war ihr Misstrauen nicht besiegt. Doch sie sah ein, dass weiteres Nachbohren in der Angelegenheit kein zusätzliches Mehr an Transparenz bewirken würde und lenkte das Gespräch auf die nächsten praktischen Belange.

... und seine Folgen

Genovevas Misstrauen war keineswegs unberechtigt. Nicht dass Gideon ihr die Unwahrheit erzählt hätte; sie hatte schon die volle Wahrheit vernommen, dazu noch unterhaltsam vorgetragen. Doch den in Gideons Erzählung scheinbar folgerichtigen Handlungsabläufen war noch eine andere Wahrheit untergelagert, und auf diese einzugehen hatte er sich wohlweislich gehütet. Es war nun einmal so: Die volle Wahrheit über den Ausklang des Tages nach dem gemeinsamen Essen in der Pizzeria zu erzählen, das hätte ihn zu sehr geniert.

Wir erinnern uns, dass Genoveva gegen Ende des Pizzaessens wieder einmal die Vergangenheit aufgerufen und jenen kleinen Jungen erwähnt hatte, der dadurch auffällig geworden war, dass er Fliegen fing und sie sich in den Mund steckte. Damit war, für einen außenstehenden Beobachter nicht einmal erkennbar, das Thema angeschnitten, das im Grunde Gideons weiteres Schicksal für den Abend besiegelte.

Was war, so müssen wir uns an dieser Stelle zum besseren Verständnis der komplizierten Angelegenheit fragen, bis zu jenem Zeitpunkt, als Genoveva die doch eigentlich belanglose Episode aus ihrem Gedächtnis hervorholte, eigentlich geschehen?

Der Verlagsangestellte Gideon Walter, ein zurückgezogen lebender, meist in sich gekehrter Mensch mit vielseitigen lebensfremden Interessen, war unerwartet mit einer Mahlzeit beschenkt worden, die mit einem Schlag seine Mangelerscheinung beseitigte. Das geschah gerade dann, als er mit einer attraktiven Frau, deren Bekanntschaft ihm ohne eigenes Zutun zugefallen war, beisammensaß und, wie gewöhnlich, unter seiner verkrüppelten Mitteilungsfähigkeit litt.

Eine einzige Pizza, zu deren Verzehr er eingeladen worden war, hatte seine seelischen Ketten gesprengt. Befreit hatte er reden, befreit auch seine Sinne schweifen lassen können und jenen ungeheuerlichen Wunsch zu äußern vermocht, der unzweifelhaft im Zentrum seines rhythmischen Leidens stand, das turnusmäßig zu mildern bis dahin nur die käufliche Dame Mathilde sich rühmen durfte.

Eine heftige innere Erregung hatte unseren von der Kur bereits schwer gezeichneten Helden ergriffen, in der ein ungewohntes Selbstwertgefühl, Freude am Gelingen der Konversation und die Kühnheit der Absichten gleichsam zu einer kolossalen imperialen Grundstimmung verschmolzen. Der Dämpfer, den Genovevas abweisende Körperreaktion herbeigeführt hatte, war nur von kurzer Dauer. Schon hatte die Seele sich erneut zum Höhenflug aufgeschwungen und die altbekannten irdischen Beschwernisse hinter sich gelassen - da beendete Genoveva abrupt den gemeinsamen Abend und setzte in wenigen abschließenden

Bemerkungen den Fliegen fangenden kleinen Burschen frei. Ob Gideon ihn gekannt habe, so lautete ihre Frage, auf die sie eine abschlägige Antwort bekommen hatte.

Und ob Gideon ihn kannte! Ihn hatte er zwar genauso verdrängt wie den anderen, mit dem er vor Tagen schon erinnerungsleidend in der Fangopackung gelegen hatte, aber nun gelang es Genoveva zum zweiten Mal, eine Erinnerungskammer aufzustoßen. Und wie Schuppen fiel es dem vom Dunkel seiner Vergangenheit schwer belasteten Mann von den Augen.

Die Mutter selbst hatte ihn mehrfach dafür bestraft, dass er die Fliegenfangmethode seines zugereisten Vetters nachahmte: Mit einem raschen Handgriff von der Seite her eines der aufmerksamen Tierchen habhaft zu werden, um es mit aller Kraft an einer Wand oder auf dem harten Fußboden zu Tode zu schmettern. Die Idee, das gefangene Gut in den Mund zu stecken, kam erst viel später und wurde durch die Not der Umstände herbeigeführt.

Ach, was hatte er sich alles einfallen lassen, um die Quälgeister, die grausamen Nachbarsjungen, von sich abzubringen. Alles Bemühen war vergeblich geblieben, bis die Sache mit den Fliegen ihn tatsächlich befreite. Wohl hatten sie zunächst gelacht über seine Prahlerei, nach Belieben lebendige Fliegen spucken zu können, wenn er nur wolle. Man hatte ganz in Verschwörungsstimmung eine Wette abgeschlossen und sich später an einem vereinbarten Ort getroffen. Dort hatte er drei von den Tierchen, nach der bewährten Fliegenfangmethode des Vetters überwältigt, aber schon im Munde stecken. Es war ein unglaubliches Gefühl gewesen, das im Rachenraum seinen Ausgang nahm: Ekel, Kitzel, Herrschaftsleidenschaft. Zuerst wollte er sich erbrechen. Am Ende widerstand er nicht nur, sondern empfand auch noch Lust.

Als die Jungens kamen, spie er seine Gefangenen aus. Immer im angemessenen zeitlichen Abstand ließ er aus dem wie zum Pfeifen gerundeten Mund ein verstörtes Insekt nach dem anderen entweichen. Sie waren zwar noch wie irre in der Luft herumgetaumelt, hatten sich dann aber schnell nach Fliegen Art besonnen und irgendwo in der weiten Natur verloren.

Die Bengels aber hatten geglotzt, als habe sie der Leibhaftige im Visier. Nie wieder danach war Klein-Gideon von ihnen drangsaliert worden. Seinen Spitznamen hatte er aber weg: *Fliege!* Das klang keineswegs bewundernd, aber ein Körnchen Anerkennung steckte schon darin. Das hatte er sich jedenfalls eingeredet.

Was sich hier so flink erzählen lässt, war nun keineswegs der einsichtige Gedanke eines Augenblicks, sondern ein den ganzen weiteren Abend belastender, quälender Erkenntnisprozess.

Der Blitz, der Gideon durchzuckte, als Genoveva auf den kleinen Jungen zu sprechen kam, bewirkte zunächst nicht mehr als einen lähmenden Schrecken, der mit der Gewissheit angereichert war, dass demnächst aus seinem Innenleben etwas Giftiges in ihm hochsteigen würde. Den Anfangsschrecken hatte Gideon noch mit Bravour gemeistert und vollständig Haltung bewahrt, solange seine Wege noch nicht von denen Genovevas getrennt waren.

Erst im Kurpark, wo die beiden auseinander gingen, durfte Gideon sich gehen lassen. Das sah aber so aus, dass er eine geschlagene Stunde lang verloren auf einer Bank verweilte und ganz den Eindruck machte, als habe eben dort das Garten- und Friedhofsamt eine Statue abgesetzt, um die Besucherzahl im Park auszudünnen. In dieser Zeit entwich, wie Gas aus einem beschädigten Luftsack, all der entfachte Lebensmut, die aufgegangene Courage, die veredelte Selbstsicht, kurzum jene durch den Genuss der Pizza in pure Selbstgewissheit verwandelte Einstimmung, deren Habhaftwerdung für die Seele vielleicht der tiefe Zweck seiner ausgefallenen Ernährungsgewohnheit geworden war.

Der Gideon auf der Bank war längst wieder der alte Gideon geworden, als er schließlich das erwähnte Bistro betrat und dem zur Missgestalt verwandelten Abend und sich selbst resigniert zuprostete; eine menschliche Ruine in der Spätdämmerung eines ruinierten Tages. Was sich Weiteres in diesem Bistro abgespielt hatte, das war das Erste, was er vor Genoveva in seiner Berichterstattung verschwiegen hatte.

Warum aber, so müssen wir uns fragen, bevor wir das ganze Bistro-Abenteuer nachtragen, trug sich diese Gemütsverwandlung zu? Wie kann es sein, dass die bloße Erwähnung eines Faktums aus längst verflossenen Kindheitstagen einem alternden Mann eine schier unerträgliche Beschwernis bringt?

Die Dinge sind wohl, wie sie sind. Aber sie kümmern sich nicht darum, wie wir sie sehen. Und wir sehen sie meist auch nicht so, wie sie sind. Als Gideon seine Kur antrat, die die einzige in seinem Leben bleiben würde, hatte er, auf seine Kindheit bezogen, zunächst überhaupt keine vergangenen *Dinge* gesehen, sondern nur auf eine schwarze Leinwand gestarrt. Aber selbst auf diese schwarze Wand musste er noch gestoßen werden. Dann endlich wurde sein Blick für die Dinge frei.

Gleich beim ersten Stoß war der bebrillte Junge hervorgetreten und hatte dem Kurenden keine Ruhe mehr gelassen. Hartnäckig verfolgte er ihn durch die therapeutischen Anwendungen und die mageren Zerstreuungsbemühungen bis in den ereignisträchtigen musikalischen Abend hinein.

Als Genoveva in sein Leben trat, bekam die Konfrontation mit der Vergangenheit eine neue Dimension. Es war, als hätte die wissbegierige Frau an einem Reißverschluss gezogen, der die dunkle Leinwand der Erinnerung in zwei Hälften trennte. Tag für Tag zog sie ein Stückchen daran, und immer neue Gestalten, Vorkommnisse, Eindrücke und Gefühle purzelten hervor, die Gideon ansprangen und zu immer unangenehmeren Selbsterkenntnissen zwangen.

Darauf war er nicht eingestellt, das wollte er nicht. Doch die Umstände zwangen ihn, sich darauf einzulassen - oder der anstrengenden Frau den Laufpass zu geben, die wie in einem Spiel mit ihm Regie führte, welches er nicht durchschaute. Selbsttäuschung; er war ja schon längst nicht mehr entscheidungsmächtig. Diese Frau verlassen? Eine Unmöglichkeit! Ihm blieb nur die Unterwerfung in einem Gezeitenrhythmus von Erinnerungsterror und gelegentlicher zaghafter Rebellion dagegen.

Wieder einmal war er nach dem Pizzaessen ein von freigesetzter Vergangenheit Geschlagener, ein Opfer verdrängter virtueller Erinnerungswelten, ein Gedemütigter geworden. Eine Frau, von der er angenommen hatte, dass sie ihm inzwischen nahe stünde, führte ihn als kleinen Fliegenfänger vor und tat dabei, als spreche sie über jemand anderen. Was war das, wenn nicht ein Spiel! Sie wusste ganz bestimmt mehr über ihn, als er erinnerte. Und zielstrebig stieß sie ihn von Detail zu Detail bis auf die Höhe ihres Herrschaftswissens - um am Ende grausam die Pointe zu präsentieren.

Das Bistro, das wir nunmehr mit unserem Helden in der Rückschau noch einmal betreten, in das Gideon seine schweren Gedanken hineintrug, war nur mäßig besucht. Am Tresen sicherte er sich einen Platz, der ihm genügend Bewegungsfreiheit ließ. Entkräftet erklomm er einen Barhocker und tat einen tiefen Seufzer. Erhöht thronte er, leicht vornübergebeugt, wie der Ritter von der traurigen Gestalt auf seiner gehunwilligen Rosinante. Der Ausbruch seiner Seele, der Höhenflug des Gemüts, sie waren ihm eine abgestorbene Wirklichkeit geworden, die ihn in seinen eigenen Augen jetzt wie ein Schandfleck verunstaltete.

Bis zu diesem Zeitpunkt war noch kein Verlangen aufgekommen, sich erneut in einer dem Menschen eher fremden Nahrungskette einzuklinken. Gideon war auf eine leicht melancholische Weise resigniert und empfand die nach seinem Gefühl allüberall herrschende Daseinskälte existentiell als belastend. Nur gegenüber Genoveva war er noch von einer Anhänglichkeit und Wärme erfüllt, die alle anderen Stimmungen der Frau gegenüber verdrängte. Sicher, er war enttäuscht über ihr Verhalten, doch brachte er es nicht über sich, ihr ernstlich böse zu sein.

Ein plötzliches Krabbeln im Nacken veranlasste Gideon, mit der Hand an den Ort der Störung zu greifen. Schon trat der Zudringling vor das offene Visier: Eine Fliege. Gideon verfärbte sich. Ihm blieb keine Zeit, sich zu sammeln. Das eher unscheinbare Insekt riss sofort das Gesetz des Handelns an sich und startete die erste Attacke vis-à-vis, setzte sich frech auf Gideons Nasenspitze und krabbelte von dort zu den Augen hinauf. Mit einer hilflosen Geste verscheuchte er das Tier. Es schwirrte einige Male im Zickzack vor seinem Gesicht, als wollte es sich vorstellen.

Dann nahm es auf der Zierleiste des Tresens Platz und wartete erst einmal ab.

Diese Begegnung war das Schlimmste, was ihm jetzt passieren konnte. Er maß das Tier mit Kennerblick und sah, dass er es mit einem ebenbürtigen Gegner zu tun hatte. Im Allgemeinen mieden ihn Fliegen. Es war nicht ersichtlich warum, doch Fliegen mochten seine Nähe nicht. Wenn Gideon dort auftauchte, wo sie gesellig beisammen waren, räumten sie nach einiger Zeit das Feld. Auf einen Streit mit dem Mann ließ sich eine Einzelne gewöhnlich gar nicht ein, und selbst ein ganzer Schwarm legte eine ungewöhnliche Zurückhaltung an den Tag. Doch diese hier entstammte einer besonderen Rasse. Er erkannte das sofort.

Schon flog das Tier erneut gegen seine Augen an und eröffnete damit eine ganze Serie von Geplänkeln. Er mochte sich ducken, sich mit den Händen abschirmen; wieder und wieder fiel der flinke Quälgeist über die besonders sensiblen Areale seines Gesichtes her. Nur die Mundpartie blieb noch verschont. Gideon hatte zwischen den einzelnen Attacken kaum Zeit zum Luftholen. Das angriffslustige Tier verfolgte hartnäckig die von ihm eingeschlagene Strategie. Endlich legte es eine Pause ein und ging auf der Tresen-Leiste ein weiteres Mal in Ruhestellung.

Es war ein betont zierliches Exemplar. Alle aerodynamischen Vorteile waren auf seiner Seite. Bei der nächsten Angriffswelle hatte es der kleine Einzelkämpfer in erster Linie auf die Nasenlöcher abgesehen. Gideons abwehrende Handbewegung kam jedes Mal zu spät.

Gelegentlich blickte einer der Gäste auf das seltsame Gebaren, das immer mehr dem Gestikulieren eines Taubstummen ähnlich sah, der sich auf seine Weise in Rage „redete“. Nur der Wirt war nahe genug dran am Geschehen, um zu erkennen, dass der Fremde weder gegen die Luft noch gegen Windmühlen ankämpfte, sondern als im Übrigen stiller Gast sich nur eines Ungeziefers zu erwehren suchte. Doch war er Geschäftsmann genug, um für den möglichen Fall seines Eingreifens in die Privatfehde eines Gastes keinen Vorteil zu erblicken. Deshalb schwieg er, hielt sich vornehm zurück und schielte nur gelegentlich auf den seltsamen älteren Herrn, der es im Leben schwer haben musste, wenn er hier im Lokal nicht einmal einer gewöhnlichen Stubenfliege beizukommen wusste.

Allmählich erschöpften sich die Kontrahenten. Unserem Helden Gideon Walter sah man das noch am ehesten an. Er wirkte entnervt. In dem hohlwangigen Gesicht lagen die Augen tief und entsandten flackernde Blicke. Er war auf einmal zum Umfallen müde und des sinnlosen Spiels mit dem verrückten Tier überdrüssig geworden.

Doch auch die Fliege schien von der andauernden Auseinandersetzung gezeichnet. Äußerlich sah man ihr zwar nichts Auffälliges an, doch die Pausen zwischen den Attacken wurden länger. An der nötigen Vorsicht ließ sie es aber auch jetzt noch nicht mangeln. Auf dem Messing verharrend, blieb ihre Vorderseite ständig dem menschlichen Gegner zugewandt. Dieser bereitete sich unterdessen zugunsten eines finalen Befreiungsschlages darauf vor, mit dem uralten Griff des Vetters die Schlacht endgültig für sich zu entscheiden. Das war jedenfalls der Hoffnungsschimmer.

Das Unternehmen endete in einem Desaster. Wie um Gideon die törichte Ausführung seiner Absichten vor Augen zu führen, ließ die Fliege sich nach jedem misslungenen Handgriff genau an der Stelle seelenruhig wieder nieder, von der sie gerade erst vertrieben worden war. Sie schien allemal noch in Topform. Gideon Walter war drauf und dran aufzugeben und als Geschlagener das Feld zu räumen. Er griff in einem Anfall von Verbitterung zum Bierglas, um es zu leeren. Mit einem kräftigen Schluck beförderte er, vom Kampfgetümmel durstig geworden, den Inhalt des Glases in seinen Schlund.

Nur eine einzige Sekunde hatte er den Mund öffnen müssen, um das Gefäß anzusetzen und das Bier einzuschleusen. Der kurze Zeitraum hatte ihr ausgereicht. Gideon bemerkte an einem kräftigen Scheuern im Hals, dass das Bier infiziert war. Er schluckte, würgte, schluckte noch einmal und starrte fassungslos auf die Stelle, wo eben noch die Fliege gesessen hatte: Die Stelle war leer.

Er benötigte keinen weiteren Beweis dafür, dass dem Insekt seine letzte Attacke zum Verhängnis geworden war. In kurzer Zeit zog ein leichtes Kribbeln durch seinen Bauch, das in ein Wärmegefühl überging und auf das Sonnengeflecht ausstrahlte. Schließlich begann ihn träge ein Strom zu durchfluten, der ein intensives Gefühl von heiterer Gelassenheit, Selbstsicherheit und mentaler Überlegenheit aufschwemmte. Kerzengerade richtete er sich auf seinem Barhocker auf und blickte in die Runde, um verspätet seine Umgebung aufmerksam zu mustern. Was hätte das für ein Abend werden können in Genovevas Begleitung! Er machte sich Vorwürfe, dass er es nicht mit größerer Bestimmtheit unternommen hatte, die Freundin umzustimmen.

Doch eine einzige Fliege machte noch kein schönes Wetter; auch nicht im Gemüt von Gideon Walter. Der innere Strom ebbte nach einer Weile ab. Noch blieb zwar eine von Existenzkühnheit übergossene Stimmungsruine erhalten, doch auch sie würde, das war Gideon klar, in wenigen Viertelstunden vollständig verflogen sein. In diesem Augenblick, da ihm der unvermeidliche Lauf der Dinge bewusst wurde und die gefürchtete Mangelerscheinung wiederum ihre ersten Schatten warf, fiel ihm der Handstaubsauger ein und zündete eine kühne Idee.

Der verlockende Einfall, wie er dem begehrten Stoff vielleicht massenhaft habhaft werden könnte, nährte den Willen, der Mangelerscheinung noch einmal kühn zu trotzen, ihr so lange und so ergiebig mit den geeigneten Nährstoffen zu Leibe zu rücken, dass ein würdiger Empfang für Genoveva, die ihr Kommen doch für den nächsten Tag wie ein Versprechen angekündigt hatte, unbedingt gesichert war.

Die weiteren Begebenheiten kennen wir aus Gideons Bericht bis zu jenem Zeitpunkt, da er die auf seine Weise aufbereiteten Nahrungsmittel in sich hineinschlang. Man wird angesichts der Lage von Gideon Walter Verständnis dafür haben müssen, dass er seinen reichen Fang im Staubsaugerbeutel nicht auch noch umständlich ordnete.

Alles, was nach Fliege aussah, kam in die honighaltige Exekutionslösung. Danach waren sie so gut wie tot. Eine

Einzelfallprüfung erwies sich unter den Umständen als nicht zwingend. Denn was machte es auch für einen Unterschied, ob für ein einzelnes Exemplar der Exitus zum Zeitpunkt seines Verzehrtwerdens bereits eine abgeschlossene Tatsache war oder nicht; am letztendlichen Bestimmungsort wäre das noch Lebendige gegenüber dem bereits Verschiedenen ohnehin aller noch bestehenden Vorteile verlustig gegangen.

Auch eine zeitraubende Auslese zugunsten der einwandfrei auszumachenden Art der *musea domestica* war sowohl für den kulinarischen Genuss als auch für den therapeutischen Zweck eher unerheblich. Jedoch dem gattungsfremden Wesen hätte eine gebührende Aufmerksamkeit, so legen es jedenfalls die Ereignisse nahe, sicher gut angestanden. Denn so hatte es der Zufall gefügt: In den Fang, den Gideon eingebracht hatte, war auch ein Stechling hineingeraten, der im Banne der Todesnähe zum letzten Mal von dem Werkzeug Gebrauch machte, das sich für seine Vorfahren im arteigenen Überlebenskampf als vorteilhaft herausgebildet hatte. Das ist bekanntlich ein Organ, das zwar nicht so sehr für den Kampf gegen die Spezies vom Schlage eines Gideon Walter zugeschnitten ist, doch misslich ist seine Wirkung allemal.

Gideon wurde auf einmal von einem heftigen Schmerz in der Zunge überwältigt und ließ vor Schreck das Besteck fallen. Er konnte gar nicht so schnell geradeaus schauen, wie seine Zunge anschwoll. Gerade noch fand er die Geistesgegenwart, einen Eiswürfel aus dem Kühlschrank zu holen und wie besessen daran herumzulutschen; so behielt er die Schwellung tatsächlich unter Kontrolle. Am anderen Tag, als Genoveva ihn fand, war keine Spur mehr davon zu bemerken, so dass selbst das medizinische Personal in dieser Richtung nicht aufmerksam wurde. Der komaartige Zustand, der ihn die ganze Nacht über gefangen hielt, findet in dem Insektenstich bestenfalls eine Teilerklärung. Als viel wichtiger für Gideons vorübergehende Absenz erwies sich hingegen das Folgende, das uns zugleich verstehen lässt, warum er ein zweites Mal in seiner Berichterstattung gegenüber Genoveva eine Lücke gelassen hatte.

Wir kennen im Alltagsleben die Erscheinung der erinnerungs-
brütenden Assoziation. Der unerwartete Geruch aus einem Bra-
tentopf bei fremden Gastgebern beispielsweise mag einem erwachsenen Mann die halbe Kindheit nahebringen, wenn er früher einmal bei Muttern in der Küche als Bub an so einem Geschirr sich verbrannt hatte. In ähnlicher Weise erging es in dieser
zu erzählenden Nacht unserem Helden.

Mit dem schmerzhaften Stich schwoll ihm nicht nur die Zunge
an, sondern auch die Erinnerung, die nach und nach eine Gestalt
formte: Ein kleines Ding mit Zöpfen und drei Sommersprossen
auf der Nase; ein Mädchen, kaum kleiner als Klein-Gideon, der
ihm schüchtern gegenüberstand und die Hände brav an der Ho-
sennaht festhielt, als die Kleine ihm seine Brille kichernd vor die
Füße warf. Ulla! Ulla Habedank aus der Rumerstraße. Noch auf
dem Bette liegend, konnte er ihren Namen wegen der Schwellung im Mund nur lallen. Oh, wie das im ganzen Gesicht
schmerzte!

Die Gestalt mit den Zöpfen verschwamm ihm vor den Augen
und zerfiel bald in einem Nebel. Dafür erhob sich eine andere
und baute sich vor seinem inneren Auge auf wie der Geist aus
der Flasche. Die zweite Gestalt hatte dieselben Gesichtszüge wie
das Mädchen mit den Zöpfen. Doch bei ihr waren keine Zöpfe.
Die glänzenden, kastanienbraunen Haare hingen aufgelöst und
fielen über die Schultern herab, beinahe wie das Geranke der
Trauerweide, bei der sie beide verlegen standen, nur viel, viel
feiner und zarter.

Um zwei Jahre waren die glatten Haare von den Zöpfen getrennt. Doch Klein-Gideon hatte immer noch die Brille auf der
Nase. Näher und näher kam ihr Gesicht dem seinen, bis sich die
Lippen auf einmal berührten. Innerlich erstarrt und durchge-
peitscht von einem Gefühlsbrei aus Angst und Wonne tat der
Verschüchterte alles, was das Mädchen ihm vormachte. Auch er
öffnete den Mund und schloss die Augen. Auch er schob die
Zunge vor und kringelte sie unter die des Mädchens. Noch niemals in seinem kurzen Dasein hatte ihn eine solche Wärme

durchflutet, bevor er zurückprallte und vor Schmerz laut aufschrie.

Sie hatte ihm in die Zunge gebissen. Speichel mischte sich mit dem Blut und hinterließ einen süßlichen Geschmack. *Das war für die armen Fliegen*, sagte sie, und dann sagte sie noch etwas, was er nicht erinnern konnte. Auf einmal kamen die beiden Größeren, die ihn scheinbar freundlich beiseiteschoben. Sie legten ihm, jeder an einer Seite, einen Arm über die Schultern und flüsterten ihm zu: *Geh, Kleiner, du bist doch sonst so oft im Vorteil. Hast du ein Mädchen im Arm und nimmst deine Brille ab, dann kannst du immer gleich zwei küssen.*

Da stand er da mit seiner gequälten Zunge und musste zusehen, wie das Mädchen, dessen Lippen er eben noch berührt hatte, mit den beiden Unholden abzog. Ulla. Das erste Mädchen, das er geküsst hatte. Ulla Habedank. Die schönste, die schmerzhafteste, ja, die einzige Liebeserfahrung seines Lebens.

Inzwischen war Gideon Walter vom Bett gefallen und in einen komatösen Zustand der Entrückung versetzt worden. Seine Körperfunktionen waren weitgehend zum Erliegen gekommen, um der unaufhörlich arbeitenden Erinnerungsmaschine die nötige Energie zu spenden. So starr und unbewegt nach außen Gideons Körper sich gab, so turbulent ging es in seinem Kopfe zu. Das getrübte Glück des ersten Kusses hielt nicht lange vor; eine unsagbare Scham fraß sich durch seine Eingeweide und hinauf bis in den Hals, wo sie stecken blieb.

Das Mädchen, das ihm für einen Augenblick so unglaublich nahe gewesen war, hatte ihm etwas Schmerzhaftes zugefügt und etwas Gemeines gesagt. Die innere, von Demütigung erzeugte Erregung erlebte er noch einmal mit, vielfach verstärkt, ohne dass ihm die schwerwiegenden Worte deshalb einfielen. Auch in seinem Ausnahmezustand gaben die Tiefen des Gedächtnisses das letzte Geheimnis seines traumatischen Erlebnisses noch nicht preis.

Während seines lebensverarbeitenden Zusammenbruchs war Gideon von jedem Zeitgefühl befreit. Hervorgeholte Vergangenheit ist immer zeitlos. Doch die Bilder, die ins Leben traten, schienen keiner zufälligen Reihenfolge zu gehorchen. Das Mädchen mit den Zöpfen und dasselbe ohne die Zöpfe; die beiden Halbwüchsigen, die ihn vertrieben; Nachbarsjungen, Trauerweiden; Ängste und Sehnsüchte bis zur letztendlichen Flucht aus dem Ort, der ihm doch nur Tatort von großer Schmach gewesen war.

Wie ein Puzzle fügten sich auf einmal die Teile zusammen und ergaben ein unter dem Schlamm des Vergessens und Verdrängens freigeschabtes Bild, das für Gideon Walter, als ihn Genoveva in seinem beklagenswerten Zustand auffand, zum erworbenen inneren Eigentum geworden war. Doch als letztes Puzzleteilchen ragte sie selbst heraus - Genoveva.

Im Zustand der behobenen Mangelerscheinung, unmittelbar nach dem Verzehr der Pizza, war es ihm verhältnismäßig leichtgefallen, sich eine Lebensgemeinschaft mit Genoveva vorzustellen. Ja, fast war es ihm erschienen, als ob die Freundin über alle Maßen dafür geschaffen sei, ihr Leben mit ihm zu teilen.

Sein bisheriges Junggesellendasein erhielt in seinen Gedankenspielen bisweilen die Weihe eines veredelten Wartezustandes für die endlich gefundene passende Lebenspartnerin, die ihn von der Einsamkeit und von den rhythmischen Störungen gleichermaßen befreien würde. Gideon war am Esstisch des Restaurants drauf und dran gewesen, um die Hand der Bewunderten anzuhalten, als seine kühnen Träume unter ihrer unberechenbaren Regie zerplatzten.

Geblieben war ihm trotz der Enttäuschung ein tiefes Gefühl der Anhänglichkeit, das augenscheinlich auch dann noch Bestand haben würde, wenn die Mangelerscheinung zurückkehrte und den zaghaften Neuerungsmut wieder in die Schranken wies. Nicht zuletzt der Gedanke daran, wie dicht er vor einer schwerwiegenden, doch insgesamt verlockenden Lebensentscheidung gestanden hatte, ließ ihn ja zu den geschilderten Maßnahmen für eine nachhaltige Stabilisierung seines wunden Gemütes greifen.

Dass der Zufall ihn in eine existentielle Auseinandersetzung mit seiner Vergangenheit zwingen und von daher die stabilisierende Wirkung seiner Bemühungen zunichtemachen sollte, das konnte Gideon wahrlich nicht voraussehen. Und doch war es dahin gekommen. An der im Gedächtnis wiederauferstandenen Ulla Habedank zerschellten letztendlich Kühnheit und Tatkraft, die er sich schon so reichhaltig aus den Fliegen gesaugt hatte.

Sie selbst mochte es ja scherzhaft gemeint haben, als Genoveva gegenüber dem behandelnden Arzt von einer Überdosis sprach; doch es steckte vermutlich etwas mehr als nur ein Körnchen Wahrheit darin. Der geheimnisvolle Stoff aus den Organismen von Fliegen, der Gideon immer sichtlich aufbaute, wenn es darum ging, den gewöhnlichen Alltag zu meistern, war kein Allheilmittel gegen einen externen Schock, wie ihn der Insektenstich in die Zunge heraufbeschworen hatte.

Wir kennen beim Alkohol die Wirkung, dass sein mäßiger Genuss in geselliger Runde einen Menschen zu erfolgreicherem Geselligkeitsverhalten anregen kann. Doch wehe, der alkoholisierte Mensch hat noch einmal eine Portion des Giftes nachgefasst und gerät so in eine ernste, vielleicht gefährliche Situation. Da könnte sich die alkoholische Betäubung, die eben noch eine positiv stimulierende Wirkung entfaltete, auf einmal in einen gefährlichen Ausnahmezustand verwandeln.

Mag sein, dass auch dem Stoff der Fliegen für Gideon eine gleichsam ambivalente Toxizität innewohnte. Erprobt war die Wirkung bislang nur für den ewig gleichbleibenden Alltag des drögen Verlagsangestellten aus Eppeldorf, in dem sich emotionale Abwechslungen vom Zuschnitt eines Betriebsfestes, einer Stippvisite bei der Dame Mathilde oder einer Unterhaltung mit einer Frau eher wie erratische Blöcke in der Sandwüste ausmachten. Doch Fliegen, Bier und nachhaltiger Erinnerungsterror nach einem aufwühlenden Abend in flagranti - unter der Wirkung eines solchen Gemisches hatte Gideon noch nie gestanden.

Es mag darüber spekuliert werden, ob die Verarbeitung eines Kindheitserlebnisses, das unerwartet und unvorbereitet ins Bewusstsein rückt, im Fall von Gideon Walter mit oder ohne Fliegen besser hätte bewältigt werden können. Die Vorgänge und die Zutaten waren nun einmal so, wie sie waren, und sie sind durch keine nachträgliche gedankliche Bemühung abzuändern oder auszuwechseln.

Doch die Nachhaltigkeit, mit der sich in Gideons Verhalten ein Wandel vollzog, legt die Vermutung nahe, dass während der komaartigen Erstarrung dieser Nacht im Gemüt unseres Helden etwas ins Rutschen geraten war. Und wenn man, neben den erinnerten Episoden als solchen, einen Hauptverdächtigen als Urheber des möglicherweise seelischen Einschnitts ausmachen will, dann kommt man an Gideons Fliegen wohl kaum vorbei.

Fliege und Sonnenschirm

Für diejenigen Gäste von Bad Gesundheitsbrunn, die Gideon Walter noch nicht ganz aus dem Sinn verloren hatten, stattdessen vielleicht, wie das bei einigen kurerprobten Damen wohl immer noch der Fall war, einen tiefen Seufzer taten, wenn sie sich an den stattlichen Mann erinnerten oder die auch bei seinem Anblick sich gleichermaßen entrüstet wegdrehten wie verstohlen zu ihm hinschauten, bot sich in den folgenden Tagen gelegentlich ein sonderbarer Anblick.

Dicht hinter einer auffallend elegant gekleideten Frau mit ansprechender Figur und anmutigem Schritt, die nicht selten ihren leicht tänzelnden Gang mit dezenten Bewegungen eines hellblauen Sonnenschirms unterstrich, trottete ein hoch gewachsener, in seinen körperlichen Proportionen eher dürrer älterer Herr in nachlässiger Kleidung, dessen vornüber gebeugte Gestalt mit dem herabhängenden Kopf kleiner erschien als sie tatsächlich war. Der Kopf war zudem leicht zur Seite der Begleiterin hingeneigt und zugleich vorgeschoben, weil sie ja um ein Stück versetzt zu dem Herrn sich bewegte.

So erschien es, dass er geduckt von unten zu der Voranschreitenden aufsah wie zu seiner Führerin, obwohl er deutlich größer war als sie. Unverwandt schaute er sie, die ihn gar nicht weiter beachtete, an, bestrich mit zärtlichem, etwas ins Traurige verschwommenem Blick voller tief gründender Anhänglichkeit die zierliche weibliche Gestalt, ohne von ihr, sei es auch angelegentlich eines Spaziergangs durch den Kurort, nur einen einzigen Augenblick abzulassen.

Bisweilen strauchelte der Herr wegen der dem Gehen gegenüber an den Tag gelegten Unaufmerksamkeit; dann fing er sich aber immer wieder erstaunlich schnell und hielt über alle zurückgelegte Distanz den einmal eingenommenen Unterwürfigkeitsabstand sicher ein.

Manchmal gebot die elegante Dame ihrerseits ihren Schritten Einhalt, um einen am Weg liegenden Gegenstand in näheren Augenschein zu nehmen, nicht selten auch, um die hübsch präsentierten Auslagen eines Schaufensters ihrer aufmerksamen Betrachtung zu unterziehen. Dann verharrte postwendend auch der getreue Begleiter in demselben Abstand von der Frau wie vordem beim Gehen, doch nach wie vor so unverwandt sie anschauend, wie wir das soeben zu beschreiben versuchten.

Über dieses Zweiergespann mochte den Kopf schütteln, wer Gideon Walter von flüchtigen Begegnungen im Kurort kannte. Ein Routinier des Kurbetriebes, dem der Mann fremd geblieben war, hätte inmitten eines an Abnormitäten reich bestückten Pflasters vermutlich nicht einmal etwas auszusetzen oder auch nur anzumerken gehabt.

Der Kenner allerdings, der die Bekanntschaft unseres Helden aus früheren Zeiten sich zurechnen darf, wäre zweifellos überrascht gewesen von dem völlig veränderten Gesichtsausdruck. Alles Mürrische war darin getilgt. Die ehedem abweisenden Augen blickten sanft und liebevoll, wenngleich streng fixiert auf die Freundin Genoveva, der er sich anvertraut hatte. Die schmalen Lippen, unter dem anhaltenden Pressdruck vieler Jahre noch schmaler geworden, waren nunmehr leicht geöffnet und hinterließen bei dem Betrachter den Eindruck von einem feinen, zugegebenermaßen etwas einfältigen Lächeln.

Gideon Walter, man konnte sich einem solchen Urteil einfach nicht entziehen, hatte seit seiner Entlassung aus dem Krankenhaus zu einem neuen inneren Gleichgewicht gefunden. In wohltuender Weise hatte sich seine Seele aus beharrlicher

Umklammerung gelöst. Das Gemüt, von schlimmen Verwerfungen nunmehr wie befreit, gab zarte Regungen frei und modellierte die Konturen einer verwandelten Grundstimmung in die wenigen Freiflächen einer in Dezennien verhärteten Physiognomie. Mit dem soeben skizzierten erstaunenswerten Resultat.

Doch wollen wir auch in dieser Angelegenheit es uns zur Pflicht machen, der Reihe nach zu berichten. Noch unvollkommen genesen, dafür um ein gesichertes Urteil über den Kern seiner Beziehung zu Genoveva bereichert, war Gideon dem Krankenbett entstiegen und berauscht in die Obhut seiner Göttin gesunken. Die geliebte Freundin hatte ihn vor dem Portal des Krankenhauses erwartet und mit ihrer Aufmerksamkeit seine Überzeugung bestärkt, sie beide, vom Schicksal in das gemeinsam bewältigte Fliegenabenteuer gelockt, würden nunmehr unzertrennbar zusammengehören. Sogleich hakte er sich bei ihr unter und war schon im Begriff, seinen Kopf an der Schulter der Geliebten zu betten, als sie seinem Ungestüm Einhalt gebot und die angebahnte Vertraulichkeit mit einem strengen Blick unterband.

„Gideon", sagte sie mit vorwurfsvoller Stimme, „aber doch nicht hier und jetzt!"

Auch entzog sie sich seinem Griff und bemerkte, nunmehr von einem ungezwungenen Lächeln unterstützt:

„Du magst es für eine Schrulle halten, doch ich gerate in Unruhe, wenn ich meine gewohnte Bewegungsfreiheit nicht habe."

Und so, als sei noch nicht genug an Abgrenzung geschehen, machte sie eine rasche Bewegung nach vorn, die beinahe wie ein Sprung aussah, und stellte genau den Abstand zu Gideon her, der in den folgenden Tagen so manchem Beobachter des Kurbetriebes als ein signifikantes Moment in der Figur der Fortbewegung unseres Zweiergespanns erschien.

Gideon war für einen Augenblick perplex gewesen. Doch rasch, mit einem verständnisvoll zwinkernden Auge, schickte er sich in die Umstände drein, als ihm klar wurde, dass die Freundin noch längst nicht so weit sein konnte, die Stärke und Tiefe ihrer beider Beziehung vollständig zu begreifen. Er musste ihr Zeit lassen, die zurückliegenden Ereignisse seit dem Pizzaessen zu verarbeiten, bis die darin enthaltenen Bindungskräfte sich auch auf sie hin so verströmt hätten wie auf ihn selbst. Bis es so weit war, würde er seine Leidenschaft für die Geliebte taktvoll, ja, wenn es erforderlich war, bis zur scheinbaren Selbstverleugnung hintanstellen. In diesem Sinn und Eifer folgte er seiner späten Liebe auf Schritt und Tritt und war beglückt im Schatten ihrer leuchtenden Existenz.

Vom Programm her unterschieden sich die Tage, die dem Krankenhausaufenthalt folgten, nicht so sehr von denen, die ihm vorausgegangen waren. Genoveva wählte für die anwendungsfreie Zeit ansprechende Ziele für eine gemeinsame Kurzweil; dann gingen sie oder saßen sie beisammen, redeten oder schwiegen, bis der Tag sich neigte und Gideon von Genoveva an irgendeiner Stelle des Kurortes, zumeist war das in der Nähe seiner Pension, verabschiedet wurde. Dort drückte sie ihm die Hand und sah ihm anschließend streng in die Augen, so dass Gideons Blick, in dem Genovevas Händedruck soeben einen Schwall von Wünschen und Erwartungen zum Funkeln gebracht hatte, augenblicklich wieder erlosch. Nein, auch heute war die Freundin noch nicht so weit, wie er es sich wünschte. Doch der Tag würde kommen. Dessen war er sich sicher.

Während also Gideon Walter in den Stunden ihres Beisammenseins seine Genügsamkeit darin fand, durch Genovevas bloße Gegenwart beglückt zu werden und den Möglichkeiten einer gemeinsamen Zukunft mit der Geliebten heimlich nachsann, verblieb die Partnerin eher in einer undurchsichtigen geschäftigen Haltung. Ihre früher schon erwähnte Neugierde gegenüber Gideons Vergangenheit hatte keineswegs nachgelassen. Immerzu war sie bestrebt, irgendwelche Details zu erfahren oder auch bereits Gehörtes zum wiederholten Male vorgetragen zu bekommen. Insbesondere die Zeit in Reinigenheim hatte es ihr angetan.

Sie umschmeichelte den Verliebten mit Anekdoten aus der gemeinsamen Heimatstadt, um ihn zum Reden zu bringen. Unstillbar war ihr Wissensdurst, und so wichtig schienen ihr die Fundstücke ihres Schürfens zu sein, dass sie vieles von dem, was sie hörte und was sie sich dabei dachte, in ein Notizbuch eintrug. Bei Bedarf entnahm sie es ihrer Handtasche und brachte es, wenn es seinen Zweck erfüllt hatte, auch wieder umsichtig darin unter.

Bisweilen hatte Gideon, so verliebt zerstreut er auch war, den Eindruck, verhört zu werden. Doch er nahm es nicht krumm, sondern deutete Genovevas Aufgeschlossenheit seinem Leben gegenüber als die besondere Art und Weise, wie ihre Zuneigung zu ihm im Begriffe stand, sich zu entfalten. Alles frühere Misstrauen in ihm, wenn Genoveva seine Vergangenheit ansprach, war zur Strecke gebracht worden. Ehrlichen Herzens schüttete er seine Seele aus und hielt mit keiner noch so kleinen Kleinigkeit zurück, wenn er den Eindruck gewann, dass sie der Freundin wichtig war.

Schritt für Schritt, von einem tiefen Gefühl angeschoben, führte er seine hartnäckige Zuhörerin bis an die Grenzen seiner augenblicklichen Erinnerungsfähigkeit. Zwar blieb sie skeptisch, wenn Gideon vor der Macht des Vergessens kapitulieren musste, aber sie schien nicht ernstlich an seiner Beteuerung zu zweifeln, dass nicht mehr als das Erzählte in seinem Gedächtnis haften geblieben sei.

So vergingen die Tage in immer derselben eintönigen Weise, ohne dass sich für die weiteren Perspektiven der Bekanntschaft irgendein Anhaltspunkt ergeben hätte. Unaufhörlich liebkoste Gideon die Freundin mit verliebten Blicken und schwelgte in geheimen Zukunftsträumen, ohne gegenüber der Begehrten von seinen intimen Herzenswünschen auch nur ein Wort zu verlautbaren.

Genoveva wiederum war von ihren Studien vollkommen in Beschlag genommen und tat so, als ob sie Gideons Zuneigung gar nicht bemerke und als ob zwischen ihnen beiden überhaupt keine Beziehung besonderer Art bestünde. Keiner erwähnte das herannahende Kurende. Sogar als Gideon die Abrechnung seines Gasthauses bereits in der Tasche hatte, stellte Genoveva ihr Programm für den folgenden Tag, der nach Lage der Dinge nur ihr letzter gemeinsame Tag in Bad Gesundheitsbrunn sein konnte, in derselben selbstverständlichen Manier vor wie all die anderen Programme, die sie in den zurückliegenden Tagen mit Gideon gestaltet hatte.

Überreizung der Sinne

Verabredungsgemäß fanden sich Gideon und Genoveva am nächsten Tag beim therapeutischen Thermalbad wieder zusammen. Gideon war recht angetan von dem in Aussicht stehenden Programm, denn über seinen eigentlichen therapeutischen Zweck hinaus war das Thermalbaden für ihn zu einem Lebensborn geworden, der bei jedem Eintauchen in das Gewässer einen Strauß von Labsal und Erquickung aufblühen ließ, die von dem im Allgemeinen schwer zu beglückenden Manne wie keine der sonst kurhalber verordneten Exerzitien angenommen und ausgekostet wurden.

Zunächst wartete jedoch eine Überraschung auf ihn. Genoveva erschien in einem neuen Badeanzug. Schneeweiß umhüllte der enganliegende Stoff ihren leicht gebräunten Körper und brachte, ohne auch nur an einer einzigen Stelle das im therapeutischen Thermalbad streng beachtete Gebot des züchtigen Auftretens zu verletzen, ihre ebenmäßigen Proportionen derart vorteilhaft zur Geltung, dass Gideon, der Freundin ansichtig geworden, heftig errötete.

Verlegen trat er auf sie zu. Sie lächelte ihn an, doch ihm schien es ein provozierendes Lächeln zu sein. Er senkte verstört den Blick und sah auf seine Füße. Dieser Blickkontakt zu dem bodenständigsten seiner Körperteile machte ihm auf einmal seine ganze elende Körperlichkeit bewusst. Ungelenk stand er herum und wusste nicht wohin mit seinen Händen. Gesichtsröte brannte auf seinen Wangen. Die Eingeweide aber überflutete ein eiskalter Strom, aus dem heraus der blitzartige Gedanke in das Gehirn schoss: *Ich und sie? - eine einzige Absurdität!*

Wie gewöhnlich tat Genoveva so, als bemerke sie nichts von Gideons Gefühlsregungen. Beiläufig sagte sie:

„Ich habe jetzt erst einmal einen Massagetermin wahrzunehmen. Wir treffen uns dann in einer halben Stunde drüben bei den Wasserdüsen."

Und schon entschwand sie, mit ihrem anmutigen Gang gleichsam dahinschwebend, seinen fiebrigen Blicken.

Gideon hatte nun Gelegenheit bekommen, sich wieder zu sammeln. Zögerlich trat er an den Beckenrand und blieb dort eine Weile unschlüssig stehen. Plötzlich ging ein Ruck durch seine leicht vornüber gebeugte Gestalt. Zielstrebig ließ er sich an der seichten Treppe ins Wasser gleiten.

Wie genoss er doch nach seinem peinlichen Erscheinen vor Genoveva diese Wohltat! Eben noch von Scham übergossen unter dem Eindruck seiner als schäbig empfundenen Figur, ging ihm seine Körperlichkeit nun verloren mit dem Hineingleiten der Extremitäten in das 28 Grad warme Wasser. Das nässende und wärmende Element erzeugte einen unbeschreiblichen Schauer, der langsam, von den Zehenspitzen aufsteigend, die physische Gestalt bis in die Fingerspitzen und in die Wurzeln der Kopfhaare hinein erfasste.

Ein befreiendes Wohlgefühl glitt über die Haut hinweg mit der Gleichförmigkeit von bewegungslustigen Spinnenbeinchen. Ein angenehmer Schauer trieb mit der Gründlichkeit eines Schneepflugs tausend feine Luftbläschen zwischen der tanzenden Körperbehaarung hervor, jagte sie an die Wasseroberfläche, wo sie als Fliehende noch einen prickelnden Gruß hinterließen und in der gesamten Bewegung immerzu Meister ihres gleichmäßig aufstrebenden Tempos blieben. Im jagenden Brausen der lustig sprudelnden Teilchen verlor der Kopf, nur einmal niedergetaucht, seine denkfähige Masse, die sich mit dem luftigen Treiben entführen ließ und in der Hallenluft verteilte wie die Gasgebilde selbst, die dem Wasser vorwitzig entstiegen waren. Die plötzliche Erlösung von dem Fluch, mit Verstand geschlagen zu sein, öffnete Gideon Walter einen überraschenden Weg zur Herauslösung seines Identitätsempfindens aus der anatomischen Zwangsjacke.

Ein Gelenkschwund setzte ein, der nach und nach alle Muskelpartien, Sehnenstränge und Knorpelschichten ergriff und in ein Verflüchtigen sämtlicher Gliedmaßen einmündete, um aus diesem Zustand zur Vollendung der Entleiblichung aufzusteigen, indem vom ersten bis zum letzten Wirbel das gewaltige Stützkorsett des Körpers sich abtrennte.

Im schwerelosen Zustand seiner Funktionalität beraubt, hob der Corpus sich selbst auf. Er besorgte sich ein süßes Hinsterben der an Knochen, Fleisch und Fett gebundenen Empfindungen. Im fortgeschrittenen Zustand seiner wohltuenden Entmaterialisierung besetzte ein dem Bade abgerungenes Erleben von alles überformender Sinnlichkeit die frei gewordenen Empfindungspositionen: Gefühl! Pures Gefühl. Reines inneres Erleben. Sublimierte Leidenschaft in vollendeter Entfaltung an der Austrittsstelle einer ansonsten leidenschaftslos gewordenen Körperlichkeit. Aber man mag auch Acht haben in einer solchen Atmosphäre eines reinen emotionalen Substrats; hier wirkt ein das Ego berührender Impuls wie ein Glimmspan in reinem Sauerstoff.

Regungslos auf dem therapeutischen Gewässer treibend, gab sich Gideon der kaum merklichen Strömung hin. Er schaute verträumt gegen die mit beigen Paneelen verkleidete Decke des Gewölbes. Die geometrische Anordnung hoch über seinem Kopf stiftete ihm vorübergehend einen Eindruck des Befremdens.

Parallelen, wie weit er schaute. Gideon schloss die Augen und dachte über das gnadenlose Schicksal jener geometrischen Form nach: Bedauernswerte Gebilde, die bis in alle Ewigkeit darauf warten mussten, mit dem Gegenüber sich vereinigen zu dürfen. Vielleicht aber auch beneidenswert. Er blieb sich unschlüssig bei der Bewertung des Problems, bis ihm Genoveva wieder in den Sinn kam. Ach, er wollte nicht mehr länger warten.

Der sanften Strömung hingegeben, war ihm das Zeitgefühl abhandengekommen. Man hatte in der Halle die Uhren so unvorteilhaft angebracht, dass vom Wasser aus die Zeit nicht einzusehen war. Gideon glitt nun zum dritten Mal an den Düsen vorbei, um nach der Freundin Ausschau zu halten. Wie stolz und zuverlässig ihn das Wasser trug! Wie es ihn liebte! So majestätisch neben der Geliebten gleitend, würde er gewiss keine schlechte Figur abgeben. Zudem kam Affinität aus den Seelen und nicht aus der sichtbaren Biomasse. Nach seinem tapsigen Auftritt vor Genoveva in ihrem neuen Badeanzug hatten sich Gideons Gefühle nunmehr weitgehend beruhigt und so temperiert, dass sie mit dem warmen Wasser gut harmonisierten.

Er wurde getragen vom nässenden Element; er wurde getragen von einer erhabenen Stimmung; er wurde getragen vom Glück. Seit einer Weile trug ihn aber auch noch etwas anderes. Es war eine bizarre Melodie, in der sich abgründige Zerrissenheit und elegisch temperierte Schönheit ekstatisch paarten.

Die vertraute Weise war so dicht wie das umgebende Wasser, in dem er nicht versank. Ein unüberhörbares Rufen der Bläser von nah und fern durchmaß den unendlichen Raum zu ihm hin; Lock-Töne der Hörner überwanden die sieben Sphären und durchdrangen sein gestauchtes Gemüt; die transzendierende Wehmut der Streicher eroberte sich die wieder wild vagabundierenden Sinne.

Eine polyphone Orgie war unerwartet über seinen Kopf hereingebrochen. Sein verliebter alter Kopf war auf einmal angefüllt mit den Motiven eines virtuosen Orchesters, auf denen er nicht minder zuverlässig dahinschwebte wie auf dem wohltemperierten Wasser, in dem er vor endlosen Zeiten seiner Körperlichkeit verlustig gegangen war. Mahlers Fünfte - nur das Schicksal wusste, wie und warum sie in diesen Minuten in Gideons Kopf intoniert wurde.

Das für ein bloßes Thermalbad viel zu gewaltige Orchesterwerk zerschmetterte sein Gehirn. Es zerschmolz seine Knochen. Es zersägte seine Sinne. Gideon, immer noch wie ein Kork auf dem Wasser treibend, weinte wie ein gedemütigtes Kind hemmungslos in das therapeutisch aufbereitete Nass hinein.

Nie mehr war er mit Genoveva in ein Konzert gegangen; niemals auch hatten sie beide nach der Festigung ihrer Bekanntschaft über Musik gesprochen. Die klassischen Melodien im Vortrag der bescheidenen Pianistin, die sie damals zusammengebracht hatten, säumten als phonetische Leichname den bleichen

Randstreifen ihrer belanglosen Konversation. Was hatte er denn mit jener Frau gemeinsam, die in sein Leben eingebrochen war? Mit welcher Verwirrung war er bloß geschlagen worden, dass ihm die Liaison mit einer derart zwielichtigen Dame von Welt als erstrebenswertes Fatum seiner Restlaufzeit erschienen war?

Sie hatte ihn geködert; zweimal hatte sie ihn geködert wie einen Schuljungen. Das erste Mal, im Konzertsaal, mit dem geheuchelten Interesse an einer Musik, von der sie nichts verstand. Das zweite Mal, beim Abendessen, mit zartgebackenen Fliegen, die sie selbst verschmähte. Sie führte zweifellos etwas gegen ihn im Schilde.

Gideon stöhnte und tauchte mit einer heftigen Bewegung unter die Wasseroberfläche. Mit beiden Händen hielt er sich den Kopf, doch die furiosen Akkorde aus den Tiefen seines Gehirns brachte er nicht zum Abklingen. Zwar wurde er nach dem Auftauchen etwas ruhiger, aber sein plötzlich wieder erwachtes Misstrauen gegenüber Genoveva hielt hartnäckig die Stellung.

Sie, die Macht dazu hatte, wollte ihn auch nicht von seinen rhythmischen Leiden befreien. Nicht einen kleinen Schritt war sie ihm bisher entgegengekommen. Stattdessen hatte sie sein Leben angehalten und in seinem Kopf ein Schwungrad angeworfen, das sie mit peinlichen und hartnäckigen Fragen in Bewegung hielt, bis es ihn irgendwann zermahlen würde. Bloß zu welchem Zweck?

Oh ja, sie war attraktiv und liebenswürdig. Sie war liebreizend und schön. Sie verkörperte Eigenschaften des Weiblichen, die ihm sein Leben lang verborgen geblieben oder als gelegentliche ekstatische Höhepunkte einer diffusen Sehnsucht bloß der reinen Fantasiearbeit zugefallen waren. Niemals mehr seit der Annäherung der halbwüchsigen Ulla Habedank unter den Trauerweiden hatte ein weibliches Wesen das emotionale Erleben und Erschauen des Gideon Walter so nahe an transzendierende Grenzen herangeführt wie Genoveva. Ein zartes Signal von ihr - und er hätte diese Grenzen überschreiten können!

Gideon tauchte in einem heftigen Anfall von süßem Ekel erneut unter die Wasseroberfläche und schüttelte einen Krampf aus, dass das Wasser um ihn herum nur so spritzte. Bei der halb-wüchsigen Ulla Habedank hatte er ein kleines Stückchen seiner Zunge verloren. Im Augenblick, da er mit der unvollendeten Geliebten Genoveva rang, war ihm in einer bösen Ahnung zumute, als trüge er den Kopf des Holofernes auf seinen Schultern. Als er deshalb zum dritten Mal untertauchen wollte, ging der Anfall zurück. Die entspannende Seite des Thermalbadens wandte sich ihm wieder zu.

Bevor Gideon wie zuvor die Schwimmhaltung des *Toten Mannes* einnehmen konnte, gewahrte er eine Hand, die aus dem Wasser ragte und zu ihm herüberwinkte. Genoveva. Schon hörte er, dass sie seinen Namen rief. Da wurde er augenblicklich milder gestimmt.

Die Massage schien Genoveva gut bekommen zu sein. Sie gab sich vergnügt, als sie Gideon mit wenigen schwungvollen Schwimmstößen erreicht hatte.

„Ich hoffe, dir ist die Zeit nicht lang geworden. Ach, ist das herrlich, mit dem durchgekneteten Körper im warmen Wasser zu gleiten."

Mit ein paar raschen Handbewegungen trieb sie Gideon einige gezielte Wasserspritzer ins Gesicht. Er wandte sich ab, ohne auf die Neckerei so einzugehen, wie Genoveva das wohl erwartet hatte. Sie hielt überrascht inne und sah ihn, als er sich ihr wieder zugewandt hatte, prüfend an.

„Ich weiß das aus eigener Erfahrung: In diesem thermischen Aquarium wird man zur Nachdenklichkeit herausgefordert."

Das klang so, als ob sie seine Stimmung durchschaute. Dennoch schien sie unschlüssig, wie mit dem in seiner Launigkeit etwas unberechenbaren Freund umzugehen sei. Schließlich entschied sie sich dafür, die Situation erst einmal räumlich zu entspannen. Sie tauchte unter, entließ noch einige Luftblasen und verschwand dann aus Gideons Gesichtskreis. Nach einer Weile tauchte sie am Beckenrand wieder aus dem Wasser auf und hob dort die Hand zum Gruß.

Gideon war unterdessen in eine mentale Erstarrung gefallen. Die in seinem Inneren widerstreitenden Gefühle hatten weder zu einem tragfähigen Kompromiss gefunden, noch hatte eines von ihnen die Oberhand erlangen können. Unverkennbar war das aggressive Misstrauen auf dem Rückzug. Ein wenig schämte er sich bereits für seine Verdächtigungen gegenüber Genoveva. Stimmungswandel dieser Art waren ihm nicht fremd. Schon mehrfach in der Vergangenheit waren feindselige Gefühle gegenüber Genoveva abgeklungen, wenn die Freundin aus der Abwesenheit in seine Nähe trat. So wie vor wenigen Minuten, als sie dicht an ihn herangeschwommen kam, bevor sich die nackten Schultern anmutig aus dem Wasser hoben. Der Anblick ihrer sinnlichen Gestalt hatte ihm sofort die Sprache verschlagen. Ihre braunen, sonst leicht gelockten Haare fielen, nass glänzend, jetzt glatt herab und schlangen sich in zufälligen Strähnen um den schlanken Hals.

Weil Gideon im Wasser tatsächlich eine bessere Figur abgab und seinen Körper aufrecht hielt, schaute Genoveva ein wenig zu ihm auf; mit schalkhaft sprühenden Augen, in denen sich die Daseinsfreuden der letzten Viertelstunden selbstbewusst spiegelten.

Noch niemals zuvor in der Zeit ihrer Bekanntschaft war ihm so unerbittlich klar geworden, wie wunderschön diese Frau war. Er war elektrisiert und gelähmt zugleich und von einer abwechselnd melancholisch und feindselig getragenen Befangenheit. Und dennoch: Je schöner Genoveva vor seinen Augen sich erhob, desto weiter trat sie in ihrer Vertrautheit von ihm weg in eine wesensfremde Entrückung. Sein verhängnisvolles Misstrauen wurde zwar gedämpft, doch es zuckte noch unter all den erotischen Impulsen, die heute von Genoveva ausgingen, und es blieb bis zum Ende ihrer beider Thermalzeit unbesiegt.

Drüben löste sich Genoveva gerade vom Beckenrand und schwamm in verhaltenem Tempo wieder auf Gideon zu. Die letzten Meter legte sie in dem brusttiefen Wasser gehend zurück. Ihren Schalk hatte sie abgelegt. In gewohnt gleichmütiger Weise blickte sie nach vorn, ohne ihr verführerisches Aussehen eingebüßt zu haben.

In Gideons Nähe drehte sie sich wortlos auf den Rücken und suchte den *Toten Mann* nachzuahmen, den sie vorhin an dem Freund beobachtet hatte. Da Genoveva keine Anstalten machte, ein Gespräch anzufangen, nahm auch Gideon den energiesparenden Schwimmstil wieder auf, um mit seiner zerrissenen Stimmung ins Reine zu kommen. Wie in einem geheimen Wettbewerb stehend, wer von ihnen beiden die vollkommene Ruhelage am längsten einhalten könne, nahmen sie mit ihren vom Wasser bedeckten Körpern und den herausragenden Nasen das Profil von Krokodilen an, die, hinterhältig in ihrem Teich verborgen, auf Beute liegen.

Gideon spürte schnell wieder die Mattigkeit, die bei Genovevas Erscheinen von seinen Gliedern abgefallen war. Auch das Orchester in seinem Kopf nahm die virtuose Arbeit wieder auf und quälte ihn mit omnipotenten Klängen von einer unbespielbaren Partitur. In elegischen, an die Schmerzgrenze reichenden Wellen fraß sich der Grundton durch das wabernde Gemüt und zentrierte nach und nach eine Botschaft von sirenenhafter Werbemacht. *Befreie dich von der unglückseligmachenden Frau, bevor sie dich verschlingt.* Aus weiter Ferne hörte Gideon seinen Namen rufen. Gedämpft und verzerrt kam er an; abgemagert und abgehetzt auf einem endlos langen Weg, den zurückzulegen der anonyme Absender ihm auferlegt hatte.

Beim Schwimmen werden die Ohren zwangsläufig vom Wasser umspült, und das Gehirn wird leicht mit einer verfremdeten Klangwelt genarrt. Genoveva fand die Effekte lustig und wollte partout probieren, ob auch Gideon, der in ihrer Nähe glitt, Spaß daran hätte. So entlockte sie ihrem Kehlkopf Laute und Namen und sprach, mal über, mal unter Wasser, von den nächstbesten belanglosen Dingen, die ihr in den Sinn kamen. Mit einem glucksenden Lachen versiegelte sie die Klangkörper ihres Tonstudios.

Die Akustik in seinem Kopf wurde Gideon allmählich unerträglich. Warum ließ sie ihn nicht einfach in Ruhe? Schon wieder unterspülte langgezogenes Rufen das Wimmern einer verirrten Oboe: „G i d e o n!"

Im Zeitlupentempo kam der Impuls auf ihn zu, durchdrang ihn unerkannt und besetzte zufällig eine einzige Synapse in seinem Gehirn, die vor der noch immer verborgen gebliebenen Kammer lag. Dort wurde auf einmal das veraltete Leben von Gideon Walter von einem grellen Blitzstrahl getroffen: G i d e o n!

In dieser Weise hatte ihn Ulla Habedank bei den Trauerweiden gerufen und spielerisch mit ihren Zöpfen zu sich herbeigewinkt. In diesem erleuchteten Augenblick auf dem Thermalwasser schwebend, vermochte Gideon die Sommersprossen des Mädchens zu zählen, bevor sich das Gesicht verwandelte und eine blutige Zungenspitze ausspuckte. Doch das Mädchen spuckte nicht nur Klein-Gideons Zunge aus, sondern auch das hässliche Wort.

Vom Wasser kam es zu ihm her. Über das Wasser kam es geflogen. Unter dem Wasser tauchte es durch und glitt in sein Ohr. Niemand hatte es geschickt. Aus bedeutungslosen Silben, die von überall herkamen, fügte es sich gleichsam zusammen, weil Gideon danach suchte.

Ganz nah hatte die sanfte Strömung die beiden schon zusammengeführt - Gideon und Genoveva. Sie spielte wassernah immer noch mit ihren Worten und erwartete endlich Resonanz von ihrem drögen Partner, der stur und steif wie ein Treibholz an ihrer Seite lag, als hätte sie ihm nichts zu bieten.

In einem furiosen Trommelwirbel und unter heftigen Paukenschlägen begann Gideons Kopf zu bersten. *Fliegenfresserömmes!* Die endlich gefundene Formel seines von Erfüllung abgeklemmten Lebens schwoll in der thermalen Flut zu einem unendlichen Getöse im Innenohr an. Es kam von ganz nah an ihn heran. An seiner Seite war es entstanden und von einem hellen Hohngelächter aus weiblicher Kehle begleitet worden. Genoveva! *Fliegenfresserömmes!* Sie hatte das Schmähwort die ganze Zeit über gekannt. Jetzt wollte sie ihn damit zerstören. Viel zu schön war sie, um für ihn erreichbar zu sein. Mit tückischen Absichten hatte sie sich seiner Persönlichkeit bemächtigt. Mit Gesprächen, die Verhöre waren, suchte sie die letzten ihr noch unbekannten Details seines Lebens aufzusaugen, um in einem ihr geeignet erscheinenden Augenblick seinen Wesenskern zu zerstören. Jetzt war es so weit. Doch er hatte die bedrohliche Situation rechtzeitig erkannt. Um seiner Selbsterhaltung willen musste er sie aufhalten und ihren schrecklichen Plan vereiteln.

„Sei bloß still, du Ungeheuer!", schrie es aus ihm heraus.

Sie rollten zeitgleich aus der Rückenlage und standen sich gegenüber. Genoveva war kreidebleich geworden vor Schreck und sah ihm mit weit aufgerissenen Augen ins verzerrte Gesicht. Einzelne Haarsträhnen hatten sich wie zu Zöpfen zusammengefunden, die bis auf die Schultern der Frau herabfielen. Sie öffnete den Mund, um etwas zu sagen; da hatte Gideon den feinen Stahl, ein Erbstück seines Großvaters, schon längst in der Hand. Niemals würde Ulla Habedank ein zweites Mal auferstehen!

Er schlitzte ihren Körper von unten nach oben auf. Weich wie ein Buttermesser fuhr die Klinge durch das zuckende Fleisch. Genovevas Worte gingen in einem unartikulierten Blubbern unter. Das schöne Gesicht der Freundin war vor Überraschung erstarrt. Und die maßlos erweiterten Augen flackerten noch einmal auf, bevor sie ermattet vor der unausweichlichen Lage kapitulierten. Auch der Körper bäumte sich auf, bevor er unter Zuckungen in der roten Wolke, die um ihn herum entstanden war, versank.

Der Schrei im Thermalbad

An diesem gewöhnlichen Badetag wurde der ruhige Publikumsbetrieb der Thermalanstalt vorübergehend durch einen langgezogenen Schrei von außergewöhnlicher Stärke und herzzerreißender Klangfülle aufgeschreckt. Eine ältere, noch rüstige Dame mit blond getöntem Haar, das aber unter einer riesigen, mit Kunst-Blümchen dekorierten Badehaube versteckt war, hatte ihn ausgestoßen, weil sie Zeugin eines Vorfalls geworden war, den sie so nicht erwartet hatte. Der mit unserer bisherigen Geschichte vertraute Leser wird den Schrei sicherlich wiedererkannt haben, weil man, wenn man dergleichen schon einmal vernommen hat, so etwas nicht mehr vergisst.

Der unnachahmliche Schrei kam also aus der Kehle von Frau Mandelstamm. Das war nämlich der bürgerliche Name der tatkräftigen Dame mit den noch keineswegs endzeitgemäßen Ambitionen. Die agile, dem Leben zugewandte Witwe hatte in der Zwischenzeit vor diesem verhängnisvollen Ereignis noch einmal intensiv nachgedacht und war dabei zu der Auffassung gelangt, dass die unnatürliche Liaison ihres Reisegefährten mit jener Genoveva Richter ein tragisches Schicksal und wohl eine viel tadelnswertere Verhaltensweise darstellte als ein einmaliger Fliegenschmaus, von dem sie die ganz genaue Zusammensetzung nicht einmal kannte. Und über möglicherweise sogar ehrenwerte Beweggründe für einen Verzehr, wenn sie es sich ehrlich eingestand, hatte sie noch überhaupt keine der Fairness verpflichtete Überlegung angestellt.

Der stattliche Mann war, zugegebenermaßen, von etwas schwachem Charakter, aber er verdiente es ihrer Meinung nach, dass man sich seiner annahm, wenn er in Not geriet, oder dass man ihn vor törichtem Verhalten bewahre, wenn dazu noch Gelegenheit gegeben war. Er sollte jedenfalls Beistandsbemühungen einer verantwortungsbewussten, lebenserfahrenen Frau nicht entbehren, wenn Gefahr drohte, einem Flittchen mit offenkundig zwielichtigen Absichten schnöde überantwortet zu werden. Dass er sie mit der herabsetzenden Bezeichnung *Schweinsauge* titulierte, wäre ihr sicherlich tadelnswert erschienen. Aber davon wusste sie schließlich nichts.

Ihrem selbstlosen Anliegen folgend, hatte Frau Mandelstamm vertrauliche Erkundigungen über Genoveva eingeholt und war dabei erfolgreich gewesen. Ein Anfangsverdacht fand sich bestätigt, dass die Dame etwas im Schilde führte und Gideons Freundschaft, die ihr keineswegs eine Herzenssache war, weidlich ausnutzte, um zum Schaden des ahnungslosen stattlichen Mannes eigene Vorteile zu genießen.

Mit ihrem frischen Wissen aus zuverlässigen Quellen, das in Teilen noch dazu aus der Praxis der Psychologin und

Psychotherapeutin Dr. Genoveva Richter höchstselbst stammte, hatte die Witwe Mandelstamm in den letzten beiden Tagen versucht, einen günstigen Augenblick abzupassen, um Gideon Walter in einem von der Freundin unbeobachteten Augenblick von den Nachforschungen in Kenntnis zu setzen. Sie war zuversichtlich gewesen, ihre Kurbekanntschaft doch noch einer verhängnisvollen Beziehung entreißen zu können.

Er würde gar nicht anders können, als von der Verführerin abzulassen, wenn er von dem Projekt seiner Liebsten inkognito erfuhr. Auch an dem Tag des Verhängnisses war die engagierte Witwe den beiden ins Thermalbad gefolgt, hatte aber den vorteilhaften Augenblick verpasst, als Genoveva unter der Massagebehandlung lag. Ein untrügliches Gefühl riet ihr indes abzuwarten, weil eine zweite, vielleicht noch bessere Gelegenheit zur Kontaktaufnahme sich bieten könnte.

Die Witwe, die später für die Ermittlungsbehörden die wichtigste Zeugin wurde, stand kaum fünf Meter vom Ort des Geschehens, als Gideon seine Bluttat ausführte. So viel sei hier vorweggenommen, dass Genoveva bei dem mit aller Präzision ausgeführten Schnitt keine Überlebenschance hatte. Sie war schon tot, als man sie aus dem Wasser barg und die Halle an diesem Tag für den Publikumsverkehr bis auf weiteres schloss. Doch der Reihe nach.

Frau Mandelstamm war also unmittelbar Augenzeugin der Messerattacke geworden und so überrascht gewesen, dass sie nicht einmal zu schreien vermochte. Die im Allgemeinen robuste Dame stand bloß mit weit aufgerissenem Mund wie gelähmt in dem brusttiefen Wasser, als sie den unzweideutigen Beweis vorgeführt bekam, dass die Beziehung zwischen den beiden aus war.

Wenn es in den letzten beiden Tagen jemals eine sichere Gelegenheit gegeben hatte, Gideon ohne die Zeugenschaft seiner hartnäckigen Begleiterin zu sprechen, dann war sie jetzt tatsächlich gekommen. Die Frau konnte also wieder Hoffnung schöpfen, die Bekanntschaft des stattlichen Herrn vor dem Hintergrund seiner nicht mehr bestehenden anderweitigen Bindung neu aufleben zu lassen. Für einen Schrei in der Art, wie wir ihn eben schilderten, bestand daher für die berechnende Witwe keine überzeugende Veranlassung. Doch was soll man darum herumreden: Das blutige Drama, das in den kommenden Tagen der Hauptgesprächsstoff in dem Kurörtchen sein würde, hatte noch gar nicht seinen Abschluss gefunden.

Gideon Walter war zweifellos in eine noch niemals erlebte Ausnahmesituation seiner Gefühle geraten. Ein ganzes Bündel von Faktoren hatte tragischerweise so zusammengewirkt, dass die Freundin Genoveva, der er gerade in den letzten Tagen besonders treuherzig gefolgt war, in einem wahnhaften Anfall in das Zentrum seines vernichtungswilligen Selbsterhaltungsinteresses gerückt war.

Ein späterer Strafprozess, dem die Ruhe und die Mittel beschieden gewesen wären, alle in dem Fall relevanten Fakten akribisch zu sichten, möchte, wenn er denn stattgefunden hätte, zu einer Beschreibung und Charakterisierung des Tatmotivs gefunden haben, die auch einen kritischen Beobachter überzeugen müssten. Weil es dazu nicht kam, nicht dazu kommen konnte, bleibt zwangsläufig manches im Dunkeln. Vorsichtige Spekulationen werden ersatzweise für gesichertes Wissen einzuspringen haben, um wenigstens, auch wenn eine wirkliche Befriedigung über ein derartiges Provisorium nicht aufkommen will, ein mageres Substrat an evidenzfähiger Erklärung auszuweisen.

Immerhin: Es ist bemerkenswert, dass die Vermutung der Behörden schließlich eine Wahnvorstellung des Täters ernstlich in Betracht zog. Eine Wahnvorstellung, sehr richtig, die der Erzähler als Kenner der Materie für das Verständnis einmal so auffüllen will, dass die virtuelle Erinnerungswahrnehmung der halbwüchsigen Ulla Habedank, die Klein-Gideon in einem für seelische Verletzungen sehr empfänglichen Alter jenen von Verbalinjurien begleiteten Streich gespielt hatte, über den wir berichteten, und die sinnliche Gestalt der Freundin Genoveva zu einem einzigen Angstbild verschmolzen, dem gegenüber der augenscheinlich überreizte Gideon sich vor der bedrohlichen Alternativ wähnte: *Ich oder sie!*

Die gewalttätige Überreaktion hatte den Zweck, eine verdrängte dämonische bzw. als dämonisch empfundene Macht in
sich zu vernichten und sich damit von manchen durch fehlgelei-
tete Erinnerungsarbeit verursachten seelischen Turbulenzen zu
befreien. Ungefähr in eine solche Erklärung waren die Ergeb-
nisse der Ermittlungsbehörden und hinzugezogener ärztlicher
Fachkräfte eingemündet, nachdem die aufgefundenen Studien
von Dr. Genoveva Richter doch Anlass gegeben hatten, den Fall
nicht sofort zu den Akten zu legen.

Was hingegen offengeblieben war, das waren die Einflüsse, denen Gideon möglicherweise ausgesetzt war, als sich in seinem
Kopf jenes Bedrohungssyndrom aufbaute, das als Auslöser der
schrecklichen Tat dingfest gemacht worden war. Der Täter selbst
konnte keinen Aufschluss mehr geben, und für die Gewinnung
von Erkenntnissen, die in dem vorliegenden Fall weitergeholfen
hätten, wäre eine Obduktion sicher ein untaugliches Mittel gewesen.

Warum hatte er sich dann selbst gerichtet? Das ist ein in den
offiziellen Verlautbarungen umstrittener Punkt geblieben. Wir
begnügen uns hier mit der These in der Mehrheitsmeinung der
amtlichen Gutachter, die von der Annahme ausging, dass die finale Tat gegenüber der Frau bei Gideon zu einem schockartigen
Wiedereintritt in die Realität geführt habe. Angesichts der aus-
sichtslosen Lage, in der er sich befand, sei ihm die Selbsttötung
als der letzte und einzige Ausweg erschienen.

Gegen diese Sichtweise spricht allerdings - der Gedanke sei wenigstens angemerkt - der Verweis im Minderheitsgutachten,
dass die Art und Weise, wie Gideon Hand an sich legte, eine solche naheliegende Erklärung nicht stütze. Denn die Selbsttötung
Gideons war, obwohl aus anatomischen Gründen nur schwer zu
bewerkstelligen, eine genaue Kopie des Vorgangs, wie Genoveva zu Tode gebracht wurde: nämlich durch blitzschnelles Auf-
schlitzen des Bauches vom Schritt bis zum Brustkorb. Der Täter
selbst versank, genau wie seine Freundin, beim Ableben in einer
ähnlich roten Wolke wie sie.

Das war auch der Augenblick gewesen, als die Witwe gellend aufschrie. Da war wirklich die völlig perplexe Frau am Boden zerstört, und alle Hoffnung auf ein klärendes Gespräch, wenn nicht gar mehr mit dem stattlichen Mann, mussten von ihr ein für alle Mal begraben werden.

Doch kommen wir noch einmal auf die Frage nach den verborgenen Motiven für die Bluttat zurück. Die amtlichen Aussagen der gewiss klugen Köpfe aus dem fachmedizinischen Bereich der Ermittlungsbehörden hielten zwar Genovevas vorläufig beschlagnahmte Studien unter Verschluss, auf die sie sich bei ihren Analysen stützen konnten, allerdings mangelte es ihnen an Kenntnis der genauen Vorgänge, die sich seit über zwei Wochen mit und zwischen den beiden abgespielt hatten, die im Kurort als das ungleiche Liebespaar belächelt wurden. Von daher soll dem Untersuchungsergebnis auch kein Makel anhaften, wenn es das immerhin gewichtige Problem nicht klären konnte.

Wir wissen mehr. Und wir entsinnen uns Genovevas leichtsinniger Bemerkung von der Überdosis gegenüber dem behandelnden Arzt im Krankenhaus, in welches Gideon nach seiner nächtlichen Fressattacke eingeliefert worden war. Genoveva war, so wie es im Nachhinein klar zutage tritt, zu sehr mit der Sache befasst und zu sehr Kennerin der komplexen Materie, um nicht zu wissen, wovon sie sprach.

Sie hatte schon beizeiten ein unzweideutiges Urteil gefällt, dass nämlich Gideon durch seinen exzessiven Konsum von Fliegen erkrankt war, so wie Menschen, die an einer wie auch immer gearteten Sucht leiden, beim übermäßigen Genuss des von ihnen verlangten Stoffes so oder so nun einmal erkranken. Auch wenn von der stofflichen Seite her Gideons Sucht den herkömmlichen Rahmen sprengte, so war an einer bestehenden Suchtkrankheit, die zwischen Überdosis und Entzug ihre je eigenen Symptome entfaltet, nicht zu zweifeln.

Gerade an jenem Tag, als der Arzt ihr von seinen Beobachtungen hinsichtlich der merkwürdigen Verdauungsvorgänge in Gideons Körper berichtete und von seinen Schlussfolgerungen hinsichtlich des Stoffwechsels sprach, hatte Genoveva bei der wissenschaftlichen Klärung des von ihr untersuchten Phänomens den entscheidenden Durchbruch erzielt. Gideon und dem behandelnden Arzt verdankte sie gleichermaßen jene Erkenntnisse, mit denen sie im Begriff war, ihre wissenschaftliche Laufbahn auf dem medizinischen Feld zu krönen.

Mag sein, dass Dr. Genoveva Richter nach dem Abschluss ihres Forschungsprojektes in ihrer Aufmerksamkeit gegenüber dem Probanden nachließ. Mag auch sein, dass sie die noch zu wenig erforschten Reaktionen bei der vorliegenden Art von Sucht einfach unterschätzte. Auffällig ist allemal, dass sie offensichtlich nicht einkalkulierte, dass nach der von ihr richtig diagnostizierten Überdosis bei Gideon das Pendel der Suchtsymptome in die entgegengesetzte Richtung ausschlagen konnte.

Einige Tage immerhin waren seit Gideons Entlassung aus dem Krankenhaus verstrichen; von daher war es nur eine Frage der Zeit, bis der Abhängige wieder unter der turnusmäßig beklagten Mangelerscheinung zu leiden beginnen würde, was aber nur heißen konnte, dass mit schwer kalkulierbaren Entzugserscheinungen zu rechnen war. Bei einem vorangegangenen Überkonsum von höchst bedenklichem Ausmaß waren die konkreten Entzugshandlungen kaum vorherzubestimmen. Das hätte die Expertin wissen müssen.

Hier lag ihr eigentliches, für ihre Person letztendlich verhängnisvolles Versäumnis. Ausgerechnet ein Thermalbad aufzusuchen, dessen besondere Atmosphäre auch gesunden Menschen ein beachtliches Stimulanzmittel sein kann, möchten wir abschließend, vielleicht ein wenig streng gegenüber der liebreizenden Frau, die immerhin auf ihrem Fachgebiet eine Koryphäe war, als betont fahrlässig bezeichnen.

Eine Gesamtwürdigung der wissenschaftlichen Leistung von Dr. Genoveva Richter, die aus für ihn undurchschaubaren Gründen in das gleichförmige Leben von Gideon Walter getreten war, ist mit dieser Feststellung freilich nicht verbunden. Das wäre ungerecht gegenüber den Verdiensten der Expertin.

Sie erschloss schließlich das Geheimnis der bis dahin unerklärlichen Mangelerscheinung bei einer gewissen Anzahl von

Männern, zu denen Gideon Walter gehörte, bei unterlassenem Verzehr von Insekten; zumeist waren das Fliegen. Sie erbrachte posthum den Nachweis, dass in Einzelfällen Menschen - und nach dem empirischen Befund waren das ausschließlich Männer - einen Aufschlussmechanismus in ihrem Verdauungstrakt für das im Allgemeinen als unverdaulich geltende Chitin besitzen. Schlussendlich konnte sie einen empirischen Beleg vorweisen für den bis dahin nur vermuteten Wechselmechanismus zwischen stofflichen Gaben und psychischen Zuständen bei der oralen Zufuhr einer Substanz, die für mehr als neunundneunzig Prozent aller Männer, abzüglich einer nicht bestimmbaren Dunkelziffer, absolut bedeutungslos ist im Hinblick auf die Gefahr einer Suchterkrankung.

Doch lassen wir, damit die private Seite des Falles Gideon-Genoveva endgültig abschließend, Dr. Genoveva Richter in der Zusammenfassung ihrer eigenen Expertise, die man nach ihrem tragischen Tod in ihren Unterlagen fand, selbst zu Wort kommen:

>Seit ihrer ersten Beobachtung vor 40 Jahren hat die unter dem Namen *Fliegensyndrom* in die Fachliteratur eingegangene Suchterkrankung kein näheres Forschungsinteresse erfahren. Über Verbreitung, Häufigkeit und Risikogruppen liegt kaum verlässliches Zahlenmaterial vor. Über Symptome, Suchtverlauf und Folgeerscheinungen wurden von Dr. Walter Knickmich Aufzeichnungen angefertigt, die er auf der Grundlage von Beobachtungen an drei Probanden gemacht hatte. Vergleichsstudien liegen nicht vor. Dieser Mangel an Forschungsinteresse ist um so bedauerlicher, als inzwischen offensichtlich ist, dass der Leidensdruck, dem Betroffene ausgesetzt sind, nicht unerheblich ist. Ich wünsche sehr, mit meinen Arbeiten in der Zukunft Möglichkeiten zu erschließen, wie den Leidenden geholfen werden kann.

Eine kleinere Feldstudie im Raum Zwischenfranken konnte immerhin das bemerkenswerte Resultat vorweisen, dass das Syndrom nur bei männlichen Personen auftritt, bei denen in ihrer Lebensweise und hinsichtlich einiger biographischer Besonderheiten in der Kindheitsphase eine Reihe von verblüffenden Übereinstimmungen bestehen. So waren alle männlichen Personen unverheiratet und führten ein

zurückgezogenes Privatleben. Traumatische Erlebnisse in der Kindheitsphase konnten in vier von fünf Fällen festgestellt werden.

Als Assistentin von Prof. Dr. Friedhelm Mangold, der die oben erwähnte Feldstudie leitete, konnte ich seinerzeit den Befund dahingehend erweitern, dass alle von Prof. Dr. Mangold betreuten Probanden
eine auffällige Störung bei der psychischen Verarbeitung von enttäu-
schenden Lebenserfahrungen zeigten. Eine Erklärung dafür, warum
trotz der neurologisch manifestierten Verarbeitungsdysfunktion die
Bewältigung des Alltagshandelns mit einem durchschnittlichen An-
forderungsprofil ohne depressive Ausschläge gewährleistet war,
konnte ich damals noch nicht finden. Inzwischen darf durch meine
jüngsten Forschungen auf dem Gebiet diese Erklärungslücke als geschlossen gelten, worauf ich gleich zurückkommen werde.

Als ich mich von Prof. Dr. Mangold trennte, um mit den Möglichkeiten einer inzwischen eröffneten neurologischen und psychiatri-
schen Praxis die Forschungen selbständig und in der von mir als notwendig erachteten Richtung weiterzuführen, standen zwei Probleme
im Zentrum des wissenschaftlichen Interesses:

Erstens die Frage, ob der mit dem Fliegensyndrom verbundene Flie-
genverzehr einwandfrei ein Suchtverhalten manifestiert,

Zweitens der noch fehlende Nachweis - falls Frage eins mit Ja be-
antwortet war - des speziellen chemischen Stoffes in der Biomasse
der Fliegen, der den Suchtrhythmus im Eigentlichen bedient.

Durch meine Forschungsergebnisse in den letzten zwölf Monaten
habe ich beide Probleme lösen können. Methoden und Verfahren bei
der Verifizierung wurden von mir bereits im vergangenen Jahr publi-
ziert und haben, soweit ich die Resonanz überblicken kann, die einhellige Zustimmung der Fachwelt gefunden.

Zur Verfügung standen mir bei der wissenschaftlichen Klärung insgesamt vier Probanden. Auf drei von ihnen war ich im Zusammenhang mit meiner kleinen privatärztlichen Praxistätigkeit aufmerksam
geworden. Die an ihnen gewonnenen Datenreihen belegen mit einem
Evidenzfaktor von 98,2 den Suchtcharakter des Syndroms. Eine ab-
schließende Beweisführung gelang mir mit Proband Nummer vier.

Viel schwieriger als der Nachweis des Suchtcharakters war die Iden-
tifizierung der den Suchtrhythmus transportierenden Substanz. Hier

hatten die Untersuchungen an den Probanden eins bis drei Anhaltspunkte ergeben, die für etwa drei in der Biomasse der Fliegen vorkommende Stoffe sprachen. Für eine Erklärung des genauen Wirkungsmechanismus konnten hingegen keine Erkenntnisse gewonnen werden.

Vor diesem skizzierten Hintergrund sowohl geklärter als auch ungeklärter Fragen erlangte der Proband Nummer vier eine besondere Bedeutung. Die Kenntnis von der Existenz dieser mutmaßlich am Fliegensyndrom leidenden Person ist eher privater Natur, die im Zusammenhang mit meiner Heimatgemeinde Reinigenheim steht, hatte aber über diesen privaten Weg bereits so viele Informationen erbracht, dass schon im Vorfeld der Untersuchungen von einem herausragenden Erkenntnisobjekt ausgegangen werden konnte. Proband Nummer vier erwies sich dann als Schlüsselfigur in der Klärung der letzten großen Probleme.

Da dieser Proband eine Gegenprobe zu den von den Probanden Nummer eins bis drei gewonnenen Ergebnissen gewährleisten sollte und weil er für die Klärung des Substanzproblems von unersetzbarer Bedeutung war, waren die bis dahin angewendeten Methoden untauglich. Proband Nummer vier durfte, wenn die Ergebnisfindung nicht von vornherein gefährdet sein sollte, auf keinen Fall über das Projekt Kenntnis erlangen. Das war der Grund dafür, warum ich in diesem Fall nicht über meine Praxis und in meiner Eigenschaft als Ärztin bzw. Wissenschaftlerin in Erscheinung trat, sondern persönliches Vertrauen des Probanden über eine private Kontaktaufnahme aufbaute. Dieser Weg mag in der kollegialen Diskussion nicht ganz unumstritten sein, doch er war der einzig erfolgversprechende, und er sollte immer auch im Zusammenhang mit den bahnbrechenden Ergebnissen meiner Forschung gewertet werden.

Die an Proband Nummer vier gewonnenen Erkenntnisse zeigen eindeutig: Es ist die Caticula des sogenannten Chitinpanzers, die Fliegen für die am Fliegensyndrom leidenden Patienten zum Objekt des Genussbegehrens macht. Dass sich das Nahrungsinteresse dabei auf Fliegen konzentriert und nicht das Spektrum der mit Caticula ausgestatteten Insekten ausschöpft, hat lediglich ernährungsphysiologische Gründe, die mit dem Mechanismus der Sucht in keinem

Zusammenhang stehen. Caticula und Chitin sind einwandfrei erwiesene Stoffe der selten auftretenden Suchterkrankung, über deren vermutlich hohe Dunkelziffer nur Spekulationen anzustellen sind.

Zum besseren Verständnis unseres Befundes sei vom biomechanischen Gesichtspunkt her angemerkt: Die Caticula verleiht der Körperdecke des Insektes die im Tierreich einmalig auftretenden Eigenschaften wie Druck- und Reißfestigkeit, Härte, geringe Benetzbarkeit, geringes spezifisches Gewicht und geringe Gasdurchlässigkeit. Das Chitin darüber hinaus ist, entgegen der landläufigen Meinung, für Weichheit und Biegsamkeit verantwortlich. All diese Eigenschaften des Exoskeletts haben wesentlich dazu beigetragen, dass die Insekten im Verlaufe der Evolution alle Lebensräume erobern konnten, und es ist bisher noch nicht überzeugend gelungen, einen künstlichen Werkstoff herzustellen, der diese vielseitigen Eigenschaften besitzt.

Es sind genau diese Vorzüge von Caticula und Chitin, die sie nun nicht nur zu mechanischen Stabilitätszwecken einsetzbar machen könnten, sondern den am Fliegensyndrom leidenden Personen tatsächlich zur seelischen Stabilisierung dienen. Die genannten Substanzen, wegen des suchtstarken Verlangens immer wieder zugeführt, umhüllen das, was wir den seelischen Kern eines Menschen nennen, gleichsam als stabilisierenden elastischen Panzer. Diese unvergleichliche Fähigkeit wird ermöglicht durch eine genetische Veränderung, die Chitin und Caticula für den Verdauungstrakt erst aufschließbar und in einer geeigneten Modifikation für seelische Stabilisierungszwecke verwertbar macht.

Wir wissen noch nicht, ob die genetische Veränderung im Stoffwechselprogramm Voraussetzung oder Ergebnis einer mit Fliegen angereicherten Nahrungsmittelzufuhr ist. Ich hoffe, in meiner bevorstehenden letzten Sitzung mit meinem Probanden Nummer vier, wenn auch die letztendliche Trennung unserer sowohl wissenschaftlichen als auch privaten Beziehung ansteht, noch einige Aufschlüsse im Hinblick auf dieses Problem zu gewinnen. Wie dem auch sei: Ein derartiges funktionales Zusammenwirken psychischer, physiologischer und physischer Wirkungsfaktoren, wie wir das im Zusammenhang mit dem Fliegensyndrom inzwischen verstehen, sucht in der Medizin seinesgleichen.

Die für jede Sucht interessante, wenngleich empirisch wenig ergiebige Frage, wie jemand überhaupt dazu kommt, diesen oder jenen Stoff zu probieren, hat im Zusammenhang mit unserem Fliegensyndrom immerhin zu der aufschlussreichen Beobachtung geführt, dass oraler Fliegenkontakt innerhalb der ersten zehn Lebensjahre vielleicht keine zwingende Voraussetzung, auf jeden Fall aber einen Risikofaktor für die spätere Erkrankung darstellt. ... <

Hier bricht das Manuskript von Dr. Genoveva Richter ab.
Soweit wir über die Sache Bescheid wissen, ging ihr wissenschaftlicher Nachlass an das Nationale Institut zur Erforschung von Suchterkrankungen. Dort fand sich bislang niemand, der die Untersuchungen fortgesetzt hätte, so dass auf dem Felde der bei Gideon Walter besonders charakteristisch verlaufenden Erkrankung der Forschungsstand nicht weiter ausgebaut wurde.

Gideon und Genoveva wurden übrigens auf Wunsch der jeweiligen Angehörigen in Reinigenheim beigesetzt, wo sie auf dem Gemeindefriedhof in Nachbarschaft zueinander ruhen und einen ausgezeichneten Blick auf die Platanen des Schwingplatzes genießen könnten. Das Thermalbad öffnete seine Pforten wieder am Tag der Beisetzungsfeierlichkeiten. Therese Mandelstamm gehörte frühmorgens zu den ersten Gästen, und man sagt, dass sie die Badeanstalt erst mit Betriebsschluss am Abend wieder verlassen habe, ohne an dem Tag auch nur mit einem einzigen Menschen ein Wort zu wechseln.

Der Erzähler will es sich nicht nehmen lassen, darin einen ausgewogenen Nachweis der Treuherzigkeit zu vermuten. Man sollte ihm deshalb ein kritisches Wort dazu noch gönnen. Er war stets um Nachsicht gegenüber seinem Helden bemüht, man wird das nicht seriös in Abrede stellen können. Diese Nachsicht schließt ein abschließendes Bedauern nicht aus; ein Bedauern darüber, dass es Gideon Walter versagt geblieben war, in den charakterlichen Zügen seiner ungeliebten Reise-Bekanntschaft jemals andere menschliche Züge wahrgenommen zu haben als diejenigen, die ihn bei jeder Begegnung immer wieder in die Verzweiflung trieben. So war er daran gehindert, ein

differenzierteres Persönlichkeitsbild aufzubauen, das der lebensfrohen Witwe gerechter geworden wäre. Und seiner Seele hätte
er gewiss auch manchen Stress ersparen können.

JOHANNES

Der Tag, an dem Johannes verschwand, war der längste unter seinesgleichen. Das fiel so sehr auf wie das Verschwinden von Johannes an sich und trug zu einer schnellen Polarisierung der vorgebrachten Meinungen bei.

Gerade diesen Tag, der von seinen Proportionen her für ihn eine besondere Herausforderung darstellt, sollte Johannes sich für sein Verschwinden ausgesucht haben?

So fragten, mit zweifelndem Unterton, die meisten, die sich für den Fall zu interessieren begonnen hatten.

Eben das liegt doch auf der Hand für jemand, der seine persönliche Bewährung im heftigen Kontrast zu seinem eigenen Gegensatz immerfort sucht.

Darauf beharrten andere, von einer störrischen Warte aus, deren für eine Minderheit typischer fanatischer Unterton nicht zu überhören war.

Einig waren sich die Meinungsträger beider Auffassungsrichtungen nur darin, dass Johannes sich mittlerweile schon so lange klein gemacht hatte, dass eine befreiende Tat von ihm zeitnah zu erwarten stand. Ob indessen schon der heutige Tag seiner überfallartigen Abwesenheit im Bunde mit einer Aktion stand, darüber herrschte bei allen eine verbreitete Unsicherheit. *Allen* - das Wort war besser nicht ganz wörtlich zu nehmen. Denn selbstverständlich gab es solche, Fernerstehende, die das Verschwinden von Johannes noch gar nicht bemerkt hatten. Ganz zu schweigen von den vollkommen Unbeteiligten, die Johannes nicht einmal kannten.

Der Tag, an dem Johannes verschwand, warb zudem mit einer ausgeglichenen und ansprechenden Witterung für sich inmitten von seinesgleichen. Nur in der Nacht zuvor hatte es zeitweise leicht geregnet. Dieser Umstand machte sogleich ein wenig Hoffnung, noch aussagekräftige Spuren zu finden, die zu Johannes führen könnten, womit über die lähmende Phase bloßer Mutmaßungen und ungewisser Spekulationen erst einmal hinweggeholfen wäre. Überhaupt - in diese Richtung bewegte sich nach einer überschaubaren Zeit des allgemeinen übereifrigen Befasstseins mit der Angelegenheit das allmählich nachlassende Interesse der nur lau Engagierten - sollte jedes vorschnelle und überstürzte Handeln vermieden werden, weil in den meisten ähnlich gelagerten Fällen, für die nicht Wenige zahlreiche treffende Beispiele zu kennen behaupteten, am Ende doch nur ein falscher Alarm dingfest zu machen war. Noch wollte zu diesem Zeitpunkt niemand daran denken, womöglich einen dauerhaften Verlust beklagen zu müssen.

Die Johannes am nächsten waren, machten sich desungeachtet als erste über seinen Arbeitsplatz her, weil sie dort, wie sie sagten, um ihre Zudringlichkeit zu bemänteln, am ehesten sachdienliche Hinweise über seinen Verbleib vermuteten.

Auf wie kleinem Raum Johannes nur arbeiten konnte, wunderten sie sich, als sie seinen angestammten Arbeitsplatz durchstöberten. Sicher, seine Welt des Gegenständlichen, die er zu nutzen befugt war, war mit Vorbedacht sinnvoll angepasst worden. Wenigen indes war vordem bewusst gewesen, dass Utensilien von solcher Untergröße überhaupt käuflich zu erwerben waren. Diejenigen wiederum, die mit einer Spur von Einfühlsamkeit bedachten, dass Johannes in seinen Erwerbsbemühungen anerkanntermaßen eine durchschnittliche Arbeitsleistung erbrachte, konnten den Ausdruck eines gewissen Respektes vor dem am Arbeitsmitteleinsatz zu messenden Beschäftigungswirkungsgrad nur schwer unterdrücken. Diese allerdings waren eine Minderheit, die sich gegenüber den mit einem nüchternen Gemütsabstand Urteilenden denn auch gar nicht richtig zu Gehör brachte.

Wer klein ist und genauso hochlangen soll wie die Großen, kommt um eine übergebührliche Hubarbeit nun einmal nicht herum.

Das Prinzip war ihnen noch aus dem Physikunterricht von der Schule her geläufig. Doch über die ganz praktischen Herausforderungen, welche diese Wirkungsweise der Mechanik für einen Einzelnen mit sich bringen konnte, hatten auch sie sich bis dahin keine ernsthaften Gedanken gemacht. Diesen Mangel nun gerade jetzt zu beheben, empfanden sie indes als nicht zielführend, wenn die Dringlichkeit der Umstände in der Angelegenheit von Johannes im Augenblick zweifellos mehr den praktischen als den theoretischen Sinn nachfragte.

Putzig fanden manche, die niemals fehlten, wenn es ums Austeilen zu tun war, Johannes' Essgeschirr. Sie hielten es auch nicht für geschmacklos, sich neugierig damit zu befassen. Sie nahmen es sogar auf sich, das wenige zu reinigen, das Johannes vor seinem Verschwinden ungesäubert hinterlassen hatte, um sich seines sonderbaren Gebrauchs und einer ungewohnten, zwiespältig auf das Empfinden wirkenden Nutznießung zu vergewissern.

Johannes, wir haben von deinem Tellerchen gegessen. Und wir haben aus deinem Becherlein getrunken.

So spotteten sie lebhaft. Doch war keinem dabei danach zumute, den probeweisen Verzehr aus den für ihresgleichen unzweckmäßigen Miniaturutensilien für sich als einen Dauerzustand zu akzeptieren. Wenige, die Johannes ganz besonders gern wissen ließen, wie sehr sie ihm in allen Befähigungen des Lebens doch überlegen wären, atmeten insgeheim auf, nicht auch noch sein Bettchen vorzufinden, in dem ihr Spaß gewiss ein unrühmliches Ende in Form eines Misslingens gefunden hätte.

Später warf einer einen Blick in die Schublade von Johannes' Schreibtisch und rief erstaunt beim Anblick eines Fotos aus:

Das ist aber doch Johannes! Und wie groß er ist!

Tatsächlich!, stimmten alle, die sich auf den Ruf hin einstellten, eifrig bei und wirkten alsbald sogar ein wenig verstört.

Schaut nur das Auto und das Haus an. Unser Johannes ist auf dem Foto normal groß, vielleicht sogar ein wenig größer als normal. Warum aber hat er sich hier bei uns die ganze Zeit so klein gemacht? Wie war es ihm möglich, sich in einer so schwerwiegenden Angelegenheit seines Erscheinungsbildes so wirkungsvoll zu verstellen?

Bereits am nächsten Tag, der dem Verschwinden von Johannes folgte, schwärmten alle diejenigen aus, die sich freimachen konnten oder sich über Dringlichkeitsanforderungen aus anderweitigen Angelegenheiten einfach hinwegsetzten. Wenn es um das Wiederauffinden von Johannes ging, wollten die zuletzt

Genannten, so brachten sie in eigener Sache vor, nicht kleinlichen Erwägungen einen übergebührlich großen Stellenwert einräumen. Aber freilich, es war auch keiner unter ihnen, der es sich von seiner Stellung her nicht leisten konnte, der persönlichen Schwerpunktsetzung einen eigenwilligen Stempel aufzudrücken.

Viel zu wahllos, wie sich dann zeigte, war die Menge der Suchenden zusammengesetzt, und viel zu unstet war sie hernach unterwegs, als dass von vornherein von allen von der Suche Vereinnahmten harmonisch dem Aktionsziel wirksam zugearbeitet werden konnte. Nicht einmal im Hinblick auf ihre eigene Größe waren die Einzelnen aufeinander abgestimmt, sondern bloß gegenüber der mickrigen Körperlänge von Johannes auf einen gemeinsamen Nenner zu bringen. Nicht jeder auch hatte das Foto von ihm aus der Schreibtischschublade begutachten können, so dass diejenigen, denen die daraus zu gewinnende Einsicht vorenthalten blieb, ganz naturgemäß sich in dem günstigen Falle eines raschen Aufspürens des Vermissten auf die Begegnung mit einer körperlichen Erscheinung einstellten, deren Winzigkeit ihnen im täglichen Umgang mit ihr geläufig war. Die Eingeweihten demgegenüber, die durch das Studium des Fotos einen Wissensvorsprung erlangt hatten, hegten eine zwiespältige Erwartung und mochten sich nicht von vornherein festlegen, ob sie eine Begegnung mit dem liliputiven Johannes, den sie kannten, zu gewärtigen hatten, oder eine solche mit dem normalwüchsigen Johannes, der ihnen fremd war, weil dieser sich ihnen ganz ungehörigerweise immer vorenthalten hatte und der sie wegen dieser Unterlassung jetzt gleich in eine doppelt schwierige Lage brachte.

Vielleicht hatte Johannes, auch dieser Verdacht kam bei denen auf, von denen soeben die Rede war, sein aktuelles Verschwinden überhaupt nur auf sich genommen, um für eine Weile ganz ungestört einmal der alte Johannes, der in Wirklichkeit aber bloß ein jüngerer Johannes aus einer zurückliegenden Zeit war, sein zu können. Wer wollte ihm das nach allem, was mit ihm geschehen war und was sie geschehen lassen hatten, denn auch verdenken. Zumindest einige der für das Mitfühlen nicht ganz Unbegabten ließen sich bis auf das Niveau dieses empathischen Gedanken hinauftragen. Andere, bei denen die Schwerkraft des Empfindens den Auftrieb des Geistes nachhaltig hemmte, erwiesen sich, soweit sie durch das Foto in der Schreibtischschublade über Johannes' Doppelleben ins Bild gesetzt waren, jedoch als nachtragend. Sie mochten ihm die Täuschung nicht durchgehen lassen, durch die sie sich blamiert fühlten. Sie sprachen nicht offen darüber, doch heimlich verfolgten sie eine Absicht, mit der sie durch die als hilfreiche Maßnahme ausgewiesene Aufspürung des Verschwundenen weniger die fürsorgliche Bergung von Johannes im Sinn hatten, als vielmehr seine zwangsweise Sicherstellung, um ihm seine arglistige Täuschung heimzuzahlen. Wie sie dieses Heimzahlen anstellen wollten, darüber verloren sie mit Vorbedacht kein Wort, weil sie sich nicht sicher waren, ob ihre hintergründige Eigenmächtigkeit im Falle einer Umsetzung in die Realität bei allen Übrigen gut ankommen würde.

Während ihres ausgedehnten Unterwegsseins an diesem Tag kam es ihnen erst in den Sinn, wie wenig sie über die privaten Gewohnheiten von Johannes überhaupt Bescheid wussten. Deshalb waren sie von vornherein mit einem Mangel an Anhaltspunkten belastet, in welcher Richtung, an welchem Ort oder bei welcher Begebenheit ihre Suche nach Johannes am vielversprechendsten auf einen Erfolg hinauslaufen konnte.

Johannes war doch ein Einzelgänger, brachten sie später zu ihrer Entlastung vor. *Der ging doch gar nicht aus sich heraus,* verfeinerten sie sogar noch ihren Standpunkt. *Wie sollten wir also vermuten können, dass etwas in ihm steckt, was nicht mit seiner subalternen Tätigkeit in Verbindung steht. Und wie sollten wir vorauszuschauen befähigt sein, dass solcher Mangel an Einsicht auf unserer Seite einmal zum Scheitern von Bemühungen führen könnte, mit Johannes wieder zusammenzufinden, nachdem er uns zuvor ohne unsere Schuld abhanden gekommen war.*

Für ihr mangelndes Interesse bekamen sie jedenfalls jetzt ihr Fett weg, wenn schon nicht in einer unbedingten Aussichtslosigkeit ihrer nachforschenden Bestrebung, so doch in einer herabgesenkten Trefferquote ihrer einzelnen Vorstöße zum Zweck der Wiederauffindung von Johannes.

Es lag natürlich nahe, sich aufzuteilen, um die fehlende Zielschärfe der Gesamtoperation durch eine Vermehrung der Einzelattacken auszugleichen, was nach der Maßgabe eines einfachen und vielseitig genutzten Weltwirkungszusammenhangs einer positiven Wendung des Zufalls auf die Sprünge helfen würde. Nicht jedoch ließ sich der Zufall uneigennützig für Hilfsdienste einspannen, wenn er bei seinen Klienten eine anerkennenswerte Eigenleistung vermisste. Auf das Niveau einer Kalkulation von der Art, dass man getrost ins Blaue hineinreden dürfe, um garantiert einmal ins Schwarze zu treffen, ließ sich der Zufall nur selten herabziehen. Nicht einmal für Johannes gestattete er sich eine Ausnahme. Deshalb endete der erste Tag der Suche nach dem Abgebliebenen ohne irgendein greifbares Ergebnis. Gegenseitige Schuldzuweisung der Suchenden war noch das Geringste, was sie sich mit den Mitteln ihrer Sprache zufügten. Bis sie einsahen, dass das doch alles zu nichts führe und man sich besser wappnen müsse, wenn man das Gelingen auf seine Seite ziehen wollte. Und sie begriffen außerdem, dass eine Aufteilung ihres Suchtrupps so lange keinen Nutzen ergab, wie sie ohne eine Verständigung darüber, wer sich wohin mit welchen begründeten Erwartungen zu begeben habe, bloß planlos und spontan in der Gegend herumliefen.

Der Geistesgegenwart eines Einzelnen war es dann zuzuschreiben, dass man von da an eine ständige Beobachtung vor Johannes' kleinem Häuschen einrichtete, um vorzusorgen, dass der Verlorene nicht unerkannt in seine Heimstatt zurückfände, dass sie also womöglich draußen eifrig nach ihm fahndeten, während er sich drinnen schon wieder häuslich eingerichtet hatte. Bei dieser Gelegenheit entdeckten schon die ersten Observierenden, dass Johannes sogar Familie hatte. Und heftig erstaunte man, als es aus ihrer Sicht an der Größe nichts auszusetzen gab. Das alles sprach sich wie ein Lauffeuer herum.

Diejenigen, die das Foto in der Schreibtischschublade von Johannes gesehen hatten, erinnerten sich sogleich an das abgelichtete Motiv. Sie wähnten daraufhin hellsichtig, auf einen weiteren Schauplatz in der doppelbödigen Lebenswelt von Johannes gestoßen zu sein. Unter diesem neuerlichen Eindruck spaltete sich von der Gruppe derjenigen, denen es bei der ersten Suchaktion um die Sicherstellung von Johannes zum Zwecke einer Heimzahlung für erlittene Bloßstellung zu tun gewesen war, ein solcher Teil ab, der das bisher Bekannte gedanklich neu zusammenfügte und daraufhin zu einem vorsichtigeren Urteil fand, das auf die eigene Empfindsamkeit weniger Rücksicht nahm. Dabei wurden sie aber unterstützt von einigen wenigen, die von Johannes' Tellerchen gegessen hatten und die aus seinem Becherlein getrunken hatten und die froh waren, sich nicht in sein Bettchen legen zu müssen und die bei jener simulierten Brotzeit in Abwesenheit von Johannes seltsam angerührt gewesen waren, wie sie nun auf einmal zugaben. Sie hatten nicht vergessen, wie es jetzt in dem Gespräch ergänzend deutlich wurde, dass sie die Absicht eines harmlosen Spaßes der Dimension einer Kleinheit ausgeliefert hatte, aus der sie beinahe nicht mehr ohne Panik herausgefunden hatten.

Ihre heftigen Erlebnisse und deren gefühlsmäßige Verarbeitung schilderten sie also im Beisein von denen, die den fanatischen Gedanken von einer Heimzahlung wegen einer veränderten Lagebeurteilung aufgegeben hatten, obgleich sie das Foto aus der Schublade von Johannes' Schreibtisch sehr wohl kannten. Da ging ihnen auf einmal eine Erleuchtung auf, die sie jedoch erst einmal vor den anderen verbargen, dass es keineswegs abwegig war anzunehmen, dass Johannes mit seinem Verschwinden und mit all den Verwirrungen, die ein solches Nichtmehrdasein im Umkreis seiner Wirkungsstätte hervorrufen würde, keine geringere Absicht verfolgen könnte als jene, mit seiner kontrastreichen Abwesenheit seine wahre Größe sichtbar werden zu lassen. Ein solcher Gedanke, den übrigen später doch noch zur Mitteilung gebracht, ließ indes alle aufs Tiefste erschaudern.

Weil es schon spät geworden war, trennten sie sich, um gleich morgen wieder zusammenzukommen, wie sie noch rechtzeitig vereinbarten. So zwiespältig die Motivlage bei den verschiedenen Einzelnen auch zu Tage trat, so differenziert inzwischen die anfänglich einfache Betrachtungsweise zwischen den Parteiungen sich aufgefächert hatte, so war doch nach dem Misslingen der ersten Suchaktion ein unerwarteter Impetus bei allen erzeugt worden, der den Eifer eines Jeden anstachelte und einen Ansporn lieferte für ein gemeinsames Handeln der Verschiedenen. Aus dieser positiven Stimmung heraus, so dachten sie und machten daraus keinen Hehl, müsse es doch mit dem Gottseibeiuns zugehen, wenn der zufällige erste Misserfolg nicht alsbald ausgelöscht werden könnte und dann einem frohen Gelingen Platz machte.

Die Schwierigkeit hatten sie nicht in Erwägung gezogen, dass es nämlich am zweiten Tag ihres kollektiven Fahndens andere waren, die sich freimachen konnten und in die Aktion hineindrängten, wohingegen beinahe alle von denen, denen das gestern möglich war, um diese Freiheit gebracht waren und deshalb von der Fortführung der Suche ausgeschlossen blieben, bei der sie schon eine Menge wertvolle Erfahrung gesammelt hatten. Glücklicherweise hatten die meisten von denen mit der nötigen Souveränität, um sich über Dringlichkeitsanforderungen hinwegzusetzen, ihren Handlungsspielraum auch am zweiten Tag noch beibehalten können. Ihnen fiel zwangsläufig die Aufgabe der Kontinuitätswahrung in der Aktion zu, was die einen stolz machte und zusätzlich motivierte, während andere unter dem plötzlichen Erwartungsdruck eher litten und mit einer gewissen Aufspürhemmung noch zusätzlich belastet wurden. Erst im Laufe des Tages glich sich das innere Antriebsgefälle zwischen den Akteuren allmählich aus. Damit entstanden die Voraussetzung für eine harmonischere Leistungsbilanz beim Nachforschen.

Auf gar keinen Fall kam man aber umhin, vor dem Eintritt in die Aktion des Tages erst einmal auf diejenigen Rücksicht zu nehmen, die gestern unter den Bedingungen der Abwesenheit von Johannes ihr gewohntes Tagwerk verrichten mussten und, wie sie ungestüm aus einem intensiven Empfindungsdruck heraus berichteten, immer wieder auf die furchtbare Leerstelle zu starren gezwungen waren. Als schrecklich insbesondere hatten sie die erste Stunde in Erinnerung, in der ihnen über die Zeit zur festen Gewohnheit geworden war, von ganz oben herab und von verschiedenen Seiten auf Johannes einzureden und erst einmal seine kleine ergonomische Welt, die zu handhaben er befugt war, mutwillig durcheinander zu bringen. Diese Zerstreuung war ihnen unbilliger Weise verwehrt gewesen. Einige, die es gewohnt waren, ihren Empfindungen gelegentlich freien Lauf zu lassen, hatten sich in Ermangelung des gewohnten Erlebnishintergrundes in einem gebührlichen Abstand zum Arbeitsbeginn gegenseitig in den Arm genommen, um das peinigende Verlustgefühl, das ihnen entstanden war, wenigstens ansatzweise auszugleichen. Man merkte ihnen noch einen Tag später an, welche Erleichterung es ihnen verschaffte, sich über das traumatische Erleben von gestern aussprechen zu dürfen.

Ganz und gar verschieden war zwar das Vermögen der Einzelnen, sich hinreichend differenziert auszudrücken. Nicht jede Seite des Problems wurde auch gleichermaßen facettenreich beleuchtet. Doch der Kern der Sache konnte unzweideutig herausgearbeitet werden in jener Aussprache, die dem zweiten Fahndungstag vorangestellt war. Erhärtet wurde nämlich ein vormaliger Verdacht: Was sie wirklich vermissten, das war nicht so sehr Johannes Winzigkeit und Nichtigkeit, als vielmehr ihre eigene Größe und Bedeutung, die sie auf einmal nicht mehr fühlten, die ungehemmt wahrzunehmen und zu erleben ihnen nicht mehr gestattet war, weil Johannes ihnen mit seiner aggressiven Abwesenheit die Geltung, die sie beanspruchen durften, geraubt hatte. Eine so niederschmetternde Erfahrung hatte mancher all sein Lebtag noch nicht gemacht. Was nahm es Wunder, dass an diesem zweiten Tag in die Suche nach Johannes eine neue, gestern noch nicht spürbare Dynamik ihren Einzug hielt, die sich aus dem Verlustempfinden derer speiste, die bereits ihre ganz besondere Betrübnis damit gehabt hatten, dass ihnen in ihrem Leben Johannes eigentlich unverzichtbar war. Es hatte in ihrer engagierten Rückholaktion das Beseeltsein von einer Wiederbringlichkeit von Johannes Eingang gefunden, und würde sie scheitern, dann hätten sie nichts mehr zu verlieren, weil dann sowieso alles aus war, wenn sie ohne Johannes nicht mehr sein konnten, was sie ohne seine Abwesenheit immer waren.

Nun zahlte sich erst einmal aus, dass ein enger Kreis von Unentwegten in der Nacht einen Plan entworfen hatte, der nicht nur eine Handlungsanweisung für die einzelnen Stoßtrupps der Suchmannschaft darstellte, sondern auch eine Zangenbewegung vorsah, die mit ihren Einzelabschnitten von Hinspüren, Nachspüren und Aufspüren den Spürerfolg als die oberste Priorität des Tagestuns setzte. Sie waren noch einmal das Wenige durchgegangen, das man von Johannes' Gewohnheiten wusste, und dabei auf ein paar ausgediente Wanderschuhe und ein Buch gestoßen, wobei nur die Wanderschuhe zu Johannes' Größe passten, wohingegen das Buch, das desungeachtet eindeutig Johannes zuzuordnen war, jegliche Strebsamkeit vermissen ließ, etwas wirklich Passendes damit zu besitzen. Für diesmal ließ man ihm seine Anmaßung durchgehen, weil er im Augenblick ohnehin nur schwer fassbar war und sie sich auf ihre eigentliche Aufgabe konzentrieren wollten. Zweifellos lieferten Schuh und Buch, auch wenn sie mit ihrer jeweiligen Größe aufeinander keine Rücksicht nahmen, wichtige Hinweise für Johannes' Aufenthaltsgewohnheiten und damit handfeste Anhaltpunkte, in welcher Richtung nach dem bisher Unauffindbaren zu suchen war. Zwei große Abteilungen wurden schlussfolgernd gebildet, die sich dann ihrerseits in kleinere Aufspüreinheiten sonderten. Die eine Abteilung durchkämmte die Natur, in der sich Johannes, wie die Wanderschuhe belegten, augenscheinlich gern aufhielt. Die andere Abteilung durchmusterte das Einkaufszentrum der Stadt, in das sich Johannes hinein verlieren müsste, wenn er sich ein weiteres Buch anschaffen wollte. Man glaubte ihn jetzt gut genug zu kennen, um ihn in dieser Angelegenheit für einen Wiederholungstäter zu halten, der damit Gefahr lief, was wiederum ihre Chance erhöhte, während der Verfolgung seines Lesetriebes in ihre Fänge zu geraten. Soweit, in groben Zügen der Schlachtplan, den jener kleine Kreis von Unentwegten, die, anstatt ihrem Nachtschlaf nachzugehen, sich für das gemeinsame Interesse einer vereinten Suche aufopferten, liebevoll so nannten, obgleich ihnen bewusst war, nicht wirklich in eine Schlacht zu ziehen.

Die in der Natur unterwegs waren zugunsten einer Wiedervereinigung mit Johannes hatten zunächst den Vorteil einer größeren Übersichtlichkeit auf dem Schauplatz ihres Suchens auf ihrer Seite. Das Gelände war abwechslungsreich und nicht ganz leicht auf einen gemeinsamen Nenner zu bringen, doch grenzten sich die Möglichkeiten des Verbergens für jemanden, der sich nicht von seinen klobigen Wanderstiefeln trennen würde, von vornherein ein. Man musste zum Beispiel das gemeinsame Zeitbudget des Entdeckungszweckes nicht damit belasten, Johannes oben auf einem Baum zu suchen. Man konnte also den Blick nach oben meiden und ihn stattdessen ganz und gar dem Erdboden widmen. Man fand deshalb sogar Zeit für den einen und anderen Scherz, selbstverständlich auf Johannes' Kosten.

Der hielt sich doch immer so weit unten auf, dass er sich nicht auch nur ein einziges Mal auf das Normale hochgearbeitet hat. Und das nicht nur wegen uns.

Das war schließlich ihre übereinstimmende Erfahrung, vor deren Hintergrund sie nie und nimmer damit zu rechnen hatten, dass Johannes es, noch dafür ohne vorheriges Training und mit ungeeignetem Schuhwerk an den Füßen, von sich aus so hoch hinaus wie auf einen Baum schaffen konnte. Nie und nimmer auch würde das Leben einen Baum mit jemandem wie Johannes darauf bis in den Himmel wachsen lassen. Da waren sie also ganz zuversichtlich. Es bestand keine Gefahr, das Suchobjekt zu verpassen, auch wenn sie sich nicht immerzu mit ihrer Aufmerksamkeit auf die Höhenlage des Geländes konzentrierten.

In der Tiefe sah das natürlicherweise schon ganz anders aus. Deren Dimensionen waren Johannes vertraut. Damit kannte er sich aus. Darin würde er sich so geläufig aufhalten können wie an seinem mickrigen Arbeitsplatz unter ihrer ständigen Überwachung, hier aber ohne Überwachung. Und das machte die Lage schwierig und war überhaupt der Grund dafür, dass sie unterwegs waren. Schwer war es daher abzuschätzen, ob Erdlöcher für Johannes in Frage kamen, die bereits anderweitig bewohnt waren, oder ob man sich besser auf solche - zumindest in einem ersten Durchgang des flächendeckenden Erforschens - Vertiefungen konzentrieren sollte, die noch nie benutzt worden waren oder jetzt nach vorübergehender Bewohnung verwaisten. Sie grämten sich ein wenig, eigentlich doch nichts Genaues über Johannes' Sozialverhalten zu wissen, außer an seinem Arbeitsplatz unter ihrer Bewachung. Wie würde Johannes damit umgehen, wenn er in eine Höhle geriete, deren Bewohner angestammte Rechte zur Geltung zu bringen wusste? Würde es ein friedfertiges Wesen sein oder ein solches, das sich eher im ständigen Angriff zuhause fühlte? Auch diese Frage war nicht einfach so wegzuwischen. War seine Naivität nicht typisch für Johannes, dass er sich nicht erst einmal damit auseinandersetzte, worauf er sich einließ, sondern gleich einfach tat? Aber freilich, sie wussten zu wenig, was andere, egal welche, für Johannes bedeuteten und wie er mit ihnen umzugehen verstand. Niemand von ihnen würde sich in einen Raum hineintrauen, in dem sich beispielsweise ein Löwe aufhielt. Und doch gab es welche, anderswo, die genau das taten und dabei kleiner waren als der Löwe. Wenn sie dieses Beispiel ernst nahmen und auf ihr aktuelles Suchproblem hocharbeiteten, durften sie die Möglichkeit nicht unterschlagen, dass Johannes auch in einer bewohnten Höhle, egal von wem bewohnt und sei es auch von jemand, der im Angriff sich zuhause fühlte, sein Auskommen und sein gewünschtes Maß an Geselligkeit fand. Dann hätten sie ihn vielleicht unterschätzt in seinen Fähigkeiten, zu einer gewissen Größe zu finden, ohne auch nur irgendetwas von seiner Kleinheit abzugeben. Und ihr Aktionsradius, wenn sie alle bewohnten Erdlöcher tatsächlich einbeziehen müssten, hätte sich enorm erweitert. Das war auch an diesem Tag kaum zu schaffen, wenn nicht der Suchtrupp in der Stadt den Erfolg auf seine Fahne heften konnte.

Davon war dieser aber wohl genauso weit entfernt wie sie selbst, wie ein Erfahrungsaustausch, den sie während der Mittagszeit miteinander hatten, das herausfilterte. Deshalb blieb ihnen gar nichts anderes übrig, als erst einmal weiter in der anberaumten Weise zu fahnden und alle Erdlöcher ohne

Ausnahme als gleichberechtigt zu behandeln, weil die ursprüngliche Annahme, in der sie den unbewohnten Erdlöchern einen privilegierten Status für die Beherbergung von Johannes eingeräumt hatten, sich womöglich als zu irrtümlich herausstellen konnte. Sie machten daher gute Miene zum bösen Spiel der notwendigen Erhöhung ihres Arbeitspensums in der Natur und suchten die Erschwerung ihrer Lage durch eine größere Aufmerksamkeit bei der Auswertung der Spurenlage auszugleichen. Wenigstens von dieser Seite her sollten sie eine Erweiterung des Spielraums ihrer Suchaktion für sich verbuchen dürfen.

Für sich genommen war eine Fährte, die Johannes aus der Bewegung heraus hinterließ, im wahrsten Sinne des Wortes kümmerlich. Sie kannten nur zu gut seine Leisetreterei, mit der er seine Winzigkeit und die Bedeutungslosigkeit seines Handelns stets untermalte. Selbst bei den Botengängen, zu denen sie ihn für sich verpflichtet hatten, war nichts von seinen Schritten zu hören gewesen, obwohl bei diesen Gelegenheiten am ehesten sein Unmut, der ihnen nicht etwa verborgen geblieben war, eine Unausgewogenheit des Gehens oder eine stärkere Belastung der Füße wegen der größeren Vehemenz aufgrund der Gemütsregung hätte zum Tragen kommen können. Sie hatten über einen langen Zeitraum ihre volle Schadenfreude in Stellung gebracht und jede Bewegung von Johannes belauscht. Es war ihnen nicht gelungen, ihn an seinem Schritt einer vorsätzlichen Daseinsschwäche zu überführen. Als ein besonders Übermütiger einmal die Schwelle, über die Johannes treten musste, wenn er ihren Erwartungen nachzukommen hatte, mit einem klebrigen Anstrich versah, um seine innere und äußere Haltung zu studieren, die er während seines unvermeidlichen Missgeschicks an den Tag legen würde, waren sie davon überrascht gewesen, später keinerlei Kontaktspur von Johannes' Schuhwerk mit dem Klebeanstrich zu entdecken. Dass er sich also noch leichter machen konnte als er klein war, das hatte sie dann doch sehr erstaunt. Von diesen Voraussetzungen her war die Hoffnung, draußen in der freien Natur echte Fußabdrücke von Johannes zu finden, ziemlich unbegründet, auch wenn durch den leichten Regen in der Nacht seines Verschwindens, der aber inzwischen schon einer Trockenheit Platz gemacht hatte, am Anfang die mechanischen Bedingungen für das Entstehen eines Abdrucks günstig waren, und auch, wenn zu unterstellen war, dass der Wanderschuh von Johannes mit seiner größeren Trittfestigkeit gegenüber dem leichten Freizeitschuh in die gleiche Kerbe stieß.

Die Spurlosigkeit von dieser Seite würde sie daher in eine schwierige Lage gebracht haben, wenn nicht welche noch in frischer Erinnerung gehabt hätten, wie sie Johannes einmal an einem nach allgemeiner Übereinkunft geschützten Örtchen nachstellen wollten, weil sie neugierig geworden waren, ob das, was er absonderte, auch in einem überzeugenden Verhältnis zu seiner sonstigen Größe stand. Die dabei gemachte Beobachtung sollte ihnen doch nun bei ihrer Suche behilflich sein, wenn sie bedachten, dass Johannes während der Zeit seines schon so langen Unterwegsseins unmöglich eine Absonderung vermeiden konnte. Dann aber hätten sie eine eindeutige Spur in Gestalt einer Losung, die sie Dank der Entdeckung der Notdurft-Spezialisten nicht übersehen würden. Dass Johannes seine Hinterlassenschaft in dem Versteck, in dem er sich womöglich befand, leichtfertig ausdrücken und länger aufbewahren würde, so etwas schlossen sie aus. Dafür kannten sie ihn zu gut. Von dieser Seite der Möglichkeiten her ließen sie sich den Mut nicht rauben. Mit der Gewissheit, wenn sie nicht in einer direkten Konfrontation mit Johannes an das Resultat ihres Suchens heranlangten, letztendlich über zwei Erscheinungsformen seines Daseins, entweder als geomorphologische Abbildung seiner Gangart im festen Schuhwerk, wie zart auch immer, oder aber als ein veritables Produkt seines unvermeidlichen Stoffwechsels, wie wenig auch immer, auf seine Fährte zu stoßen, gingen sie zu Beginn des zweiten Teils ihres Fahndungstages frisch ans Werk.

Die in der Stadt Johannes nachstellten, hatten, im Unterschied zu denen in der Natur, nicht mit dem Raum als einem Feind ihrer Strebsamkeit zu rechnen. Die kleine Zahl der Buchhandlungen war ohne große Umschweife in den Fokus der Überwachung zu rücken. Mittels einer Postenkette, die rasch aufgezogen war, würde die Fußgängerzone einem real in Erscheinung tretenden verschwundenen Johannes bald auch keinen anonymen Durchschlupf mehr gewähren. Aus der Sicht der Suchmannschaft war die Schlinge trefflich gelegt. Sie musste nur noch, wenn es so weit war, zugezogen werden. Bis es dahin kam, brauchte man nicht mehr raumgreifend unterwegs zu sein. Sie konnten also entspannt sein. Sie hatten in den Umständen keinen Feind mehr. Nur die Langeweile war ungewohnt. Denn Johannes kam und kam nicht. Aber stattdessen kam es auf einmal zu einem Alarm inmitten der Fußgängerzone, den ein Posten auslöste, der nach einem kurzen Nickerchen erschreckt aufgewacht war und geglaubt hatte, auf Johannes gestoßen zu sein. Da war nämlich jemand, der dann in den Verdacht geriet, Johannes zu sein, vor ihm zusammengesunken, was schon für sich genommen wie ein Eingeständnis erschien, Johannes zu sein. Leute sammelten sich um ihn herum. Der erwachte Posten war sowieso ganz nah dran. Ihm konnte nichts verborgen bleiben. Auch vormachen konnte man ihm schwerlich etwas. Der zusammengesunkene Mensch, dessen Winzigkeit sogleich als ein weiteres Indiz, Johannes zu sein, aufgefasst wurde, wirkte, bei näherem Hinsehen, wie abgestorben. Zu diesem Eindruck trug nicht nur sein ausdrucksloses Gesicht bei, das mit gelblicher Farbe und der zerknitterten Haut einem nach der Ernte auf dem Feld verbliebenen Kohlkopf nicht unähnlich sah, sondern auch der ganze Rest der Gestalt, die zusammengesunken war und ein Knäuel aus Rumpf und Extremitäten bildete, gleich so, wie die Puppe eines Puppenspielers, die der Spannkraft der Fäden, an denen man sie einmal festgemacht und zum Leben erweckt hatte, verlustig gegangen war und die danach als ein Häuflein aufgeschichteter kunstgefertigter Glieder reglos in sich auf ihren Teilen ruhte. Doch ruhte der Mensch nicht, oder nur kurz, dann kam er wieder auf die Beine und richtete sich auf, was ganz und gar so aussah, als liefe die vollständige Bewegung, die zu dem Zusammengesunkensein hingeführt hatte, nun rückwärts ab, gleichsam wie die Puppe des Puppenspielers nach einer Pause wieder unter den Zugzwang der Fäden geraten kann und dadurch genötigt wird, von dem Häuflein der aufgeschichteten, kunstgefertigten Glieder wieder hochzukommen und die Einzelteile in der Bewegung geschmeidig mitzunehmen. Und das Gesicht glättete sich und bekam schon alsbald eine gesündere Farbe, sodass es keinem nach der Ernte auf dem Feld verbliebenen Kohlkopf mehr ähnlich sah. Und auch Johannes sah es überhaupt in keiner Weise mehr ähnlich.

Nie und nimmer ist das unser Johannes, sagten die, die im Bilde waren und sich dem Posten zur Verstärkung beigesellt hatten. Und es lag bei ihrer Bemerkung ein vorwurfsvolles Mienenspiel auf ihrem Gesicht.

Man musste notgedrungen Entwarnung geben. Die Posten, die ihre Stellung verlassen hatten, nahmen wieder ihre ursprüngliche Position ein. Die Observierung ging fanglos weiter. Die Langeweile kehrte klaglos zurück. Es konnte nicht ausbleiben, dass bald die Befürchtung aufkam, die Bemühungen des Tages würden fruchtlos bleiben, wenn nicht der Suchtrupp in der Natur am Ende doch noch den Erfolg an seine Fahne heften konnte. Davon war dieser aber immer noch genauso weit entfernt wie sie selbst. Seit der Besprechung während der Mittagspause war dieser Mangel auch jetzt, wo es auf den Abend zuging, wohl noch nicht behoben. Es war für alle furchtbar erschreckend, als sich abzeichnete, dass auch der zweite Tag, den sie mit so viel Hoffnung und Eifer der Suche nach Johannes gewidmet hatten, unergiebig bleiben würde. Der anfängliche Schwung der Suchmannschaft in der Natur, der noch die zweite Tageshälfte nach der Mittagsberatung eingeleitet hatte, war geschwunden, als aus keinem Stoffwechsel von irgendwem irgendein Hinweis auf den Verbleib von Johannes auf sie zukam. Durch Johannes' Unauffindbarkeit wegen der Unauffindbarkeit einer Losung von ihm waren sie, zumindest vorläufig, an die Grenze ihres Suchens gestoßen. Das wog schwer. Daran trugen sie bitter. Das unterstützte nicht die Tendenz, ihren Sanftmut, der ohnehin auf dem Rückzug war, noch weiter zu steigern.

Ein Umschwung in der Befindlichkeit stellte sich ein, als man jenseits des Tageslichts am Abend wieder zusammenkam und den zweiten Suchtag ohne irgendeine Aufspürung von Johannes offiziell beenden musste. Hier gesellten sich nun jene hinzu, die gestern bei der ersten Suche ohne Auffindung des Vermissten dabei gewesen waren und nun inmitten der Leerstelle von Johannes, wie gestern schon andere, ihr Tagwerk zu verrichten hatten. Und ohne eine besondere Aufforderung dazu bestätigten sie das Gefühl derjenigen, bei denen es sich mit der zeitlichen Abfolge ihrer Aktivitäten genau umgekehrt verhielt. Nun gab es nicht mehr viele, welche die doppelte Erfahrung des Suchens und des Vermissens noch nicht gemacht hatten. Das waren gerade diejenigen mit der nötigen Souveränität, um sich über dienstliche Dringlichkeitsanforderungen hinwegsetzen zu können. Sie hatten nun kein Interesse mehr daran, ihre besondere Rolle des ununterbrochenen Dabeiseins am Aufspüren aufzugeben, nachdem sie schon zum zweiten Mal einen anschaulichen Vortrag darüber gehört hatten, wie herzzerreißend eine Begegnung mit der Leerstelle von Johannes an seinem angestammten Platz auf den Gemütszustand wirkte.

Wenig später jauchzten sie und machten die zu Helden, die abseits der Hauptbegebenheit ohne jegliches Unterwegssein das Aufspüren bereichert hatten. Denn nichts weniger hatten diese Wenigen, denen die Überwachung von Johannes' Hauseingang oblag, getan, als die verfahrene Lage gedanklich neu aufzuschließen, indem sie ihre Beobachtungen und Erwägungen unvoreingenommen einbrachten. Dabei war ihnen eben aufgefallen, dass die Familie viel zu groß war für Johannes, insbesondere die Frau. Die Kinder waren nämlich noch nicht da angekommen, wo sie einmal sollten. Das war aber nur eine Frage der Zeit. Wer machte also wem etwas vor? War womöglich Johannes der Kleinheit, die sie für ihn vorgesehen hatten, dahingehend ausgewichen, dass er sich in vertrauter Umgebung mit Größeren umgab? Oder führte er, worauf in beunruhigender Weise das Foto, das sie bei ihm gefunden hatten, hindeutete, ein echtes Doppelleben, in einer Hälfte als Großer unter Großen, in einer anderen Hälfte als nicht ebenbürtiger Kleiner, die Kleinheit aber bloß getarnt? Wenn Johannes tatsächlich so raffiniert war, sich mit unlauteren Mitteln ihrer aufrichtigen Erwartungshaltung zu entziehen, dann fand er auch Mittel und Wege, seine echte Abwesenheit in eine unechte Abwesenheit zu verwandeln, indem er hinterrücks seine Heimkehr betrieb, in welcher Größe auch immer. Klein wäre sogar von Vorteil für ihn, ohne dass die Größe seiner Maßnahme daran wirklich Schaden nähme. Von dieser unerbittlichen Logik überzeugt, hatten sie beschlossen, ihm derartige Pläne zu durchkreuzen. Unbeirrt schritten sie zur Tat. Als sie ins Haus eindrangen, machte die Frau ganz von allein aus Johannes' Abwesenheit keinen Hehl, blieb aber jede plausible Erklärung schuldig, mit welcher weiterreichenden Perspektive dieser Zustand betrieben wurde. Sie führte die erregten Besucher, wie kooperativ, an eine Stelle im Haus, wo Johannes, wie sie beteuerte, immer gerne saß. Sie konnten sich zweifelsfrei davon überzeugen, dass diese Stelle jetzt frei war. Doch war der Frau deshalb zu trauen? Das fragten sie sich ernsthaft und machten sich die Antwort wahrlich nicht leicht. Erst als ihr Zweifel nicht ausgeräumt wurde, ob diese Stelle tatsächlich frei war oder das Freisein nicht vielmehr eine Attrappe darstellte, handelten sie und äscherten das Haus, dabei jeden Funkenflug vermeidend, ein. Es war Sommer. Da war es für die Frau nicht übermäßig nachteilig, sich nach einer neuen festen Bleibe umzusehen. Jetzt hatte sie sogar Gelegenheit, die Wohnlage für sich und die Kinder noch einmal zu verbessern. Nichts hatten sie sich in der Angelegenheit vorzuwerfen.

So erzielten sie alle am Ende dieses Tages also doch noch einen Teilerfolg. Denn dass Johannes unentdeckt in sein Haus zurückkehren und dort so tun könnte, als sei er gar nicht da, das war nun ganz und gar unmöglich geworden. Um das zu verhindern, bedurfte es keiner Observation mehr. Die Kräfte, die bis dahin eher passiv in eine bloße Überwachung eingebunden waren, würden ab morgen zum allgemeinen Nutzen und Frommen als Verstärkung der Suchmannschaft zugeführt werden.

Die wenigsten schliefen gut in dieser Nacht. Und das wenige Wohlbefinden verdankte man nur dem wackeren Verhalten der beherzten Observanten, welche, alle Kleinlichkeit hinter sich lassend, dem Fall Johannes etwas von seinem Abtrieb genommen hatten.

Für ihre beherzte Tat, durch die allen in das Fahndungsgeschehen Einbezogenen eine spürbare Entlastung zugutegekommen war, hatten die Feuerleger sich eine Anerkennung erworben, die bei manchen von den anderen im Schatten der Nacht sich zu einer Bewunderung gegenüber ihnen auswuchs; die hatte das Potenzial für eine weitere Reifung, wenn nur der Nutzen der lebhaft besprochenen Vorgehensweise erst einmal erkannt war. Dieser Nutzen vermochte sich über den folgenden Tag hinaus nicht zu verbergen und gab sich zuerst in einer Vorform zu erkennen, als sie sich, wie schon am Vortag, sammelten, bevor sie in die Richtung, für welche sie sich eine Zuständigkeit erworben hatten, ausschwärmten. Da begegneten sie sich auf einmal mit dem angenehmen Gefühl, niemanden mehr abstellen zu müssen für die Observation eines verbliebenen Retiro, in das sich Johannes unbemerkt hätten flüchten können, solange es noch da war. Anstatt sich also von Johannes, das war die Einsicht, die ihnen inmitten ihrer Ausgangsschläfrigkeit kam, die Bedingungen ihres Suchens aufnötigen zu lassen, hatten umgekehrt sie in einem Teilbereich ihrer umfassenden Operation ihm neue Bedingungen seines Verschwindens gestellt, die seinen Handlungsspielraum entscheidend schmälerten, indem sie ihm den Rückzug abschnitten.

Bis sie ihre Ausgangsstellungen in der Stadt und in der Natur erreichten, waren es nur erst wenige, die sich einem strategischen Prinzip mit weitreichenden Anwendungsmöglichkeiten bewusst zu werden begannen. Diese Nachdenklichen suchten mit Vorbedacht die Nähe zu den durch das Feuer frei gewordenen Observanten auf, die beiden Suchtrupps hälftig zugeteilt worden waren, um sich eingehend mit ihnen zu beraten und ihrer diffusen Ahnung von einem sinnvollen weiteren Vorgehen zur Entscheidungsreife zu verhelfen. Doch nur bei denen in der Stadt waren die Umstände günstig genug, dass es im Spannungsfeld zwischen Handlungsziel und Handlungsbedingungen zu einem Durchbruch in der Gedankenführung kommen

konnte. In der Natur war der leitende Gesichtspunkt eines zu ge-
winnenden strategischen Vorteils demgegenüber zugewachsen
vom sommerlichen Grün und überwuchert vom pflanzlichen Leben, das an der Oberfläche gern manches Erdloch verbarg, in das
Johannes in seinem Zuschnitt, so wie sie ihn kannten, hätte flüchten können. Und in die Tiefe eines solchen Loches hinein stand
ihrem Forschungsdrang ganz und gar kein Vorteil hilfreich zur
Seite. Unter solchen Umständen war der gedankliche Durchbruch erschwert, und notgedrungen besannen sie sich auf die
Schwere der Aufgabe, ohne die traditionelle Beschränktheit ihres
Lösungsrahmens gesprengt zu haben. Und ihre Gedanken wa-
berten aus in eine träge Fließrichtung, so dass sie für eine Inno-
vation, für ein neues Denken nicht empfänglich waren.

In die spätere mentale Erschöpfung hinein, welche ein neuerli-
ches Aufleben von Misserfolgsbefürchtung, wie sie der gestrige
Tag heraufbeschworen hatte, ausgelöst haben mag, brach sogar
ein Streit darüber aus, inwieweit man sich mit Johannes´ Abwesenheit, wenn sie denn als unumstößlich sich erweisen sollte,
versöhnen könne.

*Nie und nimmer ist ein Leben ohne Johannes für mich in irgendeiner
Weise noch lebenswert,* sagten einige, noch dazu ohne eine angemessene Zeit des Nachdenkens dafür beansprucht zu haben. Es
waren solche, die ihre Impulsivität auch sonst nur schwer zu zü-
geln vermochten. Zugleich fand sich wohl auch einer, dem es gelang, die treffende Verallgemeinerung jener Vorredner durch ein
schönes Beispiel zu bereichern.

*Mich hat Johannes, soweit ich die Anmaßung seines augenblicklichen
Verschwindens einmal ausklammere, noch niemals enttäuscht. Stets
versah er seine Obliegenheiten mit der Zuverlässigkeit eines Leibdie-
ners Gottes. Wenn ich zum Beispiel sagte 'komm!', so kam er; und
wenn ich sagte: 'geh!', so ging er. Eine so zuvorkommende Haltung
kann man nicht durch bloßes Verschwinden leichtfertig aus der Welt
schaffen.*

Vor einem solchen Impetus hatten es die wenigen mit einer
eher phlegmatischen Einstellung schwer, sich zu Gehör zu bringen. Von denen wagten sich nämlich einige weit vor und

behaupteten, ein Arrangement mit derart misslichen Lebensumständen, wie sie der Verzicht auf einen Umgang mit Johannes mit sich brächte, sei gegenüber sich selbst doch leicht zu erringen. Letzten Endes mäßigte sich der aufgequollene Tonfall in der Richtung einer seichten Überspanntheit, unter welcher der volle Anspruch auf unverbrüchliche Nähe zu Johannes mit der zurückhaltenden Wägung vermittelt war, einer Entsagung des süßen Gutes jener stabilisierenden Beziehung nur dann die Zustimmung zu erteilen, wenn auch der letztmögliche Versuch einer Habhaftwerdung des Vermissten zur Rückführung auf den Status quo gescheitert wäre. Als sie sich dieses stillschweigende Versprechen gaben, ahnten sie noch nichts von dem Brand, der die Stadt verheeren sollte. Zu weit weg vom Ort des fackelnden Geschehens, zudem mit ihren Blicken abgeschirmt durch das Laubwerk der Bäume, hielten sie sich auf, und gerade jetzt, wenn auch nicht mehr lange, war die Windrichtung dafür gar nicht günstig, dass ihren beschäftigten Spürnasen eine olfaktorische Kunde von dem heißen Hergang in der ferneren Nachbarschaft hätte zutragen werden können.

Dort aber in der Stadt waren auf die Nägel endlich die Köpfe gesetzt worden. Der Durchbruch in der Gedankenführung, er war genau an der Stelle des logischen Prozesses erfolgt, wo er auch den einst Wachhabenden vor Johannes' Haus einen Durchschlupf gewährt und zu der Idee geführt hatte, dass ein Johannes gleich welcher Größe in einem verbrannten Haus keinen Größenvorteile mehr ausspielen konnte. In einem analogen Sinne aber sollte ein Johannes gleich welcher Größe in einem Buch nicht mehr lesen können. Und waren erst alle verbrannt, dann gab es keines mehr, was er sich noch hätte kaufen können. War auch der Kaufende noch da, so hatte das zu Kaufende doch jeden Sinn verloren. Und die Einsatzkräfte an diesem Ort würden gemeinsam mit denen, die auf dem einzig noch verbliebenen Areal, auf dem aus den Suchenden endlich Findende würden, alles geben, damit der angenommene Zweck sich auch erfüllte.

Es war einer von ihnen, einer, der sonst nur immer reich an Rat, doch bar der Tat gewesen, der diesmal seine Tugenden vertauschte und das erste Zündholz warf, das unter den Büchern, die vertrocknet wie Dürstende nach ihrer vergeblichen Leserschaft ihre Wünsche erhoben, das Feuer entfachte, das nach und nach alles ergriff und keine Buchhandlung ausließ.

Doch die in der Stadt waren diesmal nicht achtsam mit dem Funkenflug, der auf die Häuser übergriff, was zur Folge hatte, dass die Feuersbrunst eine Größe erreichte, die ihre Absicht, die Kleinheit von Johannes zu übertrumpfen, nicht mehr verbergen konnte.

Als sie das Feuer in seinem Anfang sahen, da jauchzten sie noch und wähnten ihre Wünsche erfüllt, des Johannes bald habhaft zu werden, wenn sich ihm nirgendwo noch ein Fluchtpunkt bot. Doch dann erschraken sie, als sie den Lauf des Wütens nicht mehr hemmen konnten. Das Einäschern der ganzen Stadt ging auf ihr Konto. Ein Entfliehen war ihnen selbst nicht gestattet. Nicht einmal die anderen zu warnen, blieb ihnen die Zeit. Wie der Funkenflug Raum und Zeit überbrückte, um auch draußen in der Natur dem Johannes den Weg abzuschneiden und bei Bedarf ihn aus jedem Erdloch, in dem er sich noch verschanzt halten konnte, unerbittlich herauszutreiben, hatten am Ende die Mittel den Zweck gekrönt. Sie, die Johannes' Wachstum unterbunden hatten, um selbst an Größe zu gewinnen, sie, die nach seinem eigenmächtigen Entweichen aus der Subalternität seine Unauffindbarkeit nicht hinnehmen wollten, verloren alles und sich selbst. Nur ganz wenige waren schließlich doch entkommen. Auf ihren Gesichtern lag noch der Widerschein des Feuers und hinterließ einen fiebrigen Glanz. Man sah es ihnen an: Sie würden niemals rasten, ihre alte Größe, die in der Kleinheit von Johannes wohl aufgehoben, doch wegen seiner Unauffindbarkeit vorerst verloren gegangen war, irgendwann doch noch einmal wiederherzustellen.